盘瓠神话文论集

"中国神话学"课题组 编

学苑出版社

图书在版编目（CIP）数据

盘瓠神话文论集/"中国神话学"课题组编．—北京：学苑出版社，2017.9
ISBN 978-7-5077-5334-9

Ⅰ.①盘⋯ Ⅱ.①中⋯ Ⅲ.①神话—研究—中国—古代—文集 Ⅳ.①B932.2-53

中国版本图书馆CIP数据核字（2017）第237679号

出 版 人：	孟　白
责任编辑：	陈　佳
装帧设计：	逸品书装
出版发行：	学苑出版社
社　　址：	北京市丰台区南方庄2号院1号楼
邮政编码：	100079
网　　址：	www.book001.com
电子信箱：	xueyuanpress@163.com
联系电话：	010-67601101（营销部）、010-67603091（总编室）
经　　销：	新华书店
印 刷 厂：	北京建宏印刷有限公司
开本尺寸：	880×1230mm　　1/32
印张：	12.75　　插页6
字数：	285千字
版次：	2017年10月北京第1版
印次：	2017年10月北京第1次印刷
定价：	48.00元

图1 湖南泸溪盘瓠庙(吴晓东摄于2016年8月13日)

图2 湖南资兴瑶族盘王节(吴晓东摄于2016年11月15日)

图3 广西天峨县纳洞村村民在蚂拐节庆典上祭拜盘瓠型神话主角"龙王宝"(李斯颖摄于2012年2月3日)

图 4 "中国神话学"课题组考察广西金秀瑶族自治县瑶族博物馆(周翔摄于 2017 年 3 月 2 日)

图 5 "中国神话学"课题组考察贺州学院瑶族语言文字实验室(朱其现摄于 2017 年 3 月 3 日)

图6 "中国神话学"课题组在广西金秀瑶族自治县六巷乡上古陈村调查盘王庙(周翔摄于2017年3月2日)

图7 "中国神话学"课题组在湖南江永考察盘王信仰(李斯颖摄于2017年3月7日)

图 8 "中国神话学"课题组在广西灌阳婆王殿遗址考察(周翔摄于 2017 年 3 月 8 日)

图 9 "中国神话学"课题组在广西灌阳千家峒考察(吴晓东摄于 2017 年 3 月 8 日)

图 10 "中国神话学"课题组在浙江丽水学院畲族文化博物馆调查(吴晓东摄于 2017 年 5 月 11 日)

图 11 "中国神话学"课题组在浙江丽水学院中国畲族文献资料中心调查(孟令法摄于 2017 年 5 月 11 日)

图 12 "中国神话学"课题组在浙江景宁郑坑乡调查盘瓠神话(周翔摄于 2017 年 5 月 15 日)

图 13 "中国神话学"课题组在浙江景宁渤海镇安亭村调查盘瓠神话(周翔摄于 2017 年 5 月 16 日)

图 14 《盘瓠神话文论集》改稿会(周翔摄于 2017 年 5 月 13 日)

序 言

盘瓠神话，可以从两个维度来界定。一个维度是神话类型，这是我们较为熟知和习惯的，即有"许诺—立功—嫁女—繁衍后代"等主要母题链的神话类型。这一神话类型的主角一般是一只犬，犬名多为盘瓠，也有别的名称。在有的异文中故事主角变成了马、青蛙等不同动物，也就是说，立功之后与女子婚配的不是犬，而是马、青蛙等。我们暂且称主角是盘瓠的为盘瓠神话。盘瓠神话与主角为马、青蛙等其他动物的异文，以及主角虽为犬但其名称不是"盘瓠"的异文，我们共同称为盘瓠型神话。另一个维度是从"盘瓠"名称来界定，即凡是与盘瓠这一名称有关的神话都统称为盘瓠神话。比如在瑶族中流传的渡海神话，此神话说到瑶族先民在迁徙渡海时遭遇大风大浪，是盘瓠保佑瑶民平安，这一神话一般用来阐释盘王节的来源。从这一维度来界定的盘瓠神话所包含的神话类型就不止一种，本论文集两种维度的神话内容都有涉及。

盘瓠型神话目前依然以活态的形式在中国大陆苗、瑶、畲、黎等诸多民族地区流传，在中国台湾以及日本、东南亚也有发现。盘瓠型神话与苗、瑶、畲、黎等民族的生活息息相关，比如在湖南怀化市沅陵、麻阳一带的苗族每年都要划龙舟祭祀盘瓠。广西、湖南等广大地区的过山瑶每年也要过盘王节祭祀盘瓠。畬族依然保存有描述盘瓠神话的祖图长连,在学师传师、祭祖、做功德等仪式中要张挂展示。同时,由于盘瓠是一只犬,对于这一以犬为祖的文化现象,一些民众多少又有一些忌讳,在一些地域产生一种矛盾纠结的心理。所以,对盘瓠神话的深入研究,厘清其来龙去脉、生存状况以及文化属性,依然具有重要的现实意义。

自东汉应劭在其《风俗通义》中记载盘瓠神话以来,这一神话一直受到历代文人的关注。有关其起源、流变、接受、认同等,至今依然是学界讨论的热点。宋代罗泌在《路史》中就有比较完整的《论盘瓠之妄》,专论盘瓠神话之非真实性。在《风俗通义》之后,新的相关材料不断被搜集记载,特别是近一个世纪以来,有几次大的搜集工作,比如"三套集成",这些搜集工作极大地丰富了盘瓠神话异文及其形成的语境信息。随着资料的积累与盘瓠神话研究的不断深入,研究成果数量日渐丰富。目前在中国知网上用篇名搜索"盘瓠"一词,可找到178篇文章,用主题搜索可找到571篇,用全文搜索则为4758篇。在读秀上,同样用"盘瓠"搜索,可找到相关的条目2.0558万条,找到相关的中文图书729种。这些数据说明,盘瓠神话以及相关文化在当下的影响力以及学界的重视程度。不过,从专著来看,目前数量还很少,仅有农学冠《槃瓠神话新探》(1994),李祥红、王孟义《瑶族盘瓠龙犬图腾文化探究》(2010),盘瓠神话论文集也仅有张永安主编的《盘瓠研究》(1990)、泸溪县民族事务委员会编的《盘瓠研究与传说》(1988)等。

序 言

2017年中国社会科学院启动了学科建设的"登峰战略",此战略分为优势学科、重点学科、特殊学科三类,民族文学研究所承担的重点学科为"中国神话学",课题组由吴晓东、王宪昭、毛巧晖、周翔、李斯颖等人组成。中国神话范畴很广,此课题的重点偏重于中国少数民族神话。那么,从何处切入,寻找哪个契合点进行研究才会对中国神话学起到一定的推动作用?这是一个需要深入考虑的问题。无论如何,课题的进行总是要从某一个点入手,在目前大的学术背景下,运用新的理论方法进行研究。经过数次交流与讨论,课题组决定从影响大且颇具特色的盘瓠神话着手,切实解决一些问题,同时也期冀以个案的研究带动方法的探索。

盘瓠神话的研究是中国神话学的一个组成部分,它的进行依赖于中国神话学的发展水平。自西学东渐,中国神话学作为一门独立学科,得到了长足发展。就研究对象而言,学者们不仅从古文献里梳理出了大量的文本,同时也通过几次大规模的搜集工作,网罗整理出了大量的活态神话,特别是少数民族地区流传的一些神话。学者们利用这些资料展开了类型学上的比较研究,写就了数量颇为丰富的论文论著。不过,这些成果大多是"向后看"的,是溯源性的,盘瓠神话的研究也有这一倾向。但目前在"神话主义"概念的影响下,很多学者越来越关注"当下",关注盘瓠神话在新形势、新语境下的变化。在方法论方面,学者们引进了西方各学派的方法,包括历史地理学派、仪式学派、心理学派、功能学派等,对本学科的研究无疑起到了非常重要的作用,但是,神话学历史上遗留下来的很多问题远没有解决。就盘瓠神话来说,其起源、流变、认同、现状等问题直到今天学术界仍是众说纷纭远未定论。可以说，在方法论上，目前中国神话学正处于一个徘徊期，不少学者正努力探索，比如四重证据法、语言基因的提出，等等。希望这些有益的探索，能使盘瓠神话研究受益。

作为此课题的开端，我们特辑一组论文，编辑成一个集子，分别从不同视角对盘瓠神话进行讨论。本论文集共收录论文21篇，分为"盘瓠神话的文本研究""盘瓠神话与仪式研究""盘瓠神话的当下意义"三大部分。这些论文选题较为多元，"盘瓠神话的文本研究"部分主要从历史文献、神话母题出发，探讨盘瓠神话起源、演变、母题的结构、艺术化过程及其多重意义等，囊括的盘瓠神话母题异文丰富。"盘瓠神话与仪式研究"从不同地域的若干个案出发，探讨了盘瓠神话的活态传承与变异叙事等过程。"盘瓠神话的当下意义"则对活形态盘瓠神话叙事在当下的现实意义、重构过程、传承个案等进行了深入思考。

中国社会科学院登峰战略
民族文学研究所重点学科"中国神话学"课题组

目 录

盘瓠神话的文本研究

畲族槃瓠神话的文本辨识和艺术化过程分析 ／刘 冬 002
从"文化他者"到"内部言说"
　　——盘瓠神话文本及研究谫论 ／毛巧晖 020
虚构、真实与批评：盘瓠神话的典籍三重性 ／孟令法 042
从瑶族典籍辨析盘王及其神话的多重意义 ／潘琼阁 073
文献视角下的"盘瓠"神话流变
　　——以广东瑶族为例 ／邱 婧 090
论瑶族盘瓠神话母题结构及活态性 ／王宪昭 104
盘瓠神话源于中原考 ／吴晓东 124
台湾原住民盘瓠神话类型与来源研究 ／周 翔 143

盘瓠神话与仪式研究

瑶族"渡海"神话叙事与庆典仪式化传承
　　——以桂北庙坪禁风节为中心 ／冯智明 164

公众信仰与民众生活
——茶坪瑶族村"还盘王愿"仪式研究　　/焦学振　184

壮族蚂蚜节仪式及盘瓠型"龙王宝"神话探析　　/李斯颖　226

地方社会中的盘瓠祭
——基于湖南麻阳漫水村的田野调查　　/张青仁　243

盘瓠神话的当下意义

盘瓠神话：选择性历史记忆？　　/陈金文　268

基督教影响下海南苗族"拜盘皇教"的创立
　　/高泽强（昂·德威·宏韬）　林日举　280

过山瑶史诗《盘王大歌》研究述评
　　/胡铁强　何雅如　李生柱　298

关于畲族盘瓠神话现实意义的意见　　/蓝万清　317

沅水流域盘瓠神话的现代重构　　/明跃玲　326

盘瓠传说与畲族契约思想　　/施　强　343

盘瓠与南方少数民族族源神话　　/汪保忠　356

民间权威与盘瓠神话的流动
——以讲述人侯自佳为中心的民族志研究　　/杨泽经　369

盘王·盘瓠辨析　　/赵家旺　388

盘瓠神话的文本研究

畲族槃瓠神话的文本辨识和艺术化过程分析

刘 冬

畲族是南中国的古老民族,也是福建最主要的世居民族之一。在漫长的历史长河中,畲族作为区别于周边其他民族的人群共同体,为了自身的生存、发展和繁荣,他们异常顽强地维持着本民族独特的历史文化生命力,畲族民间文学遗存中的槃瓠神话即是这种生命力的重要体现。本文以辨识槃瓠神话相关文本和解读与之相关的祭祀活动、民间文学、服装服饰为路径,探寻槃瓠神话艺术化地融入畲族社会生活的过程。

一、槃瓠神话的不同文本

拉法格在《宗教和资本》一书中指出,"神话既不是骗子的谎话,也不是无谓的想象的产物","神话是保存关于过去的回忆的宝库，若非如此，这种回忆便会永远付之遗忘"。① 槃瓠神话便是隶属于畲、瑶、苗等诸少数民族原始图腾的集体记忆。汉晋以来，关于槃瓠神话的文献记载，目前所知较早的有东汉应劭的《风俗通义》。但应劭之书早佚，据李贤注《后汉书》云，《后汉书·南蛮列传》所记的槃瓠神话传说源自《风俗通义》。《后汉书·南蛮列传》云：

> 昔高辛氏有犬戎之寇，帝患其侵暴，而征伐不克。乃访募天下，有能得犬戎之将吴将军头者，购黄金千镒，邑万家，又妻以少女。……下令之后，槃瓠遂衔人头造阙下，群臣怪而诊之，乃吴将军首也。……帝不得已，乃以女配槃瓠。槃瓠得女，负而走入南山，止石室中。……经三年，生子一十二人，六男六女。……②

继应劭之后，记槃瓠神话者为东晋人郭璞。他在《山海经·海内北经》注中云：

> 昔槃瓠杀戎王，高辛以美女妻之，不可以训，乃浮之会稽东海中，得地三百里封之，生男为狗，生女为美人，是为狗封之国也。③

---

① 拉法格：《宗教与资本》，生活·读书·新知三联书店1963年版，第2页、第53页。
② 范晔著，李贤注：《后汉书》卷八六《南蛮传》，中华书局1965年版。
③ 郭璞注：《山海经》第十二卷《海内北经》，上海古籍出版社1989年版。

他还在《玄中记》中写道：

> 昔高辛氏犬戎为乱。帝言曰，有讨之者妻以美女，封三百户。帝之狗名槃瓠，亡三月而杀犬戎以其首来。帝以女妻之于会稽东南，得海中土三百里而封，生男为狗，生女为美人，封为狗民国。①

差不多与郭璞同时代的晋人干宝在其《搜神记》和《晋纪》中也作记述。其中，《晋纪》云：

> 武陵、长沙、庐江郡夷，槃瓠之后也，杂处五溪之内。槃瓠凭山险阻，每每常为害。糅杂鱼肉，叩槽而号，以祭槃瓠，俗称"赤髀横裙"，即其子孙。②

《搜神记》云：

> 高辛氏，有老妇人居于王宫，得耳疾历时。医为挑治，出顶虫，大如茧。妇人去后，置于瓠蓠，覆之以盘，俄尔顶虫乃化为犬，其文五色，因名"槃瓠"，遂畜之。时戎吴强盛，数侵边境。遣将征伐，不能擒胜。乃募天下有能得戎吴将军首者，赐之千金，封邑万户，又赐以少女。后槃瓠衔得一头，将造王阙。王诊视之，即是戎吴。为之奈何？群臣皆

---

① 《艺文类聚》卷九四，上海古籍出版社1999年版。
② 范晔著，李贤注：《后汉书》卷八六《南蛮传》，中华书局1965年版。

曰:"槃瓠是畜,不可官秩,又不可妻。虽有功,无施也。"少女闻之,启王曰:"大王既以我许天下矣。槃瓠衔首而来,为国除害,此天命使然,岂狗之智力哉?王者重言,伯者重信,不可以女子微躯而负明约于天下,国之祸也。"王惧而从之。令少女从槃瓠。槃瓠将女上南山,草木茂盛,无人行迹。于是女解去衣裳,为仆鉴之结,着独力之衣,随槃瓠升入山谷,止于石室之中。王悲思之。遣往视觅,天辄风雨,岭表云晦,往者莫至。盖经三年,产六男六女。槃瓠死后,自相配偶,因为夫妇。织绩木皮,染以草实,好五色衣服,裁制皆有尾形。……①

学界认为,槃瓠神话见之记载,始于应劭书,详于《搜神记》,完成于《后汉书·南蛮列传》,并流行于后世。

槃瓠神话作为民族起源与历史演进的神秘思维和艺术象征,曲折地显现出上述民族所具有的原始宗教的共同文化心理,并在相当长的时间内,支配着他们的日常生活,也支配着他们的过去、现在和未来。因此,槃瓠神话为我们提供了解读上述民族的钥匙。它不仅对研究上述民族古代社会历史和原始文化有很重要的参考价值,而且也是探索该民族的起源以及与其他民族间相互关系的不可忽视的资料。

槃瓠神话广泛流传于畲、瑶、苗等诸民族中。槃瓠神话在畲族乡村几乎家喻户晓。占瑶族总人口一半以上的盘瑶(又称"过山瑶""顶板瑶")也笃信槃瓠神话。畲、瑶两族中至今仍保存一

---

① 干宝:《搜神记》卷十四,中华书局1979年版,第169页。

种以汉文记载的文献，文献相传是高辛皇帝的手谕，还盖有难以辨认的玺印。这份文献在瑶族中称为《过山榜》《评皇券牒》《过山帖》《过山版》或《盘古圣皇榜文》，在畲族中称为《开山公据》《铁书》或《抚徭券牒》。畲、瑶两族的这一文献的不同文本中都相应记载着槃瓠神话。文中说，曾有一位皇帝赐给他们券牒，准许他们过一种"随山种插"、不役不税的游耕生活。

苗族推崇槃瓠为祖。其古歌唱道：

> 要述说远古的诗史，
> 要传述先祖的故事；
> 相传苗人汉人共一个始祖，
> 相传苗人汉人共一个祖宗；
> 说奶归玛光生养几个苗人，
> 说奶归玛光生养几个汉人；
> 说奶归玛光是苗汉的先祖，
> 说奶归玛光是苗汉的祖宗；……①

这里"奶归"意为神母，即高辛氏之女；"玛光"即指槃瓠。

在湘西苗族中也曾流传着槃瓠神话。传说上古时洪水泛滥，仅有兄弟二人幸免。兄妹诉诸天意，哥哥持盘，妹妹持瓠，在两边山头同时滚下，槃瓠在山下重合，结果盘哥瓠妹婚配生下六男六女，后自相夫妻，滋蔓繁殖。在部分苗族的祝酒辞中有十二个爹娘之说，与苗族槃瓠神话中的十二个子孙正相符合。

---

① 石崇仁：《中国苗族古歌》，天津古籍出版社1991年版，第36页。

槃瓠神话虽是畲、瑶、苗共同的精神遗产，有着共性的特征，透过槃瓠神话传说的外衣，可以映照畲、瑶、苗民族远古时代存在的相一致的"童年形式"，可以追溯畲、瑶、苗族的历史渊源，但畲族槃瓠神话又具有其特有的内容和形式。

畲族称槃瓠为"忠勇王"，闽东、浙南畲民还称之为"龙麒""盘护""高皇"等，皖南畲民又称作"龙猛"，粤东畲民称作"护王""盘大护""盘古大王"等。在畲民村落家族中都保存着与槃瓠神话有关的实物、文字和口碑资料，如祖图、祖杖以及族谱中的《敕书》《开山公据》。畲族甚至将槃瓠神话编成诗歌，如《高皇歌》《祖公歌》《盘古歌》《槃瓠王歌》，世代相传。在畲族族谱中甚至有明确标明本族为槃瓠的后裔者。福建省福鼎市牛埕下《冯翊雷氏宗谱·纂修雷氏族谱序》载："……他如霞浦是居者瑞发，福安是处者孔亲，以及福安之穆洋、溪塔、岩前、老虎岩并白路、三坪等处地名孔多，难以枚举，均是槃瓠王后裔。"①

在畲民家族中槃瓠神话有三种不尽相同的文本：其一，如福建省福鼎市甘棠镇田螺园畲族村《冯翊雷氏宗谱·帝喾高辛氏敕封盘护王铭志》，重修于清光绪二十三年（1906）。这一文本又称《敕书》，是最习见、最有代表性的文本，代表着畲族槃瓠神话的主要线索，畲族史诗《高皇歌》便是以此为蓝本的。这一文本大体描述畲族祖先槃瓠因助高辛帝平番而娶了三公主，婚后徙居广东凤凰山，生下三男一女，长子姓盘，次子姓蓝，三子姓雷，女婿姓钟。这一神话传说留下了一句箴言式的"御偈"和"御赐对

---

① 福建省福鼎市牛埕下畲族村：《冯翊雷氏宗谱·纂修雷氏族谱序》，清同治六年本。

联":"念尔祖宗德泽深,名垂万古受封荣。原为前朝除匪寇,莫将券牒视非真。享镇名山多乐趣,何烦鸟语动幽情。自从敕赐恩膏厚,世代相承及古今。""(安邦定国)建功前朝帝誉高辛亲敕赐,(驸马金卿)名垂后裔皇子王孙免差徭。"畲族祠堂、畲家厅堂至今悬挂这一"御赐对联"。在畲民祭礼、婚礼上也都以此为固定的楹联。

其二,见诸霞浦县崇儒畲族乡樟坑畲族村《汝南蓝氏宗谱·蓝氏源流总图》,修于同治九年(1870)。这本家谱中将"槃瓠"书为"盘匏",故事情节略有不同,叙述古代山上有"柳氏"二怪,槃瓠王于海隅并戮之,徙居西洋宫,之后生下三男一女。这一文本对槃瓠进行了再编码,认为盘匏虽出身平凡,却是位降妖伏怪的英雄,从而抹去了其不平凡的身世和与皇家异乎寻常的关联。

其三,见于福建省漳平市《盘王开山公腾牒据》与畲族村民间故事综合的内容。故事大体讲述战国时期番王作乱,槃瓠带龙犬向楚平王请战,槃瓠与其兄盘田桐带兵退敌。楚平王背信弃义欲加害于槃瓠兄弟,迫使槃瓠兄弟逃离。嗣后槃瓠一系繁衍为畲,盘田桐一系繁衍为瑶。这一文本中的槃瓠兄弟同样出身平凡(为阿妈雷凤所生)。槃瓠郎与盘田桐两兄弟的关系,耐人寻味地暗示畲瑶间的亲缘关系。①

总之,在汉文典籍中,在畲、瑶、苗民族中,以及畲族内部均存在着槃瓠神话的不同文本,这反映了民间口承文学所具有的一般性特征,即传承性、变异性和丰富性。同时,由于槃瓠神话

---

① 蓝炯熹:《畲民家族文化》,福建人民出版社2002年版,第20—31页。

在畲、瑶、苗民族中的特殊地位,因此,又具有区别于一般神话传说的深厚历史感和精神支配力。

二、槃瓠神话祭祀活动的"剧场效果":以"招兵节"为例

槃瓠神话的思维方式、心理特点、结构原则,长期沉积在其民族心理、民族文化、民族精神的底层,并作为一种"现实"的存在,渗透到他们的现实生活中。这种现实生活主要表现在畲族的宗教祭祀活动中。

畲民家族的祭祀活动——远祖祭十分注重对槃瓠神话的追忆,以十分遥远的历史印模来熔制、打造宗族成员心灵中的民族徽章,使每一个成员都深知自己是不同于汉人的"畲家阵"。在俎豆馨香中,与神灵交流,畲民既求得了心灵上的慰藉,又得到了精神上的庇护,还获得了民族与宗族的认同。[1]

畲族祭祀活动时要请本族法师设坛,悬挂祖图,开启族谱,竖立祖杖,并由长辈讲述族源和槃瓠一生的功绩。祭祀是家族活动的一种仪式,有一整套象征性的、表演性的、由家族传统文化所规定的宗教"正剧"程序。强调一种特殊的"剧场效果"。[2] 祭祀"正剧"的主要"道具"有祖图、祖杖、祖牌等,其中祖图、祖杖与槃瓠神话有直接的关联。

祖图,又称"太公图""永远图记""长联""环山轴"等,多以麻布、土布为底,平图勾勒,浓墨重彩,以条状横幅长卷居

---

[1] 蓝炯熹:《畲民家族文化》,福建人民出版社 2002 年版,第 179 页、187 页。
[2] 同上书,第 178 页。

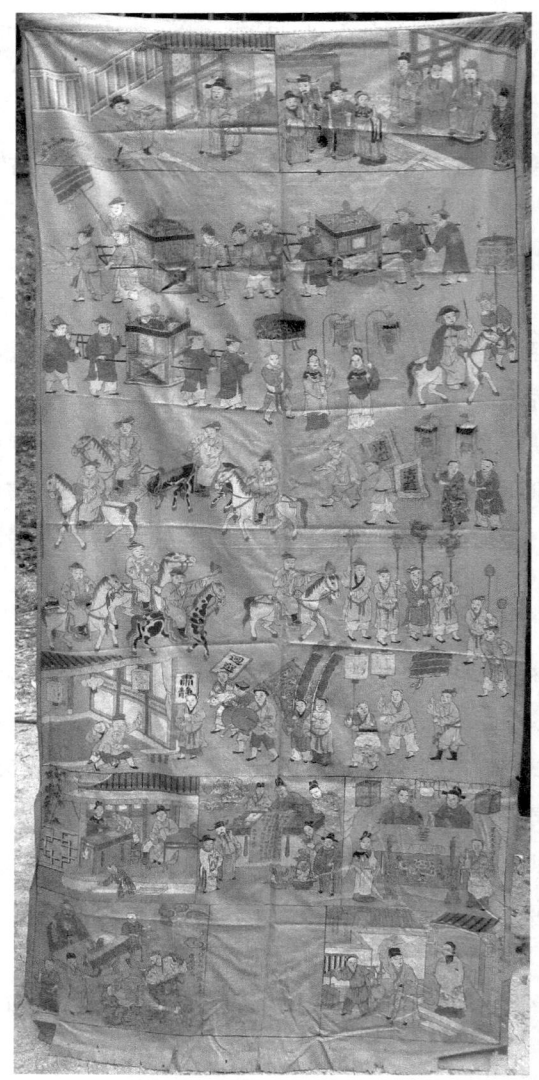

图1　畲族祖图局部（刘冬 2016 年摄于福安市康厝畲族乡）

多，也有直幅多屏组合而成。画面配有文字说明，图文并举，以槃瓠神话为依托，展示畲族历史发展、社会生产、文化习俗等。这些情节组成一组连画轴，世代相传。①

祖杖，又称"龙首杖""龙首师杖""族杖""法杖"，雕饰龙头，分长短两种。长者四尺多，藏于祠堂；短者二尺余，置于祖箱。据畲族谱牒中的《龙首师杖记》记载："……（槃瓠王）游山畋猎，不料皇天降临，廿二年正月十四日被山羊角伤其左肋，竖树岔而卒。十七日得尸而归。彼时，文武官员奏上帝……命将士将树砍回，召青洲范氏雕匠刻槃瓠王颜像，名曰：'师杖'。每朔望焚香致祭。"②

祖杖与祖图都是畲族图腾崇拜和家族崇拜的标志物，是畲族传世之宝，平时秘而不露，惟有祭祀仪式时才得以展示。醮明祭后，族人新取的法名写在红布条上并系于祖杖。

以上两件"道具"，均在祭祀过程中摆设在重要而醒目的位置，以营造隆重、庄严、肃穆的氛围。在全国各地畲民的祭祀活动是不尽相同的，这里以粤东凤凰山畲民祭祀活动为例。广东畲民祭祀活动又称为"招兵节"。畲族乡村"招兵节"是重现槃瓠神话中忠勇王招兵征番的情节。每三五年举行一次，选择冬至前后举行，历时三昼夜。仪式主持者为畲族巫师，共 27 个程序：（1）起师（2）大请神（3）奏文书（4）请佛（5）列兴明经（6）读消灾谶（7）请龙（8）安龙（9）安井（10）开公谶（11）拜田君（12）做供（13）打路引（14）给旗（15）招兵（16）上香（17）请师爷（18）开

---

① 本书编委会：《中国民族文化大观·畲族编》，民族出版社1999年版，第95页。
② 同上书，第96页。

图 2 畲族巫术（张剑摄于福建省福安）

三奶经（19）尝兵粮（20）尝酒肉（21）安兵（22）光灯谢土（23）慈悲经（24）观音经（25）牧师（26）送佛（27）谢师等。所招神兵，包括东方九夷兵（巫师执蓝色三角旗）、西方六戎兵（黑色三角旗）、南方八蛮兵（红色三角旗）、北方五狄兵（白色三角旗）、中心三秦兵（黄色三角旗）等 5 营兵马，另有左天生兵、右地生兵，以及本坛、本地福主公共 9 路神兵，统由巫师调遣。仪式开始时，要举行"开天门"，即由家族中的青壮年男子着戎装分列村口，待一声令下，锣鼓鞭炮齐鸣，迎迓外村畲民参与仪式。①

在整个祭祀过程中，有一套完整的民间傩戏的表演程式，畲

---

① 广东省地方史志编纂委员会编：《广东省志·少数民族志》，广东人民出版社2000年版，第 284—285 页。

民家族成员既是演员（其中家族成员中的巫师扮演者是主要演员），又是观众。其"剧场效果"是既娱神，又娱人；是思想共鸣，又是情感交流。"这个仪式过程，通过特定的时空、特定的家族群体和特定的文化氛围，沟通人与神（主要是祖先神灵）、人与人（家族成员之间）之间的关系，完成家族成员的社会阶层类别、村落地缘的差异和每个家族成员的生命周期的过渡，以及强化家族内部秩序和整合家族外部社会力量。"①

三、槃瓠神话的史诗化：《高皇歌》

神话作为原始初民艺术地掌握世界的一种方式，可以衍生出宗教，即关于神灵的观念体系和对他们的膜拜制度。但神话意识不仅仅朝着宗教形成的方向演变，与此同时，在神话这一混融性的结构中，还可能会有一种审美化和历史化的艺术流程，民族史诗便是这种流程的最终归宿。在关于民族英雄的神话中表现得最为鲜明。民族英雄同自然、社会的不同敌手作殊死的斗争，并战而胜之或悲情殉道，这类神话最被看好，最容易演变成史诗性的传说，畲族槃瓠神话也归于此类。槃瓠神话的史诗化的最主要文本便是《高皇歌》。《高皇歌》来源于槃瓠神话，脱胎于槃瓠神话，是槃瓠神话的又一艺术载体。畲族史诗《高皇歌》既有槃瓠神话的基本内容，又有畲族繁衍、迁徙的历史沧桑。《高皇歌》为槃瓠神话平添了历史厚度和悲剧色彩，叙述了槃瓠王的死亡和畲族族群迁徙的艰辛，史诗内容更加丰富凝重，故事情节更加完整

---

① 蓝炯熹：《畲民家族文化》，福建人民出版社2002年版，第178页。

曲折，人物形象更加生动鲜明。《高皇歌》世代流传于畲族乡村，1947年我国著名的民族学、人类学家凌纯声在《国立中央研究院历史语言研究所集刊》中首次将《高皇歌》披露于学界。到了20世纪90年代，浙江省民族事务委员会在广泛的田野调查基础上，整理出版了《畲族高皇歌》。较之前者，《畲族高皇歌》容量更大，情节更丰富。

畲族史诗《高皇歌》，又名《祖公歌》《盘古歌》《槃瓠歌》《龙皇歌》《传宗歌》等，史诗成形的时间虽无考，但定形的时间当是明代。各地抄本内容基本相同，有详有略，一般长达400～600余行。《高皇歌》为七言诗，全诗共分三部分。第一部分为槃瓠神话，有回忆、出征、成亲、隐居、打猎、殉族6节，以极大的民族自豪感赞颂龙麒（即槃瓠王）的丰功伟绩。他帮助高辛帝抵抗番国入侵的英勇斗争历史，并功成隐退毅然离开帝都驸马显爵的丰禄生活，带领子孙到偏僻的凤凰山区垦种打猎，建设家园，后来在征服自然的斗争中以身殉族。第二部分描述龙麒殉族后，畲族子孙被迫由广东潮州向福建的兴化、古田、连江和罗源迁徙，再由闽东向浙江的景宁、云和、泰顺、平阳、丽水等县迁徙的离乡背井的悲惨遭遇。尾声部分要求族人将史诗"万古流传子孙唱"，切记"蓝雷三姓好结亲，都是南京一路人"，表明民族团结奋进的意识。结语写道："歌是山哈（畲民）传家宝，万古流传子孙唱。"流传于畲族民间，与《高皇歌》大致相类的史诗性的作品还有《凤凰山》《三公主》《麟豹王歌》等。

无论哪个国度、哪个民族，其文化发展程度如何，神话总是他们最先发达的文学艺术样式。源于槃瓠神话的畲族史诗《高皇歌》，使这一神话平添了一种崇高、悲壮的品格和瑰丽、宏伟的景象，一种对人类主体精神的高度赞美，足以使子孙后代为之骄傲并永受鼓舞。

半人半神、人神合一，是中外民族英雄史诗运用现实主义与浪漫主义相结合的创作方法塑造人物形象的普遍规律。《高皇歌》也不例外。槃瓠是畲族人民根据现实生活和自己的审美理想创造出来的民族英雄典型。在他身上集中反映了人物的性格特征与辉煌业绩，又凸现了畲族人民的崇高品格和优秀传统。他具有神的智勇和法力，又始终生活在人间，与畲族人民同呼吸、共命运，他坚持神为人用，神为人灵，保护民族，为民造福的宗旨。他身上寄托着畲族人民的美好理想和愿望，是民族精神的象征。在槃瓠的身上，集中体现了畲族人民在同险恶的自然环境与人类社会邪恶势力的斗争中，表现出的不怕艰险、不畏强暴、敢于斗争、坚忍不拔的民族精神。

四、槃瓠神话催生出畲族艺术创造的母题：女性崇拜

畲族槃瓠神话虽然是从始祖槃瓠出生、转世、建功立业的不平凡经历写起，但故事中另一主人公三公主毫无疑义地占有举足轻重的地位。相传三公主是高辛皇后怀胎十四个月所生，她温慧聪敏，不贪恋宫廷的富贵荣华，下嫁英雄槃瓠王，远遁岭南潮州凤凰山，历尽艰辛，生儿育女，开拓基业。畲族民歌《三公主》热情赞美美丽善良的三公主，畲族歌谣唱道："你是阳光会变化，你比日月更精华。"三公主的形象深深植根于畲民的思想观念中，以致于畲文化中毫无疑义地渗透着女性崇拜的因素。

美国著名民间文艺学家史蒂斯·汤普森创造了神话思维的母

题理论,他认为,母题是指神话、民间故事、叙事诗等叙事体裁的民间文学作品中反复出现的最小叙事单元和基本思维元素。"一个母题是一个故事中最小的能够持续存在于传统中的成分。要如此它就必须具有某种不寻常的和动人的力量。"[1] 母题源于一个民族的集体无意识,积淀在该民族社会记忆的底层。某个民族的一个民间故事主题的酝酿,都是由该民族神话思维中所固有的一个母题或若干个母题决定的。上述槃瓠神话中潜含着女性崇拜的思维要素(母题),这个母题作为一种传统的精神动力,激发了畲族的民间文艺的创造。

畲族民间文学往往以女性为描写中心。畲族创世神话《男造天,女造地》云:

> 天是男人造的,男人懒,做一气,歇一气,结果把天造小了。地是女人造的,女人勤,没停没歇地掘呀掘,男人大喊:"地造大了!"女人赶紧抓了几把,想把地缩小回来。这一抓呀,有的地方凸起来,变成山,有的地方凹下去,变成湖海,五个指头抓出了条条江河。[2]

以上神话极力张扬了在创造世界中女性的主导作用,从字里行间透露出对女性的赞美和歌颂,也十分显然地凸现出女性崇拜的母题。

---

[1] 史蒂斯·汤普森:《世界民间故事分类学》,上海译文出版社1991年版,第499页。

[2] 雷恒春:《中国民族文化大观·畲族编》,民族出版社1999年版,第248页。

中华民族自古至今就有借民间创作表现对智慧的强烈追求和热情赞颂，如藏族的阿古顿巴、维吾尔族的阿凡提，他们的智慧完全来自于他们在改造自然、征服自然中的辛勤劳动。畲族民间文学中所塑造的智慧人物，是一位名叫蓝聪妹的女子。《稻谷和稗子》《三间新房》《打官司》《没泥哪来谷米》《拾"毡帽"》等篇章，生动地描述畲族少女蓝聪妹怎样以其聪明才智帮助畲族贫苦农民摆脱困境。畲族源自槃瓠神话的崇尚女性的审美意识，有意识地把女性作为本民族智慧的化身，并尽情地歌颂她。《稻谷和稗子》的故事说：

> 畲山岙畲民这年春耕缺谷种，蓝聪妹为大家到财主刁贵家借谷种。刁贵在谷处里掺进三分之一的稗子后借给聪妹，并讲定等田里的禾苗长大后，按长势再定利息。聪妹满口答应，挑着谷种回来分给各家播种。到了插秧这天，聪妹让各家把秧田里长得特别高大的稗子秧从地里拔出来，集中插在一块平整肥足的田里，一个月后，刁贵看到这丘田的禾苗长势特别好，便写下文书，选定这丘田做利息。稻子成熟了，聪妹和大家忙着收割稻子，财主刁贵亲自选定的田长的全是稗子。[①]

女性崇拜的母题也淋漓尽致地折射在畲族的服饰艺术工艺中。由于传统社会分工的不同，女性有别于男性的社会角色、政治和经济地位，以其特殊的素质和心态，使她们在服装的制作中

---

① 雷恒春：《中国民族文化大观·畲族编》，民族出版社1999年版，第254页。

图3 畲族婚俗(丁立凡摄于福建省福安)

较长久地、较多地创造和传承着民族的传统文化,将服饰从御寒的单一功能,发展到记载历史、创造艺术并形成文化的极高境界,使民族服饰"犹如一种穿在身上的史书、一种无声的语言,无时不在透露着人类悠远的文化关系,传散着古老的文化信息,发挥着多重的文化功能"。① 以闽东畲区最具特色的女子服饰——"凤凰装"为例。畲族女子红头绳扎的头髻高高盘在头顶,称为"凤髻";衣裙上绣有各种彩色的花边,代表凤凰羽毛;腰间悬挂银器,叮当作响,意为凤鸣。据说,三公主与槃瓠结亲时,三公主身着凤衣,头戴凤冠,光彩照人。畲族女子穿起凤凰装以纪念三公主,并借喻凤凰可以带来吉祥如意。福建福安畲族女子凤凰装上衣沿服斗边下端靠衱头之处,绣有半个方形的角隅花纹,畲

---

① 邓启耀:《民族服饰:一种文化符号——中国西南少数民族服饰文化研究》,云南人民出版社1991年版,第4页。

家称,这是上古高辛王赐封时的金印。福建福鼎畲族女子凤凰装的右边襟间有两条比衣襟还长的红色绣花飘带,畲家认为是高辛敕封的绶带。

畲族民族服饰,对于别的民族是一种区别的标志,对于本民族却是互相认同的旗帜,结成整体的纽带,这种凝聚力是一个民族得以生存、发展的"本能"。作为畲族传统文化重要组成部分之一的畲族服饰,是畲族的一大"族徽"。在多姿多彩的织品和刺绣饰物中,记载着畲族祖先槃瓠创业的历史,激励着人们奋发向上与自然界顽强拼搏。图腾崇拜、祖先信仰的灵光已化为民族奋发之根、民族精神之魂,使之发展壮大昌盛。

总之,畲族槃瓠神话是畲族重要的历史文化遗产,是畲族诸方面文化的源泉之一。畲族槃瓠神话是一把钥匙,它可以开启人们对于畲族社会生活、风俗习惯和民间文学、艺术等诸方面的研究之门。

作者简介:刘冬,女,汉族,山东博兴县人。福建省民族与宗教研究所副研究员,研究方向:民族文化。

从"文化他者"到"内部言说"
——盘瓠神话文本及研究谫论

毛巧晖

西方的船坚炮利打开了清朝的大门,也打破了中国疆域的完整。在西方侵入之地以及中西交往中,西方的科技文明渐趋进入中国,在新的文明体系面前,传统中国的"夷夏"之分以及中国与藩属国之间的"朝贡体系"全线崩溃。尤其是到了19世纪,进化论的历史观渐趋成熟,并逐步实现了经典化。进化论的印记在地理教科书、人类学著作、文学和历史学中普遍存在,而且地理学、人类学、文学等领域的推进远远比西方军事侵略更为深入与改变人心。

一

从19世纪末开始,第一批睁眼看世界的国人(主要是文化精英),他们"师夷长技以制夷",在强大的敌人与自己节节溃败面前,强兵卫国、改进文化、种族改良都成为当务之急,从洋务派到改良派都积极为此努力,他们的努力目标就是西方所建构的

"文明"秩序与文化标准。"文明的话语与实践生成了人种志或民族学的知识形式,而人种学或民族学反过来承担起了所谓'西方的文明使命'。"① 人种学被迅速引入中国。章太炎《訄书·序种姓》对西方民族学中有关种族和民族的起源等知识作了简略的介绍和评论。他认为"化有早晚而部族殊",人类种族同为历史变迁而发生差异,但文化的高低是区别不同种族的依据。"性有文犷而戎夏殊"则以种族的不同与文化的差别,来论证汉民族不应当受满族的统治。② 后者具有强烈的时代色彩,但是章太炎这一论述中有显著的欧洲种族论色彩,他把汉民族说成与欧美人种一样同属于文化发达的人种。刘师培《中国民族志》用"物竞天择"的进化论分析中国,"强调中华民族必须自强,宣传反清思想,为资产阶级民主革命制造舆论"③。刘师培《中国历史教科书》亦体现了进化学派的观点。1903年,清政府学部所颁布的《奏定大学堂章程》中,将人种学列入国史及西洋史两门随意科课程中。这里的人种学,其实就是民族学。1904年,《新民丛报》刊载了蒋智由撰写的《中国人种考》,清末,京师华印书局出版了署"抱咫斋杂著"的《中国人种考原》。"该书作者认为中国人种可分为五种,即满洲、汉、蒙古、回、西藏,并对各民族进行了'探厥源泉,

---

① 梁展:《文明、理性与种族改良:一个大同世界的构想》,载刘禾主编:《世界秩序与文明等级:全球史研究的新路径》,生活·读书·新知三联书店2016年版,第116页。
② 章炳麟:《訄书》,辽宁人民出版社1994年版,第93—94页。
③ 王建民:《中国民族史·上卷(1903—1949)》,云南教育出版社1997年版,第82页。

稽其本质'的族源的考证。"① 清光绪进士王树枏于光绪二十四年（1898）写成《欧洲族类源流考》，概述了世界各国民族的源起与发展。② 在该书的绪论中，他提出：五洲有黄、白、红、黑四种，"黄种与白种智，红种与黑种愚。愚种与智种角，则智种胜；智种与智种角，则尤智种胜。今日欧洲之人，天下所称为尤智者也"③。邓实也认为中西文化差异是由于"土地人种不同也"④造成的。可见随着西方种族思想流入，中国知识界开始了解：世界分为白种人、黑人、黄人、红种人等。这就改变了从前中国以"华夷"和"夷夏"为标准的群体划分。但是这一体质划分，将原本地域空间的分布，转变为人类体质的进化，甚至被西方体质人类学研究者极端化，如布戎，他将人种纳入了从黑到白进化的时间序列，当然这一进化序列没有成为世界普遍性知识，但是人种划分却成了基础知识广泛延续并推广，"全然不顾古代族群的根本属性其实是政治单元而不是血缘集合。毫无疑问，对于种族思维的反思和批判，仍然是常识教育中的空白点"⑤。当然在最初人种学引进中，亦不乏批评之声与意见相左之人，最典型的当推章太炎。他虽然较早对人种学做出了回应，但是他反对西方文化秩序

---

① 王建民：《中国民族史·上卷（1903—1949）》，云南教育出版社1997年版，第82—85页。
② 同上。
③ 参见王树枏：《欧洲族类源流考》，中卫县署印，内部资料，1902年。
④ 邓实：《鸡鸣山风雨楼独立书》，《政议通报》1903年第25期。
⑤ 刘大先：《中国人类学话语与"他者"的历史演变》，载刘禾主编：《世界秩序与文明等级：全球史研究的新路径》，生活·读书·新知三联书店2016年版，第482页。

中的单线进化论与西方文明一元论，他认为"西方文化并不是四海皆同的共同范式，中国作为一个文化根底深厚、自成体系的国家，不应简单模仿"①。可见他反对将中国的文化复杂性做简约化处理，当然由于其生存时代的情境性，他对于进化论的阐释难免有局限性，但不能湮没他民族文化思想中的"理性之光"。

无论学者思想之间有何差异，但显而易见地是，随着西方人种学的引进，他们逐步改变了传统的"华夷"秩序观。1843年左右，玛吉士②编纂了《地理备考》，在这一著作中，他引进了朗格卢瓦编辑的《现代地理学词典》，将人分为五色。朗格卢瓦原著中叙述黄种人主要分布于南亚，很显然，东亚被遗忘了，但是玛吉士将东亚补充进去，只是他并未将其写为黄色人，而是将东亚人与欧洲人一样，归入了白色人种。这一行为"旨在消除清朝官员长久以来对居住在澳门的葡萄牙人的鄙视心理"③，却也说明了当初中国的"华夷"秩序依然影响着国人与澳门的葡萄牙人。但是随着迈入20世纪，传统的"华夷"秩序不仅被打破，而且在自我论述中渐趋认可了"半开化"人种，其转捩点就是日本跨入文明国家的行列。日本明治维新之后，按照欧美等国的文明标准，被纳入欧美等国发起的国际组织，因此中国的知识精英，如

---

① 王建民：《中国民族史·上卷（1903—1949）》，云南教育出版社1997年版，第83页。
② 葡萄牙人，19世纪早期因殖民贸易活动到澳门，曾经做过澳门葡萄牙人自治机构——澳葡议事会的译员。
③ 梁展：《文明、理性与种族改良：一个大同世界的构想》，载刘禾主编：《世界秩序与文明等级：全球史研究的新路径》，生活·读书·新知三联书店2016年版，第139页。

梁启超、谭嗣同等亦开始视文明等级为"进化之公理",梁启超在《文野三界之别》中写道:"泰西学者,分世界人类为三级:一曰蛮野之人,二曰半开化之人,三曰文明之人。其在《春秋》之义,则谓之据乱世,升平世,太平世。皆有阶级,顺序而升,此进化之公理,而世界人民所公认也。"① 可见中国文明已经被纳入新的秩序,随着纳入此秩序,中国传统的夷夏之分亦发生变化。过去夷夏之间更多是空间、地域与亲疏之分,而不是时间与等级秩序,到了20世纪初华夷、华夏都被转换到"进化论"的轨道上,这也恰是进化论的核心之所在。正如英国哲学家亨利·斯基维克所指出的,它一转眼就"将社会理论转化成为道德论和政治理论"。② 20世纪前半叶盘瓠神话的研究恰是在这一背景下进行。

20世纪初,中国知识界从日本转译或从欧美直接翻译引入"神话学",神话学从诞生之初就肩负着"启迪民智"③ 的民族使命。首先进入学者视野的就是中国古代的神话传说研究,对此形成之因,王孝廉已经进行了精辟论述,即战争与清朝晚期的社会动荡引起了学者对古史观的思考与批判、疑古之风的影响、

---

① 梁启超:《文野三界之别》,载《饮冰室合集》专集之二,中华书局影印1981年版,第8—9页。
② 刘禾:《国际法的思想谱系:从文野之分到全球统治》,载刘禾主编:《世界秩序与文明等级:全球史研究的新路径》,生活·读书·新知三联书店2016年版,第82页。
③ 刘惠萍:《中国现代神话学研究的学术反思》,《民间文化论坛》2005年第2期,第12页。

西方新史观的引入、考古学及古史辨的影响等①。但是从20世纪30年代开始，除了中国古代的神话之外，南方少数民族的神话进入研究者视野，即所谓"南方的发现"。王国维在《屈子文学之精神》中提到："南人想象力之伟大丰富，胜于北人远甚。彼等巧于比类，而善于滑稽。……夫儿童想象力之活泼，此人人公认之事实也。国民文化发达之初期亦然，古代印度及希腊之壮丽之神话，皆此等想象之产物。……南人之富于想象，亦自然之势也。"②

王国维表述之逻辑与西方"二元论"较为近似，他将南方文学视为"儿童、活泼、想象"的文学，其特性为"神话""巫咸之占"等。从20世纪初开始，随着歌谣运动的兴起，南方的神话、传说等民间叙事就已进入中国新文学视野。而20世纪30年代后，因为战争影响，北方知识人大批南下，知识人对于西南、岭南一带的少数民族有了直接的认知。其中在苗、瑶、畲等民族中流传的盘瓠神话引起学者的关注。在人类学、民族学学者的表述或研究中，都认为盘瓠神话是人类早期文化的典型，其所属族群则是初民社会的个案，基于这一文化理念，他们就用图腾理论阐释盘瓠神话，将盘瓠视为图腾崇拜。

---

① 参见王孝廉：《神话研究的开拓者》，载《中国的神话世界——各民族的创世神话及信仰》，台湾时报出版公司1987年版，第726页。
② 王国维一文原载于《教育世界》1906年第23期（总139号）。在收入马昌仪主编的《中国神话学文论选萃》时题目由编者进行了修改。参见王国维：《神话乃想象之产物——屈子文学之精神》，载马昌仪编：《中国神话学文论选萃》（上编），中国广播电视出版社1994年版，第30页。

二

20世纪初至40年代,盘瓠神话作为文化个案引起中国本土以及西方、日本学者的关注,在他们的研究中,更多将其视为图腾信仰理论之中国个案并纳入全球犬图腾信仰地图中,这也就将盘瓠神话之群体纳入了西方从16世纪开始建构的全球文明秩序与文明等级中。① 盘瓠作为瑶族、畲族的图腾信仰这一文化理念从20世纪上半叶开始成为此类学术论题的主流思想,学者长期以来基本延续了"神话复原"②的研究传统。

从20世纪三四十年代,学者就开始考察瑶、畲、苗等民族中存在的盘瓠神话,并将之与《风俗通义》《搜神记》《后汉书·南蛮西南夷列传》等文献材料对照,并使用西方的图腾理论,阐释这一神话传说。"'图腾'、'答布'、'么匿'等译音字不断被我国人使用。五四运动时期,在北平晨报副镌、京报副刊、上海时事新报学灯上边,类似上述谈论也很多。"③ 由此可知,图腾理论成

---

① 参见刘禾主编:《世界秩序与文明等级:全球史研究的新路径》,生活·读书·新知三联书店2016年版。
② "神话复原"的传统,即"通过人类学的方法,将一些在文明相对滞后的地区或民族中依然存活的神话传说直接与古典文献记载中的有关神话挂钩,并依此活态神话将原来零散的神话记载串联为一个完整的神话有机体"。参见陈泳超:《关于神话复原的学理分析——以伏羲女娲与"洪水后兄妹配偶再殖人类"神话为例》,《民俗研究》,2002年第3期。
③ 陈永龄、王晓义:《二十世纪前期的中国民族学》,《民族学研究》1981年第1辑。

为当时学界的热点。盘瓠神话在西南民族中流传广泛,再加上它被认为"最富于原始性"①,与图腾理论的基本点较为契合,其中凌纯声对于畲民盘瓠神话研究是这一时期论述周密、考察全面的文章之一,他通过对畲族盘瓠神话以及龙犬崇拜的文献、口传、图谱等资料的阐释,论述了"盘瓠图腾与世界各犬图腾之关系",指出自己对于盘瓠图腾的研究,为"图腾的地理分布供给一点新的材料",填补"弗来善氏论及图腾的地理分布"之空白。正如他所说:

> 弗来善氏论及图腾的地理分布时,亦曾提到在中国有图腾的踪迹,在注脚里说中国有一土族崇拜狗像。……现在根据我们研究的结果,已可将此空白填上(附地图),对于图腾的地理分布供给一点新的材料。
> 在世界各民族中,以狗为氏族图腾或崇拜狗为祖先的,除畲傜以外,我们知道的有十五种人之多。②

钟敬文《槃瓠神话的考察》则主要论证了"对槃瓠神话诸记录(文献的和口碑的)的搜集和比较研究,以及确定主人公槃瓠的图腾性质"③。陈国钧则认为"图腾制度 Totemism 为各民族必经

---

① 楚图南:《中国西南民族神话的研究》,载马昌仪编:《中国神话学文论选萃》(上),中国广播电视出版社1992年版,第456页。
② 凌纯声:《畲民图腾文化研究》,《国立中央研究院历史语言研究所集刊》1948年第16册(第1分本)。
③ 钟敬文:《槃瓠神话的考察》,载马昌仪编:《中国神话学文论选萃》(上),中国广播电视出版社1992年版,第301页。

的阶段,人祖诞生的神话,势必与图腾发生关系"①,因此人祖起源神话的分析就被纳入进化论的图腾理论阐释体系。"研究民族分类与研究起源之方法不同。……今世文化学者以文书之有无为民族文明野蛮之分野。文明民族有文书纪录,其起源自可由历史资料研求得之。而原始民族尚无文书与记载,则其起源之研究惟有求之于考古学与神话学。"②可见,在这一研究体系中,盘瓠神话被视为野蛮民族之起源考察,同时它也是人类起源的镜像。在文化现象的具体分析中,为了将盘瓠神话及其图像艺术纳入这一理论体系,对于苗、瑶、畲等族群的文化事象处理进一步单一化,如凌氏谈到畲民一种游戏舞时说"以长板一条,中间搁在板凳上,板之两端坐两人,动作时一上一下,如狗之跳跃"③。显然有附会图腾之意,本是在各民族、各地域普遍存在的民间游戏,被凌氏视为畲族犬图腾之例证。这一时期此类文章相对较多,不能一一例举,而且在他们的论述中都有一个基本思想就是盘瓠神话所属群体对于汉文化而言,是野蛮或蒙昧阶段,也就是文化进化轨迹的低级阶段。在笔者查阅的二十余篇文章中,除了鸟居龙藏在1903年撰写的《苗族调查报告》中认为"古代苗族曾在长江畔建立三苗国,已有设立一种制度之程度(铜鼓亦已铸作使用),决非极端未开化之野蛮民族。今虽不能见其昔日之状态,然其文

---

① 陈国钧:《生苗的人祖神话》,载马昌仪编:《中国神话学文论选萃》(上),中国广播电视出版社1992年版,第530页。
② 马长寿:《苗族之起源神话》,《民族学集刊》1940年第2期。
③ 凌纯声:《畲民图腾文化研究》,《国立中央研究院历史语言研究所集刊》1948年第16册(第1分本)。

化之程度则已至农业时代，而以农为生活之基本也"①，其余皆将盘瓠神话群体视为文化的野蛮或蒙昧阶段，即使鸟居龙藏亦称其为"苗蛮"，可见盘瓠神话及其持有者群体成为了研究者视野中的"他文化"。这与传统的"夷夏"观不同，在中国古代，华夏与四夷更多是亲疏关系与地理空间上的区隔，并未将其纳入文化秩序的时间序列。同时盘瓠神话又与其他少数民族及汉文化一起，作为中华民族文化共同成为西方文明的"他者"，正如前文已经提及的梁启超所述之"半开化民族"。对于盘瓠神话之图腾理论分析，将中国西南边疆的苗、瑶、畲等民族视为文化的"野蛮阶段"不能不说其为殖民势力提供了侵占的借口。当然此分析不能脱离历史语境，楚图南、凌纯声、钟敬文、马长寿、陈国钧等诸位先生的研究并未有此目的，但是文明与野蛮之进化观，进步与落后的意识形态化之衡量标准，即使在今天"依然散见于我们的一般知识当中"②，殖民主义作为一种政治无意识依然存留于一般知识之中。

这种研究方法从 21 世纪初开始受到学者的质疑，他们认为"由于时空、民族、文化等多方面的巨大差异，要达到令人满意的效果，实在并不是一件容易的事情"③。人类学、考古学材料对于历史文献补充的意义以及这些材料对于"神话原生态"还原的

---

① [日]鸟居龙藏:《苗族调查报告》，国立编译馆译，北京国立编译馆民国二十五年（1936）版，第 260—261 页。
② 赵京华:《福泽谕吉"文明论"的等级结构及其源流》，载刘禾主编:《世界秩序与文明等级:全球史研究的新路径》，生活·读书·新知三联书店 2016 年版，第 234 页。
③ 陈泳超:《关于神话复原的学理分析——以伏羲女娲与"洪水后兄妹配偶再殖人类"神话为例》，《民俗研究》2002 年第 3 期。

"效度与信度"难以确定。① 当下对于盘瓠神话的研究，学者们不再追溯盘瓠神话的源起以及传播、发展等，而主要阐述盘瓠神话叙事文本所呈现的族群与族群之间、族群内部的社会秩序以及族群与中央王朝的政治关系。

盘瓠神话文本最早见于史籍文献中，由于进入书写系统，它的演述场域无法构拟，再加上历史文献记载都是"他者"视域的书写与转述，因此我们在文献梳理中，不再关注盘瓠神话源起及它与"'盘古开天地型'神话"② 的源流关系，而是关注从原初文献记载的"他者"叙事到文本型"神话文书"中所延续与传承的神话深层结构，即盘瓠神话叙事文本中"秩序与关系"的言说。

三

目前一般认为对盘瓠神话的记载最早出现于东汉应劭的《风俗通义》，但是目前流传的版本中并未得见。只是从罗泌《路史》的转述得知，之后其他文献亦有记载，这在相关研究中已论述得

---

① 参见吕微:《神话何为——神圣叙事的传承与阐释》，社会科学文献出版社2001年版，第322页。

② "中国'盘古开天地'型神话属于'宇宙起源神话'，主要讲的是原始人解释宇宙万物最初来源的故事，具有幻想性与超自然的性质。这种神话很早出现于中国各民族神话之中。其流传历经三国、南北朝。"其中对于瑶族地区的盘古庙均被纳入盘古神话播布范围。参见谭达先:《"盘古开天地"型神话流传史》，《文化遗产》2008年第1期，第91—97页。

较为详尽。① 但是盘瓠神话从最初的记载就与其他"族源或起源型神话"②不同，正如竹村卓二所说：槃瓠神话与同时期族源神话相比，具有特殊性质，"与其他民族起源故事有着根本不同之点"③。为了清晰呈现盘瓠神话叙事的独特之处，笔者对从汉代到20世纪上半叶相关叙事文本进行了梳理，总结出叙事文本的情节（syuzhet）、关涉人物（或群落）、生活场域（主要指文本叙事中提及的生活范围等）、各群落之间的关系等（见表1）。

表1

文献名称	情节	关涉人物（或群落）	生活场域	从属关系	备注
《风俗通义》	1.高辛氏犬槃瓠；2.妻帝之女；3.生六男六女，自相夫妻	1.高辛 2.南蛮之男女祖先（槃瓠与帝女）	自相夫妻	不明确	从罗泌《路史》转述得知
《山海经注》	1.高辛与戎王为敌；2.槃瓠杀戎王；3.高辛以美女许配；3.不驯服；4.会稽东海，得封地三百里；5.特殊群体（男为狗，女为美人）	1.高辛 2.戎王 3.槃瓠与帝之美女 4.槃瓠子孙（男女有别）	会稽东海狗封之国	高辛帝流放之至会稽东海一带	晋郭璞注

---

① 奉恒高：《瑶族通史》，民族出版社2007年版。《过山榜》编辑组、《中国少数民族社会历史调查资料丛刊》修订编辑委员会编：《瑶族〈过山榜〉选编》，民族出版社2009年版，"附录 有关'盘瓠'的史料摘抄"，第101—110页。
② 我不赞同将盘瓠神话视为族源神话或者简单视盘瓠为图腾，在此只是为了表述没有歧义，继续用"族源型神话"的术语。
③ [日]竹村卓二：《瑶族的历史和文化——华南、东南亚山地民族的社会人类学研究》，金少萍、朱桂昌译，民族出版社2003年版，第215页。

续表

文献名称	情节	关涉人物（或群落）	生活场域	从属关系	备注
《玄中记》	1.犬戎扰乱高辛群落；2.高辛悬赏（美女与三百户）；3.帝之狗槃护应征；4.三个月后杀了犬戎；5.高辛视其为不可训民；6.妻以女，但将其流放；7.特殊群体（男女有别）①	1.高辛 2.犬戎 3.槃护与帝之美女 4.盘瓠子孙（男女有别）	会稽东南两万一千里外，海中国方圆三千里	高辛帝流放之至会稽东南二万一千里处，在海中的陆地建国	无
《后汉书·南蛮列传》	1.犬戎侵犯，征伐失利；2.募干将取吴将军首级；3.悬赏（黄金、万家、少女）；4.帝畜之犬槃瓠得吴将军首级；5.帝不欲践行诺言，其女自请出嫁；6.槃瓠与帝女入石室，他人不得至；7.生六男六女，自为夫妻；8.好五色服，服后有尾，语言奇异，好住山壑，性格外痴内黠；9.因先父有功，其母为帝女，从事农商皆免除赋税	1.高辛 2.犬戎（吴将军） 3.槃瓠与高辛女 4.盘瓠子孙（详述这一群落的服饰、性格、居住以及生活状况）	名山广泽	其地已与中央王朝有赋税关系	无

---

① 《玄中记》所述内容较少被相关研究纳入，或许因其是小说类。其全文为："狗封氏者：高辛氏有美女，未嫁。犬戎为乱，帝曰：'有讨之者，妻以美女，封三百户。'帝之狗名槃护，三月而杀犬戎，以其首来。帝以为不可训民，乃妻以女，流之会稽东南二万一千里，得海中土，方三千里，而封之，生男为狗，生女为美女。"见《鲁迅全集》第八卷，人民文学出版社1973年版，第485—486页。

续表

文献名称	情节	关涉人物（或群落）	生活场域	从属关系	备注
《魏略》	1.槃瓠的来源，即高辛氏宫中老妇患耳疾所挑出的顶虫变化而成；2.槃瓠的纹理特殊，即"五色"	高辛氏宫中老妇	无	无	已佚，现存于《太平御览》"四夷"部
《搜神记》	1.槃瓠为高辛氏老妇耳中虫所变；2.戎吴侵犯或房王作乱，帝悬赏捉拿戎吴将军或房王（千金、万户、少女），槃瓠应征；3.帝认为盘瓠是兽类，欲悖逆之前的悬赏，帝女以祸国为名，自愿跟随槃瓠；4.槃瓠与帝女至于石室；5.六年，得六男六女，自相婚配；6.好五色服，服后有尾，语言奇异，饮食蹲踞；7.从事农商皆免除赋税；8.用糁杂鱼肉叩槽而号，以祭盘瓠	1.高辛氏宫中老妇 2.高辛 3.戎吴或房王 4.盘瓠与少女 5.盘瓠子孙（服饰、饮食、居住、语言、性格均怪异）	名山广泽	帝女后返回高辛氏之处，槃瓠后裔农商均免赋税	无
《魏书》	1.槃瓠之后居于江淮之间，习俗迥异；2.北方叛乱，蛮人北迁	1.槃瓠后裔 2.魏、晋 3.槃瓠后裔	布满山谷	魏晋衰落之时，他们不断北迁	无
《桂阳志》	1.服饰斑斓；2.盘王子孙	盘王	无	无	《汉唐地理书钞》

续表

文献名称	情节	关涉人物（或群落）	生活场域	从属关系	备注
《天下郡国利病书》	1. 莫徭来自荆南五溪；2. 槃瓠之遗种，斫山为业；3. 免除赋役；4. 有自愿编入户者	1. 莫徭（槃瓠之后）2. 自愿编入户者	溪谷山岭部分编入民户（即与汉等族群杂居）	不属于官，亦不属于峒首（除自愿编入民户者）	无
《区域民族志》	1. 中国的皇帝盘皇与高王交战，败北；2. 立誓奖赏获得高王首级者（以女嫁之）；3. 槃瓠赴战，得胜；4. 王女与槃瓠生六男六女即瑶之祖先；5. 王女应从皇帝得国土之半；6. 王将山地给了槃瓠；7. 瑶人免租税、兵役、徭役，不得与外人结婚	1. 盘皇 2. 高王 3. 槃瓠与王女 4. 瑶人	险峻山地	得国土之半，瑶人免除税役	鲁涅特·杜·拉卓尼尔在越南东京高地调查瑶族最大群落的调查报告，1906年在河内出版

上表所罗列盘瓠神话文本，主要将盘瓠神话发展的不同节点予以呈现，在文本网络中，笔者没有剔除小说、笔记，将其与正史置于同等位置，因为在此叙事中，没有"正传"与"俗传"的区分，他们都是汉族知识人对"蛮夷"的记录或转述，而不是"族内人"视野。正如司马迁在《史记》中常常录入地方传说作为区域"史实"，即使录入正史的盘瓠叙事也是"俗传"的"历史化"。对盘瓠文本的分析，一来展示了盘瓠神话的叙事文本（narrative text）中素材（fabula）[①]的不断扩充；二来则呈现了文本承载群体强烈的秩序言说。前者与历史发展中，汉族对南方群落的知识有着直接关系，随着对"槃瓠之后"有了更多的了解，他们对盘瓠叙事就越发详尽，而且"素材"开始涉及除了特异先祖以外的居住、饮食、祭祀等多个层面，"盘瓠之后"的形象在史籍文献中越来越鲜活，而不仅仅是南方"异族"。后者，在文本解析中我们可以看到，盘瓠神话叙述之重点并不是"槃瓠之后"的源起及其民族习俗的由来，而旨在阐述"他者"世界的秩序，"盘瓠后人"的权利、特殊地位及其与"他者"族群的双边秩序。从表1所罗列的文本情节、故事角色、从属关系来看，上述内容一目了然。槃瓠、槃护、高辛帝、犬吴将军、高王、盘皇等，这些变化不影响神话叙事的本体。盘瓠神话叙事的深层结构要素就是：盘瓠与帝王的从属关系，盘瓠获得的特殊"封地"（崇山之间、东海之外），盘瓠禁地"石室"、生六男六女，"盘瓠之后"族内婚姻与生活习俗，盘瓠立功后人免除赋税、徭役，这些恰是"为保证蛮族的地位和特权所建立的原则。而这种地位和特权是建立在和主权者汉族不平等的交往关系以及地域协定的基础之上的"[②]。由于文献记载的不完整，再加上从最初的记述者应劭而言，都是"他者"转述，在记述中，难免会依据"自我"的文化逻辑对叙事文本进行增删、修订，书写文本在传承中的演化不比口头传承会

---

① "叙事文本""素材"等词主要参照了谭君强"第一版译者前言"，载［荷］米克·巴尔：《叙述学：叙事理论导论》（第三版），谭君强译，北京师范大学出版社2015年版，第4页。

② ［日］竹村卓二：《瑶族的历史和文化——华南、东南亚山地民族的社会人类学研究》，金少萍、朱桂昌译，民族出版社2003年版，第228页。

小。再加上古代少数民族与当下的民族名称很难一一对应，并且从宋代开始，南方民族的称呼突然发生了改变①，很难将盘瓠型神话叙事在历史脉络中全面、完整的梳理、排列，但是从当前已知文献的梳理中，可看到其叙事延续与传承的深层结构。通过梳理古代文献与检阅当下瑶学的研究成果，我们可以得知盘瓠神话与崇信活动主要流传于过山瑶中，并且这一支系形成了"自我"表述的"神话文书"——过山榜②。

四

盘瓠神话不同于族源叙事，它的重点不是讲述某一文化事象在族群内部兴起之过程，也不是族群内部封闭性的叙事，即划定不同族群的标准；它只是"识别各支系范畴的标志"③，因此它只在瑶族某一群体中流传就很正常，而且它的重点在于言说秩序与从属关系，而过山瑶恰是最需要这一叙事的群体。过山瑶出现于文献记载，较早的应是嘉庆版《广西通志》，即"义宁瑶有三：一曰盘古瑶，衣裤皆青布，系腰以花山，包头以花锦。能

---

① 宋代随着政权的难移以及中原汉族的南下，对南方少数族群的了解越来越多，在文献记述中越发详尽。

② 有"过山照""评皇券牒""盘古皇圣牒""十二姓瑶人过山榜文书""白箓敕帖"等二十余种名称。

③ ［日］竹村卓二：《瑶族的历史和文化——华南、东南亚山地民族的社会人类学研究》，金少萍、朱桂昌译，民族出版社2003年版，第228页。

汉语。……伐木耕山，土簿则去，故又名过山瑶。"^① 早在20世纪30年代，胡耐安的调查中就已经阐述了过山瑶与八排瑶（深山瑶）之间的差异，他们不固守于土地，坚持盘瓠神话叙事中在"崇山峻岭"间自由游走，亦不接受中央政权的苛责，不承担赋役、不受基层乡村组织的规约。尽管他们分散四处，但群落标志鲜明。在特殊的社会体系与社会生产中，他们与周边汉族、壮族等交往甚多，语言能力极强[②]。正像盘瓠叙事所述，他们需要处理各种族群之间的秩序、地域边界以及他们与中央王朝的从属关系等。神话不仅只是对过去的追溯，它还与现实关系紧密。正如杨·范西纳（Jan Vansina）所说："大量的神话都完全是对现存的世界与社会做出解释，其功能就是为了证明现存的政治结构。"[③] 对于过山瑶而言，"过山榜"的出现恰是如此。因为随着时代发展，《搜神记》《后汉书》等所述盘瓠叙事的内容与社会结构开始格格不入，承载群体必然会进行文化调适（adaptation），以便适应自身的需求。"岭南板瑶有榜文一种，自谓先世所传，内列榜令律例条券牒文等项。上盖离奇怪诞文之篆文印信。……此文显然是由许多时期之多种传说和文件集合而成。但经历世传抄，遂致讹伪日甚，不能完全置信。但就大体而论，这确是岭南瑶人之

---

① （清）谢启昆主修，胡虔主纂：《广西通志》卷二百七十八，广西人民出版社版1988年点校本，第6875页。

② 笔者在广西贺州一带调查时，当地学者也专门提到瑶族的语言能力，他们通晓多种语言。

③ Jan Vansina. *Oral Tradition*: *A Study in Historical Methodology*. London: Routledge and Kegan Paul, 1965, p.51. 载 [美] 阿兰·邓迪斯编：《西方神话学读本》，朝戈金等译，广西师范大学出版社2006年版，第268页。

重要的历史文献。"① 在这过程中,过山瑶产生了诸多盘瓠型神话叙事,而且这一叙事从"他者"视野转换为"自我"族内叙述。当然在诸多的"过山榜"中无所谓谁为"标准",正如利奇所说,神话不能分出"正确"和"不正确"的版本,"就克钦神话而言,其中的矛盾和不一致根本无法消除。它们是神话的根本。同一个故事如果有多个不同版本的话,没有哪个版本比别的'更正确些'"②。在"过山榜"中,异文众多,但基本上都包括了"盘瓠型神话叙事"③"十二姓由来""迁徙生活及其规约",当然后两者都是基于"盘瓠型神话叙事"的拓展。盘瓠神话叙事中的秩序,规约了他们的迁徙生活以及群体意识,同时也标明了他们与中央王朝(主要指向汉族)的政治从属关系。限于篇幅,在此不再一一罗列"过山榜"各文,而就不同文本进行概述论析。在"过山榜"中,盘瓠的形象发生了变化,渲染其威猛、强大,强调其"王者身份",如持有榜文者变为"盘皇子孙"④,且"盘护王龙犬有猛虎之威"⑤。这与笔者在湘桂一带调查时所见到的盘王像之形象

---

① 徐松石:《粤江流域人民史》,中华书局1939年版,第130页。
② [英]埃德蒙·R.利奇:《缅甸高地诸政治体系——对克钦社会结构的一项研究》,杨春宇、周歆红译,商务印书馆2010年版,第251页。
③ 在此用"盘瓠型神话"主要是针对各文本中不同名称,龙犬、盘瓠等,但其本质即与盘瓠神话叙事一致,因此将其归结为"盘瓠型神话"叙事,这一想法亦受到吴晓东研究员的启迪,特此致谢。
④ "过山榜"主要参考了《过山榜》编辑组、《中国少数民族社会历史调查资料丛刊》修订编辑委员会编:《瑶族〈过山榜〉选编》,民族出版社2009年版。不再一一标注页码。
⑤ 徐松石:《粤江流域人民史》,中华书局1939年版,第321页。

吻合。在新的塑像中,盘王已经变成了君临天下的"王者",特别是湖南江永"盘王像"①。而在盘王庙中,雕塑也是盘王居中,十二姓氏的盘王子孙分列两边②。"过山榜"中提及的盘瓠护国立功,国家之王有平王、盘王等不同名称,对手也是变换多样,有紫王、高王等,盘瓠的死亡方式也描述不同③,但叙述的核心情节依然是"盘护(瓠)功劳,朕知非

贺州盘古庙(毛巧晖摄于2017年3月4日)

小,封世袭之臣,勃(敕)享国公之职"。盘瓠死后,"描成人貌之容,……应(广)受子女祭祀"。王瑶子孙,"出(给)管山照(营)神,蠲免身丁夫役。评王券牒发天下一十(三)省,万顷江山"。这在过山瑶的度戒(阶)仪式中亦有展示,度戒(阶)之后

---

① 湖南江永的盘王像号称世界最大盘王雕像。
② 笔者于2017年3月6日和2017年3月9日分别考察了湖南江华盘王庙和广西恭城盘王庙,庙内神像格局基本一致。江华盘王庙中瑶族十二姓为:男子六姓——盘、沈、包、黄、李、邓;女子六姓——周、赵、胡、唐、雷、冯。
③ 过山榜中亦有提及"凌(羚)羊角刺而死",在当下口传叙事中,亦有被山羊顶下悬崖等。对"羊"这一动物意象,王宪昭研究员在相关调研讨论中,多次提及这是炎帝群落的象征,对本文的思考有一定启迪。因本文不述及族源追溯及神话起源,在此不予讨论。

的"师男可以获得一张任免书,加冕仪式后即可封官任职,师男可以自己选择去目的地去做省长或其他职务"。[①] 这也是通过仪式对盘瓠型神话叙事深层结构"秩序"的隐喻。湖南江永民间收藏者田万载收藏了一份道光年间的"徭民"[②]纠纷的审判文书,其中附有一张道光元年(1821)瑶汉划分地界图。在此只是想作为过山瑶在迁徙过程中,彼此的分界秩序极为重要的例证,当然这也是他们社会体系与生产方式的重要根基。此外"过山榜"文中还强调"日后居住久远,人种山穷,开枝分派,圣旨敕下,许各出山另择山场""王徭子孙之女,不许嫁与百姓为婚。……强夺王徭妻女,罪不轻恕"。甚至有更详细之规定,如"途中逢人不许作揖,过渡不用钱,见官不下跪,耕山不纳税"。在"过山榜"文中,开始加入"七日"这一情节单元,"犬当七日之饿",这与之后的"渡海叙事"在时间上有了一定关联。[③]

从上述详细的条文,可以看出在盘瓠型神话叙事基础上,"过山榜"这一"我者"神话文书或称为书写型神话文本,成为过山瑶社会秩序与行为规范之表述,同时也清晰呈现了过山瑶与中央王朝的政治隶属关系。至于它们在当下社会的功能,属于另外的问题,在此不予探讨。

---

① 笔者没有直接观看过度戒(阶)仪式,只是从贺州学院广播电视编导专业的毕业作品《神秘的度戒》,原视频保存在贺州学院,材料由贺州学院朱其先教授提供。特此致谢!
② 民国之前,一般默认"徭民"之民即指汉人。
③ 过山瑶后来用"渡海叙事"代替"犬祖神话"重建礼仪性共同体。参见王琴、邱婧:《勉瑶迁徙与"渡海"叙事:粤北乳源瑶歌变迁研究》,《广西民族研究》2016年第6期。

总之，通过对从汉代至民国盘瓠神话叙事的文献记载、学术研究以及"过山榜"文中盘瓠型神话叙事的阐释，可以看出，盘瓠神话叙事从"他者"演述到"自我"叙事的历程，同时也能看到起叙事背后族群内部深层的"秩序与关系"的言说。

作者简介：毛巧晖，女，汉族，山西襄汾人。中国社会科学院民族文学研究所研究员，研究方向：中国民间文学学术史、民俗学、非物质文化遗产保护等。

虚构、真实与批评：
盘瓠神话的典籍三重性

孟令法

  盘瓠神话在我国有着悠久的传承史，尤以南方少数民族——畲、瑶、苗——最为广泛。虽然有关它的文字记载直至东汉末期才得以出现，但这并不意味着这一具有典型复合性特征的语言艺术没有更为久远的民间起源。随着历代王朝对统治地域文字描述的频繁以及文人士大夫著书立说的高涨，盘瓠神话在被记入各类典籍的同时，不仅成为掌权者标注自我身份的象征，也为知识分子的古史追溯提供了不可或缺的参考。就我能力所及，现已找到的记有盘瓠神话（情节）的经、史、子、集多达三百余部（篇），但比较之下，我们不难发现，它们有着较为统一的文字之源，似与应劭《风俗通义》①有关。不过，对这些记载的阅读让我注意到，盘瓠神话在不同朝代和不同学者的认识中既有承继，又有突破，换句话说，盘瓠神话在历代经、史、子、集中呈现出具有显著历时性的三种特质：口语固化的虚拟性、信史记录的真实性和疑古书写的批评性，而此"三重性"的存在，于民族关系的历史发展中也产生了不同影响。因此，为了说明以上问题，我将在不涉及现代口承神话②的基础上，选取成文较早且具有较强社会影响力的古典文献加以论述。

一、口语固化的虚构性：古风古俗与志怪小说中的盘瓠神话

在神话学理论中，神话一般被认为是"由一个人类共同体

---

① 吴晓东：《从蚕马神话到盘瓠神话的演变》，《黔南民族师范学院学报》2016 年第 1 期，第 6 页。另，相关研究表明，现存《风俗通义》并非初创时的全本，而是有所佚失的残书，这在相关典籍（如《隋书·经籍志》《（新旧）唐书》《崇文总目》《郡斋读书志》《直斋书录解题》《文献通考》等）对其卷数的描述中即可明见。参见刘亚虎：《〈风俗通义〉里两则南方民族族源神话》，《天中学刊》2012 年第 6 期，第 115 页；许殿才、毛英萍：《应劭与〈风俗通义〉》，《中国社会科学院研究生院学报》2009 年第 3 期，第 107 页。清代学者卢文弨于《群书拾补·风俗通义》中总结到："隋唐志皆三十一卷，录一卷，至宋始作十卷，盖亡其二十一篇矣。"参见卢文弨：《群书拾补（八）》，商务印书馆，1935 年，第 603 页。据此，尽管卢文弨未能明确残本《风俗通义》被首次记录的具体年代，但这依然可以说明，全本《风俗通义》自汉末至五代一直都有流传。
② 参见杨利慧：《现代口承神话的传承与变迁——对四个汉民族社区民族志研究的总结》，《青海社会科学》2011 年第 1 期，第 187—198 页。

（氏族、民族、国家）集体创造和传承的口头文学"[1]，因此作为民间文学基本特征的口头性则是各类神话作品的本质属性之一。尽管众多本源于口头表述的神话叙事为后起的文字所固化，但正是这类书写文本的代际传递，为后世学者对古语演述模式和既往区域生活状态的探寻带来了便利。不论是从现代口承神话的角度来看，还是从历代典籍的记录观察，盘瓠神话的核心传承者大都集中于以畲、瑶、苗为代表的曾被视为"蛮夷"的少数民族集群，所以，对当代学者而言，典籍记载中的盘瓠神话因年代近"古"而成为探寻特定民族的起源、信仰与生活的必不可少的资料。然而，作为一种语言艺术，神话的虚构性于当代学者的理性追求中跃然纸上。尽管神话学家拉斐尔·贝塔佐尼认为神话具有典型的宗教现实性和世俗生活的真实性，但"就'神话'这个词的一般意义来说，属于想象的王国，它和现实世界是有区别的，甚至是对立的。神祇虽然是神话中的人物，但是对我们来说，他们是我们不相信真有其人其事的虚构人物"[2]则同样为其所述。由此可见，神话对人类生活的想象并非历史的全部，而仅是它模糊影像的倒映。尽管将神话历史化的作品在盘瓠神话得以记录的现存文本出现之前既已存在，但与被视为古史的"三皇五帝"等不同，盘瓠神话的早期写本并未全然纳入历史的范畴，而仅是汉晋文人对区域风俗的猎奇性记录和志怪小说的文学再创作。

---

[1] 陈建宪：《论神话学的基本概念与方法》，《湖北民族学院学报（社会科学版）》1997年第2期，第1页。

[2] ［意］拉斐尔·贝塔佐尼：《神话的真实性》，载［美］阿兰·邓迪思编：《西方神话学读本》，朝戈金等译，广西师范大学出版社2006年版，第120页。

就目前所存史料看，在汉晋数百年的文字史中，直接采录盘瓠神话以为己用的主要有以下五位文人，即东汉应劭、魏鱼豢、西晋陈寿、东晋干宝和郭璞，他们分别于《风俗通义》《魏略》《三国志》《搜神记》和《山海经注》①中叙写了这个本源于口头的族群记忆。除鱼豢《魏略》和陈寿《三国志》外，其余三部作品皆非后世所称道的历史书写本，而陈寿对"盘瓠"的记述，仅出现于《三国志》卷三十《魏书三十》的"评语"中，其文所道"盘瓠之后"虽引自《魏略·西戎传》，但此"盘瓠"显然与《魏略·南蛮》中的"盘瓠"有所不同。另外，《魏略》即使为陈寿等个别史官的正史写作提供了不少资料，但其私人性导致的正史感不足依然令其难得史家的广泛注意②。鉴于以上二书之历史性，我于此将不再细谈，留作后文再做补充。因此，应劭《风俗通义》、干宝《搜神记》和郭璞《山海经注》则成为本节叙说盘瓠神话早期记录本并非叙史性作品的主要根据。

《后汉书》卷四十八《应劭传》记载，应劭曾向汉献帝奏曰：

---

① 另外，相关典籍与研究显示，干宝曾作史书《晋纪》，郭璞曾作《玄中记》，两书均收有盘瓠神话，但现均已佚失。目前，《晋纪》有清汤球、黄奭，民国陶栋三家辑本，其中汤球本最详，而《玄中记》则有元陶宗仪《说郛》，清茆泮林《十种古逸书》、马国翰《玉函山房辑佚书》、黄奭《汉学堂丛书》和叶德辉《郋园先生全书》，以及鲁迅《古小说钩沉》等六家辑本。限于文本搜集与本文篇幅，除个别引述外，下文将不再对此二书做详细论述。

② 刘知几在《史通》卷第十二外篇《古今正史第二·右说后汉书》中写道："魏时，京兆鱼豢私撰《魏略》，事止明帝。"见（唐）刘知几撰、张元济等辑：《史通（四部丛刊史部 上海涵芬楼景印本）》，商务印书馆民国八年（1919）初编，民国十九年（1930）重印。

"臣累世受恩……辄撰具《律本章句》《尚书旧事》《廷尉板令》《决事比姗》《司徒都目》《五曹诏书》及《春秋断狱》凡二百五十篇",而建安元年(196)"删定律令为《汉仪》"、二年(197)"缀集所闻,著《汉宫礼仪故事》"等则为"凡朝廷制度,百官典式,多劭所立"提供了证据①。由是可见,应劭不仅是一位政治家,更是礼家和法家的代表。因此,对生活在汉末的应劭来说,一切行为必须在"法"的约束中进行,否则"败法乱政,悔其可追"②,而面对"王室大坏,九州幅裂,乱靡有定,生民无几"的乱世,他"私惧后进,益以迷昧,聊以不才,举尔所知,方以类聚,凡一十卷,谓之风俗通义,言通于流俗之过谬,而事该之于义理也"③。对此,范晔评道,该书重在"以辨物类名号,释时俗嫌疑。文虽不典,后世服其洽闻"④。尽管为集体创造、享用和传承的风俗呈现出一定的历史性,但其核心指向却是规范俗民行为的不成文法则,故而尝引范晔之评的后学(如苏颂、晁公武、朱君复、王钺等)或有独到见解的文人(如刘知几、洪迈、李果、方孝孺、钱

---

① 《后汉书》卷四十八不仅记述了应劭的官宦生涯,更在描述中平二年(185)驳大将军韩卓募鲜卑轻骑以讨汉阳贼、初平二年(191)于太守任上率文武大败黄巾军和安帝时(106—125)驳尚书陈忠议救杀人者等事件中,突显了他的政治才能。详见(南朝宋)范晔撰、(唐)李贤等注:《后汉书(第六册)》,中华书局1965年版,第1609—1615页。
② (南朝宋)范晔撰、(唐)李贤等注:《后汉书》(第六册),中华书局1965年版,第1611页。
③ 王利器校注:《风俗通义校注》,中华书局1981年版,第4页。
④ (南朝宋)范晔撰、(唐)李贤等注:《后汉书》(第六册),中华书局1965年版,第1615页。

大昕等)①，几无将"礼失求诸野"的《风俗通义》视为史家之作，而今人王利器认为："应劭风俗通义，隋书经籍志入之杂家，前人评论，大都讥其不纯，侪之俗儒；后进循声，莫能原察……其立言之宗旨，取在辩风正俗，观微察隐，于时流风轨，乡贤行谊，皆著为月旦，树之风声，于隐恶扬善之中，寓责备求全之义；故其考文议礼，率左右采获，期于至当，而不暖姝于一先生之言，至于人伦臧否之际，所以厚民风而正国俗者，尤兢兢焉。"②据此可知，由法家代表人物应劭所作的《风俗通义》确非历史著作，而为其首度记载的盘瓠神话也只是地方族群的风俗表现，并非民族始源的信史来源。

《搜神记》无疑是魏晋以来一部典型的志怪小说。鲁迅曾言："《搜神记》今存者正二十卷，然亦非原书，其书于神祇灵异人物变化之外，颇言神仙五行，又偶有释说。"③郑振铎也说：今本《搜神记》"体例始略纯，不甚杂琐谈，而多载故事。其中很有不少重要的民间传说，且有至今尚流传于内地的"④。而章培恒等人认为，《搜神记》的"兴盛与当时道教、佛教以及其他神鬼迷信的流行有直接关系。但其中记载了不少优美的民间传说，作者有时也会有意无意地脱离宣扬神道的初衷，写出富有艺术趣味

---

① 详见王利器校注：《风俗通义校注(附录)》，中华书局1981年版，第625—652页。
② 王利器校注：《风俗通义校注》，中华书局1981年版，第1页。
③ 鲁迅：《中国小说史略》，上海古籍出版社2006年版，第24页。
④ 郑振铎：《插图本中国文学史》，人民文学出版社1957年版，第225页。

的作品"①。尽管郭沫若指出:"民间文艺给历史学家提供了最正确的社会史料……是研究历史的最真实、最可贵的第一把手的材料"②,但这并未影响现代文史学家将之纳入志怪小说的判断。即便《晋书》卷八十二《干宝传》详细记述了干宝成为史官的过程:"中兴草创,未置史官,中书监王导上书曰:'……当中兴之盛,宜建立国史……宜备史官,敕佐著作郎干宝等渐就撰集。'元帝纳焉。宝于是始领国史……著《晋纪》……咸称良史",但也写道:干宝"性好阴阳术数,留意京房、夏侯胜等传……宝以此遂撰集古今神祇灵异人物变化,名曰搜神记,凡三十卷。以示刘惔,惔曰:'卿可谓鬼之董狐。'"③ 在此,唐代学者视《晋纪》为史书,而《搜神记》只是"混虚实""记神异"的"鬼作"。班固据《七略·辑略》认为:"小说家者流,盖出于稗官。街谈巷语,道听途说者之所造也。……闾里小知者之所及,亦使缀而不忘。如或一言可采,此亦刍荛狂夫之议也。"④ 由此可见,小说在史家眼中不过是道听途说者的街谈巷语,是不足入"史"的闾里小知。其实,干宝早已自认,《搜神记》"虽考先志于载籍,收遗逸于当时",但"盖非一耳一目之所亲闻睹也,又安敢谓无失实者哉",

---

① 章培恒、骆玉明主编:《中国文学史》(上),复旦大学出版社1996年版,第305页。
② 郭沫若:《我们研究民间文艺的目的——在中国民间文艺研究会成立大会上的讲话》,载苑利主编:《二十世纪中国民俗学经典:民俗理论卷》,社会科学文献出版社2002年版,第43页。
③ (唐)房玄龄等撰:《晋书》(第七册),中华书局1974年版,第2149—2150页。
④ 袁行霈主编:《中国文学史》(第二卷),高等教育出版社2003年版,第197—198页。

而"今之所集，设有承于前载者，则非余之罪也。若使采访近世之事，苟有虚错，愿与先贤前儒分其讥谤"①的托辞，则更突显了它难以证史的小说性。

与干宝同时的郭璞虽为官多年，但其性好阴阳卜筮的特点，也使他的政治生活带上很强的神秘色彩。《晋书》卷七十二《郭璞传》中写道：郭璞"好经术，博学有高才……好古文奇字，妙于阴阳算历。有郭公者，客居河东，精于卜筮，璞从之受业。公以青囊中书九卷与之，由是遂洞五行、天文、卜筮之术，攘灾转祸，通至无方，虽京房、管辂不能过也"，而其应达官贵人、贩夫走卒的"筮验"活动多达"六十余事"，故"名为洞林"。虽然郭璞"讷于言论，词赋为中兴之冠"，但从"又抄京、费诸家要最，更撰《新林》十篇、《卜韵》一篇。注释《尔雅》，别为《音义》《图谱》。又注《三苍》《方言》《穆天子传》《山海经》，及《楚辞》《子虚》《上林赋》数十万言，皆传于世"②可见，其著多集于语言、音图、词赋、神异和卜筮等，似乎并未涉足史迹描述。盘瓠神话被郭璞用于注解《山海经》，其根本在于说明"犬封国"的来历。历代学人对《山海经》属性的认定不一而足，但作为集地理、宗教、植物、矿产、医药、神话、历法、语言、政治、历史、文学、民俗等于一身的综合性却得以广泛认同。如果仅把此书当成古史之反映，那么，郭璞在作记室参军时所注的《山海经》不就成了史书之一种？然而，尽管郭璞言之恳切地认为《山海经》具有强烈的博物性，但他也清楚地认识到"世之览《山海经》者，皆

---

① （晋）干宝撰，汪绍楹校注：《搜神记》，中华书局1979年版，第2页。
② （唐）房玄龄等撰：《晋书（第六册）》，中华书局1974年版，第1899、1910页。

以其闳诞迂夸、多奇怪俶傥之言，莫不疑焉"①（《山海经·山海经序》）的事实。杨慎在《山海经图序》中也认为：这部源自九鼎之图的经籍，乃起于"备使民知神奸，入山林不逢，不若魑魅魍魉莫能逢之"，而历代"读者疑信相半，信者直以为禹益所著，既迷其元，而疑者遂斥为后人赝作，诡撰抑亦轧矣"②。因此，首度使用盘瓠神话以作注的《山海经》，并非实际意义上的史传之作。

现代学者据史料将盘瓠神话的首次文字化定位在应劭的《风俗通义》，而以上分析已然告诉我们，盘瓠神话在汉晋文字史中几乎一直处于区域风俗或志怪小说的行列，并未成为足以叙史的材料。更重要的是，应劭除少时随为官武陵太守的父辈生活过外，可谓一生为官在北，甚或再未踏足崇奉盘瓠的武陵诸地。因此，《风俗通义》中的盘瓠神话，很可能只是应劭回忆或过录其父辈对蛮地风俗的口述，但这种来自耳闻目睹的口头表达，是否真实反映了当地族群的生活，抑或是否准确描述了自己的记忆或完整表达了父辈之经历，亦值怀疑。而未曾前往武陵地区考察过的干宝，在其自序中也已澄清，《搜神记》的文本构成几乎全来自前代文献，所以此处之盘瓠神话，采自《风俗通义》的可能性也很高。与应、干相比，郭璞在东南沿海有着丰富的宦游经历，而他所用的盘瓠神话虽较为简短，但其内容基干与前者相类。一些研究认为，犬封即犬戎，是位于中原西北部的一个强大

---

① ②（晋）郭璞撰：《山海经》（第一册），名古屋书肆梶田勘助，明治三十五年（1902）四月让受。

部落[①]，如果此说确证，且郭璞之注又引自《风俗通义》或《搜神记》，那么两者便产生了巨大的空间误差，据此，是否可以认定，此"盘瓠"非彼"盘瓠"？或"犬"之语误导了他，还是有其他记载盘瓠神话的汉晋文献？总之，在汉末至东晋的数百年间，盘瓠神话并未成为叙写南方族群族源史的素材，而其口头传统的文字固化充分体现了它作为奇风异俗和志怪小说的本质属性。

二、信史记录的真实性：官修史类与文人子集中的盘瓠神话

不论口头演述的盘瓠神话还是文字固化的盘瓠神话，在朝代更迭中也出现了不同于前代的属性转变——从奇风异俗和志怪小说的非历史性转向为广大文史学家所认同的信史。在古代，修史不可谓不是件大事，因此历代王朝所设"史馆"及其所配"史官"，不仅要评述前代功过，还要记录本朝时事。相较于官方机构或相应史官对主流意识的统摄及遵从，文人学士（私人）撰史的自由度则相对较大，不过，因个人倾向或文学语言造成"失真感"的这类作品，在后世多被称为"稗官野史"，甚至被排除出"史传"序列。如，朱桂昌在《历代史官与修史机构》中较为系统地梳理了我国历代史官与史馆的承继和变化[②]，而阚红柳《私家修

[①] 叶舒宪：《西玉东输雁门关——玉石之路山西道调研报告》，《百色学院学报》2014年第4期，第4页。

[②] 朱桂昌：《历代史官与修史机构》，《中国社会科学院研究生院学报》1985年第3期，第70—74页。

史刍议》则对私人撰史的情况作出相对细致的说明[①]。通过这两篇文章,我们虽不能从更细微的层面窥探两类史作在内容可信度上的差异,却可从撰者身份及其社会认同度的分层上看到二者对古代科举制的不同影响。在盘瓠神话的史化过程中,我们虽不能忽视鱼豢私撰《魏略》与陈寿官修《三国志》的推动作用,但陈寿《三国志》所引"盘瓠"乃出自《魏略·西戎传》(见上文),而《魏略辑本》卷二十一"南蛮"条仅辑录到《御览》《后汉书》《书钞》等三部注引过《魏略》盘瓠神话的古籍[②]。在我看来,张鹏一之所以未将《三国志》"盘瓠"纳入辑本,其因有二:一是其无情节,不够吸引人;二是与其他文献出处不同,有错讹嫌疑,而我在现存《魏略·西戎传》[③]中亦未发现有关"盘瓠"的记载。

也许我们可以把"盘瓠"历史化的起点定位于鱼豢《魏略》或陈寿《三国志》,但两者对盘瓠神话的描述不是过于简单就是根本没有情节,因而尚不足以为后世追溯特定族群之历史提供强有力的帮助。虽然我们还无法得出"前四史"之说于何时为谁首提,但不可否认的是,它们在隋唐以来的科举取士中的核心作用。费孝通于《再论文字下乡》中指出:"中国社会从基层上看去是乡土性,中国的文字并不是在基层上发生。最早的文字就是庙

[①] 阚红柳:《私家修史刍议》,《辽宁大学学报(哲学社会科学版)》2004年第2期,第46—52页。

[②] (魏)鱼豢撰,(清)张鹏一辑:《魏略辑本》,陕西文献征辑处,民国十三年(1924),第149—150页。

[③] 详见余太山:《〈魏略·西戎传〉要注》,《中国边疆史地研究》2006年第2期,第127—145页。

堂性的，一直到目前还不是我们乡下人的东西。"[1] 由此可见，相较于文字对广大乡民的影响，处于中上层的文人士大夫或为功名利禄而奋斗的底层大众却对文字迷恋至深。当科举取士成为世人改变命运的途径时，官方设定的考试科目也就决定了官修史书不容置疑的崇高地位，因此被范晔收入《后汉书》卷八十六《南蛮西南夷》[2]的盘瓠神话，也于后学的一再引注中，不断强化着它的信史性。除《宋书》《魏书》《北史》《南史》《隋书》《宋史》《元史》《明史》等被列入二十五史的官修史书外，还有《艺文类聚》《白孔六帖》《初学记》《太平御览》《太平广记》《册府元龟》《玉海》《文献通考》等官修类书，与《元和郡县志》《太平寰宇记》《舆地广记》《大明一统志》《大清一统志》等官修地理志，以及明清大量出现的地方志，如《(嘉靖)惠州府志》《(雍正)广西通志》《(乾隆)贵州通志》《(同治)韶州府志》《(光绪)湖南通志》等，分别以详略各异的文字记述了与前代极其一致的盘瓠神话，而更多的历史文献表明，盘瓠神话在文人个体的各类著述(如郦道元《水经注》、刘禹锡《刘梦得文集》、刘克庄《后村集》、谢肇淛《五杂俎》、顾炎武《天下郡国利病书》、郝懿行《证俗文》等，也包括释道世《法苑珠林》等宗教典籍)中，不仅增强了诗文的可读性，更提升了所书区域史地的真实性和信仰心理的神圣性。

在细读《后汉书》对盘瓠神话的记载时，我们不难发现，范晔之述呈现出不容忽视的矛盾，即他对应劭及其《风俗通义》的

---

[1] 费孝通：《乡土中国》，生活·读书·新知三联书店1985年版，第20页。
[2] (宋)范晔撰，(唐)李贤等注：《后汉书》(第一〇册)，中华书局1965年版，第2829—2830页。

评述与《南蛮西南夷》的历史走向并不相符。从《宋书》卷六十九《范晔传》可知，曾在彭城王刘义康账下做冠军将军的范晔于元嘉九年冬左迁宣城太守，因"不得志，乃删众家《后汉书》为一家之作"①；《南史》卷三十三《范晔传》以同样的文字表述了《后汉书》的成书过程②，而从"删"字表述，我们则能看出，范晔的写作模式具有很强烈的自我倾向性。然而，正如唐李贤注《后汉书》"南蛮"条时所言："此已上并见《风俗通》也"③，据此，我们可以说"以辨物类名号，释时俗嫌疑"④为主要目标的《风俗通义》，在此变成了范晔"叙史"的可靠资料，但上文之述已然表明，《风俗通义》重在"礼失求诸野"，并非记录史事的特殊作品。另外，通过《宋书》和《北史》对范晔生平与著述的描述，我们似乎看不到这位影响至今的史学家曾躬身考察于盘瓠文化最为盛行的武陵地区，而其曾为宜都太守的兄弟是否给予他部分见闻亦未可知。因此，面对在前人著述基础上再度创编的《后汉书》，即便有后来者（如唐刘知几、唐杜佑、南宋罗泌等，详见后文）对包括盘瓠神话在内的涉及南方族群的文字提出质疑，但也未曾彻底撼动《后汉书》之《南蛮西南夷》作为正史的千年传承。正如上文所言，这种定位的一大因素就在于统治阶级对科举取士制度的强制性"统一"，不过，我们也应注意到，具有强大思辨力的某

---

① （南朝梁）沈约撰：《宋书》（第六册），中华书局1974年版，第1820页。
② （唐）李延寿撰：《南史》（第三册），中华书局1975年版，第849页。
③ （宋）范晔撰，（唐）李贤等注：《后汉书》（第一〇册），中华书局1965年版，第2830页。
④ （南朝宋）范晔撰，（唐）李贤等注：《后汉书》（第六册），中华书局1965年版，第1615页。

些后世文人,之所以能将盘瓠神话纳入自己的著述之中,不仅源自中国文史传统为各类官私教育所提倡,更因统治与被统治的层级关系与族际差异,而于朝代的更迭中,不断强化了优势群体对少数群体的陌生感、猎奇感,甚至对立感。

　　在现代人看来,被视作民族始祖的盘瓠似乎仅是存在于神话世界里的一位上古英雄,而这种认识则是随着"西学东渐"的科学理性而逐渐呈现出来的,虽然以顾颉刚先生为代表的"古史辨"派学者并未涉足盘瓠的历史批评,但这股思潮不免影响到同代,尤其是后代从事盘瓠神话研究的学者彻底反思它的真实性。然而,在以儒家传统为核心统治思想的封建时代,几乎所有受过文字教育的个体都不曾摆脱科举制度的控制,因此,不仅那些由官方指派叙写的史类作品不能脱离时代意识形态的影响,侧重自我表达的文人个体同样难脱主流思想对言论自由的束缚。我们可以想象,虽然科举制度在具体操作层面受制于不同朝代之统治核心的左右,但作为改变命运的直接途径,按统治所需设立的参考典籍进行修业,则是个体必须直面的课题,即便屡试不第而转向著书立说(以抨击时政),也难消他们心向往之的狂热之情。尽管张献忠曾言:"科举作为意识形态的一个重要场域,成为道统和文统争夺的主战场,从而使科举考试中主流意识形态发生分化",并"促进了思想文化的多元化"[①],但"有机地将士人的理想和统治者的需要结合起来,为统治者控制士人思想提供了有效

---

① 张献忠:《道统、文统与政统——明中后期科举考试中主流意识形态的分化》,《学术研究》2013年第9期,第98页。

途径",甚至"对普通民众也间接发挥了意识形态控制作用"[①]的事实,则是科举制度不容怀疑的社会功用。因此,历代王朝面对"南蛮西南夷"之"挑战""反叛"等不服统治之大事件,以文字固化的传递模式将"非吾族类,其心必异"的思想,强化于不和实际的历史表述中,也是当下可以预见的史实。故而,上述诸如刘禹锡、刘克庄、谢肇淛、顾炎武、郝懿行等大儒将盘瓠神话作为想象中的历史加以记录,也是再正常不过的对正统认同的表现。

较之《后汉书》所转引盘瓠神话,后世数以百计的重要古籍对"盘瓠"的呈现,更容易识别其来历,而这不仅源自传统"小学"对文本理解的基础作用,更在于文人学士对原始文献所体现的"近时"而"近史"的信赖。吴永璋认为,广泛流行于无文字的南方族群并在东汉末期才得以记录的盘瓠神话,之所以会发生由略转详、由少向多的转变,与中央王朝同地方势力因统治与被统治的交锋相关,而这种互动"使中原人对蛮族的社会及其习俗诸方面,才有了直接的而不是道听途说的、较为深入的而不是肤浅的了解",透过这些看似荒诞的文字,"来探讨其时南方民族的社会生活、图腾遗习、民族起源等问题。即把它作为研究原始民族和上古史的不可多得的珍贵历史资料",就此而论,"盘瓠传说不仅十分可靠,而且其价值甚至超乎某些'信史'之上"[②]。但我认为:古人的"盘瓠"传抄,重在表现特定族群之始源的真实性,而今人对盘瓠神话的分析,则侧重于突破原始民族之生活文

[①] 白文刚:《浅析科举制度的意识形态控制功能》,《晋阳学刊》2007年第6期,第72页。

[②] 吴永章:《盘瓠考述》,《思想战线》1986年第2期,第36—37页。

化的影射性。不过,即便我不反对口述文学所具有的历史性,但上述观念所反映的部分现代学者依然视神话为"史事"的坚定心理,却值得以神话学家与史学家为主体的所有人文社会学家继续反思"神话的历史化"与"历史的神话化"。总之,两晋以来的盘瓠神话打破了初始阶段的"非史性"叙事模式,代之而起(但未彻底取代)的"历史性"书写,因封建科举制的持续推行,而在强化儒家思想和正统意识的同时,也深化了历代文人对少数群体的"异化"。

三、疑古书写的批评性:史家独著与地方志书中的盘瓠神话

刘锡诚认为:"以'疑古'和'辨伪'为思想武器的'古史辨'派","力求把与历史融为一体的古代神话与历史史实剥离开来。由于'古史辨'派辨伪讨论中的'古史'即神话,所以清理或'破坏'古史的过程,也就是清理或'还原'神话的过程,于是,神话学界又把'古史辨'派延伸为'古史辨派神话学'",因此,"'古史辨'神话学的特点,在神话学研究中被概括为'古史的破坏、神话的还原'。"[①] 其实,对古史的质疑,并非"古史辨"派的首创或专利,更非以科学理性自居者所独享的历史分析法,而是有着深厚历史积淀的时代思潮。陈其泰的《"古史辨派"的兴起及其评价问题》就曾对传统学术中的"疑古"风气做过言简意赅的梳理。在他看来,"二十世纪'古史辨'学派的兴起,其深刻的

[①] 刘锡诚:《顾颉刚与"古史辨"神话学——纪念〈古史辨〉出版80周年》,《长江大学学报(社会科学版)》2006第4期,第5页。

根源存在于传统学术之中,所以它首先是传统学术中疑古风气在五四时代条件下的产物"[①]。也许古代中国文人并无西学东渐后的所谓科学理性,但历史告诉我们,他们并不失深化感性认识的哲学思维。因此,即便我们无法将兴于近代的"古史辨"方法比附于古人"疑古""辨伪"的行为,但两者对历史之"真"的追求却是可以类比的历时性"叙史"模式。盘瓠神话的正史定性,在两晋以来的文字书写中得到显性的认可,而作为特定族群的族源史记忆模式,它同被"古史辨"派否定的"盘古开天地""三皇五帝"等反映上古社会的神话一样,同样值得后人去"辨伪"。

从现存的历史典籍出发,我们不难发现,除了上述官私史传和文人笔记对盘瓠神话历史性之肯定的著作外,还有一类对其持以保守看法,甚至反对意见的史家独著或地方志,如唐刘知几《史通》、杜佑《通典》;南宋罗泌《路史》、章如愚《群书考所》、程大昌《禹贡论》;元俞琰《席上腐谈》;明方以智《通雅》;清汪琬《尧峰文钞》以及《(雍正)湖广通志》《(道光)重纂福建通志》《(光绪)处州府志》等。而与初次记录盘瓠神话并逐渐完善于官修史传的乱世——汉魏六朝——不同,自隋统一华夏诸地诸民族并开设科举取士制度以来,社会文明得以整体提升,虽然朝代更迭的短暂纷乱也将世人带入文史追溯的困扰中,但对各个统一的王朝来说,较为稳定的社会结构和历代典籍的积累,则为更多文人学士探查历史真相提供了制度保障和资料来源。我在上文就已指出,不曾广泛展开的质疑活动,未能彻底改变人们对盘瓠神话

[①] 陈其泰:《"古史辨派"的兴起及其评价问题》,《中国文化研究》1999年春之卷,第7—15页。

信史性的传承，不过，自唐以降的上述文人均以异于常人的"反叛精神"，为后世学者奠定了重新思考历史真相的基础。

《旧唐书》卷一百二《刘子玄传》记载，从武后长安年间（701—704）至唐玄宗开元初（713—721），刘知几一直从事监修或纂写国史的工作。不过，由于"知几以监修者多，甚为国史之弊"，因此"掌知国史，首尾二十余年，多所撰述，甚为当时所称"①。另据《新唐书》卷一百三十二《刘子玄传》记载：刘知几在作史官的过程中，"自以为见用于时而志不遂，乃著《史通》内外四十九篇，讥评今古"②，而这一被誉为我国首部系统性史学理论专著的作品，在"备论史策之体"的同时，"皆按据明白，正前代所误，虽为流俗所讥，学者服其该博"③。刘知几于《史通（内篇·书事二十九）》对范晔及其《后汉书》作出严词批判。他认为，"盘瓠"入史，不仅语言"迂诞，事多诡越"，并且有损此书作为正史的合法地位。而这正体现了他"不掩恶、不虚美"，且"主张史学评论要探赜史家"著述旨意④的书史作风和正史性格。继刘知几而起的另一位久负盛名的唐代史学家——杜佑，在其所著的被后世誉为我国典志体史书之先河的《通典》（卷一百七十四《州郡四》和卷一百八十七《边防三·南蛮上》）中，以更为严厉的口吻质疑了范晔采录盘瓠神话以为正史的做法。他认为，《蛮夷传》

---

① （后晋）刘昫等撰：《旧唐书》（第一〇册），中华书局1975年版，第3168—3174页。
② （宋）欧阳修、宋祁撰：《新唐书》（第一五册），中华书局1975年版，第4521页。
③ （后晋）刘昫等撰：《旧唐书》（第一〇册），中华书局1975年版，第3171页。
④ 周文玖：《刘知几史学批评的特点》，《史学史研究》2007年第2期，第24页。

不仅"不足为据",并且"荒诞不经"。据《旧唐书》卷一百四十七《杜佑传》记载:面对"每念懵学,莫探政经,略观历代众贤著论,多陈紊失之弊,或阙匡拯之方"的现实,杜佑采取了"宁详损益,未原其始,莫畅其终"的策略,从而为这部"实采群言,征诸人事"的作品提供了"将施有政"的思想基础,而"与宾佐谈论,人惮其辩而伏其博,设有疑误,亦能质正"[①]的叙史倾向,则体现了他"不仅不愿苟同那些动辄美化古代、诽谤后世的所谓'贤者',而且认定他们的观点纯系'疾时浇巧',是无视古代'鄙风弊俗'的欺人之谈"[②]的态度。

两宋时期,对以"盘瓠"为代表的历史表述展开质疑的文献,主要集中于南宋。首先,一生不适科举,但有史学家源的罗泌[③],在《路史》卷三十三《发挥二·论盘瓠之妄》中,不仅详细列举了历代记述盘瓠神话的文献,并在引述相关内容的基础上给予了相应评论。在他看来,作为历史叙事的盘瓠神话具有显著的荒诞性,而前人所谓"白犬",实为人名,且是黄帝玄孙。由此可见,罗泌在发现盘瓠神话不足为信的同时,独具特色地给予了"盘瓠"以新解。相较于前代著述,《论盘瓠之妄》足以称为盘瓠神话的集大成之作,是首度以总结性语言展现并质疑"盘瓠"信史性的作品。其次,在开禧初年(1205—1207)始为史馆编校的章如愚,在其编纂的大型类书《群书考索(前集)》卷十四《正

---

① (后晋)刘昫等撰:《旧唐书》(第一二册),中华书局1975年,第3983页。
② 王锦贵:《试论〈通典〉的问世及其经世致用思想》,《北京大学学报(哲学社会科学版)》1987年第4期,第44页。
③ 朱仙林:《罗泌家世及其〈路史〉考》,《古代文明》2011年第4期,第59—69页。

史门(东汉类)》中,用与刘知几十分相似的文字表达了自己对范晔《后汉书》关于"南蛮西南夷"记载的质疑。他认为,这种具有神异特征的描写"唯迂诞,事多诡",从而发出"越惜哉"的感叹。《四库全书总目提要》卷一百三十五《群书考索》认为:是书"言必有征,事必有据,博采诸家而折衷以己意。不但淹通掌故,亦颇以经世为心",而今人也表示:"其考证精辟,且以按语论断,开创了类书抒发己见的先河"①。因此,章如愚对盘瓠神话信史性的质疑,是有一定思辨根据的合理阐发。最后,曾为官于孝宗(1162—1189)朝的程大昌,是一位"笃学,于古今事靡不考究"②的学者。尽管由他所著的《禹贡论》在《钦定四库全书(经部二)·禹贡论(提要)》中被评为"纠旧传之误""今注《禹贡》者,终不能废其书"的地理名著,但其下编《汉(正诞)》同样展现了他对范晔所记"盘瓠"的质疑。他指出,"范晔所采廪君、盘瓠等事皆不足据",并认为"夫诞妄之说,不当杂之史传,而用以证经"。总之,程大昌对范晔"盘瓠论"的评述,反映了一位地理学家独特的历史观。

元、明、清三朝是我国社会形态的巨大变革期,尤其是自明中叶以来,不仅资本主义开始萌芽,西方传教士带来的科学理性也逐渐冲击着儒学教化下的文人学士。宋末元初的俞琰是一位集儒、道之学于一身的不仕学者,虽然《四库全书总目》卷一百四十六《席上腐谈》认为:该书虽以札记杂说为主体,但"在

---

① 温志拔:《〈群书考索〉的"考索之功"及其学术史意义》,《湖州师范学院学报》2016年第3期,第52页。
② (元)脱脱等撰:《宋史》(第三七册),中华书局1977年版,第12861页。

道家之中持论独为近正",且"由其先明儒理,故不惑方士之诡说也"①。据此可知,有着家传"易学"渊源的俞琰,对所述之事的理解,体现出某些"不以怪力乱神"的儒学思想。他于《席上腐谈》上篇指出:盘瓠"甚怪而可笑,盖理之所必无也……大抵语怪者多讬以黄帝时,事昧者以为信,然识者之所不取也"。在这里俞琰认为,盘瓠神话的历史化不仅是"语怪者"的"假托",更是"愚昧者"的"信条",唯有"智者"方能认识到它的虚假性。作为清代桐城派早期奠基人的方以智,不仅出身官宦世家,且在纳儒、释、道三家思想于一身的同时,于自然科学领域也多有建树。正如余英时所说:"明清之际,桐城方密之②以智才照耀一世……密之早年治学,博雅所及,兼通物理,与并世耶稣会诸子颇上下其议论。"③虽然方以智在其所撰《通雅》卷十四《地舆(方域)》中仅表示"盘瓠五溪蛮也。本于白犬,故附会高辛嫁女之说"这一与俞琰观点相似的态度,已然彰显了他对盘瓠神话伪史性认定。据《清史稿》卷四百八十四《文苑一·汪琬传》记载,曾参与《明史》编纂的清初散文家汪琬,是个"棘棘争议不阿"④的人,而他在《尧峰文钞》卷三十《拟明史列传自序》中,能大胆地批判以司马迁、班固、范晔等为代表的史学家,并直指"廪君、

---

① (清)永瑢等撰:《四库全书总目》,中华书局(内部发行)1965年,第1253页。
② 方以智,字密之,别称宓山子、宓山氏,号浮山愚者、龙眠愚者、宓山愚者、愚者宓、泽园主人等。详见罗炽:《方以智评传》,南京大学出版社2006年版,第29—30页。
③ 余英时:《方以智晚节考》,允晨文化实业股份有限公司1986年版,第1页。
④ 赵尔巽等撰:《清史稿》(第四四册),中华书局(内部发行)1977年,第13336页。

盘瓠之俚诡不经，不当入(《后汉书》)《蛮夷传》"[①]。据此，我认为，以上所述已然反映了汪琬为学治史的"反权威"精神。

从唐至清的千年间，对盘瓠神话的历史化质疑从未消失，并随着科学理性的发展而得到进一步强化。不过，正如上文所说，追求"历史真实"的论述，在古代社会只是游离于主流思想的"异端邪说"。然而，即便以上言论得不到时人的广泛认同，但其传承后世并多为《四库全书》所收录的现实，则表明这些表述具有一定的合理性。也许很多学者同吴永章一样，认为反对"范说"之人的主要失误在于：（一）不了解神话传说形成的原因与过程；（二）把神话传说与信史本身混为一谈[②]。但在我看来，这种将现代人的学术观置换于古人的朴素历史观有失公允，毕竟儒家思想在中国社会绵延千年而不绝，并因统治阶级的提倡，而于科举制度的推行中得以固化，而神话本属舶来词，其概念与"怪力乱神"并不完全等同。而以上述文史学家为代表的"疑古派"，则反映了他们对"神话历史化"的纠正，只是他们在否定"神话＝历史"的同时，也将深藏于神话背后中的历史之影抹杀。除以上文人独著外，还有部分产生于明清之际的地方志也存在类似表述，而这些文字则从一个侧面，突显了不同族群间或紧张或缓和的历史关系。

[①] （清）汪琬著、李圣华笺校：《汪琬全集笺校》（第三册），人民文学出版社2010年版，第1419—1420页。

[②] 吴永章：《盘瓠考述》，《思想战线》1986年第2期，第36—37页。

图 1　丽水市莲都区南明山街道山根村蓝氏祖图长联部分——洞房与赐姓（孟令法摄于 2016 年 7 月 29 日）

图 2　云和县雾溪畲族乡坪垟岗村蓝观海手抄《高皇歌》（孟令法摄于 2016 年 7 月 2 日）

图 3　金华市兰溪水亭畲族乡雷氏宗谱《重建盘瓠祠序》（施强摄于 2016 年 8 月 2 日）

四、族际关系的紧张与缓和：盘瓠神话典籍三重性的历史影响

盘瓠神话作为英雄神话或族源神话的一个重要组成，其原初状态于现代学术相对发达的今天，也已很难构拟，然而，通过特定历史典籍的历时性文本分析，我们已然清晰地认识到，盘瓠神话在近两千年的传抄中，发生了三种彼此相连却又难以互融的认识模式——从神话的或民俗的向信史的或历史化的再到荒诞的或伪史性的非单线性看法。我于上文已多次指出，尽管神话的或民俗的盘瓠神话理解为信史的或历史化的盘瓠神话定性所代替，并在后世的荒诞性或伪史性判词所怀疑，但总体来说，由于统治阶级对儒家思想的推崇以及科举取士制度的施行，信史的或历史化的盘瓠神话得到更为广泛的认可，并因族群统治与被统治的军事摩擦，而不断为主流话语所强化，因此，来自不同朝代不同文人学士的相似质疑并未产生太大影响，不过，这对我们重新理解盘瓠神话的历史属性具有不可忽略的重要意义。其实，随着中西文化交流的扩大，以及现代学术理性的深化，越来越多的学者意识到，以盘瓠神话为代表的口头表达，彰显了特定族群的文化认同，而这种认同的显性标志则表现于所谓"图腾"徽记。可是，以"他的血亲"为核心指示的图腾认识，在古代中国并不存在，但被视作历史真实的神话讲述，并未消减古人以故事主角代称特定族群的历史倾向，因而也就出现了一些附会于政治统治的族群矛盾。

应劭选择将盘瓠神话记入《风俗通义》的原因，在于东汉初

期既已存在的族群压迫所带来的反抗斗争。例如，建武二十三年（47），武陵诸部族揭竿而起，反抗汉王朝暴政。据《后汉书》卷二十四《马援传》记载，"二十四年（48），武威军刘尚击武陵五溪蛮夷，深入，军没，援因复请行……援率中郎马武、耿舒、刘匡、孙永等，十二郡募士及弛刑四万余人征五溪……会暑甚，士卒多疫死，援亦中病，遂困"，不久马援也病卒在战场上。① 据此，刘亚虎认为，武陵诸部族之所以具有如此强大的战斗力，很可能是他们"为了团结内部，对抗敌人，广泛传播自己族类的族源神话——盘瓠神话，以在盘瓠的旗帜下形成一个整体"②。又如，明正德十一年（1516），右金都御史王守仁来到闽、粤、赣三省交界地，而以谢志珊、蓝天凤、雷明聪、钟明贵、叶志亮等为首的信奉"盘瓠"的部分族群，在此反抗地方暴政也已持续多年。王守仁在"平乱"过程中，于《横水桶冈捷音疏》中写道："谢志珊、蓝天凤，各又自称'盘皇子孙'，收有传流宝印画像，尽惑群贼，悉归约束"③，而这里的"宝印画像"应与当下畲族保存的"祖图"无异。虽然王守仁在平定"匪患"后，既于当地建起严格的儒学教化体系，但这种以强调"王化思想"的治理手段，并未彻底改变地方社会压迫与反压迫的现状。不过，与前代相比，儒家思想的浸润与科举取仕的吸引，在此时的蛮夷之地，也开始成为分化本就松

---

① （南朝宋）范晔、（唐）李贤等注：《后汉书》（第三册），中华书局1965年版，第842—844页。
② 刘亚虎：《〈风俗通义〉里两则南方民族族源神话》，《天中学刊》2012年第6期，第115页。
③ （明）王守仁撰，吴光、钱明、董平、姚延福编校：《王阳明全集》，上海古籍出版社1992年版，第342页。

散的族群间关系的推动力，而宣教者对盘瓠神话与"宝印画像"等特定族群的特殊文化的错误理解，不仅在乡民中催生出相互诋毁或排斥的不良现象，更于集体利益与个体私欲的膨胀中，彻底打破了最后的平衡。

以现代畲族的先民为例，他们就曾因是"盘瓠子孙"而受到周边部分汉民，尤其是地方文人学士的"刁难"，进而在明清时期，不仅被冠以"畲客婆""畲客嬷""盘瓠种"等被畲民群体认为是带有污蔑性的称谓，更因取仕名额的限制，而被迫"丧失"本该属于自己的受教育权和平等科举权。雍正《湖广通志》的纂修官们不仅对罗泌、杜佑等人的观点表示赞同，并在对"白犬"做出进一步阐述的基础上，认为犬封氏"不谓蛮人之祖"，而"郭璞、张华、干宝、范蔚宗、李延寿、梁载言、乐史等各自着书，枝叶其说，人以喜听而事遂实矣"①，从而为缓解湘鄂地区的族群紧张关系奠定了文告式基础。乾隆四十年（1775），青田畲民钟正芳为争取科考权，而上书青田县令，并得到丽水、平阳、松阳等地畲族广大士子的呼应。时任青田县令的吴楚椿在文献稽考与走访调查后，写道："畲民本属海琼澶良，奉官迁浙，力农务本已逾百年，合处属计之，奚啻千户而一任。土民谬引荒诞不经之说，斥为异类，阻其上进之，偕是草野之横议也。"② 经过近三十年的艰辛奋斗，处州畲民终获属于自己的平等权利，而嘉庆八年

---

① （清）夏力恕、柯煜纂修：《湖广通志》卷一百十八《杂纪志》，雍正十一年（1733），刻本。
② （清）吴楚椿：《畲民考》，见（清）卓异侯、陆元和、潘绍诒主修：《处州府志》卷二十九《艺文志中（文编三）》四十四，光绪三年（1877），刻本。

(1803)颁行的《浙江畲民应试章程》①，以及嘉庆十七年(1812)修订的《学政全书》卷六十二《土苗事例》对此事的记录②，则成为彻底缓解族际矛盾的一个重要节点。继之而后，包括居住于温州府、福宁府等地的几乎所有畲民士子都以类似方式，通过坚持不懈地上书呈文，也获得了这一丧失已久的正当权利。在道光九年(1829)重纂的《福建通志》中，记载了一则有关福建巡抚李殿图处理福鼎畲民钟良弼争取科考权的事件③。于此，李殿图不仅严厉批评了歧视畲民考生的行为，还在分析上古神话，比较南方各省少数民族情况的同时，将之上升到稳定国家秩序的层面，从而证明了盘瓠神话历史化的虚妄性。

其实，明清以来的社会等级与财富积累在普通大众中也显现出巨大差异，而以刀耕火种为主要生产方式的南方少数民族，多因恶劣的山居环境显得更为穷困。因此，即便当地设立相关教育机构，并给予他们同等科考权，也很难形成相对公平的竞争力，从而迫使大部分民众延续言传身教的历史传统。早在南宋时期，刘克庄就在《漳州谕畲》中表示："余读诸畲款状，有自称盘护孙者。彼曷尝读《范史》，知其鼻祖之为盘护者？殆受教于华人

---

① 王逌：《超越大山：浙南培头村钟姓畲族社会经济文化变迁》，中国社会科学出版社2015年版，第115—116页。
② （清）童璜等纂修：《钦定学政全书（嘉庆朝）》，蝠池书院出版有限公司2004年版，第564页。
③ （清）陈寿祺总纂：《重纂福建通志》卷百四十《国朝宦绩·巡抚》，正谊书院藏板，道光九年(1829)，刻本。

耳。"① 清人吴徵鳌则于《福宁钟氏宗谱·谱序》中写道：畲民"独取于四千年以前盘瓠之辱以为荣，非由于山民无知不识字不读书，何以至此哉？"② 由此可见，"在封建社会时期，受统治阶级和汉族学士的压迫，畲族人们受教育的普及程度十分有限，因此大部分的畲族民众属于'文盲'群体，而这一论述恰恰点明了畲族人民被迫接受盘瓠'犬'形象的外部原因——教育匮乏"③。除此之外，一个更重要的原因——深居大山的少数群体无法以更为"主流"的方式，展现属于自己的风俗习惯。例如，明邝露《赤雅》卷上《猺人祀典》写道："刘禹锡诗：'时节祀盘瓠'是也。其乐五合，其旗五方，其衣五彩，是谓五参（一本作参王）。奏乐，则男女左右，铙鼓、葫芦笙、忽雷、响瓠（一本忽雷下有鲍字，无响瓠二字）、云阳。祭毕，合乐，男女跳跃，击云阳为节，以定婚媾。"④ 清顾炎武《肇域志》卷四十六"方舆崖略"也说："盘瓠子孙，椎髻短衣，不冠不履，刀耕火种，樵猎为生，杀斗为业。"⑤ 而以上这些被时人看做"奇风异俗"的行为举止，不仅与正统认识相去甚远，就连比邻而居的汉族群众也很难理解或接受。因此，不断加深的误解在间离二者的同时，也相应增强了各

---

① 转引自谢重光：《宋代畲族史的几个关键问题——刘克庄〈漳州谕畲〉新解》，《福建师范大学学报（哲学社会科学版）》2006 年第 4 期，第 9 页。
② 福建省福安市甘棠镇小岭村《福宁钟氏宗谱》，清光绪二十七年（1901）修，复印件藏福建省民族研究所。
③ 孟令法：《畲族图腾星宿考——关于盘瓠形象传统认识的原型批评》，温州大学硕士学位论文 2013 年版，第 160 页。
④ （明）邝露撰：《赤雅》清知不足斋丛书本，乾隆三十四年（1769）。
⑤ （清）顾炎武撰：《肇域志》，清钞本，同治元年（1862 年）。

自的认同意识。

可以说,盘瓠神话在东汉末期的首度记录,及其之后的不断完善与发挥,则随时代的变革中,促发族群认识的变化,而借以凝聚族群精神的象征符号,亦在儒家思想与科举制度的推行下,为强势群体所异化,进而成为族群对立的筹码。虽然有不少文人学士,甚至高官循吏从现实生活出发,努力纠正持续千百年的错误认识,以期缓解因地域隔阂、文化差异与权利争夺带来的矛盾。然而,正统意识与主流思想的时代应用和人心控制,则在很大程度上阻碍了这种愿望的实现。正如王剑锋所言:"冲突不会由于群体的差别而自然发生,而是由附着于这些差异本身的特殊意义所致",具体说来,"族群冲突是社会和政治冲突的延伸,冲突双方往往以'族群'来定义自我和相互定义"而族群认同的构成"不仅包括客观特征,还包括主观情感与信仰,这些主观因素有助于凝聚特征,甚至创造或构建特征"[①]。据此,我认为,盘瓠神话在制造特定族群间矛盾的同时,已然具备了"差异"外的特殊意义,而历代盘瓠神话历史化的质疑者所留下来的书面表达说明,对"差异"之外的特殊意义的关注,则是突破族群间矛盾的核心元素之一。

虽然杨利慧站在现代神话学的发展角度指出,打破神话神圣性的局限,"既有助于解决古典神话研究中名实不符的矛盾,也有益于研究者突破古代与现代、神圣与世俗、本真与虚假等的

---

① 王剑锋:《族群性的陷阱与族群冲突》,《思想战线》2004年第4期,第63页。

图4 景宁县郑坑乡塘丘垒村丧葬"做功德"所挂祖图长联（孟令法摄于2016年10月24日）

图5 景宁县郑坑乡半岭畲族村传师学师部分参与人员合照（孟令法摄于2016年12月26日）

壁垒"①，而作为本源于口头传统的民间演述，盘瓠神话所具有的神圣性，在文字化的过程中也逐渐被消解，不过，古代学者在使民间文学得以固化的同时，并未意识到这一行为可能呈现的"现代性"，而那些传承该类作品的特定族群更不会因为文字的到来，而改变它在集体生活中的意义。总之，盘瓠神话于典籍记载的历时发展中，并未完全失去前代所认定的基本属性，而这种颇具"层累的造成中国史"的特征，则在神话—虚构、信史—真实、伪传—批评间构筑起三位一体的传承模式。

【基金项目】 国家社科基金一般项目"畲族民间文献的历史人类学研究"（项目编号：15BMZ026）；《中国史诗百部工程》子课题"畲族史诗《高皇歌》"（项目编号：SS2016011）。

作者简介：孟令法，男，汉族，江苏沛县人。中国社会科学院研究生院少数民族文学系博士生，研究方向：口头传统与畲族社会文化史。

---

① 杨利慧：《神话一定是"神圣的叙事"吗？——对神话界定的反思》，《民族文学研究》2006年第3期，第81页。

从瑶族典籍辨析
盘王及其神话的多重意义

潘琼阁

学界从未停止过对盘王、盘古和盘瓠的辨析,在此过程中产生了多种不同观点。黄钰曾经总结过古今学者对三者关系的几类观点:盘古非盘瓠说、盘古即盘瓠说、盘古即盘王或盘瓠即盘王说、盘王非盘古盘瓠说[①]。

出现如此相异的观点,其中一个原因是研究者通过不同汉、瑶典籍和调查资料,或于不同瑶族地区进行调查分析。而不同地区不同时代的瑶族人对盘王、盘古和盘瓠拥有不同认知,瑶族典籍如评皇券牒(过山榜)、还盘王愿的典籍和瑶族信歌等也都因时代和地域变化,对三者及其神话的叙述多有差异。

一、评皇券牒中的盘古、盘瓠和盘王

《评皇券牒集编》(以下简称《集编》)中收录正本(古本)型

---

① 黄钰:《盘古盘瓠盘王辨识》,《广西民族研究》1991年第4期。

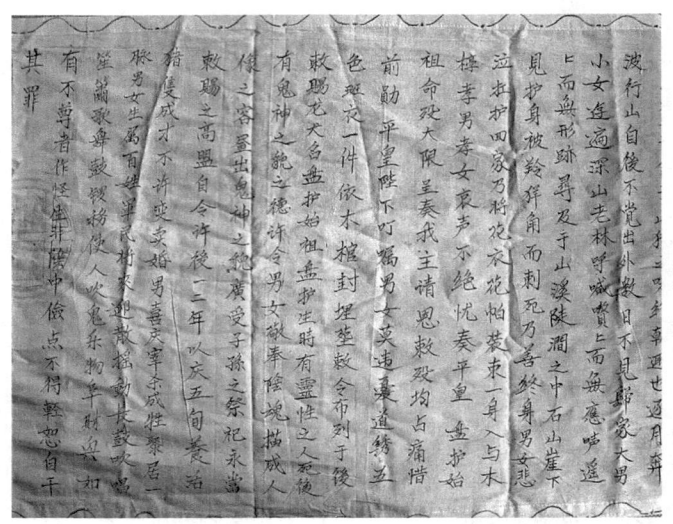

图1 《评皇券牒》手抄本(潘久辉2009年摄于桂林市某瑶寨)

图2 盘瓠神话宗教画(潘久辉2009年摄于桂林市某瑶寨)

评皇券牒57篇，数量约三分之二的券牒为盘瓠神话，其中又以龙犬盘瓠神话为多，部分接续了漂洋过海神话。其他约三分之一券牒中，盘古、盘瓠和盘王的名实和神话情节较为混合，有时难以辨析。综合这57篇券牒的三者关系，主要有这样几种类型：仅有盘瓠，盘瓠为盘王；仅有盘古，盘古为盘王；有盘古亦有盘瓠，此类又分三种：盘古为盘瓠祖先，盘古为盘瓠，盘古与盘瓠关系不明。这里的盘王所指也较为复杂。因类型不同，盘瓠神话与盘古神话发生了不同程度的混合。

（一）单一龙犬盘瓠神话

第一种类型是最为典型常见的单一盘瓠神名和盘瓠神话。这一类型券牒多为龙犬盘瓠神话，典型情节结构为英雄解难、驸马主题、正名受封、复归自然[①]。其中少部分接续了漂洋过海神话，广西灵川县的《过山黄榜》[②]结尾叙述瑶人由南洋回转中原路程中，"飘湖过海"三个月未靠岸，遂许盘王愿。

《集编》中此类型券牒中多篇于广西桂林市临桂县瑶族地区搜集。笔者在临桂县宛田乡调研时，民众口传神话中也只有龙犬盘瓠神话和漂洋过海神话。盘王所指清晰，即盘瓠，"敕赐盘护为始祖盘王，令儿孙代代敬奉"[③]。

（二）以盘古为名，盘古盘瓠神话混合

第二种类型仅以盘古为名，以盘古神话和盘瓠神话混合为

[①] 参见彭兆荣:《〈评皇券牒〉的母题结构》，《中南民族学院学报（哲学社会科学版）》1994年第4期。

[②] 黄钰辑注:《评皇券牒集编》，广西人民出版社1990年版，第61—68页。

[③] 同上书，第51页。

实。这一类型在《集编》中收录较少。广西罗城仫佬族自治县北部瑶山《过山榜》[①]，基本情节结构为盘古开天置地—盘古置十二姓瑶人、归附青山—伏羲兄妹造出瑶人入山、百姓入九州（洪水神话）—盘古打猎为羊角触死，因开天地有功，平皇赐牒（正名受封）。此类券牒未见盘瓠之名，龙犬护国的内容一并消失，而将盘古神话、洪水神话和盘瓠神话中因功受封获特权、龙犬触羊角去世情节混合于一体。亦即，将祖先的功劳即瑶族人正名受封获特权的原因由龙犬盘瓠护国有功，置换为盘古开天置地有功。在此，盘王所指为盘古，文中出现盘古圣皇、盘古龙王、盘古大王、盘王等指称。

在笔者于广西百色市凌云县和田林县的蓝靛瑶中调研时，所接触合作对象也都只知盘古，不知龙犬盘瓠。合作对象年龄段从40岁段到70岁段，但70岁段的师公虽不知龙犬盘瓠，却保留了不食狗肉的习俗。在百色市蓝靛瑶中，笔者未搜集到券牒。《集编》注明在蓝靛瑶中仅搜集两篇券牒[②]，其中《白策敕牒》，将盘古和盘瓠连为民族源流，两者神话混合（将于下一类型详述）。而蓝靛瑶信歌中也出现了盘古、龙犬和盘王的混合。由此推之，盘瓠神话在某些瑶族支系某些瑶族地区，有一个逐渐脱落，并和盘古神话混合的过程。

（三）盘古盘瓠神名及神话混合

第三种类型为盘古盘瓠神名及神话混合，情况较为复杂。

一种情况是盘古和盘瓠为族脉源流关系。湖南一些瑶族地

---

① 黄钰辑注：《评皇券牒集编》，广西人民出版社1990年版，第301—309页。
② 同上书，第377页。

区有"以盘古为始祖,以盘瓠为大宗"之说①。一些券牒中盘古和盘瓠的源流关系清晰,盘王所指也较为清楚。广西田林县八渡地区盘古瑶的《盘王榜牒》,所载内容为龙犬盘瓠神话,但在叙述过程中,表述瑶人为开天置地的盘古之后,即为盘(古)王子孙。盘大护(盘瓠)助楚平王有功,为瑶人得到十二姓和种种特权。这里盘王指盘古,盘大护(盘瓠)是民族英雄。盘大护再一次强化和扩增瑶人获得的特权,因此盘瓠得到后代祭祀,"一准令祭祀盘大护(瓠),命(祀)用鼓、笛、歌、板,不许别[人]安谭(坛),惟异者施行"②。在蓝靛瑶《白篆敕牒》中,平王的角色叫盘楚皇/楚平皇,似乎即是盘古:"大隋五年(五八五)五月十三日生盘古号为定。楚平皇敕旨盘瑶族子孙,奉此钦命遵不(牒文)一通(道),开天立此为具(据)。"③ 蓝靛瑶是"盘古太公"所赐五家七姓中第二支,"移居万山迷避之处"。后描述楚平皇建国景象时,提到"盘楚皇金殿玉阙,日坐朝宫"。这里盘古开天很可能指开国之意。而盘王正是指这位王,当有小国作乱时这位"盘王颜大怒"。接下来便是龙犬盘护(瓠)护国情节,盘护被称为盘护王。

另一种情况是盘古与盘瓠名实混合。这种情况的券牒本身给人一种誊抄错误之感,难以明确辨析盘古、盘瓠和盘王的关系。广西金秀县横冲村《过山榜文》④全篇为盘瓠及其神话,只在

---

① 张劲松、赵群、冯荣军:《蓝山县瑶族传统文化田野调查》,岳麓书社2002年版,第22页。
② 黄钰辑注:《评皇券牒集编》,广西人民出版社1990年版,第366—372页。
③ 同上书,第373—377页。
④ 同上书,第44—49页。

一处出现"护王盘古圣帝",似将盘瓠和盘古等同。广西来宾市大理地区《圣牒榜文》[①]杂糅了盘古开天地、龙犬盘瓠、伏羲兄妹洪水神话、漂洋过海神话等诸多神话。先叙述盘古出世,与盘婆结婚得三男三女。李大护即龙犬盘王大护出世,与盘三女结婚得六男六女。接下来叙述李大护助国有功,与平王三女结婚,得六男六女。此时,难以辨析平王与盘王的关系,盘三女是否为平王的三女儿。李大护入山打猎触羊角而死之后,其后代李瑶民正名受封。待龙犬李大护的情节完成后,又简叙盘古开天置地,先置瑶后置朝,伏羲兄妹洪水神话、诸人类文化英雄。最后续上十二姓瑶民漂洋过海,向盘古王许愿。通篇拼接痕迹较为明显,但努力维持盘古为瑶民始祖,盘瓠为李瑶始祖的叙述逻辑。另一篇叙述序列相似的广西宜山县《盘古王圣牒榜文书》[②],则在叙述上更难辨析神名关系。开篇叙述盘古出世,盘古大护与盘婆结婚得三男三女,李大护出世,与盘王三女结婚得六男六女。但接下来的龙犬盘瓠神话部分,龙犬有不同指称,"龙犬是盘古大护",又是李大护——"李大护不食",之后的文中还有"盘古瑶民李大护"。给人以此篇的不同誊抄者和编纂者对盘古和盘瓠有不同认知之感。

二、名虽异、实质同的盘王神话

上述三种情况呈现出较为多样的神名,也杂糅了多种神话情节,但从情节结构观,主要结构仍为盘瓠神话。以彭兆荣阐释的

[①] 黄钰辑注:《评皇券牒集编》,广西人民出版社1990年版,第310—322页。
[②] 同上书,第285—300页。

母题结构为参照,"综观百余种的《券牒》文本,尽管不同地方、不同支系的瑶族文书有着或多或少的表述差异,主干故事和叙事样式则完全一致,它包括以下四个基本层次陈诉:1.英雄解难,2.驸马主题,3.正名受封,4.复归自然"①。不管主干故事的神名为盘古还是盘瓠,大多数券碟中龙犬身份是清晰的。以此主干为基础,揉入了盘古神话、洪水神话和漂洋过海神话。

从叙述层面看,神名产生混合甚至混乱,正是龙犬盘瓠神话粘黏盘古神话后,券牒的编纂者或誊抄者希望在盘古和盘瓠之间建立逻辑清晰的关联:或是两者等同或者因为都"姓"盘而传承族脉。而"盘王"在不同券碟中也有了不同指称。如果不同时期和地域的编纂者认知产生差异,或者认知产生混乱,便也难以驾驭混合的神话和神名。

进一步分析,这种多样性背后具有较为清晰一致的深层族群诉求。综观这57篇正本(古本)型券牒,无不围绕和强化以下核心诉求:生存特权、族群边界认同、族群迁移史认同。

(一)生存特权认同

生存特权主要包括瑶民的山权、免赋税权和免徭役权。不论是单一龙犬盘瓠神话,还是杂糅了盘古神话和洪水神话的复合型神话,都在强调这些特权。这种强调分为单次要因和双重强化。

单次要因以最常见的单一龙犬盘瓠神话为代表,获得种种特权的要因是龙犬护国有功。而前述提到的,将祖先功劳由龙犬盘瓠护国有功,置换为盘古开天置地有功(罗城仫佬族自治县么佬

---

① 彭兆荣:《〈评皇券牒〉的母题结构》,《中南民族学院学报(哲学社会科学版)》1994年第4期。

族自治县北部瑶山《过山榜》),也是单次立功获特权的形态。编纂者叙述重点并不是盘古开天置地过程,而是将盘古开天置地事件作为获得特权的正当原因。"昔日开天辟地,首君有我盘古圣皇,凿天立地,先有吾身,后有天(地),功高万古""我盘古圣王,开辟天地,置立人民,先有瑶人,后有朝廷,功称无量"。①身为龙犬的盘瓠之名及盘瓠护国情节从此券牒中消失,但其核心功能并没有形成空位,由同"姓"盘古之名及其神话填补了。

双重强化涵纳盘古开天置地和龙犬盘瓠护国之功。无论将盘古与盘瓠等同,还是将盘古与盘瓠关联为同一族脉,甚或盘古盘瓠混乱难辨,开天置地和护国情节的功能性清晰,特权获取得到双重保障。多数券牒中瑶人的生存特权不止因为盘古开天置地有功,更是因为先天安排,盘古开天置地之初便"置下青山瑶人子孙万代(耕管),盘王子孙刀耕火种青山,不许民家争夺占管②"。而龙犬盘瓠护国有功,将这些天生的特权打上官方认可的烙印,即以统治者赐予券牒的方式立此存照了,"楚平王敕下有三千条律,斯祖盘王祖(子)孙,请敕先斩后奏"③。

(二)族群边界认同

族群边界认同主要通过十二姓④和不与外族人通婚来细化和强化。十二姓多因龙犬护国有功而获得统治者赐予。少数神话中,在盘古开天地置人之时即将瑶人分出了十二姓。如前述罗城

---

① 黄钰辑注:《评皇券牒集编》,广西人民出版社1990年版,第301页。
② 同上书,第369页。
③ 同上书,第367页。
④ 所称"十二姓"为泛称。不同地区不同支系瑶族有不同的公认姓氏数和具体姓氏。

的券牒因将龙犬盘瓠护国情节删除，十二姓提前至盘古创世之初，由盘古赐予瑶人十二姓。在复合型盘王神话中，盘古置人和伏羲再造人的重要功能也是族群边界认同，即强调先有瑶后有朝/先有瑶后有民，造出瑶人上青山百姓。洪水发过，"重有伏羲姊妹（兄妹）二人，结配夫妻，置得天下万万之人。先置瑶民子孙，后置五姓百家土人朝廷百姓"①。伏羲兄妹"生下一皮袋，发上青山成瑶役（人），发下九州是万民"②。不与外族人通婚则体现在统治者所赐券牒中所列规定之中。

（三）族群迁移史认同

族群迁移史认同是将瑶族历史上主要的游耕生产方式和迁移生活方式，溯源至族群出现之初，并强化至具有族群史价值的重大事件之中。综观这些券牒中出现的神话，在每一次族群史重大事件节点上，都会强调瑶族迁移之必然性。这种必然性呈现一种宿命论，无论迁移是自愿选择或是被迫之举，是欣然接受的特权或是无可奈何的生存选择，都由始祖和祖先规定。盘古出世时，"盘王子孙发坐五湖四海青山，封为赐地，任由天下落业。逢山吃山，逢水吃水。离田三尺，离水付不上三尺三寸，任凭盘王子孙开砍耕种，开垦成田，无粮无税，任瑶人安生落叶"③。至盘瓠护国有功，迁移正当性由统治者正式认定，"任从榜文浮游天下五湖四海，落业万万代。逢山吃山，逢水吃水，任游天下落

---

① 黄钰辑注：《评皇券牒集编》，广西人民出版社1990年版，第320页。
② 同上书，第301页。
③ 同上书，第188页。

业"①。一些券牒尾部接续的漂洋过海神话,则将一次族群迁移大事件的具体过程叙述而来。

在漫长迁移史中,在绵延青山之间传承的盘王神话,不同神名和神话粘黏、置换和接续于一体是正常的变异现象。无论怎么变异,其核心诉求保持一致,得到延续或是强化。在复杂历史环境和多样族际交往中,原来的神名甚至某些神迹已经不能满足生存和生活的诉求,这些核心诉求会吸引其他神话、改变或置换神名和部分情节。对于身处复杂环境中的瑶族人来说,功能性强的族群诉求比逻辑性强的表层叙述更为重要。

三、瑶族信歌中盘王神话对个体的多重意义

经过上述分析,盘王神话吸纳了盘古神话、盘瓠神话、洪水神话和漂洋过海神话,虽然不同券牒的叙述形式有异,但具有共同的主干情节结构和核心诉求。本章将视线从瑶族族群叙述的典籍转向个体叙述的典籍信歌,不再辨析信歌中盘王在叙述层面的所指,而统称为盘王神话。通过信歌中述及的相关表达,探讨盘王神话对于瑶族个体所具有的多样而共性的意义。

(一)信歌及其中的盘王神话表述

信歌存在于苗瑶语族瑶语支优勉语和金门语的瑶族族群中。从言语行为角度来考察,信歌是承担书信功能的中长篇瑶歌,由深谙瑶族传统且习得汉字之人为自己或代人创编,以多种有形载体一对多演述和传播,满足寄信者和接收者非及时和非在场交

---

① 黄钰辑注:《评皇券牒集编》,广西人民出版社1990年版,第191页。

图 3　两份歌书手抄本中的《洞坡信歌》(潘琼阁 2014 年摄于广西百色市田林县冯春金家中)

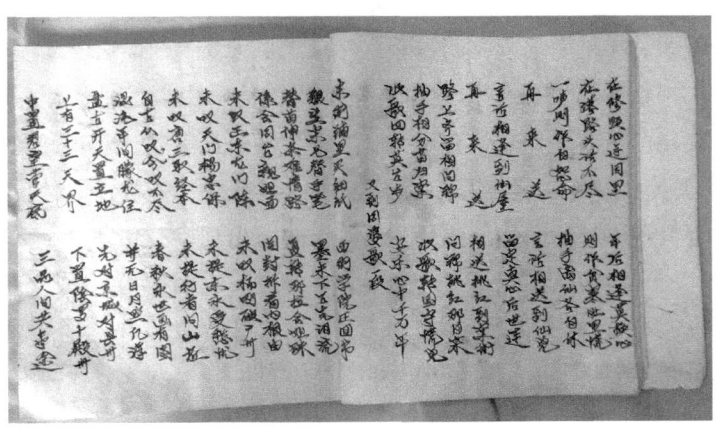

图 4　两份歌书手抄本中的《洞坡信歌》(潘琼阁 2014 年摄于广西百色市田林县冯春金家中)

流，成为创编者为个体和群体立史、抒情和寻求认同等诉求的有效通道。在观察出现了盘王神话相关表述的 15 篇信歌后，盘王神话对于个体的多样化意义呈现出来。

如表 1，由右到左列出 15 篇信歌中诗句表述所涉及的盘王神话情节结构部分、诗句所在的主题、神话表述所对应的功能性意义。将不同功能对应的情节结构编号，便于观察同一情节结构的分布。列出信歌主题，便于大致了解信歌创编者运用盘王神话时的文本语境。

这 15 篇信歌分别是《广西瑶族社会历史调查》（第七册）[1] 收录的《跂信歌》《放信歌》《海南信》《书旨交趾行土》《查亲访故古根歌》《放信歌》《周玄柜信歌》《立前世地方清朝有乱语歌》《穷言信》《缺少山人查族歌》《元国歌》，《蓝靛瑶民歌选集》[2] 收录的《十万大山金门信歌》《谢亲信歌》，《田林盘瑶民歌》[3] 收录的《洞坡信歌》，《越南瑶族民间古籍（一）》[4] 收录的《迁徙信歌2》。按盘王神话基本情节结构顺序看，不同篇信歌中涉及到以下某一或某几个情节结构：盘王开天地—十二姓—盘王时代获得的特权（主要为山权）—盘王及其后代归山—盘王后代迁移，总体上基本覆盖盘王神话主体。此外，一些诗句只出现盘王称呼。

---

[1] 广西壮族自治区编辑组：《广西瑶族社会历史调查》（第七册），广西民族出版社 1986 年版。
[2] 李正杰主编：《蓝靛瑶民歌选集》，广西人民出版社 2011 年版。
[3] 冯成善、冯春金主编：《田林盘瑶民歌》，广西民族出版社 2001 年版。
[4] 越南老街省文化体育旅游厅编著：《越南瑶族民间古籍（一）》，民族出版社 2011 年版。

表1

功能性意义		信歌主题[①]	神话情节结构
族群边界认同	族源认同	信歌	2.盘王开天地+3.十二姓
			1.盘王称呼
		根由	2.盘王开天地+3.十二姓
			5.盘王及其后代归山
			1.盘王称呼
		迁移	3.十二姓
	族别认同	今昔对比	2.盘王开天地+3.十二姓
生存权认同	正向	邀请	4.盘王时代获得的特权(山权)
		官司	4.盘王时代获得的特权
			1.盘王称呼
		今昔对比	4.盘王时代获得的特权
迁移史认同	负向(引发离散和苦难)	根由	4.盘王时代获得的特权(山权)
	正向	迁移	6.盘王后代耕山迁移
			6.盘王后代迁移
苦难认同		战乱	1.盘王称呼
		诉苦	1.盘王称呼
		根由	2.盘王开天地
		旱灾	2.盘王开天地
历史文化认同		根由	2.盘王开天地

---

① 此处所列信歌主题基于笔者博士学位论文中部分研究内容。学位论文《瑶族信歌的功能类型学研究》详析24篇信歌共6610句诗句后，归纳出19个主题。具体方法可参见潘琼阁：《盘王大歌和交趾信歌共有模式及迁移实质》，《民族文学研究》2016年第1期。

（二）信歌中盘王神话的多种功能性意义

信歌中有关盘王及其神话的表述，由信歌创编者赋予了多种意义，与券牒保持一致或相异。前述券牒中的族群边界认同、生存权和迁移史认同都出现在信歌中。此外，苦难认同和历史文化认同也蕴含于信歌中。

盘王神话表述在信歌中产生了更为多样化的功能性意义。有的内容功能和其在神话中一样，且保持稳定状态。十二姓的功能仍与神话中保持一致，是族群边界认同的重要内容；有些内容产生多种功能性意义。盘王开天地与十二姓前后出现时，与十二姓的功能保持一致，而单独出现时，既可作为历史文化认同之源，亦可认作族群苦难之始。盘王称呼因其泛性，更可赋予多种意义；更有神话情节走向迥然相异的不同方向。同样是盘王时代获得的特权，在一些信歌中成为邀请同族人前往寄信者所在地，或是打官司争取群体权利，或是指出其时族群混居不合理之处等的正当理由。在另外的信歌中，则成为信歌创编者分析族群衰落、族人零落、生活破落时归结的源头。

这里主要阐明与前述意义相异之处，与前述保持一致的方面不再赘述。

与神话有所不同，生存权认同和迁移史认同出现了一种反向言说，质疑特权和迁移史在过山系瑶族人生存和生活中的合理性。这种反向言说将生存权和迁移史绑定在一起，正是盘王时代获得了以山权为主的特权，正是盘王后代的迁移，引发了族群和个体漫长、似无止境的离散和苦难。民国时期的《缺少山人查族歌》即全篇以不同事件提请"山人"不要迁移。因为"深山水源山子堂，龙犬龙子耕寻山；宗祖思在七贤洞，随山寻岭散分离",所以"千金好宝壮人受,亏了山人散寻山";因为"千年注庇安山游",山人"庇能①天门专星散,如同星斗断迷河/远远无无世管世,不闻何处安中良",所以战乱时势单力薄,"自怨前注山人少,被了夫熊万样妖;壮人满处千共万,怨了山人单住单";又因为注定耕山和迁移,不像山下有田有塘的壮民丰收,"自从盘王开天地,一朝自管一朝人;满处田塘下秧了,不耕不种丢年荒"。因此,创编者"祝报贤亲众金友,依②可搬家了税钱;望望齐全同乡水,不图富贵乐图全"。③

中华人民共和国成立后的《十万大山金门信歌》也表达了盘王后代迁移的离散之苦:"盘皇过世子孙散,散下九州各殿安;同在十万大山顶,四方乱纷四处游;兄弟散离知几世,无人传报是难知。"④

除了神话中族群边界认同、生存权认同和迁移史认同这三类主要意义外,信歌还出现一类重要意义,即苦难认同。创编者通过盘王开天地的表述,来表达个体和群体自族群出现之始,即开始了苦难历程,或是只需提到盘王称呼,即表示个体所遭受苦难是其后代普遍遭遇,携带深刻的宿命论哲学观。《放信歌》表达盘王开辟的路即是一条苦难之路,"怨叹盘皇注出世,开条愁路

---

① 庇能,意为比如,好似。
② 依,此处意为不。
③ 广西壮族自治区编辑组:《广西瑶族社会历史调查》(第七册),广西民族出版社1986年版,第53—56页。
④ 李正杰主编:《蓝靛瑶民歌选集》,广西人民出版社2011年版,第408页。

共山深"①。《迁徙信歌2》(越南)甚至提出盘王是遭受着痛苦出世的,"開天立地盤皇造,乾坤交配注人民;盤皇出世多若绖②,不知日夜不知光"③。《元国歌》的"盘古仔孙夫愁过,真是愁唎亲马知"④和《书旨交趾行土》的"盘王子孙住不稳,给破村乡村到村"⑤,通过称呼盘王,将个体愁苦和动荡离散,与族群苦难紧密相连,一个个个体命运是族群命运的具象体现。

图表中还单列出历史文化认同,实际上,在神话中也充满历史文化认同,这里单独列出是因为信歌中这些诗句更倾向于完成一种文学成规,运用盘王神话完成瑶族文学中普遍出现的根源叙事。由始祖开始往下梳理,既能与观众结系族群认同基础,也因为时间跨度极大的叙事有助于充实创编品的历史厚重感,增强观众对创编品的信度。信歌创编者创编这些诗句,虽然没有某种强烈的功能性动机,但会间接促成创编者的目标。

信歌中和盘王神话中的表述,其意义不论是保持方向一致,还是相左,基础都在于流传盘王神话地区的瑶族人,对盘王神话保持了基本的认同框架。质疑生存权和迁移史的信歌创编者正因

---

① 广西壮族自治区编辑组:《广西瑶族社会历史调查》(第七册),广西民族出版社1986年版,第64页。
② 若绖,意为受苦。绖为瑶族自造字"苦"。此处引用诗句为繁体字,是遵循原书所载信歌原件扫描件的字体。
③ 越南老街省文化体育旅游厅编著:《越南瑶族民间古籍(一)》,民族出版社2011年版,第451页。
④ 广西壮族自治区编辑组:《广西瑶族社会历史调查第七册》,广西民族出版社1986年版,第118页。
⑤ 同上书,第75页。

为处于认同框架之内,才力劝同族人选择农耕、定居和聚居生活。而仅以盘王称呼即可表达个人和群体的悲愁,亦是瑶族人因其灾难深重的历史,已将苦难融入对民族根基叙事的理解中,并不断通过集体和个体创编将其注入代表民族的符号的内涵中。

另一方面,相异的理解和后世增添的内涵为盘王神话的认同框架加入新维度,盘王神话的语义出现更多层次,更新着盘王神话与瑶族人生活共呼吸的活力。盘王神话承载甚至规定了瑶族人的根本生产方式和生活方式。世易时移,当传统生产方式和生活方式不能解决个体困境,盘王神话便处于一种新的时代、社会和个体思想的重审下。当这种重审的客观和主观情景不断扩大,对于盘王神话的新理解渐成共识,与传统理解纠结在一起,形成或清晰或矛盾的认知,神话的认知框架获得了新的生命力。

作者简介:潘琼阁,女,瑶族,广西桂林人。就职于天图文化创意产业集团,研究方向:民族文学。

文献视角下的"盘瓠"神话流变
——以广东瑶族为例

邱　婧

广东的瑶族现今主要分布在连南、乳源、连山等地，可分为排瑶和过山瑶。其中连南的瑶族一般被称为"八排瑶"，乳源的瑶族一般被称为"过山瑶"。日本学者竹村卓二曾长期关注华南和东南亚地区的瑶族神话，他在《瑶族的历史和文化》中，提及广东北部地区八排瑶和过山系瑶族集团的不同传说，并且认为不同瑶族地区对于盘瓠型"犬祖神话"[①]有着不同的流传。在国内外的瑶学研究中，有不少研究文本涉及到瑶族盘瓠型"犬祖神话"的流变，然而着重就历史文献并比对广东瑶族地区神话的研究并不多，文章收集了自《后汉书》至民国时期大量的文献材料，并部分参照笔者对广东几地瑶族进行的田野调查，试图梳理广东瑶族地区有关"盘瓠"、"渡海"及迁徙叙事的流变。

[①] ［日］竹村卓二：《瑶族的历史和文化——华南、东南亚山地民族的社会人类学研究》，金少萍、朱桂昌译，民族出版社2003年版，第263页。

一、"盘瓠"神话与"犬祖"形象

有关瑶人以盘瓠为祖并称其为"狗头王"的叙述,学者胡起望认为,最早记载盘瓠神话的史书是《风俗通》,讲述了高辛氏之时,一畜犬名盘瓠,立功后与帝女结婚繁衍后代的故事①。

《后汉书》中亦记载了盘瓠神话:帝皇蓄养的五彩犬"盘瓠"咬获敌寇吴将军的首级,由此立下大功,娶得帝女,走入南山石室,生下六男六女;他们"自相夫妻","好入山壑,不乐平旷",因先父功劳而受赐名山光泽,其后人滋蔓,"以先父有功,母帝之女,田作贾贩,无关梁符租税之赋役"。② 这一特异的盘瓠族源说,实质上试图传达其后人在山间任意徙居、耕作、买卖的正当性。事实上,如竹村卓二所言:"盘瓠神话必然要适应各个支系所经历的文化社会发展,产生某种合理性的变化,已经发生变化的盘瓠传说,当然可以认为是识别各支系范畴的标志。"③

晋人干宝的《搜神记》亦录入了盘瓠之说,它糅合了三国时期《魏略》所述的"犬"的来源的情节,即高辛氏王宫老妇因耳疾挑出"顶虫",而"犬"就是由这"顶虫"幻化而来;随后,干宝对《后汉书》中盘瓠立功受赏免除赋役的叙述近乎照字录入。如此,"蛮"之"犬"祖被敷衍为"神犬"。关于盘瓠犬祖的类型故事,

---

① 胡起望:《瑶学研究五十年》,中央民族大学出版社 2009 年版,第 19 页。
② (南北朝)范晔:《后汉书·南蛮西南夷列传》,百衲本景宋绍熙刻本。
③ [日]竹村卓二:《瑶族的历史和文化——华南、东南亚山地民族的社会人类学研究》,金少萍、朱桂昌译,民族出版社 2003 年版,第 228 页。

在后世的正史、笔记等资料中，并没有本质的变化，它们都蕴含了一种象征意义，也就是"为保证蛮族的地位和特权所建立的原则"。

"蛮无徭役"、"不供官税"之语屡现于史书记载，至唐初《隋书》及较之稍早的《梁书》还出现了"莫徭"的称谓，到了宋代，则有了"徭"这个流传至近代的族称。可以说，"徭"从"蛮"中被汉人特别辨认并记录下来，离不开盘瓠神话中象征意味浓厚的"犬祖"叙事。

二、从"盘瓠"到"渡海"神话

在广东瑶族地区而言，各地盘瓠神话的演变各不相同。在当代，广东乳源瑶族关于本地过山瑶系的盘瓠神话已经难寻踪迹，如果查阅古代的文献，可以发现盘瓠神话的遗存。

胡耐安曾在民国时期前往广东瑶族地区进行调查，并写作了《说瑶》[①] 一文，他详细分析论证了八排瑶和过山瑶集团神话的差异性。由于胡耐安的调查年代较早，关于过山瑶系集团的"盘瓠"神话，他搜集到南宋理宗时期流传于过山瑶地区的《评皇卷牒》，里面明确叙述了龙犬口含高王首级立功的经过；清康熙二年《乳源县志》云，"猺人一种惟盘姓，八十余户，为真猺，皆盘瓠之裔，别姓亦八十余户，今其种类繁异"[②]；清康熙二十六年《曲江县志》云，"猺之种相传盘姓者为盘瓠之裔，真猺也，其别

---

① 胡耐安：《说瑶》，载《边境论文集》，华冈书局1966年版，第569页。
② （清）裘秉鉷、清庞璋：《乳源县志》，清康熙二年刻本，卷八。

种家有赵、冯、邓、唐……七月十五日祀其祖有狗头王者,以小男女著花衣歌舞为侑"①;又民国二十年《乐昌县志》云,"邑有猺……每年拜王(俗谓狗头王,即盘瓠,猺之始祖),有三日功果,意在祈丰祛厉"②。

值得一提的是王黎明发现的一段明代榜文,此榜文为其书《犬图腾族的源流与变迁》中所援引,榜文中既涉及了十二姓瑶人的起源,又同时提及两段传说,先是提到了盘瓠神话:"正到代随二年,外国高紫王战国夺明纵横,评皇朝内,言问朝臣及大将,朝内何人敢收得高王祖王头拿,评王为许胜赐第二宫仙女与臣为妻成双,更被一统江山平分。盘太宁得闻王曰,评王就降敕,盘太宁投身游水过海,斩高王头回转朝城。呵呵欢喜。评王就胜赐二宫仙女,评王依前话以龙犬为婿,英央(鸳鸯)成对,给子生下六男六女。"③紧随其后,同一则榜文中又提到洪水渡海神话:"天下大旱,深塘无鱼,官仓无米,蕉木出火,格木出烟,猺人子孙吃尽青山万物,思着无计奈何,正来漂湖过海,遇过景定元年,洪水淹天,一路游过了三月,行船路不到,水行水路不通,又怕所被大风吹落大海龙门,思着无人救得无根之草,无人救得可怜之人,在落船中央头上,告白请神。"④这便是乳源瑶族还盘王愿的缘由。

这一榜文颇有意味,抄于明代,既囊括了盘瓠神话,又揭示

---

① (清)秦熙祚、陈金闻:《曲江县志》,清康熙二十六年刻本,卷一。
② (民国)刘运锋、陈宗瀛:《乐昌县志》,民国二十年铅印本,卷三。
③ ④ 王黎明:《犬图腾族的源流与变迁》,黑龙江人民出版社,2012年版,第721页。

了过山瑶渡海迁徙的神话。在笔者看来，榜文形成时期，恰恰属于过山瑶盘瓠神话向渡海神话过渡的阶段。对于乳源瑶族神话研究而言，这应该是极其重要的一个节点。而瑶人的形象，则是作为盘瓠子孙，后而漂洋过海，遭遇船难后，求盘王庇佑而后迁徙到广东各地的故事结构所指涉。

据现存文献来看，清代以后，乳源勉瑶歌书及其底本逐渐较少将盘王与狗头王、狗关联，转而吸纳了洪水、伏羲神话和盘古开天地的神话，讲述围绕盘王的十二姓始祖渡海的传说。有学者曾调查得出结论，"盘瓠神话"至晚在民国时期的乳源已经被消解，其民间传说中已经不再讲述狗头王立功以至其后人免除徭役的故事，而是吸纳了洪水、伏羲神话和盘古开天地的神话，着重讲述瑶人向盘王许愿、还愿的故事。①

比如，从目前搜集到的版本来看，乳源的勉瑶迁徙歌书主要有《过海歌》《瑶人出世》《入青山径歌》《瑶人出世歌》《源水部》等五篇文本，内容大体相似，以《过海歌》为例，收入乳源柳坑人赵堂于道光五年十二月十六日执笔录书《送亡人法》，此《过海歌》详细记述了乳源勉瑶的渡海传说。渡海神话的大意如下：瑶族的祖先原居住在南京附近，后来由于朝代更替，瑶人遭遇了年成不好、疾病横行等灾祸，于是十二个姓氏的瑶人在进退无门

---

① 另外，有学者认为："渡海故事的发生肯定应早于明朝洪武年间，因为明洪武年时瑶族的分布已遍及两广地区。其间对瑶族的征伐主要在广西地区，而广西并无较大面积的水域可言。"同时，持此观点的学者指出，日本学者竹村卓二教授曾推测渡海故事的发生应在元末明初的动乱时期，这一论断是值得推敲的。"参见李学钧、马建钊：《瑶族盘瓠神话与渡海神话的象征意义》，《广西民族学院学报》，1996年第1期。

的情况下乘船过海，试图进入新的地理环境求得生存，然而在航行过程中，瑶人遭遇恶风暴雨，六个姓氏的瑶人在航海过程中失散，其他六个姓氏在海上盘旋无助，后来向盘王许愿祈佑，希望盘王能够救援，最后这些瑶人终于得救，到达了广东。得救的六姓祖先们为了报答盘王，在之后年年纳钱起香以"拜王"形式向盘王还愿。

1942年，梁钊韬在广东乳源进行调查，他在报告《粤北乳源瑶民的宗教信仰》中指出，乳源瑶人崇拜始祖盘王，但他们对狗并没有特别的崇拜仪式[①]，由此可见盘瓠神话的销声匿迹。近年来，笔者及课题组对乳源瑶族进行的田野调查也显示，渡海神话几乎占据了当地瑶族神话传说中的主体部分。笔者在田野中所见的乳源《大歌书》[②]《盘王歌》《乳源瑶族民歌选编》等抄写、收集、整理自上世纪中叶并沿袭于今的歌书，基本是以渡海神话为主了。

笔者曾在歌书中搜集了过海歌若干则（与此相对应，歌书中同样出现了"洪水发"唱段，讲述寅卯二年洪水漫天，仅藏入葫芦的"葫期"（又作"胡其""伏羲"等）两姊妹幸存于世，二人相甲为婚，生下血团，后由九州玉女用刀将血团分成人形，"发下青山成瑶姓，发下峒头百姓人"。于是，被吸纳的洪水、伏羲神话，替换了乳源瑶族"盘瓠"族源之说，成为瑶姓人与百姓人同宗同源的象征，这种象征还规范了"瑶姓—青山"、"百姓—峒头"之间互不相犯的社会秩序。又有"造天地"唱段，歌词言"第

---

① 梁钊韬：《粤北乳源瑶民的宗教信仰》，载《民俗》，1943年第2期。
② 系手抄本，1985年抄录完笔，今由乳源赵天章所藏。

一平王造得地,第二高王造得天,第三唐王造得火,第四盘王造得衫",或言"高王造天至(置)天地,盘王造地至(置)平田,至(置)得平田凡人作"。在"盘王出世"唱段中,有"盘王出世福江庙……主人有事请王到,单请盘王到子村"①。

在乳源瑶人的观念中,盘王作为"有事"而请的庙中神灵而存在。引人瞩目的是,向盘王这位神灵许愿、还愿的叙述被聚焦于"渡海"神话,如"迁徙歌"唱段:"离了南京十宝殿,漂洋过海海中游。十二姓人齐过海,七天七夜难登岸。海里大风吹不停,大船搁在海中央。二姓沉入海龙门,十姓人许盘王愿。船头共许歌堂愿,五旗兵马来相救。许愿得止大风停,大船风送靠岸行。大船果然得登岸,南海游游送乐昌。广东韶州乐昌县,安居生活得太平。"②又如"瑶人出世歌"唱段、"入青山径歌"唱段、"过海歌"唱段等,皆讲述了十二姓瑶人在迁徙途程中过海遇难而祈愿盘王获救之事。

2016年,笔者曾全程参加乳源当地瑶人所筹办的"三天三夜"度身挂灯仪式,实际上结合了为师哥获取法名的"挂灯"和"拜王"等仪式,其中"拜王"的歌堂在第三日的下午举行。尤其

---

① 这段唱词全文可参见盘才万、张光胜等《乳源瑶族民歌选编》,乳源县文化广电新闻出版局2008年版,此歌词中有关盘王的叙述无疑受到了佛教文化的影响,如"盘王出世福江庙……盘王殿上出莲花。路上高台紫薇镜,龙寻花粉在江州,盘王年生一对女,一年四季出行游。玉女梳头不乱发,圣女梳头不乱飞,玉女梳头是佛样,随着盘王双下归。玉女梳头不乱发,圣女梳头不乱飞,玉女梳头是佛样,正是盘王女子花"。

② 盘才万、张光胜等:《乳源瑶族民歌选编》,乳源县文化广电新闻出版局2008年版,第65页。

值得提出的是，在厅内部，一个硕大的船型竹编物放置于条几正中，上面祭献了新鲜的猪头，以及当场制作的糍粑。充分体现了过海遇难后获救而还盘王愿的事实。

另外，《乳源瑶族志》中曾提及，瑶族先民被称为"蛮""蛮夷""南蛮""荆蛮"，后来又被称为"莫徭""獠"等称呼。并且提到，清代康熙年间的《乳源县志》，有"猺狪"一节。这显然是一种蔑称。直至中华人民共和国成立之后，方普遍使用"瑶"字。① 因此，古代汉族知识分子在对待这一族群时，往往在"他观"方面有所偏颇。

1936 年，国立中山大学杨成志教授带领北江瑶人考察团进行民族学调查，后团员八人事后各自撰写调查报告，并撰集成《广东北江瑶人调查报告专号》（下称《专号》）。笔者注意到，《专号》中的数篇文章都曾特意提及瑶人的形象：王兴瑞在《广东北江瑶人的经济社会》中的"姓族"一节，用西方人类学的观点来阐释瑶人的"氏族社会"，并由此考证瑶族的族源。他认为："盘姓的瑶人，不仅汉人古籍上都同声说他们是槃瓠的子孙，就他们自己也承认他们的祖先是狗。最初他们承认狗是他们的祖先，但后来即变成盘古大王或盘王了，即完全人化了。"②

笔者注意到，杨成志并不赞成古籍对于瑶人形象的刻画，恰恰相反，他作为汉族受到西方教育的人类学家，认为瑶人具有"一种勇敢的，耐劳的，诚恳的，负责的，合群而互助的德性"，当然，他并不完全认为瑶人只有优点，他同样列举出一些诸如

---

① 乳源瑶族志编纂小组：《乳源瑶族志》，广东人民出版社 2000 年版，第 50 页。
② 杨成志等：《瑶族调查报告文集》，民族出版社 2007 年版，第 292 页。

嗜酒、迷信等缺点，并认为这是"环境闭塞与教育缺乏而使然"。杨先生的观点显然更加客观。另外，在讲述田野的时候，他称赞瑶人"学话的天才极灵快，竟然会说出很漂亮的广州话"①。

三、"盘瓠"与八排瑶迁徙叙事

和过山瑶集团的传说相比，连南的八排瑶中流传的民间传说中，更多是迁徙叙事而非"渡海"。古籍中记录了丰富多彩的八排瑶形象：早在公元815—819年，刘禹锡任连州刺史时，曾写过诗歌《连州腊日观莫徭猎西山》，谈到在西山观看连州瑶族狩猎的场景："海天杀气薄，蛮军部伍嚣。林红叶尽变，原黑草初烧。围合繁钲息，禽兴大斾摇。张罗依道口，嗾犬上山腰。猎鹰虑奋迅，惊麈时跼跳。瘴云四面起，腊雪半空销。箭头馀鹄血，鞍傍见雉翘。日暮还城邑，金笳发丽谯。"②此诗表现出诗人作为地方官员对于瑶族狩猎之壮观表示惊叹和赞美，然而从地理学视角来观察，当时的连州瑶族不仅处于崇山峻岭之中，而且具有一定的人口规模。

另外，苏门四学士之一的晁补之，曾经在《开梅山》中详细记述了瑶族的盘瓠神话以及瑶人的形象。《开梅山》中如是写道：

开梅山，梅山开自熙宁之五年。其初连峰上参天，峦崖

---

① 杨成志等：《瑶族调查报告文集》，民族出版社2007年版，第292页。
② 刘禹锡：《刘禹锡诗编年校注》第2卷，黑龙江人民出版社2005年版，第558页。

盘崄阆群蛮。南北之帝凿混元,此山不圮藏云烟。跻攀鸟道出荟蔚,下视蛇脊相夤缘。相夤缘,穷南山。南山石室大如屋,黄闵之记盘瓠行迹今依然。高辛氏时北有犬戎寇,国中下令购头首。妻以少女金盈斗,遍国无人有畜狗。厥初得之病耳妇,以盘覆瓠化而走。堪嗟吴将军,屈死猖獝口。帝皇下令万国同,事成违信道不容。竟以女妻之,狗乃负走逃山中,山崖幽绝不复人迹通。帝虽悲思深,往求辄遇雨与风。更为独力之衣短后裾,六男六女相婚姻。木皮草实五色文,武溪赤髀皆子孙。侏离其声异言语,情黠貌痴喜安土,自以吾父有功母帝女。凌夷夏商间,稍稍病侵侮。周宣昔中兴,方叔几振旅。春秋绝笔逮战国,一负一胜安可数。迩来梅山恃险阻,黄茅竹箭霾雾雨。南人颠踣毙溪弩,据关守隘类穴鼠。一夫当其厄,万众莫能武。欲知梅山开,谁施神禹斧。大使身服儒,宾客盈幕府。檄传徭初疑,叩马卒欢舞。坦然无障塞,土石填溪渚。伊川被发祭,一变卒为虏。今虽关梁通,失制后谁御。开梅山,开山易,防獠难,不如昔人闭玉关。①

李默长期从事瑶族资料收集工作,他于 1984 年发现了一则连南香坪民间收藏的抄本《八排断券》,抄写于明崇祯年间(约 1628 年)。"给评皇券牒防身,改免身丁夫役,如字号券牒一道符照,右给符瑶人十釜,唐、房、李、龙、盘、许、沈、赵、邓、陈子孙永远执照准此。"这些姓氏至今仍生活在以连南为核

---

① 北京大学古文献研究所编:《全宋诗》,第 19 册,北京大学出版社 1995 年版,第 12797—12798 页。

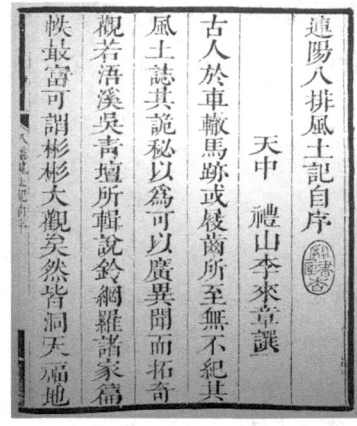

李来章著《连阳八排风土记》

心的广东瑶族地区。

清朝康熙年间，时任连山知县的汉族官员李来章，撰著了《连阳八排风土记》，用于记载当地瑶民的生活状况、族群起源、婚丧习俗等等，并在"瑶种"篇进行了一些考证叙述。

首先，他援引了史书，提及"瑶，类犬也"，并提到高辛氏的传说，即本文第一节所提到的共同的盘瓠神话；其次，他又提到："连地自古无瑶。连志载：自宋绍兴年间，州乡宦廖姓者，为西粤提刑。及旋里，带瑶八人防道。见连地皆深山峻岭，易于耕锄，遂不去。始居州境油岭、横坑各山，刀耕火种。及日久，种繁，越居连山境内，又分五排，曰：大掌岭、火烧坪、军寮、马箭、里八峒。其小排，十七冲或二十冲。散处不常，皆居峻岭邃壑之中。历年以来，衍息不可胜数。距县治仅一二十里，县治又当五排之隘口。"[①] 因此，在李来章的观念里，为瑶族有"类犬"的神话传说，也有乡宦廖姓带瑶八人入山之说。

关于廖姓官员与瑶族仆人的故事，笔者又查阅了清代道光年间姚柬之的《连山绥瑶厅志》，其中也提到："广东初无瑶，宋绍

---

① （清）李来章：《连阳八排风土记》，黄志辉校注，中山大学出版社1990年版，第49页。

兴中，有连州人廖姓者，仕广西提刑，归，携猺仆十余人，散居油岭横坑间。椎髻，男穿耳带环，以五色绿珠鸡毛饰髻，女坦胸带白垫角巾者曰排猺。"①

另外，日本学者竹村卓二曾援引了李智文所调查的口述史，其中也提及了"廖先生"一事，"他们一致认为连州近郊河村的廖家（汉族），对自己的遭遇起过很大的作用。据他们自己说，有一位汉人妇女与神犬相交，生下8个儿子。母亲为避免社会的指责，给8个儿子都娶了妻，分送到八排的各排……有一位称为廖先生的和善的汉人，怜悯这位老妇，遍访八排的各排，为老妇人向儿子们募集金钱，儿子们立即同意了。从此以后，瑶族便交纳定额的贡赋。"②

清代同治年间袁咏锡曾在《连州志》卷八中也提到排瑶的"盘瓠"神话："猺本盘瓠遗种，产湖广溪峒间，即古长沙黔中五溪蛮也，其后生息繁衍，南接二广，右引巴蜀，绵亘千里，在连者为八排猺峒，崇山峻岭，错处其间。"③

饶宗颐在《畲瑶关系新证》上援引了苏门四学士之一的晁补之《开梅山》中的盘瓠神话，以及泰国的《瑶人文书》，来证明潮州畲族、粤北瑶族的密切关联。当然，这里需要注意的是，开梅山中提及的是盘瓠神话，而《瑶人文书》中提到的是渡海神话。

---

① （清）姚柬之辑：《连山绥瑶厅志》，成文出版社2011年版，第8页。
② [日]竹村卓二：《瑶族的历史和文化》，金少萍、朱桂昌译，民族出版社2003年版，第229页。
③ 广东省民族宗教研究院、中山大学人类学系、连南排瑶文化教学科研基地编，主编：马建钊、副主编：麻国庆、李筱文：《排瑶研究论文选集》，广东人民出版社2013年版，第123页。

他提到，一份泰国发现的瑶人文书提到了"梅山"，而这一证据指向了瑶族的迁徙。"凡间天底人。重有伏仪（羲）两姊妹，结为妻对合双双。先直徭人直百姓，百姓徭人自结双。……立有梅山学堂院，读书执笔写文章。……立有连州行平庙，立有香竹圣王前。交过红（洪）武年间专，败了凡间无一人。改换君王在圣殿，徭人退下圣王前，流落广东海南岸。……十二姓徭人无记内，飘飘过海向东京。……盘古圣王开金门，……船行到岸马行乡，流落广东朝（潮）州府，乐昌安家置田塘。"[①]

这里边提到了一些十分重要的讯息，比如在"连州"这一节，还未涉及渡海，而到了"洪武年间"，瑶人便藉由"渡海"向广东地区迁徙了。当然，饶宗颐注意到，潮州和乐昌是两个十分重要的中转地，潮州现有畲族，而乐昌则是当今乳源过山瑶。

另外，上文提到，清代文人或官员对于瑶人形象大多表露出蔑视或敌视的意味，因此关于八排瑶的文献表述中也多见歧视之辞。比如，屈大均在《广东新语》中讲到的连山瑶族，显然有歧视的口吻："连山有八排猺，性最犷悍。其臀微有肉尾，脚皮厚寸许，飞行林壁。自号猺公；而呼连人为百姓。"[②] 尽管他并未使用"猺"字，然而对瑶人的"他观"——"其臀微有肉尾"却带有蔑视的意味。

此外，在清代，孔毓珣也曾在朝廷上书《请改连州为直隶州

[①] 饶宗颐引自日本学者白鸟芳郎在泰国清迈发现的汉文《瑶人文书》。
[②]（清）屈大均著，李育中等注：《广东新语》，广东人民出版社1991年版，第212页。

及广东理徭同知疏》里写道"徭性不驯，化导非易"[①]。有未注明作者的《连州八排之徭风》收录于《中华全国风俗志》，其中提及"徭之先，相传出自瓠，世远代杳，盖莫可考。性犷而悍"[②]。

总而言之，就现有的文献、口述史及田野调查资料而言，在广东的瑶族地区，流传的神话大致可以归为"盘瓠+迁徙"或"盘瓠转渡海"两个大类。前者是乳源地区的过山瑶系集团的神话，后者是以连南（或古连州）为核心的八排瑶的神话。

行文至此，历代文人或官员关于瑶族的"他观"是否与盘瓠神话有着密切的关联呢？瑶人的"犬祖神话"是否导致了古代文人书写中的瑶族形象异化？这些话题还有待讨论。

作者简介：邱婧，女，汉族，安徽亳州人。广东技术师范学院文学院副教授，研究方向：少数民族文学。

---

① 林为民、曹春生、黎琼编：《连州过山瑶》，中山大学出版社2009年版，第42页。
② 胡朴安：《中华全国风俗志》，气象出版社2013年版，第638页。

论瑶族盘瓠神话母题结构及活态性

王宪昭

从神话类型看,盘瓠神话属于人类起源神话;从核心母题而言,则是与族源相关的姓氏起源母题。该类神话广泛流传在苗族、畲族、瑶族等一些南方少数民族中。本文以瑶族盘瓠神话为研究对象,通过不同文本的综合分析发现,这类神话主要流传在特定的瑶族支系中,形成时间久远,流传地域广泛,讲述人与采录者情况复杂,形成了数量众多而内容差异的大量异文。尽管这些文本在主题与核心母题方面显示出明显的共性,但无论是母题的数量与结构,还是叙事的情节与细节,在不同民族或者同一民族的不同地区以及同一地区的不同讲述人之间,都存在一定的差异性。本文以流传于广西的《盘瓠王》[①]、湖南的《盘瓠》[②]和贵州的《平王与盘王》[③]等不同地区的瑶族盘瓠神话为案例。其神话文本来源的基本信息是:(1)《盘瓠王》,1979年采录于广西壮族自

[①]《盘瓠王》,见中国民间文学集成全国编辑委员会编:《中国国民间故事集成·广西卷》,中国ISBN中心2001年版,第93页。

[②]《盘瓠》,见中国民间文学集成全国编辑委员会编:《中国国民间故事集成·湖南卷》,中国ISBN中心2002年版,第18页。

[③]《平王与盘王》,见中国民间文学集成全国编辑委员会编:《中国国民间故事集成·贵州卷》,中国ISBN中心2003年版,第66页。

治区金秀县六巷乡上古陈村瑶族，讲述者为盘日新（男，瑶族，70岁，不识字农民）、盘振松（男，瑶族，55岁，不识字农民），采录翻译者王矿新（男，汉族，44岁，金秀县文化局干部，中学文化）、刘保元（男，瑶族，49岁，中央民族学院教师，大学学历）；（2）《盘瓠》，1986年采录于湖南省江永县千家峒瑶族乡，讲述者蒋正（男，65岁，瑶族，不识字农民），采录者王金粲（瑶族，报社记者）；（3）《平王与盘王》，1988采录于贵州省三都水族自治县巫不乡，讲述者为盘顺荣（男，45岁，瑶族，小学文化），采录者杨有义（男，58岁，汉族，三都县文化馆干部）。下面对该类型神话的母题构成方式及其母题变异现象作以简单分析。

一、盘瓠神话叙事基本母题的构成

所谓神话母题，即神话叙事过程中最自然的基本元素，这些元素可以在神话的各种传承渠道中独立存在，也能在其他文类或文化产品中得以再现或重新组合。任何神话要表达一定的主题需要一定数量的母题作支撑，不同母题按照一定规则形成的具有相对稳定结构的母题链。"母题链"作为母题结构学的一个常见概念，主要指神话创作者根据特定的创作目的和受众接受习惯，将若干母题按照某种逻辑规则自觉地组织起来，进而形成具有类型化表意功能的文本。盘瓠神话本质上属于解释族源或姓氏起源神话，这类神话的创作目的即主题一般是通过一个特定始祖的叙述实现对某一群体同源共祖的认知。塑造这类文化祖先的最常见的方法一般会涉及有关祖先的五个基础母题或称核心母题，我们可以将其表述为：

（1）祖先"神奇的出生"或"高贵的身世"。这一母题决定着祖先的神圣性。

（2）祖先"不平凡的业绩"或"争战的荣耀"。这一母题彰显着祖先的伟大与荣耀。

（3）祖先"曲折的婚姻"或"完成婚姻考验"。这一母题蕴含着族体建构的历史。

（4）祖先"繁衍子孙后代"或"繁衍特定族体或姓氏"。这一母题体现出祖先与族源的关系。

（5）"祖先的死亡"或"祖先被纪念"。这一母题表现出祖先与当今民俗的关联性。

以上述几个核心母题为核心，可以将其他众多相关母题组合起来，进而产生一个相对完整的母题链。一般来说，流传于不同瑶族地区的盘瓠神话文本母题链并不是千篇一律数量不变的，其中的一些母题会出现缺失或变化，但从总体上看，盘瓠神话都属于同一个结构类型内部的变化，不同文本的叙事规则表现出契约式的相似，一般都是以时间发展为序，选择相应的空间场景呈现出祖先盘瓠一生的不平凡经历，整个叙事构成均以上面的五个核心母题为节点或情节展开的生发点，进行多维度的叙事发散，进而形成一个结构相对稳定而母题又相对灵活的多元叙事结构。

盘瓠神话的母题链程式主要表现在若干母题时空关系的处理上，其具体叙事会在核心母题的基础上发生与其他母题的关联。以《盘瓠王》为例，该神话叙述评王皇帝皇宫里养的一只龙犬名叫盘瓠，在番王犯境时评王皇帝难以对付，无奈之下张贴皇榜征召能胜敌之人，并以公主相许。多日无果的情况下，盘瓠揭了招贤皇榜，只身潜入敌营后，机智地取下番王的头颈。评王后悔当初许婚公主，便用金银犒赏龙犬，遭到龙犬拒绝。龙犬坚持要按皇榜挑选公主为妻，并最终如愿。龙犬与三公主婚后，三公主发现龙犬白天是狗，晚上就会变成美男子，原因是天下不能容二主，龙犬身上的斑毛是龙袍，所以白天不能变成人。评王得知这种情况后，许诺龙犬如果变成人，就封南京十宝殿做盘瓠王。龙犬变人时，公主因担心偷看造成头部和脚部没有变好。后来龙犬去南京做王，与三公主生六男六女，分成瑶家十二姓。盘瓠王在一次带儿子山中狩猎时，被山羊抵落山崖而死。三公主用羊皮做成代代相传的黄泥鼓，用它来庆丰收，驱魔邪，唱盘王，怀念祖先。上述叙事母题组合是相对稳定的程式，也是目前见到的盘古神话中具有代表性的母题链结构。为便于对盘瓠神话类型母题链的具体结构与内容进行比较，我们将广西《盘瓠王》、湖南《盘瓠》和贵州《平王与盘王》三篇神话的母题分成五个方面作比较如下。

1. 关于盘瓠的来历

（1）《盘瓠王》：盘瓠是评王宫中饲养的龙犬，身披二十四道斑纹的龙犬。

（2）《盘瓠》：高王把一只毛色光亮的大黄狗取名盘瓠。

（3）《平王与盘王》：平王为大狗取名龙犬，封盘王。

2. 盘瓠立功及相关母题

（1）《盘瓠王》

①张榜原因与内容：番王犯境时评王皇帝出皇榜。榜中说灭番王者重赏，三个公主任他选。

②揭榜情况：朝中文官武将不敢应招时，龙犬口衔告示奔上

宫殿。

③立功情形：龙犬接近番王取得宠爱，几次动手均化险为夷，最后取下番王的头颅。

（2）《盘瓠》

①张榜原因与内容：高王和平王争天下时，高王出皇榜。榜中说杀死平王者可以娶三公主。

②揭榜情况：三天无人揭榜时，黄狗用爪撕下皇榜后被带到金銮殿。

③立功情形：盘瓠趁机混入平王犬队，通过狩猎取得平王宠爱，趁平王小解时下手，取下他的头颅。

（3）《平王与盘王》

①张榜原因与内容：平王打不赢入侵的紫王时，平王出皇榜。榜中说打败紫王封王赏赐，把三公主嫁给他。

②揭榜情况：很久无人揭榜时，龙犬撕下招贤榜，回宫向平王示意。

③立功情形：龙犬接近紫王取得宠爱，趁紫王熟睡下手，取下紫王的头颅。

3. 盘瓠立功后的婚姻与变形、外迁

（1）《盘瓠王》

①盘瓠与三公主的婚姻：根据皇榜的许诺，三个公主中只有三公主守信应允，龙犬选择三公主后，评王为龙犬和三公主举办婚礼。

②盘瓠的变形：婚后龙犬昼为犬，夜为人，评王让龙犬变成人形时，蒸笼里蒸七天七夜，因三公主提前揭开蒸笼，头部和脚胫没有变成人。

③盘瓠与三公主婚后受封与外迁：封龙犬为南京十宝殿盘瓠王。

（2）《盘瓠》

①盘瓠与三公主的婚姻：三公主对许配黄狗不乐意。

②盘瓠的变形：洞房之夜黄狗上床就变成美男子。

③盘瓠与三公主婚后受封与外迁：盘瓠因被人轻视，奏高王外迁，高王封他为南疆瑶王。

（3）《平王与盘王》

①盘瓠与三公主的婚姻：三公主劝父王依榜行事。平王择吉日为公主与龙犬完婚。

②盘瓠的变形：龙犬白天是狗，晚上是人。平王为封龙犬，让它变成人形。

③盘瓠与三公主婚后受封与外迁：龙犬变成人后被封为盘王。

4. 盘瓠婚后生育后代及具体情况

（1）《盘瓠王》：盘瓠与三公主婚生 6 男 6 女，繁衍盘、沈、包、黄、李、邓、周、赵、胡、雷、冯、唐 12 姓。

（2）《盘瓠》：盘瓠与三公主婚生 6 男 6 女，子孙繁衍成瑶族。

（3）《平王与盘王》：盘瓠与三公主婚生 6 男 6 女，平王赐姓为盘、沈、包、黄、李、邓、周、赵、胡、雷、冯、唐 12 姓。

5. 关于盘瓠的死亡

（1）《盘瓠王》：盘瓠被羊杀死。

（2）《盘瓠》：无。

（3）《平王与盘王》：无。

通过上面对母题的解构不难看出，表达同一类主题的神话在神话叙事中所使用的母题结构的核心母题是相对稳定的。

当然,在不同讲述人在神话文本的实际表述中会发生某些母题的缺失或置换,甚至使人认为是若干不同的叙事。而事实上,无论与盘瓠相关的人物、情节使用什么名称或更改细节,甚至某些母题发生变化与缺失,一般都会围绕表示"立功""婚姻""变形""繁衍后代"等事件类的核心母题有选择地展开。即使有些文本不一定涉及上面母题链所列举的所有母题,有时只抓住其中几个核心母题,受众仍能在潜意识的逻辑结构中使之复原为本来的主题表意。对此有研究者提出"功能性母题"与"类型化原型"结合起来统筹思考的观点,认为"功能性母题"要求母题的"提取和确认始终不会脱离具体的叙事文本,不作脱离具体文本的类化抽象,以利于故事类型的研究、分析"。而"类型化原型"则"希望在一个故事中提取和确认某个功能性母题时,也就不必将叙事文本无限分割以求得'最小单位',而是以获得能够说明故事类型之原型意义的母题结构为止"[①]。在这样一个认知理念的基础上,我们可以对神话叙事提出"类型化主题"与"母题链程式"的对应或互文关系,即在口头传统中表现某一个特定的叙事主题时,往往会借助于相对稳定的母题链去实现。

二、盘瓠神话母题在不同文本中的变异

从目前见到的大量盘瓠神话而言,尽管在表达盘瓠崇拜的叙事主题前提下具有相对稳定的母题链,但具体文本的母题构

[①] 吕微:《神话何为——神圣叙事的传承与阐释》,社会科学文献出版社2001年版,第15—16页。

成却呈现出复杂的个性化差异。以上述三篇瑶族盘瓠神话为例，不难看出盘瓠神话母题在口头传统中的变异有以下几种情况较为常见。

1. 盘瓠身世来历表述的差异性。这种差异性主要表现在母题表述时某些细节的缺失或者是名称变化。本文列举的三篇瑶族盘瓠神话都没有涉及"盘瓠"的身世来历。相比之下，一些古代汉文文献和其他民族的盘瓠神话则较多涉及盘瓠更具体的文化身份。如关于盘瓠的名称，较早出现的汉文文献，如晋代干宝的《搜神记》、南朝刘宋时期范晔的《后汉书·南蛮列传》等都有记载，其中《搜神记》卷十四记述："高辛氏有老妇人居于王宫，得耳疾，历时，医为挑治，出顶虫，大如茧。妇人去，后置以瓠篱，覆之以盘。俄而顶虫乃化为犬，其文五色，因名盘瓠，遂畜之。"这个叙事母题在晚近时期搜集到的大量畲族神话中多有流传，如《高辛和龙王》[①]中说，高辛耳朵痒了三年，耳朵里扒出一条金虫，金虫一昼夜长大，高辛称他为"龙王"。后来龙王变成麒麟立战功后与三公主成婚。另则畲族神话《龙犬驸马》[②]则叙述为，高辛帝宫中的一个大耳婆从耳朵里抠出一只蛋，蛋中跳出一只五彩龙犬，后来龙犬立战功与三公主成婚繁衍出盘、雷、蓝、钟四个姓氏。还有一则《狗皇歌》[③]中则说成是"皇后耳病三年整，医出金虫三寸长"。这只金虫后来成为"头是龙狗身是人"的

---

① 《高辛和龙王》，见谷德明：《中国少数民族神话》，中国民间文艺出版社1987年版，第203—209页。
② 《龙犬驸马》，见中国民间文学集成全国编辑委员会编：《中国民间故事集成·广东卷》，中国ISBN中心2006年版，第13页。
③ 何联奎：《畲民的图腾崇拜》，《民族学研究集刊》1936年第1期。

狗皇。笔者在2017年3月，通过对大瑶山一带及其周边地区不同瑶族支系的田野调查发现，无论是主持祭盘王的师公还是民间艺人，多数认为盘瓠的出现与狗或龙犬相关。而关于盘瓠作为犬的身份来历的缺失，在瑶族盘瓠神话叙事中是一个普遍现象。同样，盘瓠名称在本文选取的三个文本中也不尽相同，有的说是评王宫中饲养的一只龙犬，有的说是一只叫盘瓠的大黄狗，还有的说是平王养的一只大狗，后来被封为盘王，等等。这类情况在其他民族的盘瓠神话中还有更为复杂的情形，如有的称之为龙麒，有的称之为麒麟，还有的称之为龙王、金龙等等。如此繁多的名称却表现出一个共性，即盘瓠的最终身份归结为"王"。

2. 盘瓠相关联人物名称的变化与差异。通过母题数据表可以看出，不同地区的瑶族或不同瑶族支系的神话在表述与盘瓠相关的主要人物名称方面，也存在明显不同。如关于盘瓠的归属，流传于广西的《盘瓠王》和流传于贵州的《平王与盘王》在叙述中盘瓠归属于平王，而流传于湖南的《盘瓠》则把盘瓠说成是高王的爱犬，并且高王的对手是平王，盘瓠为高王取下平王的头颅。类似的情况在其他不同瑶族支系神话中也屡见不鲜。《山海经·海内北经》载"犬封国曰犬戎国，状如犬"，郭璞注曰"昔盘瓠杀戎王，高辛以美女妻之"。据此说法，盘瓠属于高辛族脉。但不少瑶族神话都将盘瓠归属于平王，中国社会科学院吴晓东研究员认为，根据古代称谓在书写传承中的变化习惯，"高辛王"可以分解为"高王"、"辛王"两种称谓，而"平王"的"平"，可能是"高辛"的"辛"的误写，这个问题在此不做考证。但不能否认，通过不同瑶族支系神话中的"高王"与"平王"之分，会生成一个重要实践意义，就据此形成不同支系之间对本族体祖先差异性的标识。我们从大量神话文本实例中不难发现，无论是口头传统还是进入书写系统的神话人物名称往往会复生多种变异。同时，与盘瓠相关的同一个人物在不同神话文本中也可能出现行为细节上的差异，如同样是与盘瓠结为夫妻的帝王的三公主，《盘瓠王》中说评王让盘瓠从三个公主中挑选妻子时，三个公主只有三公主守信应允；而《盘瓠》则说成是三公主对许配黄狗很不乐意。两篇神话中的三公主对与犬结婚的态度截然不同。

3. 盘瓠变形细节在不同文本中的差异。在盘瓠神话类型的叙事中，盘瓠立战功与三公主结婚前后的变形母题是推进祖先盘瓠封妻荫子事件发展的重要一环。但在不同神话文本中却表现出各种差异，针对上面三篇瑶族神话而言，《盘瓠王》与《平王与盘王》中都是婚后三公主发现龙犬白天是犬，晚上就变成美男子，并且据此为下一步由犬变人和封王做好铺垫。不同的是前者交代了龙犬在蒸笼里蒸七天七夜，因三公主担心龙犬性命提前揭开蒸笼，造成龙犬的头部和脚胫没有变成人；而在《盘瓠》中则只叙述了洞房之夜黄狗上床就变成美男子的情形，并没有犬变人母题。

4. 盘瓠繁衍后代身份表述中的差异。三篇神话关于盘瓠婚后的迁徙各不相同。《盘瓠王》中叙述封南京十宝殿盘瓠王；《盘瓠》中说龙犬婚后奏高王外迁，被封为南疆瑶王；《平王与盘王》则说龙犬变成人后被封为盘王，并没有交代具体地点。至于盘瓠和三公主繁衍的后代也存在姓氏起源与民族起源两种不同的说法。

通过三篇神话的母题数据比较还可以看出，盘瓠立功的背景差异明显，交战双方各不相同。在母题链时间与空间叙事基本相同的前提下，不同文本在具体母题的数量与取舍也存在很大差别。

三、导致盘瓠神话母题变异的原因分析

不同盘瓠神话文本因母题变异造成形变而神似的现象非常普遍。这一方面与盘瓠神话的讲述人、讲述环境、采录者与翻译者的文化素养等有关，另一方面也体现出神话作为古老口头传统在传承中的某些规则或规律。究其原因，大致有如下几个方面。

1. 不同瑶族支系对盘瓠所产生的不同文化定位。瑶族是一个古老的民族，与古文献记载的"九黎"、"三苗"等有着密切联系。瑶族作为中国华南地区分布最广的少数民族之一，大分散、小聚居特点突出，主要居住在山区，支系众多，生产方式、文化习俗等方面都存在不少差异，仅在语言方面就有勉语、布努语、拉珈语等多种区别。《尚书·吕刑》载："三苗，九黎之后。盖黎与苗，南蛮之名，今日犹然。"其中"勉"作为瑶族四大支系中重要的一支，属于汉藏语系苗瑶语族瑶语支，包括了散居于广西壮族自治区、广东省、云南省、湖南省、江西省等地过山瑶、盘瑶、红头瑶、顶板瑶、大板瑶、小板瑶、板瑶、土瑶、坳瑶、本地瑶、蓝靛瑶、山子瑶、平头瑶、沙瑶、坝子瑶、黑瑶、白裤瑶、青衣瑶、长衣瑶、民瑶、排瑶、东山瑶等二十多个不同支系，因他们普遍信奉盘瓠，所以又称作"盘瑶""盘古瑶"或"盘瓠瑶"。尽管这些众多支系都信奉"盘瓠"，但由于所处的地理位置与文化环境存在很大区别，关于盘瓠神话中的"盘瓠"的"变"也成为神话叙事的一种必然。

图 1　广西金秀瑶族自治县六巷乡上古陈村盘志强在盘王庙盘王塑像前讲述盘王神话（王宪昭摄于 2017 年 3 月）

笔者通过对本文所选三篇瑶族神话所流传地区的田野调查发现，广西金秀瑶族自治县上古陈村主要居住的是瑶族支系中的坳瑶，该村目前仍设有盘王庙，通过 2017 年当地师公盘志强介绍的盘王神话与 1979 年采集的《盘瓠王》比较发现，虽然神话主题基本相同，但当今神话中的盘瓠已变成盘王，并且盘王与盘古也联系在一起，说盘古的儿子叫盘护，盘王是盘护的儿子，并且盘王出现的背景源于一次大洪水之后。导致这种母题变化的原因可能是多元的，但这里变化的主要原因源于师公对其他文献神话的涉猎与理解。毋庸讳言，不同瑶族支系往往会通过不同的神话叙事标示自己的特定身份，进而导致盘瓠、盘王与盘古关系的说法差异，如有的说盘瓠是盘王的女婿，有的说盘瓠是盘王的后代，还有的说盘瓠就是盘古等等，都表现出盘瓠神话在不同盘瑶支系中的不同定位。

值得关注的是，流传于湖南江永县千家峒一带的《盘瓠》关于盘瓠的归属与其他两篇神话所说的平王截然不同。该神话把盘瓠叙述为高王的龙犬，并且将平王作为盘瓠立战功的敌方。千家峒在一些瑶族族源传说中具有重要地位，被许多瑶族支系誉为祖源地。笔者为寻找《盘瓠》中造成盘瓠与高王关系的原因，调研了千家峒周边的江永县清溪瑶和广西灌阳县观音阁乡供奉婆王（盘瓠的妻子三公主）的瑶族等不同瑶族支系，发现尽管这些瑶族经历多次历史迁徙，关于原生态的"盘瓠"已很难辨析其古老源流，但地处北部湖南、广西、广东交界处的千家峒一带，在历史上一直处于中原文化与南方少数民族文化交融的汇合点。这种文化交融的遗迹可以追溯到舜、禹传说时代。其后的史载更是不绝于目，如秦始皇统一六国之后，为开拓岭南统一中国，在公元前221年命屠睢率兵50万分五路军南征百粤（百越），其中一个军试图占领今天所说的千家峒山岭隘道时遭遇当地原住民的抵抗，三年兵不能进，军饷转运困难，秦于是督率士兵、民夫在湘江与漓江之间修建一条人工运河灵渠，由此得以迅速统一岭南。东汉建武十八年即公元42年，因交趾女子征侧、征贰反叛朝廷，光武帝派伏波将军马援重疏灵渠率军南征。特别是在汉族地区广泛奉行的道教，在南方许多少数民族的民间信仰体系中历经多个朝代风行不衰根深蒂固，因此在数百平方公里的千家峒地区汉族文化与瑶族文化的融合与共存成为不争的事实，直至当下瑶家厅堂中普遍供奉的"天地国亲师"神位可谓有力的证明。之所以这一带将盘瓠描述成高辛帝的部属和有血亲关系的一方侯王，源于高辛帝喾是黄帝的曾孙，这样就把盘瓠纳入高辛所属的黄帝系统。鉴于这个命题，笔者进一步对属于千家峒辐射圈的湖南省道县田广洞村鬼崽岭古祭祀场遗址进行了现场考察。在这片古代祭祀的神林中，保留着数以千计的石雕神像，这些神像造型独特，有的造型为阳雕而面部采用阴刻，大多呈现出生活化造型，具有不同年代层层累积的特点。研究者推断其年代可能有数千年，堪称多个古老民族公祭神灵的活化石。据鬼崽岭守林人介绍，在祭场附近还有舜庙、禹庙、祭祀舜的弟弟的象庙以及迎圣庙、万岁庙等遗址。这里距九嶷山只有几十里，与古文献中记载的舜帝南巡途中死于苍梧之野，葬于江南九嶷山的说法非常吻合。再联系禹统治中原期间经过长期征战并分解三苗，作为古代九黎、三苗重要构成的瑶族先民，也在部落争战与民族融合的拉锯战中广泛接受了汉族主体文化。那么生活在千家峒一带的瑶族自觉接受具有炎黄血脉的汉族文化或称中华民族主流信仰也就成为应有之义，故此在盘瓠的身份定位上也就出现了与其他一些瑶族支系的不同。

2. 口头传承对盘瓠神话母题变化的影响。母题的变异基于特定的语境，神话的口头性表明其生存形态是动态而非静止的。口头传统与书写传统的最大区别在于，口头传统属于集体创作性质的作品，尽管盘瓠神话具有较稳定的母题链程式，但口耳相传的特性为文本在流传预设了再修改再加工的空间，传承人可以根据时代的发展、演述的经验或受众的要求对某些名称或情节进行再创造，由此导致该类神话的不同版本或异文。其中语言与名称禁忌导致的母题变化是一种典型现象。

因盘瓠神话的核心人物是"犬"和以"犬"为原型的祖先崇拜，导致晚近叙事言语的诸多避讳。犬图腾崇拜作为我国古代众多图腾崇拜之一，关于人与犬婚是特定历史时代始祖图腾的产物。今天所谓的图腾一般与崇拜联系在一起，而把这个概念借用

图 2 湖南省江永县千家峒盘王广场雕塑的盘王像(王宪昭摄于 2017 年 3 月)

图 3 湖南省道县鬼崽岭神林中散布的各个年代的神像石刻(王宪昭摄于 2017 年 3 月)

到神话学分析时,会发现它一般与一个氏族或群体的名称联系在一起。任何一个族体在关于起源的叙事中首先要确定自己的名称,而人类社会早期的族体名称通常会使用自己熟知的动植物名称,这也是早期族体命名的最普遍的方式。今天看似一些贬义的动物名称,在神话时代根本没有褒贬色彩,如天上飞的老鹰乌鸦,地上跑的豺狼虎豹,水里游的龟蟹鱼虾等都可以作为一个族体的名称,甚至不少民族还有把老鼠、蚂蚁、毛毛虫乃至粪便等作为族称的案例,其根本用意与价值是通过这个名称区别于他族。诸类情况表明,一个氏族或民族对特定动物名称的借用是历史的产物,与该动物在当今语境下是否优秀或受宠并无关系。关于某些民族或民族支系把祖先描述为犬的实例很多,不仅汉族地区的"泥泥狗"崇拜和"嫁鸡随鸡嫁狗随狗"俗谚有人犬婚的影子,在蒙古族、裕固族、黎族、苗族等十多个民族都有人与犬结婚繁衍后代的神话,并将犬作为祖先加以崇拜。如苗族的《盘瓠和辛女》[1]《神母狗父》[2]等都是这方面的例证。只不过在神话口头传承中受到主流文化的影响,诸如中华民族的龙凤崇拜、瑞兽崇拜等,使传统神话叙事中一些看似不合时宜的名称得以修正,如"犬"逐渐在叙事中变成"龙犬"、"龙麒"、"麒麟"、凤凰卵生的"犬",甚至有的神话直接消解"犬"的名称,以"金龙"、"龙王"等代替。无论是中华民族所尊崇的"三皇五帝"、"龙的

---

[1]《盘瓠和辛女》,见中国民间文学集成全国编辑委员会编:《中国民间故事集成·湖南卷》,中国ISBN中心2002年版,第19页。
[2]《神母狗父》,见姚宝瑄主编:《中国各民族神话·布依族、仡佬族、苗族卷》,山西出版传媒集团、书海出版社2014年版,第145—149页。

传人",还是各个民族神话中塑造的神性祖先或动物图腾,其最终目的在于彰显特定族体的悠久传统和族体自识的神圣性。诸如此类的加工或再创造尽管会导致口头神话情节结构的不稳定,却能够在保持叙事主题基本不变的情况下,实现神话内容的与时俱进与族体的荣耀感,据此使这些神话得到广泛接受与可持续流传。

3. 语言文字因素对盘瓠神话母题变异的影响。通过瑶族盘瓠神话异文比较不难发现,神话作为一种经典的口头传统,无论是讲述人使用的不同地域性的语言或不同民族支系的语言,还是神话文本采集者对神话的文字记载,口头与书写文本之间都会出现一定的误差,这种误差既与讲述人所处的特定讲述语境有关,也与采录者的文化修养以及对原口头叙述的理解不无联系,甚至搜集采集时的某些技巧也会影响到书写文本的最终表达。如《盘瓠王》中盘瓠辅佐的"王"写作"评王",而《平王与盘王》中则写作"平王",尽管读音相同,但从名称概念分析角度看,却变成了两个不同的母题或关键词。这种现象在其他盘瓠类型的神话更多地表现在对"盘瓠"的表述上,如较为常见的"槃瓠""盘护""般瓠""盘王""盘皇"等名称书写方面的混用,事实上,岭南的许多地区在发音上"王"与"皇"不分,"huang"会读作"wang"。同样,盘古的"古"与盘瓠的"瓠"亦然,如闻一多在《伏羲考》中从音训角度认为,先出现"盘瓠",后来才演化为"盘古";常任侠在《沙坪坝出土之石棺画像研究》一书中也认为"盘古"、"盘瓠"是"声训可通,殆属一词"。对此神话学家袁珂提出:"二者神话说出于同源之说,盖可相信。"究竟是"盘古"变成"盘瓠",是"盘瓠"影响了"盘古",还是不同地区的讲述人根据自己的经验或者对相关文献的理解而有意拼合？可能有多种因果关系。但这种现象的背后隐含着复杂的原因，它既是一个语言学问题，也是一个文化学问题，同时还是一个传播学问题。以瑶族普遍认可的"盘王"为例，广西金秀县六巷乡上古陈村地处大瑶山腹地，该村坳瑶师公盘志强介绍，盘古的子孙中有盘王、金王、炮王、冯王、邓王五位王，而盘瓠是狗王并不是盘王，只是盘王的女婿。至于这里提到的"盘王"与"炮王"，在田野调查中发现了一个令人深思的细节，即笔者在观察贺州市平桂

图4 广西贺州西湾村盘古大庙中的盘古塑像（王宪昭摄于2017年3月）

区西湾镇西湾村盘古大王庙始建于乾隆二年，距今已有三百多年历史。1990年重修该庙所立的碑刻中借鉴以往碑文其中有"盘古大王炮爷会期"的字样，根据当地传统，这一带每年农历十月十日是盘古大王的祭祀日期。为什么把这个节日叫作"炮爷会期"，"炮爷"与"盘古"有没有关系？不得而知，但这个名称在贺州一带瑶族居住区很常见，"炮爷"这个看似神秘的称呼，其实在许多瑶族地区神话叙事语言中不同名称往往最终都指向同一个人物，正如袁珂在《中国古代神话》一书中引用的常任侠观点："伏

羲一名，古无定画，或作伏戏、庖牺、宓羲、虙羲，同声俱可相假。伏羲与盘瓠为变声。伏羲、庖牺、盘古、盘瓠，声训可通，殆属一词。无问汉苗，俱自承为盘古之后，盖同出于一源也。"①从某种意义上讲，如果把"盘古""盘瓠""庖羲""伏羲"等看作是可以置换的发音通假并非没有道理。这在瑶族地区流传着大量有关伏羲兄妹婚生人类的神话中也能得到印证。据此推测，某些少数民族神话在叙述族源或祖先时将"盘古"、"盘瓠"与"伏羲"的名称混用也不是不可能的事情。再论及"盘王"的身份，也是众说纷纭，如访谈贺州市资深瑶学学者邓元东时，他认为贺州一带的瑶族只有"盘王"，没有盘瓠，而盘古只是一个开天辟地的神，这里的瑶族既祭祀盘古，同时也还盘王愿，祭祀盘王。笔者为此走访了湖南省江华瑶族自治县本地67岁的师公王笙英，他的说法也与之类似，不过在谈到盘王的身份时，他非常肯定地说，江华县一带的瑶族以前的确存在盘王是犬的说法，瑶族有时被外族称为犬的后代时，并不生气，但现在却统一称呼为"盘王"，不再认为盘王是犬。但值得注意的是，江华作为瑶族自治县在近几年瑶族文化的开发时，在县城中兴建了图腾广场，该广场的巨幅雕塑中雕绘的龙犬的图案随处可见。有趣的是，在距江华县城十几里有一个九龙井生态园旅游区，在与负责这个旅游区的老板莫先奉座谈时，他则更多地强调作为犬形象的盘瓠神话，并刻意强调盘瓠与三公主结婚而生育12个姓氏的母题，借此渲染瑶族文化传统的古老性，目的是吸引更多的游客关注这一古老的文化现象。这些情形说明，神话语言、文字乃至图像的变化既

---

① 袁珂：《中国古代神话》，华夏出版社2004年版，第32页。

与语境变化有关，在选择什么表述一个特定的文化现象时，使用什么语言往往都有特定的目的。

作者简介：王宪昭，男，汉族，山东聊城人。中国社会科学院民族文学所研究员，研究方向：神话母题学、中国少数民族神话学。

盘瓠神话源于中原考

吴晓东

一、盘瓠神话的跨族群性与族内不一致性

艾伯华在《中国民间故事类型》中将盘瓠神话故事列为"狗的传说"。他所列举的文本故事结构相似,主角是犬,故事最核心情节是犬立功娶官女。[①] 盘瓠型神话里的主角名称各异,但我们均统称为盘瓠神话。这一神话的起源问题历来是研究中的难点,主流观点是认为它起源于苗瑶语族,是一种图腾神话。早在1940年,陈志良在《盘瓠神话与图腾崇拜》一文中便持此观点,后来岑家梧的《盘瓠传说与傜畲的图腾崇拜》(1941)、凌纯声的《畲民的图腾文化研究》(1947)皆从此说。这一观点影响甚大,学者们的很多文章都以此为基础进行论证。

在研究盘瓠神话的起源问题时,有一个现象应该得到重视,即盘瓠神话流传的民族不仅有苗瑶语族,还有壮侗语族、南岛语

---

① [德]艾伯华(Wolfram Eberhard):《中国民间故事类型》,王燕生、周祖生译,刘魁立校审,商务印书馆1999年版,第77页。

族，甚至汉语族，比如海南岛的黎族属于壮侗语族，也同样流传有盘瓠神话，属于南岛语族的台湾布农人也发现有盘瓠神话的存在。从语言上说，属于不同语族的民族，其亲缘关系比较疏远。那么，不同的语族同时流传同一类型的族源神话或图腾神话，从理论上难以解释。

　　与以上现象相反，盘瓠神话存在于不同语族的同时，在瑶族、苗族中又并不是所有的支系都具有盘瓠信仰。瑶族是盘瓠信仰最盛的民族，但有一个现象很少被不熟悉瑶族语言与支系的学者所注意，瑶族人是说三种语族的语言，苗瑶语族、壮侗语族、汉语族。只有说苗瑶语族语言的人群具有盘瓠信仰。瑶族说的苗瑶语有属于瑶语支的勉语，苗语支的布努语、吧哼语、唔耐语，勉语又分为勉金方言、藻敏方言、标交方言。在说这些语言与方言的人群中，发现有盘瓠信仰的，主要是说勉金方言优勉土语的人，这些人被称为过山瑶、盘瑶、盘古瑶、红头瑶、顶板瑶、大板瑶、土瑶、坳瑶等等，说苗语支优诺方言的红瑶也发现有盘瓠信仰。很多支系的瑶族都不信仰盘瓠，包括说藻敏方言、标交方言的人群，以及说苗语支布努方言、炯奈方言、吧哼方言、唔耐方言的人群，甚至瑶语支勉金方言里说金门土语的蓝靛瑶、山子瑶、平头瑶、沙瑶、坝子瑶、贺瑶、黑瑶、白裤瑶、青衣瑶、长衣瑶也不信奉。这种族内不一致的情况在苗族中也有体现，同属于东部方言区的苗族中，贵州松桃一带的苗族没有发现盘瓠神话，而湘西这边却出现了。黔东南方言区目前已经没有这个神话故事的流传，在20世纪20年代早期，曾经搜集到一篇，所

图 1 湖南泸溪的盘瓠庙(吴晓东摄)

以很难把握其流传广度的情况。所以,如果说犬是苗瑶语族早期的图腾,我们就必须解释在苗瑶语族中很多支系或同一支系不同地区的人群为什么没有盘瓠信仰。

随着调查的深入,汉族地区也发现了盘瓠神话。在河南的商丘,帝喾陵附近的村民有这样的传说:"帝喾都商丘时,遭到了火山国和开荒国两个'国家'的侵略。帝喾想尽办法也无法战胜这两个强大的敌人。危难之际,一只五彩天狗降临,它吞没了火山国发出的火焰,用吼声驱散了开荒国驱使的野兽,最终帮助帝喾战胜了敌人。于是,帝喾将女儿许配给了这只天狗,以感谢它的帮助。"[①] 另一个传说是这样的:"帝喾不能胜敌,就贴出皇榜,以授之高官厚禄,封许为驸马为奖赏,悬赏贤者助战。皇榜贴出后无人敢揭,只有他饲养的一条名叫盘瓠的狗用嘴揭了皇榜。盘瓠接皇榜的第二天,就衔着敌方主要将领的人头回来了。帝喾大喜,既想对其封赏,却又不愿将女儿许配给一只狗。帝喾女儿这时站了出来,劝帝喾不可戏言,主动要求嫁给盘瓠。帝喾最终履行了承诺。"[②] 离商丘不远的淮阳也有类似的传说:"远古时,淮阳有个宛丘国,一次,宛丘被敌方重兵包围,国王召集众臣求退兵之计,并以许嫁公主为条件。这时从蔡河上来了一条狗,站在白龟背上,冲着

[①][②] 贾若晨:《从商丘走出的盘瓠》,《京九晚报》2016 年 7 月 1 日第 15 版。

敌兵叫了两声，顷刻间狂风大作，飞沙走石，敌兵被打得大败而退。事后，狗要国王兑现诺言，国王十分为难。有位大臣献计：这狗既能退兵，一定是天神下凡，只要把它扣在缸里七七四十九天，就能变为人形。国王照办，但到三九二十七天时，公主放心不下，打开来看，缸里闪出一道金光，只看到一个人头狗身的神人，还没有完全变成人形，于是就叫他'伏羲'。"①

从河南搜集到的盘瓠神话故事十分关键，可以说是一种节点资料，它迫使我们重新审视盘瓠神话的起源问题。从文化流向来看，文化多是从强势一方流向弱势一方，我们不倾向于认为河南一带流传的盘瓠神话是受到苗瑶语族盘瓠神话的影响，因为汉文化处于强势地位而苗瑶语族文化处于弱势地位，不能因为盘瓠神话目前在苗瑶语族中最盛行，就断定它起源于这个语族，它也可能只是保存得最好的而已。正因为如此，才往往有"礼失求诸野"的现象。另外，中原一带的文化能为盘瓠神话中出现的名称提供解释，而南方少数民族的文化却做不到这一点。

二、盘瓠神话的中原特征

认为南方少数民族的盘瓠神话来源于中原的原因之一，是这些神话写本保留了一些中原神话的人名与地名遗迹，比如，盘瓠神话讲的是敌我双方发生战争，本方之犬立功后娶首领的女儿。本方首领为帝喾高辛或平王，敌方首领有燕王、戎吴将军、西凉

---

① 王爱平：《淮阳"泥泥狗"：远古文化的"活化石"》，《寻根》1994年第1期，第43页。

王、房突王或房王等多种说法。下面试从这些名称来分析它的中原元素。

盘瓠神话很多写本中本方首领是高辛王，而高辛是中原的神话历史人物，即帝喾。在河南商丘传说帝喾姓姬，名俊，号高辛氏，是河南商丘人，为"三皇五帝"中的第三位帝王，即黄帝的曾孙。目前，在河南濮阳与商丘都有帝喾陵。位于商丘市睢阳区南25公里处的高辛镇有一座，据说此帝喾陵始建于公元前2345年，南北长233米，东西宽130米，曾于西汉时维修过，宋太祖赵匡胤登基后下诏大修帝喾陵寝并为之树碑。位于濮阳县城西北内黄县梁庄乡也有一座帝喾陵，史书记载从宋徽宗正和二年开始，确立历代所祭之陵墓祠庙，在澶州祭高阳颛顼和帝喾高辛。在有的神话写本中，本方首领被说是平王或评王，这是因为辛字与平字字形相近所致。所以，无论这场战争是否真的发生过，其所叙说的"我方"都应该是指汉族。

关于敌人的首领，东晋郭璞所作的《玄中记》说是犬戎："昔高辛氏犬戎为乱，帝言曰，有讨之者，妻以美女，封三百户。帝之狗名盘瓠，亡三月而杀犬戎。以其首来，帝以女妻之于会稽东南，得海中土三百里而封。生男为狗，生女为美人，封为狗民国。"① 在《搜神记》中，敌方首领被说是戎吴将军，即戎吴的将军，后来演变为吴将军。从南朝宋人的范晔起，就开始犯了这个错误，他在《后汉书·南蛮西南夷列传》中就以为盘瓠咬死的敌人首领是吴将军："昔高辛氏有犬戎之寇，帝患其侵而征伐不克，乃访募天下有能得犬戎之将吴将军头者，购黄金千镒，邑万家，

---

① （宋）李昉：《太平御览》卷九百五兽部十七，四部丛刊三编景宋本，第5340页。

又妻以少女。"① 无论盘瓠神话里的战争是否真的发生过，犬戎之名都是故事的现实基础，也就是说，如果盘瓠神话诞生于苗瑶畲目前所居住的地理位置，或以前聚居洞庭湖一带，便不会出现"犬戎"这样的名称，因为这一带没有犬戎。

湖南绥宁县的一则盘瓠神话说，由于发洪水，粮食都被冲走了，国王下令，谁能找到粮种，就把公主嫁给他。神犬去到西凉国，偷来粮种，娶了公主。② 这个神话故事的神犬去的地方叫西凉国。西凉有两种指称，甘肃凉州区自汉朝建郡以来，名称有多种叫法，有时叫西凉，有时叫武威、姑臧等其他名称。晋十六国时期在凉州地区先后出现"五凉"割据政权，史家为区别其他的四个，将中心位于凉州西部酒泉的李氏政权称为西凉。无论是哪一种，西凉的出现都不算很早，绥宁地区的盘瓠神话里出现了这个名称，明显是中原汉人文化的输入所致。

原江西省贵溪县樟坪乡姜山村畲民蓝春祥保存有一本《重建盘瓠祠铁书》，里面盘瓠故事中的敌方首领被称为燕王："（盘瓠）飞过海洋，七日七夜，随波逐浪，直至燕王殿前，会集百僚欢乐饮宴。"③ 称为燕王的人很多，历史上第一位春秋战国时期的燕国燕王是燕易王，历7世，为秦统一，此后多有分封及自立。当然，燕王不一定是实指，也可泛指古代燕国或北方民族的首领。

潮安县凤南镇山犁村雷氏《护王出身为记》记载的盘瓠神话

---

① （南北朝）范晔：《后汉书》卷八十六，百衲本景宋绍熙刻本，第1154页。
② 吴荣臻、杨章柏、罗晓宁：《古苗疆绥宁》，四川民族出版社1993年版，第242页。
③ 施联朱：《畲族社会历史调查》，中央民族大学出版社2005年版，第535页。

称敌方首领为滨夷房突王:"辛帝治天下,时有滨夷房突王作乱,杀死良民无数,官兵不能收服。辛帝出榜,有能收房突王者,愿将三公主任选为妻。"① 滨夷不清楚是一种什么夷,按东夷、南蛮、西戎、北狄的称呼,滨夷当是东部的非华夏族的少数民族,或许东边是大海,故称为滨夷。房突未见于文献,从文字形状来看,与"突厥"有几分相似,只是要倒过来。这些名称看起来都是指中原华夏四周的少数民族,也就是说,从敌人首领名称来分析,盘瓠神话的产生地当是中原一带。

从河南搜集到的几个盘瓠神话文本里,敌方被说成火山国、开荒国、宛丘国等,其所指并不明确,难以与现实中的民族或方国对应。不过,"我方"的首领却是帝喾即高辛,与通常所知的盘瓠神话一致。

清道光九年(1829)的《罗源县志》载:"畲民,祖出于盘瓠之后,即瑶人也。隋时有大功,封为王。生三子一女:长赐姓盘,名自能,封贰骑侯;次赐姓蓝,名光辉,封护国侯;次赐姓雷,名巨裙,封立国侯;女赘钟姓名志深者,官三品。世居会稽七贤洞,后子孙众多,分行自食其食,不与庶民交婚,无占庶民田地。盘姓今无闻,只蓝、雷、钟三姓蔓延各处,在罗源者甚多。虽幼少、能关弓药矢,不惧猛兽,盖其性也。"② 从南阳、汝南这些名称看,畲族的这些认同遗留了河南一带汉族的认同痕迹。

南宋刘克庄在《后村集·漳州谕畲》写道:"余读诸畲款状,

---

① 朱洪、姜永兴:《广东省畲族研究》,广东人民出版社 1991 年,第 201 页。
② 新修罗源县委员会文史资料工作委员会:《新修罗源县志》,福建人民出版社 1984 年版,第 572 页。

有自称盘护孙者。彼岂尝读范史,知其鼻祖之为盘护者,殆受教于华人耳。"① 这是说,畲人自称盘护之后裔是受到汉人的影响。这种说法是有道理的。

那么,我们是否可以认为,目前在中原发现的盘瓠神话只是苗瑶语族文化的遗留?笔者觉得这种推测尚缺乏证据,自清末民初以来,有学者推测苗族源于北方,是蚩尤后裔,但这种观点至今没有有力证据,笔者甚至认为,蚩尤并非历史真实人物。

很多学者认为,虽然高辛或平王属于中原汉人的神话历史人物,但盘瓠是南方少数民族,故事反映的或许是汉王对少数民族的分封。其实,"盘瓠"一词也应当来自汉语。

三、"盘瓠"的汉语来源

在盘瓠神话起源于苗瑶语族的前提下,学者们很容易从苗瑶语去解读"盘瓠",其实盘瓠一词具有汉语来源。关于盘瓠神话中犬的名称,很多写本都没有明确的称谓,只模糊地说是犬、龙麒等,但也有明确称谓的,在湖南湘西苗族的《乃拐玛媾》中犬的名称为翼洛,比如故事中有这样的句子:"神农一看,原来是宫中的御狗翼洛。""第二天天一亮,翼洛出发了。它爬山涉水,经历千辛万苦,最后到了恩国。""这样,神农便将公主嫁给翼洛。"② 贵州台江苗族曾经流传有一个盘瓠型神话,主角名为邦

---

① (宋)刘克庄:《后村集》卷九十三,《四部丛刊》景旧抄本,第854页。
② 麻树兰:《湘西苗族民间文学概要》,中央民族学院出版社1992年版,第8—10页。

尕，如下：

> 很久以前，有一个王，他正登基接位。这时，有位非常勇猛的敌人来攻打他。朝中没有一个人能够抵挡，死伤的人很多。大家都没了法，王这才把他的大官小官（文臣武将）们叫来商量。他说："谁要是把这个敌将杀了，我就把女儿嫁给他。"结果还是没人能够战胜。不久，那王的脸上忽然长了个肉瘤，越长越大，后来自个儿掉下来了。他拿了顶帽子将它盖在桌子上。过后不久，王揭开帽子一看，肉瘤变成了一条小狗，王就给它起个名字叫"邦尕"。后来小狗慢慢长成了大狗，有一天它把那个敌将的头衔了来，王见了敌人的头反倒没了主张，又把他的文臣武将们叫来商量，看看怎么办好。可是众人谁也不敢说该怎样办。还是王的姑娘自己出来说："只要我爹的天下太平，我嫁鸡随鸡，嫁狗随狗，这是我的命。"她觉得再住家里也不好意思，就带着狗顺河向西方来了。日久天长，王不知道他们上哪去了，也把他们忘了。①

另外，在河南淮阳流传的故事中，犬的名称为众人皆知的伏羲，上文已经引述了传说的梗概。讲述人还对这个名称做了解释："只看到一个人头狗身的神人，还没有完全变成人形，于是就叫他'伏羲'。'伏'字，左边是'人'，右边是'犬'，'羲'就

---

① 今旦：《台江苗族的盘瓠传说》，《贵州民族研究》1987年第3期，第136页。

是'兮'字，是个虚词。"①从"虚词"这种词汇可以看出，这种解释是很晚才出现的，这里只是想强调河南淮阳的盘瓠型神话其主角被称为伏羲这一现象。倪宝诚在《淮阳太昊陵："二月会"溯源》中也有同样的说法："淮阳'人祖会'以'泥泥狗'作为祭祀伏羲的'圣物'。传说伏羲的原形是狗，至今淮阳民间仍流传着'伏羲与盘瓠'的神话，大意是有狗称"五色犬"，被扣在金钟内，变成人首狗身，即伏羲氏也。"②如此说来，在河南淮阳，盘瓠型神话中犬的名称为"伏羲"没有问题。那么，伏羲、湘西苗族的翼洛以及贵州台江邦尕之间是一种什么关系呢？

"邦尕"苗文为 Bangb Gab。关于这个名称，今旦说："按'盘'的古音为并纽、元韵、平声，与苗语'Bangb'的声母、声调相同，而苗语无元韵，汉语的元韵，在苗语相应为阳韵，如潘、班二字汉语为元韵，苗语为阳韵，读作 Pangb、Bangb。因此，'盘'与'Bangb'同源无疑。'瓠'为匣纽、鱼韵、平声（一为去声），与苗语的'Gab'声母、韵母似无关系，但'瓠'从瓜，夸声，均属平声，与'Gab'的渊源关系仍值得深究。总的说来，'盘瓠'与'邦尕'为同名变音可以肯定。"③笔者觉得这个名称当是汉语"盘古"的变异，与湘西苗族中的"翼洛"以及中原的"伏羲"有同一来源，都是从"羲和"演化来的。④为了更加清晰明了，

---

① 王爱平：《淮阳"泥泥狗"：远古文化的"活化石"》，《寻根》1994年第1期，第43页。
② 倪宝诚：《淮阳太昊陵："二月会"溯源》，《河南日报》2004年2月26日。
③ 今旦：《台江苗族的盘瓠传说》，《贵州民族研究》1987年第3期，第138页。
④ 笔者《盘古名称源于羲和考》一文阐释了"盘古"与"伏羲"的同源关系。载于《长江大学学报》2016年第4期。

可图示如下：

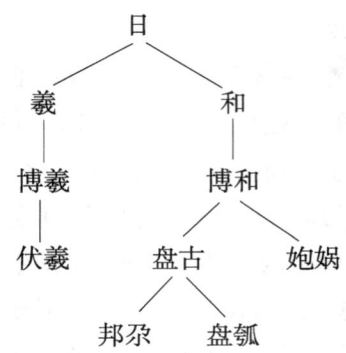

先来看看"羲和"这个词读音。"和"以禾为声符，与"我"同音。《说文》说羲"羲聲"，而羲也是以"我"为声符，所以羲、和原来是同音的。羲目前读[ji]（拼音记为yi），而日在山东日照以及广东、广西等地区也读[ji]（拼音记为yi），加上羲和具有日神神格，所以我们推测羲（羲）、和均来源于日的语音演变。

"日"的语音分化为羲、和之后，分别在前面加表示伟大的"博"字，称为博羲、博和。"博羲"再演变为包羲、庖羲，最后演变为伏羲，这个演变因为文献中出现很多，大家都没有什么争议。"博和"演变为盘古、炮娲，盘古再演变为盘瓠。郑张尚芳构拟"和"的上古音是gool，娲为krool，古为kaa？，①声母g音轻化为k在汉语中是常见的现象，所以和与古、娲等字都可能同音或近似，因此"博和"也就可能被记录为博古、博娲，并演变为庖古、炮娲。大家知道，炮娲即女娲，见于文献记载，但博

---

① 请参考上古音查询网 http://www.eastling.org/oc/oldage.aspx, 2016-09-07/2017-03-04。

古或庖古一类的名称则未见于文献，被记录为"盘古"了。或许因为"匏娲"以及后来所演变成的"女娲"一词占了主流，并与伏羲搭配为一对夫妻神，致使同一来源的不同文字记录"盘古"一词很少见，汉代才在文献中出现，并导致了学者们认为盘古神话是外来的。

  盘古演变为盘瓠，这是很多学者以前提出和支持的观点，只因为所发现的盘瓠神话类型与盘古神话类型迥异，一个是族源神话而另一个是创世神话，因此两者的关系逐渐被否认。如今发现了河南也流传盘瓠神话，而且其中的犬被称为盘瓠或伏羲，因此我们可以推测，盘瓠确实是盘古的语音变异，盘古、盘瓠、伏羲在早期实为同一神。正因为这样，目前搜集到的材料中，盘古与伏羲有很多相通之处。另外，如果将"邦尕"视为"盘古"的不同文字记载，正好可以解释贵州台江盘瓠神话中犬的名称为什么变异为"邦尕"。

  "羲和"一词分化为不同名称的同时，也依然保持作为一个整体来使用，并发生语音变异，比如"和"变异为"洛"或"嫘"，如图所示：

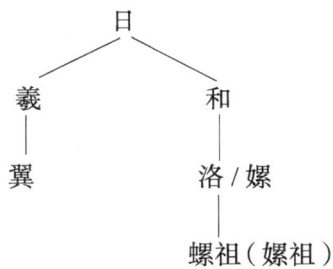

《说文解字》说羲"从兮義聲"①，可与"翼"同音。一丘之貉的"貉"，与洛阳的"洛"都是以"各"为声符，"和"与"貉"同音，上古音构拟为 gool，与"各"音近，可见"和"演变为"洛"具有语音的可能性。"翼洛"实乃"羲和"之音变。翼洛、伏羲、邦尕，实为一也。

我们都知道黄帝的妻子嫘祖是蚕神，其原因其实是蚕马神话与"羲和"系统的神名结合。首先，黄帝、螺祖（嫘祖）与伏羲、女娲这两对夫妻具有对应关系。"洛"也被记为"螺"、"嫘"，螺神因为被视为始祖，故在后面加上一个"祖"字，称为螺祖或嫘祖。《帝王世纪》里称为螺祖："黄帝四妃生二十五子，元妃西陵氏曰螺祖生昌意。"②《史记》写作嫘祖："黄帝居轩辕之丘而娶于西陵之女，是为嫘祖。嫘祖为黄帝正妃。"③ 就像炮娲（女娲）与伏羲是夫妻一样，嫘祖与黄帝也是夫妻。伏羲的原型是太阳，这一点在文献或汉画像中依然很明显，特别是汉画像，伏羲的旁边总是要画上一个太阳，以表明其太阳神性。黄帝乃皇帝的异写，黄、皇是太阳、光的意思，日本的天皇指天上的太阳，太阳的轨道我们目前依然称为黄道，根据太阳运行变化而制定出的日历我们称为黄历。所以，与伏羲一样，黄帝的原型也是太阳，黄帝的妻子嫘祖其实与女娲具有同一来源。其次，蚕犬神话中的犬被附会上伏羲、盘瓠，等于是附会上了黄帝，而伏羲、盘瓠的妻子的

---

① （汉）许慎撰，（宋）徐铉校定，王宏源新勘：《说文解字》，社会科学文献出版社 2005 年版，第 258 页。
② （晋）皇甫谧撰，（清）宋翔凤集校：《帝王世纪》卷一，清光绪贵筑杨氏刻训纂堂丛书本，第 5 页。
③ （汉）司马迁：《史记》卷一，清乾隆武英殿刻本，第 7 页。

原型与蚕有关，所以黄帝的妻子螺祖自然与蚕也发生了关联，这便是螺（嫘）祖被称为先蚕的原因所在。以下的对比能比较清晰地显现这一点：

　　　　　　　　　马　——蚕女
　　　　（牛）　牛郎——织女（帝女）
（犬）（蚕虫）　盘瓠——帝女
　　　　　　　　黄帝——螺祖（先蚕）
　（盘古）　邦尕——官女
　　　（犬）　伏羲——帝女

蚕犬神话中的犬被附会为盘瓠，"盘瓠"由"盘古"变化而来，而"盘古"这一名称与"伏羲"同源，说明"盘瓠"与"伏羲"同源，难怪淮阳一带的盘瓠神话主角被称为伏羲。由此观之，"盘瓠"一词同样具有汉语来源，盘瓠神话诞生于中原汉族地区的可能性很大，盘瓠并非如前人所认为的那样代表着南蛮的身份。

四、盘瓠神话为蚕马神话的演变

盘瓠神话的溯源不仅要考虑故事中出现的名称，同时也要考虑故事结构。盘瓠神话与蚕马神话的故事结构十分相似。蚕马神话说的是高辛氏的时候蜀地战乱，有人被掠走多年。其女思父，就对马说："如果你帮我把父亲找回来，我就嫁给你。"马于是帮她把父亲找了回来，可是她的父亲却毁约，不想把女儿嫁给马，并把马杀了。有一天，他女儿从晾晒马皮的地方走过，马皮蹶然而起,卷女飞走了。多日之后,人们发现马皮栖于桑树之上,女儿也化为蚕了。[①] 笔者曾写过一篇《从蚕马神话到盘瓠神话的演变》[②]的文章,论证盘瓠神话来源于蚕马神话。文中笔者将盘瓠神话与蚕马神话的情节单元进行了比较。

盘瓠神话的情节单元为:

犬出世(0)—承诺婚事(1)—犬立功(2)—悔约(3)—犬与女子结合(4)

蚕马神话的情节单元为:

承诺婚事(1)—马立功(2)—悔约(3)—马皮卷女飞走[马与女子结合](4)—马皮与女子一起化为蚕虫(0)

蚕马神话与盘瓠神话故事结构高度一致的现象说明这两个神话只能是变异的关系而不是偶然的巧合。以前因受到图腾理论的影响,学者们想当然地认为蚕马神话是盘瓠神话的变异,其实了解到盘瓠神话的流传分布与族群支系之间的关系,就会感到这种解释很有问题。蚕马神话是解释马头蚕的来源,因为蚕的头像马头,所以古人用蜕皮的现象来加以解释,说蚕换上了一张马皮,

---

[①] 参见蒋猷龙:《浙江认知的中国蚕丝业文化》,西泠印社出版社 2007 年版,第 130 页。

[②] 吴晓东:《从蚕马神话到盘瓠神话的演变》,《黔南民族师范学院学报》2016 年第 1 期。

它的头就像马头了。这种解释自然、浅显、符合逻辑,古人的想法应该是很简单的,并不是我们想象的那样无逻辑。目前看到的某些神话的无逻辑性,正是故事演变的结果,离故事原型越远,其逻辑性越差,我们越难以理解。盘瓠神话中一些让人难以理解的情节,其实都可以在蚕马神话里找到原因。

以上情节单元 1 至 4 的一致性无需更多的解释,这里想再补充一下情节单元 0 的问题。蚕马神话以女子与马皮一起化为蚕虫结束,而盘瓠神话以像茧一般大的虫儿化为犬开头,二者的互化正好是倒过来的,而且互化之物有所变化,马皮被犬替代了,蚕虫也演变成了像茧一般大的虫子。但从畲族祖图的一些片段我们依然可以看出这一变化的一些痕迹,笔者在浙江丽水学院博物馆见到的一幅畲族祖图长联,在盘瓠出生的绘画部分写有"金盘匏叶养虫儿"的字样(图2),这里不是简单地说虫儿变为犬,而是强调了养虫儿的过程,估计是养蚕故事情节的遗留。

图 2　畲族祖图之"金盘匏叶养虫儿"(吴晓东 2016 年 10 月 28 日摄)

另外,盘瓠死的细节很值得注意,在很多文本里,盘瓠死的时候尸体是挂在了树枝上的。畲族《高皇歌》这样唱道:

凤凰山上鸟兽多,若好食肉自去罗;手擎弓箭上山射,老虎山猪麂鹿何。凤凰山上是清闲,日日擎弩去上山;乃因岩中捉羊崽,龙麒斗死在岩前。龙麒身死在岩前,寻了三日都唔见;身死挂在树桠上,老鸦来叭正寻见。①

《高皇歌》强调盘瓠死后是"挂在树桠上",这其实也不是一种偶然,而正是蚕马神话的遗留。盘瓠死了几天之后人们才在树上找到,蚕马神话中马皮裹着女子飞走了,也是过了几天之后,人们才在树上找到了马皮与女子的化身——蚕。蚕是在树上生,也正是马与女子在树上死。笔者在丽水学院见到的一幅畲族祖图(图3),死后的盘瓠正是挂在树桠之上。

图3　畲族祖图之"盘瓠王终身"(吴晓东2016年10月28日摄)

① 浙江丽水市莲都区老竹畲族镇沙溪村蓝氏宗祠里挂在墙上的木刻写本,笔者2016年10月29日拍录。

蚕马神话早期应该就是蚕蜕去旧皮，换上新皮，变为马头蚕，是用来解释蚕的头为什么像马头的。蚕拟人化为女子之后，人与马的结合自然违背常理，才添加了不情愿的情节，马皮才强行裹走女子。在盘瓠神话中，犬与女子的结合虽然在有的写本中也有不情愿的情节，但往往不再出现皮裹住女子的情节。不过，在湖南绥宁县流传的关于盘瓠型神话的歌如此唱道："凡间世上我为尊，日间化作黄斑犬，夜里脱壳是人身。"[1] 这里强调"脱壳"，也就是脱皮的变异。在广西龙胜，红瑶流传的盘瓠神话依然保持了脱皮的情节：

> 从前有个寨子和敌人为争土地山场打仗，人少打不过敌人了。寨老有三个漂亮的女儿，讲要是哪个能取回敌人寨老的头，就把最好看的三女儿嫁给他。没有人敢答应，没想到寨老养的神狗听到了，飞走到敌人寨子里，敌方的寨老正当醉大酒不省人事，神狗趁没人在，乘机一口咬下他的头，回去交给寨老。讲话算话，三女儿主动提出和神狗配夫（婚配），但又觉得没有脸面，要求隐居深山安家。过了几年，他们生养六男六女，一家人回寨子看父母，母亲看到女儿生的仔女是人，觉得奇怪。半夜趁他们睡觉时偷偷到窗外偷看，看见郎仔（女婿）脱下狗皮挂在墙上，变成一个体面的后生。母亲害怕了，怕他是什么妖怪，想办法悄悄把狗皮偷出来烧了。神狗没得了皮壳，再也回不了原就死了。（还有

---

[1] 吴荣臻、杨章柏、罗晓宁：《古苗疆绥宁》，四川民族出版社1993年版，第244页。

一说是神狗为人种禾种树,被大树压死)仔女们自己配夫,置出十二姓大瑶,七十四姓小瑶。盘瑶先走有角,红瑶后走有尾。①

在现实生活中,狗没有蜕皮的特点,这个故事保持了狗脱下皮的情节,应当是蚕蜕皮故事的痕迹。虽然这里说是为了变成人,但其出现的场景也是为了与女子结合,就好似马皮裹住女子与女子结合一样。另外,狗的死说成是被大树压死,显然与其他地区说的死后挂在树上有关,同样是蚕马神话的痕迹,是源于蚕生活在树上。

由此观之,盘瓠神话的形成经历了这样的过程:首先是早期的蚕马神话演变为蚕犬神话,其次是蚕犬神话与"羲和"系统的神名结合形成盘瓠神话,蚕犬神话由原来单纯解释蚕起源的神话演变成了人类始祖神话。盘瓠神话由大量南下的中原汉人带到南疆,并作为人类始祖神话得到当地少数民族的认同、接纳,逐渐演变为族源神话。在传播与接纳的过程中,民间宗教信仰起了很重要的作用,关于此,将另撰文论述。

作者简介:吴晓东,男,苗族,湖南凤凰人。中国社会科学院民族文学研究所研究员,研究方向:神话学。

① 冯智明:《瑶族盘瓠神话及其崇拜流变——基于对广西红瑶的考察》,《文化遗产》2014年第1期,第94页。

台湾原住民盘瓠神话类型与来源研究

周　翔

一

本文所论盘瓠神话是指以"狗立功娶女子"为基本情节的神话，包括那些故事主角名称并不称为盘瓠的神话。这类神话的流传地域十分广泛，我国南方瑶族、畲族、苗族、仡佬族、黎族等少数民族地区都曾搜集到，尤以瑶族、畲族还有苗族东部方言区流传最为丰富且最具代表性。具体来看，根据狗立功情节的不同，又可以把盘瓠神话分为立战功、取谷种、治病三种类型。

其中立战功型最为常见。汉文典籍《风俗通义》《魏略》《搜神记》《后汉书》所记载的盘瓠神话以及瑶族、畲族和贵州台江苗族地区所搜集到的盘瓠神话都属于这一类型。《搜神记》的记载比较典型："时戎吴强盛，数侵边境，遣将征讨，不能擒胜。乃募天下有能得戎吴将军首者，购金千斤，封邑万户，又赐以少女。后盘瓠衔得一头，将造王阙。王诊视之，即是戎吴。'为之奈何？'群臣皆曰：'盘瓠是畜，不可官秩，又不可妻。虽有功，无施也。'少女闻之，启王曰：'大王既以我许天下矣。盘瓠衔首而来，为国除害，此天命使然，岂狗之智力哉！王者重言，伯者重信，不可以女子微躯，而负明约于天下，国之祸也。'王惧而从之，令少女从盘瓠。"①

流传于湖南江永与广西金秀地区的瑶族盘瓠神话属于立战功型，比如1986年采录于湖南江永县千家峒瑶族乡的瑶族神话《盘瓠》中说：高王和平王争夺天下，高王出榜招贤，哪个杀死平王，就把三公主许给他做老婆。招贤榜贴出来后一连两天都没得人敢去揭。第三天傍晚忽然来了一只毛色光亮的大黄狗，伸出前爪一把撕下了皇榜。高王以为是戏弄他，大黄狗说话了："皇上莫发气，皇榜当真是我揭的。"高王一惊，才晓得是神仙下界，当下封它做三军大元帅，带兵出征，还给它取名叫盘瓠。盘瓠没要一兵一卒，独自翻山越岭，到了平王的京都。平王平日最喜欢打猎，当他带领军士和猎犬来到城郊围猎时盘瓠趁机钻进了猎犬队里。围猎开始了，盘瓠施起神威，把那些野兔、山鸡、黄鼠狼一只一只叼到平王马前。平王大喜，把盘瓠留作随身猎犬。忽然他觉得有点肚胀，下马来到一个僻静的地方"解手"。盘瓠悄悄跟过去，一口咬脱他的鸡巴，他惨叫一声，当场死去。盘瓠叼着平王的头来见高王。高王大喜，加官封职，重赏金银，把三公主许给他做老婆。三公主听说父王把自己许配给一条黄狗，很不乐意。洞房之夜她才晓得，原来那黄狗一到床上就变成了一个美貌男子。② 1979

---

① （晋）干宝著，黄涤明译注：《搜神记全译》，贵州人民出版社1991年版，第382页。

② 《盘瓠》，讲述者：蒋正，男，瑶族，65岁，农民，不识字。采录者：王金檠，瑶族，《永州日报》记者。1986年采录于江永县千家洞瑶族乡。原文载《中国民间故事集成·湖南卷》，中国ISBN中心2002年版，第18页。

年采录于广西金秀县六巷乡古陈村的瑶族神话《盘瓠王》主要情节与此类似，说的是平王养有一只身披二十四道斑纹的龙犬，名叫盘瓠，日夜巡逻，守卫着平王和宫殿。有一年，番王兴师动兵，向平王的国土扑来。平王叫大臣张贴告示，许愿谁若灭了番王，重重有赏——金银财宝任他要，三个公主任他选。结果，龙犬口衔告示奔上殿来。龙犬飞跑到海边，游了七天七夜登上番王国土，直奔番王宫殿。番王一见是平王豢养的爱犬，问："树倒猢狲散，你早早离开平王，是不是你看出他的国家快完蛋？"龙犬点了三下头。番王见龙犬点头，心中大喜，便把龙犬收养，举行国宴欢迎它。第二天清早，番王如厕时，龙犬趁着四下无人，猛然咬下番王的睾丸，番王昏倒在地。龙犬又赶紧将番王的头颈咬断，衔着血淋淋的头颅，冲出王宫渡海回国。①

畲族地区流传的盘瓠型神话一般都有耳虫化犬、龙犬变人、凤凰山祭祖、畲族四姓由来的情节。例如1987年4月采录于广东潮州的《龙犬驸马》说：高辛帝宫有个左耳奇大的大耳婆。御医替大耳婆治耳病，用一把小银勺在她的耳朵里抠出一只蛋来，惹得天上的凤凰领着地上的百鸟，日夜在它四周跳舞唱歌。高辛帝知道这是祥瑞之物，就叫御医把蛋打开，蛋里跳下一只五彩小犬来。小犬养了八个月，身长八尺八，身高四尺四，是个龙犬。

---

① 《盘瓠王》，讲述者：盘日新，男，瑶族，70岁，金秀县六巷乡古陈村农民，不识字；盘振松，男，瑶族，55岁，金秀县六巷乡古陈村农民，不识字。采录翻译者：王矿新，男，汉族44岁，金秀县文化局干部，中学文化；刘保元，男，瑶族，49岁，中央民族学院教师，大学文化。1979年采录于金秀县六巷乡古陈村。原文载《中国民间故事集成·广西卷》，中国ISBN中心2001年版，第93—95页。

海对岸的夷番房突王带兵过来骚乱，朝廷屡战屡败。高辛帝只好出榜招贤，说谁能打败番王，就可以在三个公主中任选一个做老婆招为驸马。榜在城门楼前贴出好几天，都没人揭榜。正当皇帝、大臣急得团团转时，龙犬突然跑上来，一口把榜撕下，龙犬对高辛帝说："我有阳战之术，变化无穷。"龙犬辞别了皇帝，渡海来到番邦。番王用好酒好菜招待它吃，还留它在宫中睡觉。龙犬趁番王酒醉未醒，发狠咬下他的头颅，然后跳海逃跑，顺利渡海回国。番兵失掉了首领，乱作一团，再也不敢欺负邻国了。①《中国少数民族神话》中收录的畲族神话《高辛和龙王》说高辛皇帝耳朵痒，怎样也治不好，痒了三年，竟扒出一条金虫来。金虫有三寸长，放在金盘里，金虫日夜长，一天一夜长大了，浑身五彩斑纹，能在水里游，能在天上飞，能大能小，高辛称他为"龙王"。龙王飞到海里去了。番王领兵来围高辛和他的人民，高辛就带着人民爬上封金山。番王不退兵，高辛张贴榜文说：谁能杀掉番王，谁就娶我的三公主、继承我的王位、得到我的仓库。龙王咬下榜文，去见高辛。龙王就地一滚，变成一只麒麟向番营跑去，一直跑到番王跟前。番王抚摸着麒麟笑了，摆酒庆贺三天。番王醉得伏在桌上睡了。麒麟窜上去一口咬掉番王头，脚一蹬，跑回来了。高辛见杀了番王，带兵杀下山，把敌人消灭了。②

---

① 《龙犬驸马》，讲述者：雷潮辉，男，64岁，畲族，潮州市文祠镇李工坑村，小学文化。采录者：蔡泽民，男，47岁，潮州市文联干部，中专文化。1987年4月采录于潮州市。原文载《中国民间故事集成·广东卷》，中国ISBN中心2006年版，第13—14页。

② 《高辛和龙王》，陈玮君整理，原文载谷德明编：《中国少数民族神话》，中国民间文艺出版社1987年版，第203—209页。

贵州台江地区（苗语黔东方言区）流传的苗族盘瓠神话也属于立战功型：故事说很久以前，有一个王正登基接位。这时有位非常勇猛的敌人来攻打他。朝中没有一个人能够抵挡，死伤的人很多。王把大官小官（文臣武将）们叫来商量。他说："谁要是把这个敌将杀了，我就把女儿嫁给他。"结果还是没人能够战胜。不久王的脸上忽然长了个肉瘤，越长越大，后来自个儿掉下来了。他拿了顶帽子将它盖在桌子上。过后不久，王揭开帽子一看，肉瘤变成了一条小狗，王就给它起个名字叫"邦尕"。后来小狗慢慢长成了大狗，有一天它把那个敌将的头衔了来，王见了敌人的头反倒没了主张，他问文臣武将怎么办好。还是王的姑娘自己出来说："只要我爹的天下太平，我嫁鸡随鸡，嫁狗随狗，这是我的命。"她觉得再住家里也不好意思，就带着狗顺河向西方来了。[1]

第二种类型取谷种型主要出现在湖南西部与南部。在这一类型的盘瓠神话中，狗帮人取来谷种而立下功劳，比如湘西泸溪县流传的苗族神话《盘瓠和辛女》：话说有一年，长江一带阴雨绵绵，连月不晴，洪水泛滥，一片汪洋，庄稼全被淹死，颗粒无收，吃饭成问题，来年的种子也没有着落。皇上急得抓耳挠腮，召集群臣说："谁能去江南弄来谷种，我把公主辛女许配与他。"没人敢去。这时一只黄狗跑了进来，跪在他前面，眼鼓鼓地看着他，他觉得奇怪，对黄狗说："你愿去江南取谷种，就点三下头。"黄狗把头点了三下，跑出皇宫去了。黄狗游过长江，上岸来到一块晒谷坪，打了一个滚，沾了一身谷子，又游了回来，只剩头顶上、尾巴尖上的谷子没被水冲掉。进皇宫黄狗把谷抖落在

---

[1] 今旦：《台江苗族的盘瓠传说》，原文载《贵州民族研究》1987年第3期。

皇上面前。皇上很高兴，命人收去做谷种。① 又比如湘西凤凰县流传的苗族神话《马嫜取谷种》：从前人们没有五谷种，吃的是草根树皮。轩辕黄帝出了一个告示，谁取来五谷种子，就把自己的女儿嫁给他。告示出了好久，没有人敢来揭榜。皇帝的一条名叫马嫜的狗，把告示揭了下来，表示愿去取五谷种子。马嫜走了好多路，都没有发现五谷。有一天走到一个地方，正碰人家在晒谷，就躺在谷子堆上打了一个滚，全身上下粘满了谷子，飞快地往回跑。路过一条河时，身上的谷种都被河水洗脱了，只有尾巴翘出水面，上面还有五颗谷子它带了回来。所以原先全身都结谷子的禾秆，只有像狗尾似的禾穗了。② 在湖南邵阳绥宁县苗族地区也有取谷种型盘瓠神话流传，与泸溪、凤凰等地的神话情节类似。此外，在瑶族地区流传有瑶女盘姑所养的黄狗到平地人那里为瑶人取来谷种的神话，还有尝新节时要先敬狗、之后家人才开吃的节日习俗。

第三种类型治病型主要流传在仡佬族、黎族地区。仡佬族的神话是说土王的女儿腿上长了恶疮，狗用嘴舔好了：土王的女儿腿上长了一个恶疮，用许多方法都没有治好，土王十分焦急，他

---

① 《盘瓠和辛女》，讲述者：侯自鹏，男，苗族，农民，小学文化。采录者：杨昌家，男，干部，大学文化；向峰，男，土家族，干部，高中文化。1986年采录于泸溪县。原文载《中国民间故事集成·湖南卷》，中国ISBN中心2002年版，第19—20页。

② 《马嫜取谷种》，讲述者：廖家斌，男，苗族，凤凰县禾库乡大圹村老艺人。采录者：吕薇芬，女，中国社会科学院文学研究所干部。1962年5月采录于凤凰县廖家桥。原文载《中国民间故事集成·湖南卷》，中国ISBN中心2002年版，第38页。

张出榜:"哪个能医治好姑娘的病,我就把姑娘嫁给他。"土王家的黄狗揭下了榜文,它用嘴舔好了姑娘的恶疮。犬娶了土王的女儿为妻,到山洞里住下。①

黎族神话《天狗》也属于治病型,主要讲述天狗爱慕天皇的女儿"婺女",黄蜂帮天狗的忙,咬了婺女的腿,天狗舔好了伤口。天狗与婺女成婚后不被允许留在天上,从此天地分开,他们在地上安了家。天狗变成了黑犬,被不明真相的儿子杀死。神话还加入了因为血缘婚而纹面的黎族习俗解释。值得注意的是,仡佬族和黎族的盘瓠神话都提到了星象,仡佬族神话说"天上的两个星宿楼星和女星也下凡到人间土王家,楼星变成一只黄狗,女星变成了土王的女儿"②。黎族神话中提到的婺女指婺女星,即"女宿"。相传此星常在海南岛黎母山降现,因名黎婺,音讹黎母,黎族人们将此星当作天帝之女下凡。③

二

1992年9月,俄罗斯学者李福清与布农族学者达西乌拉弯·毕马(田哲益)在台湾省南投县信义乡地利村采录到的一篇名为《公主与狗》的神话,讲述者全绍仁(Nakas),男,75岁,属布

---

① 毛星主编:《中国少数民族文学》中卷,湖南人民出版社1983年版,第793页。
② 《十弟兄》,讲述者:陈保和,男,82岁,仡佬族巫师。采录者:唐文新,男,仡佬族,平正乡干部,初中文化。1980年采录于遵义县平正乡。原文载《中国民间故事集成·贵州卷》,中国ISBN中心2003年版,第64—65页。
③ 孙有康、李和弟搜集整理:《五指山传》,中国国际广播出版社2016年版,第5页。

农族丹社群人，由达西乌拉弯·毕马翻译整理。这也是目前见到的情节最为完整的台湾原住民①盘瓠神话。

> 布农族人在很早很早以前，是从大陆来到台湾。在很早很早以前，布农族有一位头目（领袖），布农族的头目也就是中国的皇帝。头目生下了一位公主，她渐渐地长大了，长得很美丽，很受父王母后的宠爱。有一天，不知道是什么原因患了皮肤病，身体都溃烂发脓。她的身体痛痒得不得了，非常痛苦，终日躺在床上翻滚着，不停地呻吟和痛哭。公主的病情越来越严重，头目及夫人非常伤心，请了许多巫医替公主治病，可还是无法治好公主的病。头目和夫人拥抱哭泣，头目说："我一定要治好女儿的病。"于是在大道衢道叉（岔）路上公开通告说："只要是能治好公主皮肤病的人，即使是乞丐，只要能治愈公主的病，公主一定许配给他。"通告一个多月后，仍没有见到能治疗好公主病的人，头目越来越紧张、焦虑和伤心。结果有一天，很多人围观头目的公告，有一只公狗突然跑到前面，把公告用爪撕掉后就跑走，头目的兵丁迅速抓到了这一只狗，准备把它杀死。有人说把它带去见头目，疏忽之际，被狗脱逃了。这只狗溜进了公主的房间，狗见到公主痛苦不堪，就跳上公主的床，用它的舌头舔公主的全身上下。说也奇怪，公主的病痊愈了，头目和

---

① 台湾原住民是对台湾岛属南岛语系诸民族的统称，目前已获台湾当局认定的有阿美、排湾、泰雅、布农、鲁凯、卑南、邹、赛夏、达悟、邵、噶玛兰、太鲁阁、撒奇莱雅、赛德克、拉阿鲁哇、卡那卡那富等16族。

夫人都非常高兴，狗也留在公主身边陪伴公主。有一天，头目对女儿说："这只狗留在身边恐怕不好。"便要赶狗走，狗听了，目光直瞪头目。头目对狗说："如果你能够变成人，我的女儿一定许配给你。"狗听了摇摇尾巴好像很得意的样子。头目又说："如果你能够在三十天之内变成人，公主一定嫁给你，如果不能变成人，以后再也不可以来这里。"狗离开了皇宫往山上走，头目的兵丁在后面追踪，沿途经过一片森林，最后，狗走进一个大石头，内有一洞是狗住的地方，兵丁窥见它进洞，便回去了。到了第廿八天，兵丁又上山偷偷监视这只狗，（当时）狗已经快要变成人了，只剩下头未变成人形，狗发现兵丁监视它，生气地大骂说："为什么偷偷监视？约定的日期要延期一天，变成三十一天。"它把兵丁赶下山。到了第三十天，兵丁又上山探视，岩洞已经空无一物，到处都找不到。第三十一天的晚上，头目召来众人开会，这位狗先生也偷偷溜进去参加。会议结束后还有一个人没有离开，在椅子打瞌睡，扫地的仆人见到他，并不知道他就是那只狗变的。仆人把他叫醒，他没有回应继续睡，仆人去找兵丁要赶走他，兵丁来到时，他已经走了，他走进了公主的房间，公主见到他非常欢喜。头目见狀说："你们可以结合，但是必须马上离开这里到很远的地方去，不要再让我看见你们。"他们开始整理行装准备到远方去，便离开了。不料后有追兵想杀狗先生，他们拼命逃走，最后逃到海边，海边有一条船，他们乘坐小船，逃到了台湾的鹿港，他们在那里定居下来，后来他们生下了孩子，后代子孙也越来越多了，这个故事是告诉我们，布农族的祖先是从大陆来到台湾。①

布农族的这则神话也属于治病型，与黎族和仡佬族神话属于同一类型，都包含公主有疾、王张榜许诺婚配、狗来揭榜、狗治病立功、人与狗避世而居等情节，不同的是黎族、仡佬族神话附会到了星象，布农族神话没有。

此外，需要注意的是，布农族的这则神话增加了狗变成人的情节，这在其他的治病型和取谷种型神话中都没有，而只有立战功型的瑶族、畲族神话中才有。关于狗变成人的细节，都是说狗需要单独待一段时间，不能被人打扰。略有不同的是瑶族神话说是结婚之后，公主发现夫婿白天是狗，晚上是美男子；畲族和布农族神话说必须要变成人才能结婚。至于狗变成人的方式，瑶族神话说上蒸笼蒸七天七夜；畲族有的神话说用金钟盖住七天七夜，有的说单独关在一间房子里七天七夜；布农族神话说进到山洞中待三十天。禁忌在最后一天都被打破了，但是后果不同，布农族神话中似乎没有影响，最后还是变成了人。瑶族神话说只剩头和脚上的毛没有褪掉，于是瑶族男女有了缠头裹脚的习俗。畲族神话说从此只能是人身犬（龙）头了，不能再变成人了。但是立战功型都具备的耳虫化犬的情节布农族神话中没有。

---

① 这则神话同时收录于达西乌拉弯·毕马、达给斯海方岸·娃莉丝：《布农族神话与传说》，台湾晨星出版有限公司 2003 年版，第 37—39 页；[俄]李福清：《神话与鬼话——台湾原住民神话故事比较研究》，社会科学文献出版社 2001 年版，第 351—353 页。另据李福清介绍："这个神话故事已有几个人记录发表，在台湾报纸或《山海文化》（1994 年第 7 期）记录的讲述者都是全绍仁老先生。"（《神话与鬼话——台湾原住民神话故事比较研究》，第 363 页）

另据李福清搜集的资料,排湾族、卑南族以及汉化的平埔凯达格兰族的盘瓠神话核心母题与此类似,都是说女儿有病,父亲便宣布谁能治好女儿的病,便把她嫁给谁,后来狗用舌头舔公主长疮的皮肤而治好公主的病,但是没有张榜公告、狗变成人等情节。① 因材料所限,笔者无法将排湾族、卑南族、凯达格兰族的盘瓠神话与布农族的这则故事进行比较研究,但这些背景材料可以说明一点,即台湾原住民盘瓠神话的流传地域不是仅限于布农族,而是在同属南岛语族排湾语群的几个民族中都有流传,这就打破了笔者最初关于布农族盘瓠神话会不会只是一则孤例的疑惑与担忧。

三

有学者提出,犬祖神话可以视为盘瓠神话的原生态②,虽然这一观点有待商榷,不过将台湾原住民犬祖神话作为参考,或许有助于我们分析台湾原住民盘瓠神话的来源。

目前所见最早提及台湾原住民地区有犬祖神话流传的是凌纯声1947年在《国立中央研究院历史语言研究所集刊》上发表的《畲民图腾文化的研究》一文,文中提到:"在世界各民族中,以狗为氏族图腾或崇拜狗为祖先的,除畲傜以外,我们知道的

---

① 参见[俄]李福清:《神话与鬼话——台湾原住民神话故事比较研究》,社会科学文献出版社2001年版,第355、357页。因书中没有引用神话原文,故笔者无法进行深入分析比较。
② 农学冠:《槃瓠神话新探》,广西人民出版社1994年版,第1页。

有十五种人之多（附地图中自 [1] 至 [15]）。……6. 台湾东北的太路柯（Taruko）属太么（Tayal）之一族，有以犬为祖先的传说。7. 琉球岛人亦有台湾太么族同样的传说。……"① 此后，何廷瑞（Ho Ting-Jui）的博士论文《台湾土著的神话传说比较研究》(*A Comparative Study of Myths and Legends of Formosan Aborigines*, *Indiana University*, 1967) 亦提到台湾的两个族群——太鲁阁的赛德克（sediq）族与北部海岸汉化的平埔凯达格兰（ketagalan）族有"狗与女人结婚"的神话。②

这些资料多来源于日据时期日本人类学家在台湾收集的原住民神话传说。如 1917 年（大正 6 年），佐山融吉著《蕃族调查报告书》"纱绩族后篇"中收录了一则神话：太古时代，地上出现了男女各一人，不久，又有两个男人从地里冒出来，后来，又从猪粪生出一个男人。一天，猪粪出生的人遇到地里冒出的人，并向二男说："你们应天天用猪粪清洗身体，才能如百日红般永不衰老。"但二男不信，于是猪粪诞生的人死去而成为神，这便是死神，蕃语 hamichiottohu。后来，两个由地上冒出的男人之一，奸了另一个人，结果被奸者竟然怀孕了，但无法生下孩子，因而死了，活着的那个男人后来遇到一个女人，结为夫妻，生下男女各一个孩子，可是父亲与两个孩子，不久都去世了，只剩下妻子一个人，妻子感到孤单寂寞，后来遇到一条狗，便与狗结婚，生下

---

① 凌纯声：《畲民图腾文化的研究》，《国立中央研究院历史语言研究所集刊》1947 年第 16 册，第 170 页。
② 参见 [俄] 李福清：《神话与鬼话——台湾原住民神话故事比较研究》，社会科学文献出版社 2001 年版，第 354 页。

一男两女。小孩长大后，一天，狗父亲出去打猎，母亲与子女寻找父亲，看到远处一只狗在找鹿肉，母亲指其狗为父亲，子女大声呼喊父亲，可是狗并未回答，子女便将狗杀死，母亲也莫可奈何，后来母亲和自己的儿子结为夫妻，生下一个男孩，男孩长大后，跟两位姑姑结婚，从此子孙一直繁衍下去。①

需要说明的是，文中提及的"太么"（Tayal）为现今的泰雅族，"纱绩"为现今的赛德克族。"太路柯"（Taruko）为德鲁固，是历史上对赛德克的称谓。赛德克原来被认为是泰雅的亚族，后于2008年获台湾当局认定为单一民族。赛德克族主要分布在台湾中部及东部山区，相传以中央山脉的白石山为发祥地，数百年前部分族人陆续迁徙至花莲县太鲁阁溪、立雾溪及木瓜溪河谷两岸，形成"东赛德克"，留在南投县仁爱乡浊水溪上游一带的族人则称为"西赛德克"。东赛德克经过正名运动，2004年率先从泰雅族中独立出来，获台湾当局认定为太鲁阁族。泰雅、赛德克和太鲁阁这三个民族，近些年来由于种种原因，经历了整合与分化，虽然目前是三个独立的民族，但从语言语系属上看，他们都属于南岛语系泰雅语群，各种风俗习惯非常相近，属于同一文化圈。

1930年（昭和5年），藤崎济之助著《台湾的蕃族》中也收录了一则泰雅族传说：女人和蛇分别从猪粪中出来，蛇要求女人替它洗澡，女人未这么做，于是蛇便诅咒女人不会蜕皮，不会长寿，缺乏思考，笨手笨脚，什么事都做不成。蛇便去了地下蜕皮。这时世界上无男子，只有女子，女人便和狗生了一个小孩，那小孩

---

① 原文载蔡中涵编著：《原住民历史文化》（一），台湾教育广播电台1996年版，第94—95页。

长大后和母亲结婚,其子孙便是tolokko(太鲁阁)之祖先。①

在上面这两则神话中,人犬婚是神话中重要的情节单元,同时都融合了猪粪生人、血缘婚等情节。第一则神话包含有子弑(狗)父的情节,第二则神话包含有解释蛇蜕皮的情节。

此外在《中国各民族宗教与神话大辞典》中收录了一则赛夏族神话:太古时,头人的女儿因身体畸形,羞于见人,便携珍宝和犬远渡重洋,至太鲁阁定居,依赖其犬狩猎捕鱼维持生计。姑娘为报答知遇之恩,遂黥面易容,与之成亲,繁衍赛夏人后代。②

赛夏族人口较少,仅有5500余人,主要分布在台湾北部中央山脉西侧,新竹、苗栗两县交界的山区,以鹅公髻山和横平背山的脊线分为南北两群,北部群与泰雅族杂居,居于新竹县五峰乡,南部群与客家人杂居,居于苗栗县南庄乡。太鲁阁地区跨花莲县、台中县、南投县三县,是东赛德克分布区域,因而这则神话很可能是东赛德克亦即现今的太鲁阁族的。此外,黥面风俗也是以泰雅语群诸族最为典型。

以上几则神话情节都比较简单,保留了更多的原始思维和原始形态,都强调人与狗所生之后代为氏族的祖先。而布农族并没有犬祖神话流传,其他与狗相关的故事中也只是强调狗是帮助布农人打猎的,布农人很感激狗,禁忌杀狗也禁忌吃狗肉,狗死了要好好埋葬,要哀悼三至七天。此外,还有关于狗喜欢说大话,吹牛说猎物都是自己所猎,导致祖先们生气把狗的舌头剁掉,不

---

① 载蔡中涵编著:《原住民历史文化》(一),台湾教育广播电台1996年版,第92页。

② 《中国各民族宗教与神话大词典》,学苑出版社1990年版,第144页。

让狗再说话了的故事。①

既然布农族没有犬祖神话，那么，李福清认为布农族的这则盘瓠神话是外来的，尤其是从大陆传到台湾的想法就很有可能成立，其著作中也视之为"大陆故事在台湾"的代表。他的理由主要有：文中头目说成 tumuku，一定是日语的头目。皇帝也叫 huangti，这些词汇皆应是外来语，为布农族所没有的，日本占领时代之前布农族也无头目。②像布农族的神话中，就含有不少汉族民间故事的因素，如皇帝、狗撕掉通告及兵丁等。……布农族的神话可能较为晚期且借自大陆。③有些人说福建来的也有些畲族人，是否他们从大陆带来的也有可能。④李福清这一观点有可能是受文本中"布农族人在很早很早以前，是从大陆来到台湾。……这个故事是告诉我们，布农族的祖先是从大陆来到台湾"等表述的影响。关于这则神话的搜集整理，台湾学界是有一些疑义，有学者认为达西乌拉弯·毕马（田哲益）"对于田野调查资料不能忠实整理"，"对于许多重大的论题下武断的结论"，故而"所记录的故事有许多问题。首先，口述者全绍仁为丹社群人，但是田哲益所记录的故事却是用南方方言 bubukun 记录，完全不忠实原来叙述人的方言，也未按照原来录音记录，只是田哲益个

---

① 参见达西乌拉弯·毕马、达给斯海方岸·娃莉丝：《布农族神话与传说》，台湾晨星出版有限公司 2003 年版，第 202—206 页。
② ［俄］李福清：《神话与鬼话——台湾原住民神话故事比较研究》，社会科学文献出版社 2001 年版，第 353 页。
③ 同上书，第 362 页。
④ 同上书，第 363 页。

人照个人意思编写，其中布农用词有许多错误"①。

所以，关于这则神话可能的来源还是要仔细分析一下。从地理位置和历史渊源来看，分布于东南沿海的畲族和台湾原住民是有相互交流的可能，但畲族的盘瓠神话属于立战功型，并没有发现治病型，所以要推断台湾原住民盘瓠神话是从畲族传过来的还是缺乏直接证据。从仡佬族也有治病型来看，大陆地区以前可能也存在这一亚型，并传播到海南岛的黎族，但后来大陆逐渐被立战功型和取谷种型占据了主导地位，这也导致现在在大家的认知中，一提起盘瓠神话，就认为是苗、瑶、畲三个民族的族源神话。其实细究起来，这三个民族的盘瓠神话也存在很大的差异，而且在这三个民族内部，盘瓠神话的流传与接受程度也有很大差别。比如说瑶族的盘瓠神话十分丰富，但有盘瓠信仰只是说勉金方言优勉土语的支系，这些人被称为过山瑶、盘瑶、盘古瑶、红头瑶、顶板瑶、大板瑶、土瑶、坳瑶等，说苗语支优诺方言的红瑶也发现有盘瓠信仰，其他很多支系的瑶族都不信仰盘瓠。又比如苗族也曾被笼统地认为都信仰盘瓠，但其实只是东部方言区的部分苗族支系有盘瓠信仰，尤其是湖南湘西一带，而其他两大方言区目前已经没有盘瓠神话故事的流传。②当然这是另一个话题，并不是本文讨论的重点。

从类型上分析，布农族的这则神话属于盘瓠神话的治病型，

---

① 参见巴苏亚·博伊哲努（浦忠成）:《台湾原住民神话传说与故事研究现状综论》，载《2006民俗暨民间文学学术研讨会论文集》，台湾文津出版社有限公司2006年版。
② 吴晓东:《盘瓠神话源于中原考》,《民间文化论坛》2017年第3期。

与仡佬族和黎族神话相似。那么我们能根据情节内容的相似性推断布农族的盘瓠神话是从黎族传过来的吗？台湾原住民和黎族虽然都生活于海岛，但彼此之间交流非常少，要推断盘瓠神话是从海南岛传到台湾岛的恐怕也缺乏有力的证据支持。

有治病型盘瓠神话流传的仡佬族和黎族都不太可能成为台湾原住民盘瓠神话的传播源头，那么，台湾原住民的盘瓠神话到底是从哪里传来的呢？李福清其实注意到一个关键地名——冲绳（琉球），他引用了郎樱《盘瓠神话与日本犬婿型故事比较研究》一文中许多资料，发现冲绳（琉球）的犬婿型故事和台湾布农族盘瓠型神话有很多相似之处。而郎樱的论文证明了：第一，日本的犬婿民间故事源于我国少数民族的盘瓠神话传说；第二，盘瓠神话传说流传到日本的路线：我国东南沿海——冲绳——日本本土；第三，盘瓠神话传说在日本的流传过程中，失去神话传说的特点，逐渐民间故事化，其始祖意义也是由浓渐到淡，直至消失。①

冲绳古称琉球，是一条岛屿链，全长有一千多公里，从东北面日本九州岛以南向西南方向分布，直至靠近台湾岛。明朝时期，中国用台湾的古称——琉球来借指该群岛。1372年，琉球国开始向明朝政府纳贡，成为中国的藩属国。1392年，明太祖朱元璋派遣闽人善于造船及航海技术的三十六姓人家移居琉球，这一事件很关键，促进了琉球与中国、日本、朝鲜及东南亚国家的文化交流和海外贸易。琉球与台湾交往历史中最著名的是牡丹

---

① 郎樱：《盘瓠神话与日本犬婿型故事比较研究》，《中国北方民族文学比较研究》，民族出版社2011年版，第601页。

社事件。1871年，琉球国宫古岛岛民向清政府上缴年贡的船队归途中遇台风漂流至台湾东南部排湾族牡丹社附近，因误入排湾族领地，54人被排湾族人出草杀害，仅12人生还回国。1874年，日本试图吞并琉球国，称琉球是日本内藩，并以牡丹社事件为借口发动了大举进攻台湾岛的军事行动。1875年，日军武力强行占领琉球群岛，禁止琉球进贡中国和受大清册封，废除中国年号，改为日本明治年号。1879年，日本改称琉球为冲绳。从历史上看，冲绳受中国的影响远远大于受日本的影响，冲绳的人口来源也大部分是闽、浙、台沿海的居民，与中国不仅血脉相连，语言、文字皆为汉语，典章、制度与明、清朝廷完全一致，其文化受中国影响达数百年之久，与日本本土完全不同。

从神话类型来看，冲绳流传的盘瓠神话有立战功型和治病型两种，分别流传于冲绳中头郡读谷村和冲绳具志川市。例如冲绳中头郡读谷村的故事属立战功型，故事说两军交战，一方的大将败北。大将的犬跑到敌方，将敌将的首级咬下来叼回，大将对犬说："你提出什么条件，我都答应。"犬说要娶大将之女为妻。大将的长女不嫁，次女也不嫁，小女儿答应嫁给犬，他们结为夫妻。①

冲绳具志川市流传的故事属于治病型，既包含了犬治病的情节也包括犬变成人的情节，稍有不同的是患病者变成了母亲：母

---

① [日]稻田浩二、小泽俊夫主编：《日本昔话通观》（日文），26卷，冲绳篇，日本株式会社同朋舍1983年版，第281—286页。转引自郎樱：《盘瓠神话与日本犬婿型故事比较研究》，《中国北方民族文学比较研究》，民族出版社2011年版，第594页。

亲患病，久治不愈。家人对犬说："假如你能治好母亲的病，你有什么愿望，我们都满足你。"犬用衔回的草药治好了母亲的病。犬的愿望是娶一位姑娘为妻。家里人满足了它的愿望，犬与人间的姑娘结为夫妻。……犬对妻子说："我要是七天不见，你不要去找我。"说完它就走了。到了第六天，犬妻放心不下，出门去寻找，看见犬夫正埋在沙穴中变人形呢。由于日子不足，犬的身子虽变成人形，可头仍是犬头。①

位于冲绳最南端的宫古岛流传的《宫古人犬之子》说犬与女结合，离群乘舟而下，隐遁到荒无人迹的宫古岛上，所生子女成为宫古岛人的祖先。②这与布农族神话中说狗与公主逃到海边，乘坐小船逃走，逃到台湾的鹿港后在那里定居繁衍子孙后代的情节非常相似。

由此，我们是不是可以推测，台湾原住民盘瓠神话如果不是从大陆直接传播过来的话，会不会有可能是从冲绳传过来的。无论是从相邻的地理还是从交往的事实来分析，盘瓠神话从我国东南沿海流传到冲绳（琉球）后，除了向北传播到日本本土外，也很有可能往南传播到台湾岛。不过，这只是笔者根据现有材料得出的一种猜测，或许还需要更进一步的研究论证，但有一点是可以肯定的，归根结底，台湾原住民盘瓠神话的源头还是在中国大陆。

通过对盘瓠神话的类型进行分析，或许我们可以得出以下观

---

① 转引自郎樱：《盘瓠神话与日本犬婿型故事比较研究》，《中国北方民族文学比较研究》，民族出版社2011年版，第595页。

② 同上书，第595、596页。

点：第一，盘瓠神话根据狗立功的情节可以分为三个类型：立战功型、取谷种型、治病型，台湾原住民盘瓠神话属于治病型；第二，盘瓠神话在台湾原住民中并未被广泛接受，流传度也不高；第三，台湾原住民盘瓠神话的来源，很可能是先从我国东南沿海传至冲绳（琉球），再由冲绳（琉球）传至台湾，但归根结底，还是源自我国大陆地区。

本文在写作过程中受益于与吴晓东、王宪昭二位先生研讨的启发，特致谢忱。

作者简介：周翔，女，苗族，湖南株洲人。中国社会科学院民族文学研究所副编审，研究方向：少数民族文学、台湾原住民文学。

盘瓠神话与仪式研究

瑶族"渡海"神话叙事与庆典仪式化传承
——以桂北庙坪禁风节为中心

冯智明

神话与仪式自产生之日起就有着不解之缘,二者互为依存。人类学神话—仪式学派对神话与仪式之间渊源关系的阐发为神话学研究奠定了坚实的基础。早期进化论学者泰勒、史密斯、弗雷泽、马雷特等主张"神话来源于仪式"的"仪式行为先行论"[①]受到广泛的质疑和批评,因为诸多民族志证明了"仪式基于神话"的相反命题,但"早期的仪式与神话之间的互文、互疏、互动关系成了人类学文化分析在对象上、方法上的基础"[②]。学界对神话的界定千差万别,基于神话—仪式理论,神话常常被定义为神圣的叙事,其讲述语境和传播方式均与一定的宗教仪式密切相关。伊利亚德将神话尤其是宇宙创生神话视为"神圣历史",认为"一个现存(或'活态')的神话,总是和某种仪式相关联,它不仅激

---

① 孟慧英:《神话——仪式学派的发生与发展》,《中央民族大学学报》2006年第5期。

② 彭兆荣:《人类学仪式的理论与实践》,民族出版社2007年版,第38页。

励了宗教行为，而且为它提供了充分的证据。我们理解神话思维的最好机会，是研究神话依然是'活生生'（living thing）的文化，在这种文化里，神话构成了宗教生活的关键性基础。换句话说，在这种文化里，神话根本不是意指某种'虚构'之物，而是被看作揭示了'尤为真实'的东西"①。历史学派博厄斯也认同神话与仪式之间的协约关系，他认为一个仪式就是一个神话的表演。② 本文以桂北瑶族禁风节及其来历"渡海"神话为例，无意重蹈神话—仪式"鸡与蛋"式孰先孰后的争论，而是旨在探讨作为文本的神话象征体系与作为实践的禁风仪式表演体系如何建立结构性关联，并在瑶汉民族互动的独特场域下演变为活态的地域性庆典神话体系；进而，神话如何成为民俗与社会制度合法化的诠释和证明，并与具有共同心理基础和文化逻辑的仪式一道获得传承？

一、迁徙与神圣祭祀誓约：瑶族"渡海"神话

瑶族是一个迁徙民族，流动性对其社会制度和文化构成产生了本质的影响，包括神话和信仰体系。广泛分布在两广、湖南、云贵乃至国外的瑶族人以共同敬奉神犬盘瓠始祖维持民族认同，尤其是自称"勉"的盘瑶（又称过山瑶）支系。有关盘瓠的叙事

---

① ［罗马尼亚］伊利亚德：《宇宙创生神话和"神圣的历史"》，载［美］阿兰·邓迪斯：《西方神话学读本》，朝戈金等译，广西师范大学出版社2006年版，第171页。
② 彭兆荣：《人类学仪式的理论与实践》，民族出版社2007年版，第39页。

主要包括盘瓠神话和渡海（漂洋过海）神话两种。盘瓠神话讲述了盘瓠出世、十二姓瑶人的祖源，以及因盘瓠助国有功而获开山耕种、永免徭役的根源，并以民间文献《过山榜》为凭。渡海神话是以瑶人迁徙灾难及盘王神恩为核心的叙事，《过山榜》、师公经书、歌谣等多有流传。各地内容虽有出入，但基本的情节主题是，因遭大旱三岁之灾或朝廷征战之苦，十二姓瑶人先祖无粮度命、无处安身，整族被迫迁徙。在"漂洋过海（湖）"行船途中突遇狂风大浪，七天七夜不得靠岸，族人无计奈何，在船头叩求盘王护佑，许下日后立庙、献大猪祭祀盘王之良愿。果然求得盘王显圣，海面风平浪静，众人不出三朝（日）靠岸。自此瑶人与盘王结成神圣的祭祀誓约关系，有了还盘王愿的传统。十二姓姓氏制度和祭祀共同体的建立，成为（盘）瑶的区别性徽标。还盘王愿分家庭型和集体型两种，一般三五年一小祭，十年一大祭，还衍生出十月十六以祭盘王、唱盘王、跳盘王为主要内容的盛大节日——盘王节。

　　渡海神话与盘瓠神话一脉相承，但更强化了瑶人共同体的认同感和凝聚力，并彰显了其敬天法祖、注重愿果相报的深厚信仰底蕴。相较盘瓠神话研究的集大成，渡海神话还没有受到足够重视。日本学者竹村卓二《瑶族的历史和文化》一书专辟两章研究了泰国北部瑶族渡海神话的历史背景、内容、异文、民族精神等，从神话作为纷争和社会变化的正常反映的视角，深刻指出从盘瓠神话到渡海神话反映的是瑶族社会体制和社会状况的变化。14世纪以后，当瑶人被编户、因社会动乱等被迫迁徙，以保证优惠地位为前提并显示和汉族有稳定共存关系的盘瓠神话，已经不能再代表民族存在的基础；而渡海神话作为表现过山瑶地位和民族精神的规约，成为统一各部族的新的象征。① 知网可查的十多篇论文大多是 1990 年代的，主要从"漂洋过海"的时间地点推测、族源溯源、象征意义与功能、审美等角度对渡海神话历史文献进行剖析②，结合田野调查，关注渡海神话在当代瑶族社会中的流传和传承现状的研究尚不多见③。

二、"漂洋过海"与瑶人有风：庙坪禁风仪式的历史渊源

本文的田野点是桂林市临桂区（原临桂县）宛田瑶族乡庙坪村，位于南岭民族走廊五岭之一的越城岭腹地，与龙胜各族自治县龙脊镇接壤。庙坪村毗邻 321 国道，为高山夹河谷地形，庙坪河穿村而过，为临桂干流义江上游。境内群山环峙，溪谷交错，森林密布，梯田层叠。全村有水田 659 亩，旱地 575 亩，林地 14777 亩，盛产杉木和毛竹。由于地处两县边境，庙坪村行政区划变更频繁，解放前属义宁县上北区，建国初属义宁县宛田区。1951 年 8 月，庙坪片 9 个行政村被划入龙胜县。1961 年 5 月，

---

① ［日］竹村卓二：《瑶族的历史和文化——华南、东南亚山地民族的社会人类学研究》，金少萍等译，民族出版社 2003 年版，第 243—272 页。
② 参见：［法］雅克·勒穆瓦纳：《勉瑶的历史与宗教初探》，《广西民族学院学报》1994 年第 4 期；李学钧、马建钊：《瑶族盘瓠神话与渡海神话的象征意义》，《广西民族学院学报》1996 年第 1 期；李默：《关于瑶族迁徙和漂洋过海史事的探讨》，《广东社会科学》2005 年第 5 期；罗宗志：《神话传说与族群认同——立足于盘瑶渡海神话的考察》，《贵州民族学院学报》2009 年第 6 期等。
③ 王琴、邱婧：《勉瑶迁徙与"渡海"叙事：粤北乳源瑶歌变迁研究》，《广西民族研究》2016 年第 6 期。

龙胜全县改设含庙坪公社的18个公社。1962年8月，因粮食供应问题，庙坪公社又划归临桂县，隶属宛田区。宛田于1984年10月撤人民公社，设瑶族乡，下辖庙坪村。庙坪村现辖庙坪街、石槽江、禾稿冲、牛江塘、高枧、丁岭界、丁岭底、菜瓮江等10个自然村组。当地为多民族杂居区域，如谢沄为《义宁县志》所写的序篇中所言："层峦环峙，猺獞杂居，土瘠民贫，习俗淳朴，有唐魏之遗风焉。"[①] 现主体民族为瑶族和汉族，汉族大多居于交通便利、地势平坦的庙坪街，被称为"街上的"，从事商业贸易；瑶族则聚居在周边高山上，被称为"两边山的"，从事农耕。据2015年庙坪村委人口统计资料，有320户，1291人，其中庙坪街为19户，75人。庙坪瑶族为盘瑶支系，主要有赵、盘、黄三大姓，于清初陆续自广东韶州府乐昌县经粤西、桂北入灵川、临桂迁入，已有三百多年的历史。据手抄本《盘王历史》记载，赵姓于清代顺治年间迁入庙坪：

> 至于万历年间，高祖考赵公讳有贵，师名赵位一郎，在于广东韶州府乐昌县搬上广西道桂林府灵川县六都洞兴安坪乐四山居住，随山耕种，至于大清顺治年间搬于上三渡村，子孙世代承接宗支。[②]

"禁风"是普遍存在于南岭走廊尤其是桂北瑶族中的一种禁忌习俗，在一些涉及瑶族风俗习惯的文献中，主要有"正月

---

① （清）谢沄等纂：《义宁县志》，道光元年抄本（卷首）"纂修义宁县志序"。
② 《盘王历史》，赵法才记，赵明才保存。

二十祭大风""正月二十禁风节""正月十九忌风日"这三种提法。庙坪瑶族历来有正月二十"禁风"的传统,后演变出的禁风节远近闻名,包括禁声和打茅标压风两种形式,首先是当天停止劳作,在家静悄悄地度过一

图 1　打茅标（谢耀龙 2014 年 2 月摄）

天,忌动刀、喧哗、踩踏、敲打、开关门、晾晒衣物等一切弄出大声响之事,连饭菜也是前一天提前做好,以保来年家庭平安、粮食丰产。瑶人认为违反禁忌会触怒风神,遭大风吹倒禾苗、掀倒屋瓦之灾。其次是采取顺势巫术的形式,瑶人用茅草打结,称为"茅标",用石头压在房前屋后、桥头路口、田间地头,以示"压风"。禁声和打茅标巫术均源于瑶人对风的自然崇拜,体现了瑶人对风的特殊认知以及如何积极地趋吉避害以适应农事生产。"喜逢正月二十日,元宵已满又春耕",正月二十禁风的时间选择,则与标志着当地开始新一年春耕生产的时间节点有关。

除了自然崇拜,庙坪瑶族禁风习俗的另一重要根源是"漂洋过海"神话,是这一禁忌仪式得以传承的原动力。据师公赵明才讲述:

　　禁风这个老习惯由来得久,（是）我们漂洋过海带回来的。那是在后天盘古的时候,我们盘瑶坐朝当皇帝,后来为何我们瑶人不坐朝了,那是那些番邦反对,就撵我们瑶人,年成又不好,大旱三年,我们被逼无奈就跑。一路从会稽山

到了南海，瑶人十二姓拖家带口要过海，装起大船就过海，把一个牛角据成十二节，十二姓各拿一节，讲万一失散了以后用牛角作信物。哪晓得在海上七天七夜不得过，风大雨大，那个吹起的大风海浪吹翻了好多船。看来没得办法了，有人就讲，我们求盘王显灵嘛，就在船上宰鸡宰鸭，在船头船尾点香拜盘王，拜五旗兵马，许愿讲如果压住大风、保佑我们顺利过海，以后一定给盘王立庙，用大命红猪祭拜，果然，盘王就把狂风停了，不到三天，十二姓就平安靠岸了，漂洋过海到了广东韶州府。没许下这个愿我们就过不来，许了这个愿我们就漂到各处了，美国、日本各个国家都有。到广东立了连州、伏灵、连平三座大庙，每年七月十三还盘王愿，又许下正月二十禁风日，叫子孙永远记到（得）飘洋过海的辛苦，记到大风的厉害。所以讲禁风节，这就是我们瑶族的纪念。[①]

庙坪村如今没有盘王庙，但还盘王愿非常普遍，以家庭为单位，每个家庭一代人至少要做一次，一般在男子成婚或添新丁后，做仪式的时间是每年立冬后至春节期间。完整的还盘王愿持续三天三夜，需要两头肥猪作为祭品，一头用于敬三庙（连州、伏灵、行平）圣王，即盘王，一头用于敬祖宗。还盘王愿仪式过程中各阶段均伴有师公和女性歌娘念唱，唱词中完整地叙述了盘古开天地、盘瓠出世、瑶人迁徙、漂洋过海神话以及还盘王愿之

---

① 赵明才，男，1928年生，高小文化；访谈时间地点：2017年3月18日于洞头新桥其家中。

缘由。如仪式开头请神部分唱道："……明朝朱太又征战，移徙南海去安身；花花世界天大旱，漂湖过海回中原。广东置立三王庙，还恩答谢酬神恩，庙堂里内庆贺圣，子孙代代永流传。"①仪式中跳长鼓舞的《打鼓歌》唱道："寅卯二年天大旱，到处官仓无米粮；盘王子孙无计耐，装起大船海面浪；七朝七夜不上岸，思作圣王天子殃；将钱买得金鸡杀，众在船中许愿良；未经三朝船到岸，子孙世代不抱忘。"② 与师公配唱的歌娘③《起歌头》唱道：

  明王出身反天下，千兵万马又糊涂；都靠平王有灵圣，五旗兵马漫天游；
  番邦高王又奏本，平王思作又心忧；江山都是有天赐，盘护驾翅又浮游；
  斩败高王回圣主，花鸳许配正相同；共结丝罗为夫妇，移徙会稽立花楼；
  六男六女十二姓，立名朝上掌江湖；一千八百五十岁，洪武君王起计谋；
  退朝南海去安住，天旱三岁又心忧；无粮度命难安住，君吃君来难过秋；
  若准众兄转朝上，装起大船漂过湖；过了七朝和七夜，摇撑使船船不游；

---

① 《流落书集》之"请神"，师公唱，手抄本，赵明才保存。
② 《流落书集》之"打鼓歌"，师公唱，手抄本，赵明才保存。
③ 庙坪村在还盘王愿、度戒等仪式上唱歌的歌娘有十多位，据歌娘赵翠凤讲述，她们经常受邀去庙坪和宛田其他盘瑶村落唱歌，根据传抄的《盘王歌曲》唱本念唱。

> 思着盘王有灵圣,船中里内许部书;未经三朝船到岸,欢欢喜喜到韶州;
>
> 乐昌县里开山种,安居乐业得宽由;众表置立三王庙,还恩答谢旧部书。①

宛田瑶族地区流传的《盘瑶过山榜》中也记载了类似的漂洋过海情节:"……由坤隆、坤凤同班人兄,邀齐众党等人丁,接起《过山榜》,各人拖男带女,仍旧回转中原,踏入船中,漂湖过海。过了三月未得拢岸,有李振国和邓保帮二人,说报众党等人兄,船头烧香,船尾烧香,下跪拜请五旗兵马,祖宗家先,转来请三庙圣王,许下各种各样歌堂良愿,船也拢岸了,人也拢边,踏入广东韶州府乐昌县海洋坪地面,苦耕苦种,度过光阴。"② 这一情节还被庙坪瑶人编成历史歌,在婚礼、建房、还愿等仪式上传唱,如《过山歌》有云:

> 寅卯二年天大旱,芭蕉起火人怕完。大旱三年难耕种,江河无水海也干。
>
> ……
>
> 盘王调官不愿做,离开南海去逃荒。六男六女十二姓,漂洋过海各顾各。
>
> 牛角锯做十二节,手拿牛角泪汪汪。离开南海各分散,七天七夜不安乐。

---

① 《盘王歌曲一卷·永古传言》,赵翠凤记用,2001年正月抄。
② 《盘瑶过山榜》,赵法才号,辛卯年春抄。

船也难得来拢岸,又怕狂风吹海落。就在船中许下愿,保佑儿孙来渡船。

五旗兵马来保佑,三天三夜好行船。船到海边人上岸,男男女女喜连天。

来到广东韶州府,罗昌县内是家乡。广东立起盘王庙,三庙灵神有庙王。

七月十三来还愿,子子孙孙要记全。①

历史歌中还有单独的《漂洋过海》唱段:

……

世乱人间难安住,立志移山逃难行;兄弟分开十二姓,会稽离别泪双淋。

行往途中沧海阻,海水滔滔无路寻;使钱共渡十二姓,行船进了海中心。

船到海中波浪涌,狂风吹起总不停;七天七夜海中困,上下阻挠无计行。

船头共许盘王愿,五旗兵马降来临,许愿果然得应验,四海狂风也得停。

船过南海漂漂转,风停浪静水波平;十二姓瑶多欢喜,全靠盘王显圣灵。

船行南海得登岸,儿孙靠福谢天星;自此瑶家还良愿,立有成规到如今。

---

① 《过山歌》,赵明才号,乙丑年秋抄。

......

连州起庙为耕种，立庙安神求太平；修起伏江行平庙，又立一庙叫伏灵。

......①

这些民间文献的记载与师公赵明才的讲述呈现了相似的渡海神话叙事：盘瑶十二姓因战乱被驱赶，又遇寅卯二年三年大旱，一路从会稽山迁徙至"南海"，不得已漂洋过海，海中遇狂风大浪，七天七夜（或三个月）未得拢岸。族人在船中求拜盘王及其五旗兵马，许下盘王良愿。未经三天船到岸，在广东韶州府乐昌县开山居住，并立下连州、伏灵、行平三座大庙，每年七月十三还盘王大愿。而经过长期的迁徙和历史变迁，由韶州府迁来的庙坪盘瑶在还盘王愿的时间和形式上有所改变，90岁的师公赵明才也没有见过七月十三集体还大愿仪式。虽然还盘王愿仪式由集体行为变为家庭行为，但每代人至少要做一次的规定同样强调了瑶人与盘王因漂洋过海缔结的神圣祭祀誓约，男子成婚或添新丁后还盘王愿，有成年礼和添丁礼之意味，同时与瑶人注重代际继嗣、家先与后代之延续的人观相结合，彰显了盘王既为神又为先祖的双重身份。

作为一种禁忌习俗与仪式表演体系，禁风融合了对风的自然崇拜和渡海神话两种象征体系，将庙坪盘瑶漂洋过海的历史记忆进一步强化。在一年一度的庙坪禁风节山歌会上，盘瑶人将这一历史渊源编入山歌，不断地传袭着"禁风是漂洋过海带回来的"

---

① 《盘瑶历史歌·漂洋过海》，赵明才号，戊子年抄。

族群记忆，2012年禁风节山歌会开篇歌唱道：

  盘古开天置立地，伏羲子妹置人丁，神农置下五谷种，米粮养命传子孙。
  十二盘瑶历史久，刀耕火种度光阴，耕种又防狂风侵，立下禁风古到今。

2014年禁风节山歌会开篇歌更为完整地叙述了禁风与渡海之关系：

  瑶族人民传统下，禁风节日在今天，我把来源讲清楚，禁风节日有根源。
  瑶民久住南乡海，……约拢弟兄漂过海，家家户户造华船。
  人到海边船难渡，七天七夜怕开船，风也大来雨也大，叩天无路地无门。
  船头船尾烧香拜，保佑过海要安全，风也停来浪也静，五旗兵马是灵神。
  三天三夜船到岸，男男女女喜连天，来到广东韶州府，罗昌县里是家门。
  七月十三还良愿，纪念禁风这一天，民族传统遗留下，水有源头木有根。
  正月二十禁风节，茅标押在大门前，不准谁人去做事，不能违犯这一天。

图 2 禁风节山歌会(谢耀龙 2014 年 2 月摄)

图 3 禁风节瑶族歌舞表演(谢耀龙 2014 年 2 月摄)

图 4 庙坪会期(谢耀龙 2014 年 2 月摄)

从以上师公经书、歌谣和口碑中我们可以看到，与竹村卓二对泰国北部过山瑶盘瓠神话和渡海神话的研究相似，盘瓠神话已经从此地人们的记忆中衰退，而渡海神话作为表现现在瑶人地位和民族精神的规约，不断被引用，在许多礼仪场合中被生动地表现出来。不断被强调的民族精神正是由渡海神话鼓动起来的。瑶族在现实中举行的礼仪活动，都是以和盘皇的规约为动机的。[①] 由于社会体制的变化，盘瓠神话的主导地位被后来产生的渡海神话取代，《流落书集》等仪式歌和历史歌中还融合了盘古开天、女娲造人、神农置五谷、伏羲女娲洪水神话等情节，盘瓠出生被弱化；婚礼等仪式上瑶人"坐歌堂"唱的历史歌分序歌、源流、漂洋过海、进千家峒、历史经过、尾歌六篇，其中源流篇叙述盘瓠出世至十二姓由来，共44句，漂洋过海篇为36句，足见渡海神话在瑶歌迁徙叙事中的分量。按照竹村的观点，在渡海神话的文意中，庙坪盘瑶也通过还盘王愿组成了排他的礼仪共同体，不同之处是，通过禁风节，作为文本的渡海神话象征体系还与作为实践的仪式体系建立了结构性关联，获得了另一种展演和传承渠道。禁风节的节日仪式表演，使得渡海神话依然是一种"活生生的文化"。

三、汉地无风：庙坪禁风节的空间流动与变迁

"瑶民古写禁风日，会拢会期在庙坪""一年一度禁风节，正

[①] [日]竹村卓二：《瑶族的历史和文化——华南、东南亚山地民族的社会人类学研究》，金少萍等译，民族出版社2003年版，第271—272页。

月二十又来临",歌词中的禁风日、会期、禁风节几个不同称谓,正反映了"禁风"由禁忌到节日的变迁,其历史演变是在拥有独特"山""水"通衢特征和瑶汉民族杂居的庙坪地理空间中生成的。笔者曾撰文详细探讨了庙坪禁风节的生成与流变过程①,庙坪地理位置特殊,处于古时桂林府至龙胜厅"桂龙驿道"②之上,是龙胜、灵川、临桂、兴安几县过往行旅必经之地。清晚期,秦、周、文、梁姓等汉族行商开始驻扎下来,开发了位于平地、紧靠古道的庙坪老街;1961年成立的庙坪公社驻地庙坪街,修建了供销社、粮站、公社礼堂、林业站、电站等公共设施,一些人因为工作的原因定居庙坪。1978年包产到户后,又有一些人因做生意迁来,开发了庙坪新街。如此,人字形的庙坪新老街成为一个行脚和贸易点,麻雀虽小五脏俱全,方便了两边山瑶人的交换需要。庙坪街的形成和空间变化,逐渐打破了瑶族旧时的"禁风"习惯。1961年庙坪公社成立后,大集体式的劳作形式使得瑶人与汉族的交往增多。随着庙坪街规模的扩大及商业的繁荣,瑶人便在正月二十这天离开村寨,到没有禁风禁忌的庙坪街游玩"避风"。与此同时,龙胜、灵川、临桂等地的商人闻风而来,在庙坪街进行农具、生活用品等商品展卖,形成一年一度的

---

① 冯智明、谢耀龙:《"禁风"灾难叙事与族群迁徙流动——基于广西临桂县宛田乡瑶族禁风节的考察》,《云南民族大学学报》2017年第3期。
② 桂(林)龙(胜)驿道于清代修建,起于桂林,经临桂县红庙、葛家村、叶家村、朱家村、黄塘村、草鞋岭、油麻圩、都留、鹅塘岭、黄峰隘,再经义宁县五通圩、东茶山、穴田、中庸圩、王者坪、宛田圩、洞头、牛江塘、丁岭塘入龙胜县界,境内长262里。参见李荣典:《临桂县志》,方志出版社1996年版,第281页。

具有物资交流会性质的庙坪"会期"。1980年代后期，庙坪会期得到临桂县政府的重视，在政府的支持和宣传下演变为庙坪地区多民族共享的地方性节日，对外开始称"禁风节"，每年举办舞狮子、彩调演出、篮球比赛、山歌对唱、师公舞、瑶族服饰表演等文娱活动，热闹非凡，吸引了众多乡民和游客。

由禁风日到禁风节，既是人群的空间流动，也是文化的空间流动，而其根源就在于"有

图5　庙坪广福王庙（冯智明2017年3月摄）

风"与"无风"之别。庙坪街"无风"与当地广福王信仰有关，庙坪街村委会旁建有广福王庙，是远近闻名的大庙，传说灵验无比，庙坪及前身"庙灵"之名由此而得。广福庙无疑由先迁入的瑶族人修建，现由瑶、汉、壮各民族共同供奉。最早修建时代不详，文化大革命时期被毁，现存庙宇为1980年代由庙坪街商户集资重修，但当地人说规模已大不如前。广福王信仰广泛流传于桂北临桂、永福等县，神祇原型是三国时期蜀国随诸葛亮南征的一位叫武当的将军。临桂一带有广福灵祐圣王三兄弟之说，广一大王在鲁山，广二大王在宛田，广三大王在柳厄石岭庙。庙坪广福庙门额有"广福庙灵"，主神为广三大王，庙坪村民春秋社日聚集在广福庙吃社。关于庙坪街为什么没有风，当地有另一则传说：

为什么正月二十我们这里（指瑶寨）禁风，庙坪（街）没有？为什么风没有吹到那里，是这样子的。大约在康熙年代末年，有广一、广二、广三三兄弟，化身凡人来到庙坪（街），三兄弟下来在老三（庙）那里耍，看见有一个老人家在路边抽烟，就过去一起抽烟聊天。老人家说今天是我们瑶人的禁风日，我们这里风很大的。广福三兄弟说这里没有风，这里是平地，又有大庙，风不到庙坪（街），风到高山去了。说完，那老人家抽烟一眨眼的工夫，他们三兄弟就不见了，老人家才恍然大悟是碰到广福王下凡了。庙坪没有风就是这样子传下来的，神仙传下来的。所以他们可以敲锣打鼓闹热。①

按照这一传说的逻辑，有风与无风起初表征的是瑶人居住的高山与平地的空间区别，其内核仍然是以过山为特征的瑶人生计方式与他族的区别；而在汉人迁入庙坪街后，这一空间区隔被转化为瑶族与汉族的文化边界。这一边界意识的确立还糅合了广福王地方信仰，强调广福王的威力及庙宇所在之处的神圣性，"庙坪没有风是广福三兄弟传下来的"传说叙事成为庙坪平地无禁风禁忌的又一合法性证明。禁风节的生成与流变既是"瑶人有风""汉地无风"文化边界建构的产物，也是民族迁徙流动和经济文化互动的结果，这一流变使得渡海神话与禁风禁忌（仪式）的形态产生了相应的变化。饶有趣味的是，在汉地无风的文化建构和禁风节操办过程中，在瑶汉文化的鲜明对比中，瑶族渡海神话

---

① 访谈对象：赵文贵，瑶族，1940 年出生，高小文化。访谈时间地点：2013 年 8 月 25 日于洞头村其家中。

的内涵没有改变，其与禁风习俗的渊源关系反倒得到进一步凸显；禁风习俗却由瑶人家庭型的禁忌（仪式）转变为多民族共享的公共性、区域性的节日（仪式），其场域和功能产生巨大变迁。正如神话—仪式学派人类学者克拉克洪所指出的，神话和仪式都要受到文化传统和外界环境的影响，在同一个背景和环境变数中，作为"行为模式"的仪式比作为"观念模式"的神话更易产生变化，如同妇女行为的变化与妇女地位的社会观念变化的关系一样。[①]

四、结论与讨论

综上所述，盘瑶渡海神话经由庙坪"禁风"禁忌和巫术仪式形式得以记忆，并在历史长河中演变为空间和族群产生巨大变化的禁风节，彰显了盘瑶人对迁徙灾难、族源以及与盘王神圣祭祀誓约的历史认同，这种认同在与他族交往和文化互动的过程与边界中得到重申。在主要由瑶、汉族移民组建的庙坪村空间中，渡海神话不仅与两边山的盘瑶禁风禁忌仪式建立了"互文"关系，还被平地庙坪街的汉族后来者所接受，创造了以禁风节为展演场域的新的地域性庆典神话和仪式体系。经由本文对庙坪"渡海"神话叙事与庆典仪式化传承的研究，有以下三个问题值得探讨：其一，神话与仪式的关系。神话与仪式毋庸置疑是两种独立的范畴，但在某些语境中，二者又构成一个相互交融的体系和互动关系。与"仪式行为先行论"相悖的是，本案例中的

[①] 彭兆荣：《人类学仪式的理论与实践》，民族出版社2007年版，第45页。

漂洋过海神话先于禁风仪式而存在，并解释了禁风之根源，但勿论先后，二者互为依存，渡海神话借禁风仪式操演获得流传和传承空间，禁风仪式借渡海神话获得起源性阐释、标识性认同和传承动力。

其二，神话作为社会制度和文化行为的合法化证明。神话不仅是一种象征性叙事方式，也是"行为特许状"，为社会文化行为提供合法化证明，"依靠把现今的情形与过去的先例作含义丰富的透视，从而对被认可的行为方式给予支持"①。神话为什么往往被视为神圣的叙事和真实的历史？就在于"它叙述了事物的产生和存在，提供了例证的模式，还论证了人类之所以如此言行的根据"②。在这个意义上，按照马林诺夫斯基的功能主义解释，神话的功能还在于保证了仪式的效用并且提供引导人的实践准则。③渡海神话既是十二姓瑶人共同体还盘王愿祭祀制度的"特许状"，也是禁风习俗的"合法性"根据，并与刀耕火种的生计方式和对风的自然崇拜相结合，保证了禁风仪式的效用。

其三，远古神话在当代社会生活中的活态流传和传承方式问题。神话创生于远古时期，常被视为与现代思维迥异的原逻辑思维和神圣叙事，这种"文化的遗留物"一度被认为消失在大众视

---

① ［芬兰］劳里·杭柯：《神话界定问题》，载［美］阿兰·邓迪斯：《西方神话学读本》，朝戈金等译，广西师范大学出版社2006年版，第59页。

② ［罗马尼亚］伊利亚德：《宇宙创生神话和"神圣的历史"》，载［美］阿兰·邓迪斯：《西方神话学读本》，朝戈金等译，广西师范大学出版社2006年版，第174页。

③ ［英］马林诺夫斯基：《神话在生活中的作用》，载［美］阿兰·邓迪斯：《西方神话学读本》，朝戈金等译，广西师范大学出版社2006年版，第244页。

野中或只存于偏远地区。但本研究表明，渡海神话在仪式和庆典中被讲述和传唱，仍然是瑶族宗教信仰和节日生活的重要组成部分，依然具有表征民族认同的功能，并在庙坪区域文化的建构中扮演了重要角色。社会变迁和移民浪潮影响下的人群空间格局导致了渡海神话讲述场域和禁风仪式空间的变化，但神话之内核并没有改变。渡海神话及禁风根源被编成山歌在禁风节山歌会上传唱，拓宽了其传承途径。因此，我们应关注口承神话在当代的多种存续方式，"使中国神话研究摆脱总是'向后看'并与'古老'、'遥远'、'逝去的传统'相联结的羁绊，转而关注当下的社会和文化生活，并从神话学的独特视角积极参与到与当代更多学科的对话当中"[①]。

作者简介：冯智明，女，土家族，重庆酉阳人。广西师范大学文学院教授，研究方向：宗教人类学、瑶族文化研究。

---

① 杨利慧：《现代口承神话的传承与变迁——对四个汉民族社区民族志研究的总结》，《青海社会科学》2011年第1期。

公众信仰与民众生活
——茶坪瑶族村"还盘王愿"仪式研究

焦学振

一、缘起

茶坪瑶族村是湖南省资兴市瑶族的主要聚居村落,较为完整地保留着民族色彩浓郁的瑶族三大传统节庆"团圆节""起春节"和"还盘王愿"[①],其中社会关注最多、影响最大的当属还盘王愿祭祀仪式。由茶坪瑶族村还盘王愿仪式可以较为清晰地透视盘王信仰的文化变迁状况,更为直观地掌握新型城镇化背景下瑶族同胞的文化生存状况。此外,全面掌握还盘王愿祭祀仪式的内容,对于促进民族团结、发挥中华优秀传统文化在当今社会中的精神促进力量也多有帮助。2017年1月6日至1月18日,笔者对资兴市茶坪瑶族村还盘王愿仪式及其周围地区的文化信仰状况进行了调查。田野调查活动结合了主要调查对象的个人生活史,采用访谈法、观察法等方法,重在描述和把握还盘王愿仪式及其反映

---

① "还盘王愿"仪式又称"盘王节"。

出的盘王信仰的现状。

二、茶坪瑶族村概况

茶坪瑶族村位于资兴市唐洞街道北部，是唐洞街道唯一的少数民族村。全村共有村民小组 8 个，家庭 433 户，合计 1098 人。其中瑶族家庭 288 户，共 818 人，约占村总人口的 74.5%。茶坪瑶族村土地面积为 1.38 万亩，主要以山林为主，通过多年的摸索，逐渐形成了以种植楠竹林、金银花、果木类植物为主的适应所处地区亚热带季风气候的经济生产方式。茶坪瑶族村地势走向东高西低，最高海拔 968 米，位于罗仙岭风景区新屋头组；最低海拔 200 米，位于下茶坪组。该村地理位置优越，与东江街道、程水镇、三都镇相连，距市区仅有 1.3 公里。

作为资兴市原国有重点煤矿采煤深陷区，受地理环境及矿厂建设的影响，旧茶坪村住宿条件持续恶化。为此，从 2010 年起，全村从碑记乡茶坪岭上整体搬迁到了唐洞街道田心社区内。2012 年，经过行政区域调整，原碑记乡被并入到唐洞街道。新建的茶坪瑶族村共有连片房屋 20 栋，合计 433 套，总占地面积 60 亩，投资达 4390 万元。村民可以用低于市场价的回购价在新迁建造的社区内购置房舍。因为这个原因，很多户籍并非茶坪瑶族村的外来人口，也尝试通过"购买"村民身份的方式在新的茶坪瑶族村社区购房置业。

在信仰方面，茶坪瑶族村民具有多神崇拜的特点，属于瑶族中典型的"过山瑶"。根据村民的口述，他们在经历了"漂洋过海"等漫长的迁徙后，最终定居于此：

> 我们瑶族最开始啊，不是生活在茶坪，都在会稽山。在会稽山久了，不懂得生产、技术不行，干旱、失火活不下去了，就砍树造了船离开。在海上风浪大啊，好久好久都看不到岸，心里急啊！我们就求盘王。因为走的时候没走正门，没告诉盘王，没得到保佑。就说知道错了，请盘王保佑我们顺利上岸，以后我们十二姓子孙，就是盘、沈、包、黄、李、邓、周、赵、胡、唐、雷、冯十二姓，每生一个儿子就献一头圆猪给您老人家还愿。说完之后，海浪果然变小了，没过多久就上了岸。我们这一支，后来就到了资兴。最开始在老茶坪，后来开了矿没水，就搬到了这儿。①

时至今日，虽然经历了漫长的岁月洗礼，但茶坪瑶族村的瑶族村民依然留有鲜明的民族特色。长鼓舞、龙灯狮子舞、瑶歌及"起春节""团圆节""还盘王愿"等相关文化艺术活动在茶坪瑶人心中依旧占据着重要地位，体现了对本民族文化的高度认同与强烈的归属感。茶坪瑶族村村委会主任盘安全曾这样说：

> 现在啊，年轻人都去打工了。广州的、深圳的、长沙的，到处都有，资兴的厂子太少，以前还有几个矿，现在也不太行了，留不住人。年轻人少了，也不太能搞起来了。但重要的节日，盘王节他们还是要来的，从广州啊、深圳啊和

---

① 赵前卫讲述，焦学振采录；采录时间：2017年1月11月下午；采录地点：湖南省资兴市茶坪瑶族村赵前卫家。开矿，指在老茶坪瑶族村附近开矿的煤矿企业。

> 其他啥地方赶回来，都喜欢着哩！唱歌，打长鼓舞，热闹。下次你一定来，光说也说不清楚，下次请你来看。①

茶坪瑶族村原本位于碑记乡茶坪岭上，但自上世纪60年代起，稻田出现了有耕无收、不能蓄水的困境，这一状况到了80年代更为严重。通过此次对老茶坪村村舍的调查，发现各家房屋均有不同程度的破损状况。此外，在茶坪岭还出现了地面裂缝、地表水渗漏、溪水断流、井水干枯、房屋地基下沉等现象。

> 这里的房屋基本都不能住了，山上也没人了。你看这些煤矿，以前到处都是拉煤的车，（挖得）太厉害了，海拔都下降了。一开始还好，水稍微小一点儿，但不影响。后来就逐渐没水了，没水吃就不行了，但用矿上的机器还能拉深井水，也能凑合过。再往后房子开始往下沉，那就没办法了，大家都觉着这实在太危险了，要赶紧想办法。市里就开始计划给我们搬迁了。②

为了更好地传承与保护本族文化，茶坪瑶族村积极争取各方资金，通过募捐等方式先后筹资126万余元，由郴州市还盘王愿非物质文化遗产传承人、郴州市瑶族文化研究协会理事赵光舜等

---

① 盘安全讲述，焦学振采录；采录时间：2017年1月14日上午；采录地点：湖南省资兴市茶坪瑶族村村部。
② 盘安全讲述，焦学振采录；采录时间：2017年1月8日上午；采录地点：湖南省资兴市茶坪岭茶坪瑶族村旧址。

人主持，建成了举办典型瑶族文化活动还盘王愿祭祀仪式的盘王大殿及盘王文化主题广场。此外，村委会在资兴市委、市政府的领导下，充分利用各类政策扩大本村在瑶族文化方面的影响，努力吸引国内外专家、学者到茶坪瑶族村考察、调研，为保护和传承瑶族非物质文化遗产做出了卓有成效的贡献并取得一系列成果：

1. 2003年，茶坪瑶族村（老村）[①]盘王庙被湖南省政府列入首批文物保护名册；

2. 2006年，茶坪瑶族"还盘王愿"祭祀礼仪被列为湖南省首批非物质文化遗产保护项目；

3. 2007年，茶坪瑶族村被定为郴州市非物质文化遗产传承基地；

4. 2009年，茶坪瑶族村老盘王庙被省市批准为民间信仰场所；

5. 2013年，唐洞街道茶坪瑶族村盘王殿被评为湖南省级非物质文化遗产保护传承基地。

茶坪瑶族村丰富的旅游资源也是需要提及的。位于罗仙岭[②]上的古八景之一"炉峰袅烟"，在资兴市乃至郴州市都有不小的名气。全峰皆由石体组成，上宽下窄，从远处望去极为秀美，犹如一尊孤立静谧的香炉。原资兴县贡生黄如润有诗写道"仿佛人

---

① 茶坪瑶族村原本在碑记乡茶坪岭上。2010年后，新村村部从山上搬迁至唐洞街道，后不再说明。

② 又名"落仙岭"，最高海拔965米。

图1　资兴市罗仙岭茶坪村老盘王庙（焦学振2017年1月8日摄）

间伟丈夫，全无倚着倩谁扶？片云头上轻飘袅，跃入天门作御炉"，落仙岭美景跃然纸上。虽然村舍搬迁后罗仙岭周边已几无村民居住，但该区域仍然留有大量的"垒墙"等房屋残址。1月8日在前往老盘王庙调研的路上，笔者曾发现规模较大的垒墙建筑。据村主任盘安全讲述：这些建筑原本是供奉神灵之地，在"文革"期间被拆除，部分墙体拆除后用于建造新校舍。由于气候适宜、雨水充沛，在落仙岭周边长有大量竹林、草药，丰富的自然资源是大自然对茶坪瑶人敬天敬神的天然馈赠，与瑶族文化相辅相成，构成了极为自然和谐的生态圈。

三、盘王与盘王信仰

如同整个瑶族的多神信仰一样，湖南资兴瑶人的神灵信奉体系也比较复杂：释迦牟尼佛、关公、玉皇大帝、土地神、财神等神灵在资兴瑶人中同样得到尊崇。虽然有典型的多神信仰习俗，但瑶族最为重视的当属作为保护神及创世始祖而存在的盘王。

盘王又名盘瓠、龙麟，是瑶族及畲族普遍信奉的先祖神。关于盘瓠的记载可追溯到东晋郭璞所注《山海经·海内北经》中。在"犬封国"条中记载"昔盘瓠杀戎王，高辛以美女妻之，不可以训，乃浮之会稽东海中，得三百里封之，生男为狗，女为美人，是为狗封之国也"[①]。另，在《玄中记》中，郭璞还记载道："昔高辛氏犬戎为乱，帝言曰，有讨之妻以美女，封三百户。帝之狗名盘瓠，亡三月而杀犬戎以其首来。帝以女妻之于会稽东南，得海中土三百里而封，生男为狗，生女为美人，封为狗民国。"[②]

此后，关于盘瓠的传说见诸于各类历史文献之中，《史记正义》《后汉书·南蛮列传》《太平御览》《搜神记》《晋纪》《武陵记》《蛮书》等均有涉及。如：

> 昔高辛氏有犬戎之寇，帝患其侵暴，而征伐不克，乃访募天下有能得犬戎之将吴将军头者，购黄金于镒，邑万家，又妻以少女。时帝有畜狗，其毛五采，名曰槃瓠，下令之后，槃瓠遂衔人头，造阙下。群臣怪而诊之，乃吴将军首也。帝大喜，而计槃瓠不可妻之以女，又无封爵之道，议欲有报，而未知所宜。女闻之，以为帝皇下令，不可违言，

---

① （东晋）郭璞注：《山海经·海内北经》，卷十二"犬封国"条。
② （东晋）郭璞：《玄中记》。

因请行;帝不得已,乃以女配槃瓠。槃瓠得女,负而走入南山,止石室中,所处险绝,人迹不至。于是女解去衣裳,为仆鉴之结,著独力之衣。帝悲思之,遣使寻求,辄遇风雨震晦,使者不得进。经三年,生子一十二人,六男六女,槃瓠死后,因自相夫妻,织绩木皮,染以草实,好五色衣服,制裁皆有尾形。其母后归,以状白帝,于是使迎至诸子。衣裳斑斓,语言侏离,好入山壑,不乐平旷;帝顺其意,赐以名山广泽。其后滋蔓,号曰蛮夷,外痴内黠,安土重旧,以先父有功,母帝之女,田作贾贩,无关梁符传、租税之赋。有邑君长,皆赐印绶,冠用獭皮,名渠帅曰精夫,相呼为姎徒。①

从东晋的《山海经·海内北经》到清朝《皇清职贡图》,各个朝代中关于盘王及瑶族活动记载的文献一直没有中断、保持着强大的连续性,盘王及其后代瑶人始终以多种形式活跃于中国社会舞台之上,并形成了自己独特的民族文化与生活方式。在瑶族古籍《盘王大歌》中,也记载了盘王神话:

> 七十二国成一统,评王管连千万年。
> 高王起心争天地,争夺江山扰乱天。
> 天下纷乱毁家园,无人敢于战高王。
> 红榜城头三年挂,无人揭榜去边关。
> 京城四处挂红榜,招贤迎敌天下传。
> 谁敢揭榜去迎战,常赐千金百万钱。

---

① (汉)应劭:《风俗通义》原文已佚,转引自(南宋)范晔《后汉书·南蛮传》。

百将千官聚榜下，文才武士下马盯。
叩拜殿上评王知，书报回京不敢行。
评王提笔写奏章，金轮带奏上天庭。
玉帝得闻发下令，差遣太白下凡尘。
太白下凡来访情，化变盘护打猎行，
盘护来到评王殿，叩头拜王听赐音。
若有贤能过海去，斩杀高王头离身，
抱头回殿来报喜，当朝许配二宫仙。
百万金银同享受，一下江山给半边。
盘护叩头领王令，就城百官来送行。
来到峒头黄河海，腾云过海外国城。
过海来到高王国，搭台唱戏好闹热，
日里随王坐王殿，夜里跟王守门前。
陪王日久疑心散，随王游玩进花园，
尝尽鲜花千万种，花楼饮酒笑声甜。
高王饮酒醉醺醺，不省人事丢了魂。
手举七星八宝剑，斩杀高王头离身。
高王头体两截分，拖头过海回京城。
进朝上殿拜评王，头脚血染湿淋淋。
文武百官齐上朝，朝拜评王贺喜临。
评王坐在金銮殿，赐封盘护给金印。
当朝偿金千百万，花英许配盘太宁。
万倾江山给一半，太宁花英合为姻。
凿石刻碑记恩典，又刻铜印万年传。
赐给瑶人千古地，圣王田地任瑶耕。

> 太宁花英退出殿，官差百万护随行。
> 来到白云八仙峒，安居落住是瑶人。
> 生下六男又六女，六男娶妇女赘亲，
> 太宁王主八百寿，游山打猎有奇能，
> 来到天台石壁峒，打死石羊自丧生。
> 十二姓子孙七十二国，始祖功名满州廷，
> 普天同悼王恩重，画容雕像供香灵。
> 唐王写下深恩记，交给瑶人万年存，
> 三年一届酬良愿，花童百对唱歌甜。
> 天下人间民众多，圣王传下安民言，
> 世代安居念始祖，不可抛弃始祖恩。①

资兴茶坪瑶族村也流传有盘王盘瓠的传说故事，内容与文献记载大同小异，细节处略有不同。另据瑶族教育家赵循阳（资兴市碑记乡茶坪瑶族村人、湖南省第一届政协委员）1951年《致党中央毛主席的信》写道：

> 我始祖名盘瓠，乃评王左殿龙犬，为救国有功，而评王将宫女招赘我始祖为婿（驸马）。结婚时，因我祖之头足避其讳，评王赐绣花巾一块，三角板一块，其形前圆后方，盖其头，名曰：冠笄也。赐（王女）鸡嘴绣花鞋一双，绣花带一条，长袍衣服一套，银牌、银链、银扣等全套，梳妆插带，如花似玉。赐封我祖为"盘王"，头戴平天帽，脚踩漂

---

① 郑德宏、李本高整理：《盘王大歌》下集，岳麓书社1988年版，第53—63页。

海船，身穿绣花衣，腰缠绣花带绣花裙。当时评王问盘瓠夫妇愿到何处安居乐业："万顷江山一线田，十万江山养朝廷。尔愿管江山，还是愿耕良田？"盘答："愿管江山免粮无税，日后生男育女，男则婚配，女则招赘。"于是还阴粮，即朝贺，名曰"调王"，后演变成"盘王节"。

这是资兴茶坪瑶族村关于盘瓠及盘王节来源的重要依据，被茶坪瑶人广泛认可。关于盘王及瑶族的传说，赵循阳之孙、茶坪村完全小学前校长赵前卫也有过一段说明：

很久很久以前，评王和高王争夺天下，打得很激烈，谁也赢不了谁，百姓很苦。老天在天上看，商量了很久，觉着还是评王好一些，他夺得天下后百姓日子会好过，就决定帮助评王。就派了龙犬帮助评王，让龙犬下凡去。这条龙犬就来到了评王这儿，撕下了榜文。这个榜文啊，就是说谁要是能帮助评王消灭高王，就把自己最漂亮、最疼爱的三公主嫁给他，还和他共同管理国家。

评王一看，是个龙犬叼着榜文在殿上，心里很担心，也很好奇，问它为什么撕榜。这龙犬又不会说话，交流不了，怎么办呢？评王就问他："你是不是想要阻拦我攻打高王？"龙犬摆了摆尾巴。评王又问："你是要帮我消灭评王？"龙犬点了点头。于是啊，评王就明白了，这是神犬要帮自己消灭高王。

龙犬撕下榜文后跑出了评王的国家，走了七天七夜，来到了高王那里。高王看见了龙犬很高兴，因为他知道龙犬一直在评王那里。你想啊，评王的龙犬都跑到了他那里，不是象征着马上就能把评王消灭了嘛。于是高王就把龙犬养了起来,但还是有些顾虑,对龙犬保持着警惕。有一天,高王打了个胜仗,很高兴,宴请大臣们喝酒,喝得很多都醉了,龙犬就有了机会。可是龙犬在高王这里生活了一段时间,觉着高王对自己很不错,有些不忍心下口。但是又想,我既然答应了评王要帮他消灭高王,就应该遵守诺言,还是趁醉把高王的头咬了下来,叼着跑回了评王那儿。

评王看到龙犬叼回的头确实是高王的,很高兴,马上宴请祝贺。但随后又苦恼起来,因为他说过谁要是能帮他消灭高王,就把三公主嫁给他。评王想要悔婚,一直犹豫不决。这时三公主去找她父亲,说:"你既然已经说了谁消灭评王就将我嫁给谁,就应该遵守承诺,不然就会让老百姓失望。"于是评王就把女儿嫁给了龙犬。

公主对龙犬很好,于是龙犬想要变回人形来和公主生活。他托梦让评王找来一口金钟,把他放在里面蒸七七四十九天。一开始挺好,在里面关了四十八天,但在最后一天,公主怕龙犬被蒸死、渴死,于是偷偷打开了金钟。这一看不要紧,龙犬居然变成了一个帅小伙,但就是头上和腿上还有些毛。因为早打开了金钟,没有完全变成人形。她赶紧拿了布将龙犬的头包裹起来遮羞,你看啊,我们瑶族的服饰就是这么下来的,有意思吧?

龙犬后来被评王封到了会稽山做王,成为了盘王。盘王和公主在那里生下了六男六女,评王知道后很高兴,给了金银让他们夫妻俩用,还给这十二个孩子赐了姓氏,也就是今天我们瑶族的十二姓。再往后,有一天盘王去山上打猎,一不小心被羚羊撞到，被羚羊的那个角撞了，跌到了山崖里边儿，挂在了树上。公主和孩子们去山上找啊找啊，终于在树上找到了盘王，但还是没有把他救活。他们很气愤，于是抓到了羚羊，把它的皮给剥了下来，这还不解气，又把盘王坠落山崖附近的树木砍下做成了鼓身，再把羚羊皮蒙在上面制成了长鼓。他们边哭边打鼓来怀念盘王。你看我们上次搞的活动，规模那么大，都是靠长鼓，没有长鼓没这个架势。我们新的盘王殿也是，那个最大的鼓也是长鼓。[1]

《过山榜》是盘王信仰的另一重要折射，同时也是研究瑶族文化的重要内容。《过山榜》又名《评王券牒》《过山图》《过山照》《瑶人出世根底》等，是流传于瑶人之间被珍藏的一种汉文文书。虽然《过山榜》有相当数量的存世文献，并且在文体格式、篇幅长短上各有不同，但总体而言，这些文书在内容上却都大同小异，不同程度地记载着瑶人起源、盘王神话、十二姓氏来源及在历朝历代所享有的诸如过山垦地、利用山林等方面的权利等。《过山榜》等文献对于了解瑶族生活及把握瑶族心理状态，研究其民风民俗均有重要意义。据奉恒高主编《瑶族通史》，国内外发现的各类《过山榜》数量，已达140多种。

根据笔者的调查，资兴茶坪瑶族自治村赵前卫老人的爷爷赵循阳处原存有一份《过山榜》文，20世纪50年代中央调查团前来资兴县走访时，赵循阳主动上交给了调查团。据他说：

---

[1] 赵前卫讲述，焦学振采录；采录时间：2017年1月14日下午；采录地点：湖南省资兴市茶坪瑶族村赵前卫家。

> 我爷爷赵循阳是个教育家，还是当时的政协委员，省政协委员，《教育大辞典》上有他呢。他早年在家乡办学校、搞教育，影响了很多人，威望那是很高的。他很热爱我们的民族文化，起春节、团圆节、盘王节就是他组织上报然后才批下来的。现在我们都过这些节，这是他的功劳啊。①

无论是民间传说还是用汉字记载下来的各种文本的《过山榜》，都说明了盘瓠盘王在瑶人心中的崇高地位，其作为族群创始神的形象在瑶族群众中是稳固的。盘王的影响主要以其生死为界限，生前更多是以族群始祖身份的社会功能影响瑶人；死后多以能消祸解灾的万能神形象示众。通过上文提到的传说、神话、故事，可以看出，虽然已进入信息化时代，但盘王依然在资兴瑶族同胞中保持强大的影响力。为了纪念盘王，资兴瑶人每年都会以各种形式举办相应的节庆，以缅怀先祖盘王。起春节、团圆节、盘王节就是典型的节庆。而具体到茶坪瑶族村，对于这重要的三大节日，还有歌谣传世：

茶坪瑶山三大节日歌

三月十一起春节，纪念会稽春耕忙。
开辟鸿蒙度春秋，子子孙孙岁月长。
七月十五团圆节，纪念漂海生还时。
欢庆兄妹得转回，世世代代不分离。

---

① 赵前卫讲述，焦学振采录；采录时间：2017年1月11日下午；采录地点：湖南省资兴市茶坪瑶族村赵前卫家。

十月十六盘王节,纪念盘王诞辰年,
盘王英灵庇后世,祖祖辈辈还良愿。

起春节(农历三月三十一)

阳春三月万物苏,春回大地正农时,
春暖花开忙耕种,起春祭祖祈丰年。
耕鼓咚咚催人急,布谷声声醒良晨,
一年之计在于春,勤勤恳恳有收成。

团圆节(农历七月十五)

三个多月海上漂,盘王保佑得生还,
漂船过海登岸时,正是十五月亮明。
海上许愿岸上还,打起茅棚还良愿,
十二兄妹聚海滩,团团圆圆共欢腾。

盘王节(农历十月十六)

盘王御敌保家国,江山社稷得安宁。
功勋卓著受敕封,正是华岁诞辰年。
双喜双乐成节日,长鼓动地歌动天,
谢祖酬恩来奏铛,年年岁岁庆太平。[①]

---

① 茶坪瑶山三大节日歌、起春节、团圆节、盘王节歌谣均引自《茶坪瑶山民歌》,赵前卫、赵光田、赵砚球收集整理,第33、34页。《茶坪瑶山民歌》未公开出版,后不再说明。

四、盘王与还盘王愿祭祀仪式

通过调查发现,资兴瑶族盘王节(还盘王愿)是瑶族社会生活中极为神圣的祭祖还愿、追溯历史、祝祷祈福、喜庆丰收的礼仪习俗,凝聚了以茶坪瑶族村民为代表的瑶人的远古智慧,贯穿着瑶族的历史文脉。同时,这一活动也保留着濒临失传的瑶族民间艺术及祭祖风俗,是一种具有珍贵历史价值和丰富文化底蕴的文化。在资兴瑶族的三大节庆起春节、团圆节、盘王节中,盘王节的地位尤其重要,也更受重视。进行还盘王愿祭祀仪式,大致需要两个部分,分别为:藤香良愿仪式及大排良愿仪式。

(一)藤香良愿

1. 组织筹备

还盘王愿祭祀仪式是一种娱神娱人的集体性活动,在每年农历的七月十五或十月十六,也就是传说中漂洋过海登岸的日子或盘王生日,家、族、村、寨联合安排,统筹负责仪式,组建团队。这一过程,通常需要选举出威望较高的村民来主持,他们或是经济宽裕,或是学识过人,普遍具有领导能力。选出主持后,由主事人员定下具体活动规划及相应的后勤人员,为举办仪式而准备。在当今条件下,随着时代的发展与社会的进步,生活节奏越来越快,组建专门师公团队的难度也越来越大。

> 现在年轻人都跑到外边儿打工去了,你看村里,几乎没有年轻人了。以前组织、搞活动那人多啊,我几乎每一场重要的法事都去参加了。但现在不行,没人了。上次林教授他

们来,也是组织安排了年轻人参与。因为这个比较重要,他们心里也热爱,就从外边儿回村里参加。但是平时是很难组织了,只能是赵老师①他们,再带几个徒弟来办了。盘贡兴老人走了之后就靠他了。②

祭祀团队:进行较大规模的还盘王愿祭祀仪式,则需要组成相应规模的队伍。一般而言,由主祭师三人带队,两人负责迎请盘王神像。其他的具体人数则为:师公队9人,锣鼓队4人,喇叭队2人,彩旗队(代表瑶人12姓)12人,草龙、狮子队8人。祭祀团队的人数可多可少,以祭祀规模而定。

确定场所:在以往,如果是家庭举办的法事,一般安排在家里进行。而如果是规模较大的团体性活动,则大多需要联合多个单位或地方,在专门用于祭祀的盘王庙里举行,以显隆重与肃穆。瑶族历来都有着刀耕火种的习惯,其生活范围较广、流动性较强,因而并不是每个瑶族所在生活区都有完整的盘王庙。如在无盘王庙的瑶族聚居区进行还盘王愿祭祀仪式,则还需要统筹好相关事宜,确定举办活动的场所。对于茶坪瑶族村而言,则没有这方面的烦恼。

我们村一直都有盘王庙,就建在罗仙岭那边儿老村部上,咱们一起去看过。迁过来的时候也把盘王请了过来,但

---

① 此处的赵老师即郴州市还盘王愿祭祀仪式市级传承人赵光舜先生。
② 盘安全讲述,焦学振采录;采录时间:2017年1月17日下午;采录地点:湖南省资兴市茶坪瑶族村村部。

二峰①还有其他地方就没有了，都被砸了，就我们还有。搬迁的时候我们就想着要建个大的盘王庙，把文化发扬出去。你看现在的盘王庙，多好！②

送盐信："送盐信"在开始进行还盘王愿仪式前，也是极为重要的环节。所谓送盐信，即是形状类似于信件，由粑粑叶将盐、茶叶等物包裹折叠后，用青丝线包裹起来的请柬。当主家决定仪式举办的日期后，必须在开始的半月前将信件送往师公、歌娘、主厨及大奶③等主要参与人员处。

需要指出的是，给师公的信件需要有4封，而其他人只需1封，体现了在祭祀仪式过程中师公的至高无上性。"盐信"必须由主家新手交给对方并放置于神堂之上。之后，只需等待师公等人赶到家中举行仪式。

迎师：师公在进入主人家时，主人家必须着装整齐，表现有礼。在以往的法事活动中，一般会以十二响的礼炮相迎。此外，长鼓、唢呐、锣鼓等都是必不可少的。法师在接到盐信后，会按照主家的要求，在指定时间率领瑶师起程。在起程之前，通常会燃香点烛，向神灵及前代祖师告知行程目的。但根据赵光舜先生的说法，诸如迎师中的规矩，在现在的法事中已有了变化，要求并不是那么严格。如果是集体性的祭祀活动，则需根据主事人员

---

① "二峰"即指资兴市团结瑶族乡二峰村，是个典型的瑶族村，村民几乎全是瑶族。
② 盘安全讲述，焦学振采录；采录时间：2017年1月17日下午；采录地点：湖南省资兴市茶坪瑶族村村部。
③ "大奶"即指跟随歌娘参与还盘王愿祭祀仪式活动的歌女领队。

的安排，为法师准备相应的迎接礼仪。

起马、安坛落马：师公按照规定时间出发前，主愿师、招兵师[1]需点燃香烛，向众神告知出行的原因及所求之事，请求神灵护佑得以圆满。而当师公率队来到主家时，需要举行安坛落马仪式。师公穿上道袍，进到主家大厅，站在神堂之下，吹响牛角等乐器，按照相应的规定念经告神、开始落马：

> 速！立过△音男女，大坛香火，家主上清兵马、下坛兵将、福江盘王圣帝、五龙司命灶君、宅堂土地、宗祖家先，一行众圣，劳动回头转面，出来依神接客。
> ……
> 速！立过小位师男，出门托带行时关像，行乡门路，上清兵马、下坛兵将、阴阳师傅、证盟高尊大道、千千师祖、万万师爷。借动证盟家主，香案坛前脚下大厅头上暂座一时，师男退位。[2]

到主家作"藤香良愿"[3]，首先需要在大厅桌上办四碗菜、四方碗筷，需盘问家主举办仪式的原因所在及许愿的具体时间。只有将这些做好、仪式完成之后，安坛落马仪式才算结束，才能进行下一个步骤"落脚酒"。

---

[1] 主愿师、招兵师均为法师名称。
[2] 赵光舜编著：《还盘王愿（经书）》第一卷，影印本，第1章"安坛落马"，第1—2页。经书内容本文采取原文摘抄的方式，不作修改，后不再说明。
[3] "藤香良愿"为还盘王愿祭祀仪式的上半部分名称。

落脚酒:"落脚酒"意为请神饮酒,是举行"还盘王愿"祭祀仪式中的一个程序。法师在此环节中,会安排在大厅左边角落中办置圣席,席上放四个香炉、四个水杯。香炉前放十二个酒杯、四碗利师米[①]、两碗供菜,并在桌下放一瓶酒。

相应的用品都摆放好后,法师会叫主人提着一杯酒过来并接起此酒,放在神堂香案上,而后开始请神、念咒。

> 速!立过四庙圣王、龙城高王圣帝、莲州唐王圣帝、行坪十二游师、伏灵五婆圣帝,福江盘王圣帝、曹思五旗兵马,一行众圣,劳动回头转面,证盟家主,奉还藤香良愿,大厅头上,高抬己位,备办第一杯落脚谷花米酒,伸过满堂众圣,大饮在前……
>
> 速!立过三天门外,本坊福主、官汉二郎、上洞土主、中洞下洞老爷、左山管山土主、右水管水老爷、榄江土主、榄水土主、架榄土主、东住深沙、开天辟地、盘古大王、五谷七德大王、本乡本洞礼娘、坛官老爷、回龙山骑龙、驾鹤、跨马三位仙人……[②]

2. 开坛请圣

开坛请圣这一环节中需要先挂功德布置神台,而后又有开坛、献酒、念咒、奏殿、行罡步、解秽、或殿、打卦、奉钱纸、

---

① 利师米为举行还盘王愿祭祀仪式中的祭祀用品。
② 赵光舜编著:《还盘王愿(经书)》第一卷,影印本,第2章"落脚酒",第4—5页。

扎兵归位等步骤。

挂功德：挂功德意即安放盘王神像及其他各神神像。进入祭祀场所后，如果该地并没有盘王神像，不是在盘王庙，则需要将随法师队伍前来的盘王神像及其他人神像安放于正堂中。挂放神像时，通常需要吹奏牛角、鸣炮。挂像结束后，需要燃香三柱，并向盘王神像献三牲五谷。

开坛：师公需身着法袍，头戴神帽，手持牛角站在神台前。开坛时，其他乐手需站在法师身后，待得到指令后，齐声演奏。此时，鞭炮同鸣，形成开坛的神圣氛围。

献酒：献酒环节中又分为"初盅把盏酒"和"催师酒"。前者是向请奉的神灵献上的第一杯酒，也就是"初盏"的意思。主人需虔敬地双手捧酒交由法师，再由法师供奉在神堂之上。献酒之后，主人随法师一并立于神堂前，向神台行三拜之礼并将所求之事向神灵讲清楚。讲述完毕后，将所捧之酒倒在神堂下方敬神，主师公及祭兵师则将之前收到的盐信用大锣托着交还主人家，意即已承接此事，定当努力完成之意。在献酒环节中，也有专门的经文：

速！立过△音男女，家主本家，大坛香火，上清兵马、下坛兵将、福江盘王圣帝、五龙司命灶君、宅堂土地、宗祖家先，一行众圣，劳动回头转面，欢欢座落己位，但听小位师男，说出证盟家主，奉还藤香良愿。第一杯初盅把盏谷花米酒，来历出处，来路分良愿。第一杯初盅把盏谷花米酒，来历出处，来路分明。①

……

师男赞在众圣坛前，说出第二杯，催师把盅谷花米酒，来催出处，来路分明，满堂众圣、有灵之圣、有好灵神，要来催转小位师男，担替证盟家主，交合奉还藤香良愿，求神也得，作福有功，作丁也旺，人口平安，要来催转小位师男，来是清清，去是清清，来是清龙，去是百福。②

念咒：三位师公立于神坛前，其中两位师公摇铜铃、一位师公敲锣合作，同时念咒语，请各路神灵降临。这其中，又有请上坛、请下坛、请盘王、请灶君神、请宅堂土地神、请家先神、请众位公王、请娘娘、请四庙王等内容。

有礼无礼，转把第一（第二）明香关请，第一（第二）烟奏到，盘王圣帝，奏到福江大庙，奏到出世庙中，请上福江盘王圣帝盘古仙人，禾花姊妹、五谷仙娘、左边金童、右边玉女、擎凉打伞、黄赵夫人、一行众圣，请神一（请神二）便回车转马归降。

……③

---

① 赵光舜编著：《还盘王愿（经书）》第一卷，影印本，第3章"初盅把盏酒"，第6页。
② 赵光舜编著：《还盘王愿（经书）》第一卷，影印本，第4章"催师酒"，第21页。
③ 赵光舜编著：《还盘王愿（经书）》第一卷，影印本，第9章"请盘王"第36—37页。

奏殿：此为将所要做的事情告奉神灵，请神降临坛场以求法事圆满的仪式环节。在请圣环节中，请神要请三次，头两次就是奏殿。

行罡步：在经历过以上环节，将神灵请入后，为了表达喜悦的心情，即需要行罡步来进行愉神愉人的活动。师公在神台之前手持法器，边走罡步，边唱耍笑歌。

解秽：顾名思义，解秽即是清除污秽、荡清邪淫之意，是使祭祀场所、祭祀人群清净的程序。正如前文所言，请圣环节中共需请三次，如果法堂不够洁净，则神灵就不会降临。为此，在解秽环节中，需要用新碗满装清水，将七星剑①横于水面之上，配合咒语将碗里的水用嘴喷射在剑柄之上，达到解秽的目标。

和！家主有香未成鉴，有酒未成贪，且来洒净众香坛，香坛里内有秽足，五龙清水洒光明，左手执起老君佛前功德水，右手执起老君佛前杨枝枝，脚踏丁罡手执诀，口中常念陀罗弥。

和！请东方甲乙木青帝青龙将军，身着青衣骑青马，住在青云山上，腰带双刀剑，万兵护从青龙运水入吾水中，吾师解秽来洒香坛内外，急急速令清净。②

或殿：或殿是第三次请神。如果第一、第二请神请不到，就

---

① 法事活动中法师的道具，多为木制。
② 转引自李祥红、郑艳琼主编：《湖南瑶族奏铛田野调查》，岳麓出版社2010年版，第18页。

要跪请以示恭敬了。请神结束后，需要将排位定好、献酒献花，而后开始讲述《大通意者》①：

> 伸起三炉明香，堂中念咒，奏上功曹，请神一便，请神二便，说出两句马头意者，意者分明，齐正以了。要来请出一杯酒，九龙清水，造变老君解秽之水，都是酒净，七声鸣角，退下老君解秽之水，又怕同年相请、同日祈求，一名童子，跪在大厅头上，请神三便，请圣齐临，献上下车下马之酒，下车下马酒杯，请出献香献酒，台头有香，各人鉴香，有酒各神鉴酒……②

打卦：打卦是祭祀仪式中的重要环节。当《大通意者》讲述完后，师公需将牙简③掷于空中求卦。如果求得为阴卦，则示为主人心诚，神灵满意；如果未能求得阴卦，则需再次复述事情经过、缘由，而后打卦。根据赵光舜的介绍，如果法师的"功力"深厚，一般不需要多次请神，两次之内就可成功。

> 打卦要看法师的功力，我打卦一般一次就能成功，很少需要两次。你看，就是这样，抛出去，看它的结果。如果是阴卦，那就表示成功了，主人心诚。不是阴卦的话，那就要

---

① "大通意者"意即将还愿盘王愿祭祀仪式的详细过程说明的过程。
② 赵光舜编著：《还盘王愿（经书）》第一卷，影印本，第21章"大通意者"第79页。
③ 法师祭祀时所使用的木制工具，通常呈牛角型，分阴阳两面。

再来一次了。①

奉钱纸、扎兵归位：为了表示对各路神灵的感谢，同时也为了请求神灵保佑，主家需要向诸神进奉钱纸。按照神位的顺序，依次将事前准备好的钱纸放入焚纸炉内。扎兵归位是指请求各路神灵将带来的兵马安放在合适的位置，使兵马安营驻扎，守卫主神。钱纸的数目也有一定的规定：

> 上清兵马 交纳 24 贯保安请圣移身接客钱；
> 下坛兵将 交纳 24 贯保安请圣移身接客钱；
> 伏江盘王圣帝 交纳 24 贯保安请圣移身接客钱；
> 五龙司命灶君 交纳 24 贯保安请圣移身接客钱；
> ……
> 四庙圣王 交纳 48 贯保安请圣钱 ②

招兵招将招五谷魂：在这一环节中，需要首先找到方桌或其他可供法师站立的硬物搭立在盘王庙之外，在上面放置香炉、酒杯和供菜。另外还要找一颗长度适中的新竹，并在竹枝上绑上包谷、高粱、稻谷、小米等五种谷物，再以红布等物加以装饰，做成五谷幡，意在祈求风调雨顺。准备工作完成后，法师手持法器，请神护法后开始招兵招将、招五谷魂，达到祭祀的目的。关

---

① 赵光舜讲述，焦学振采录；采录时间：2017 年 1 月 10 日下午；采录地点：湖南省资兴市兴华路裕后园村赵光舜家。

② 转引自赵前卫收集材料《腾香愿交纸书》。

于这一过程，在资兴留有民歌传世：

五谷出世歌

五谷大王先出世，大王出世有根源。
大王原在社粮庙，原在社粮庙出神。
五谷大王都圣接，齐齐整整降香坛。
五谷仙娘先出世，仙娘出世有根源。
仙娘原在社粮庙，原住社源庙出神。
五谷仙娘都圣接，齐齐整整降香坛。
五谷大王有灵圣，五谷仙娘有灵神。
置得五谷凡人宝，置得五谷养凡人。
天下凡人齐耕种，人人耕种大丰登。
春来耕种大丰熟，一芽落地白芽生。
夏来盖过黄泥坎，盖过黄泥盖社宽。
秋来个个齐入米，个个代花盖山头。
冬来子孙齐收接，个个接收入龙仓。
五谷酒浆凡人造，斟劝大神吹龙浆。
大神吃了眉眉笑，大神眉眉座坛前。
五谷大王齐下降，五谷仙娘管龙仓。
问说今朝有相请，齐齐整整下坛前。[①]

[①] 赵前卫、赵光田、赵砚球收集整理：《茶坪瑶山民歌》，第4—5页。民歌内容本文采取原文接抄的方式，不作修改。后不再说明。

还愿奉贺主家歌

兵马转，禾魂回，千兵万马护郎归。
今日今时招兵招将招得五谷转，
明年耕种五谷黄禾千千万万堆。
千兵转，万兵行，千兵万马上龙坛，
今日今时请师勾良愿，明年门前石壁变成金。
家主今日求财望丰熟，
丰登大熟叩灵神。
家主今日求神保人丁，
人丁兴旺酬神恩。①

3. 齐传学法、还愿上光

齐传学法是瑶族内部流传，为成年男丁取得宗教人资格的仪式。经过齐传学法后，其弟子除获得合法的宗教资格外，还能得到祖先及神灵的佑护。学习了相关法术之后，不仅可以防身护己，还能帮助他人，在死后还能升入天界为官，是瑶族极为重视的活动。齐传学法的过程主要通过"传灯接代"来完成，而挂灯又可分为挂家灯和挂众灯两种。家灯只挂3盏，众灯需挂7盏或12盏。挂灯时可一人进行或多人同时进行。

在为新弟子挂灯、举办入门仪式时，师公需站在神坛之前，打一阴一阳两卦，表明师公已经到位。而后，即将被挂灯的弟子需将三杯酒交与师公，以示恭敬并祈求挂灯顺利。师公通过一系列咒语"化变"，来将普通物品神圣化，如变水、变米、变

---

① 赵前卫、赵光田、赵砚球收集整理：《茶坪瑶山民歌》，第5—6页。

布、变钱、变凳等。挂灯者在挂灯仪式中，还需要戴上特制的金冠帽，师公立于弟子周边，做架箭射弓的动作，以求避免邪魔对仪式的干扰。仪式中，师公依据挂灯人数的多少，安排升灯[①]。升灯时，会在每个挂灯者头上、左右肩上点燃明灯，数量或为三盏、或为七盏又或为十二盏不等。而后，师公念起咒语，完成升灯仪式。挂灯结束后，师公还会为这些新收弟子念解厄咒，以解除挂灯者的罪恶。在齐传学法过程中，取法名也是相当重要的一环。起法名时，需将香炉放于地上并插上明烛、燃香，按照被取名者的家中排行，通过打卦的方式来确定法名。法名取好后，师公通过一系列咒语，使新入门的弟子掌握了其部分法术，达到入门护法之效。

与"传灯"一起进行的，通常还有"升职"仪式。当弟子具备一定的资历后，师公会为其举办升职仪式，以便成为天界认可的神职。因为，在师公们看来，举行完升职仪式后，弟子可以在死后成为真神。升职仪式时，需要准备一些书写了准备升职弟子名字的红条，以4厘米宽，20厘米长为宜。在升职时，如果得到了天尊认可，则燃烧这些纸条时，可以升至相应的位置不落，达到升职目的。遇到升职不顺利的情况，则需要吸吹奏牛角等工具，起到辅助作用。

还愿上光：还愿上光是还盘王愿祭祀仪式上半部分"藤香良愿"的最后仪式，主要有还圆箕愿、送神回宫、收坛等内容。

圆箕是一种圆形的用于盛放物品的工具，顾名思义，还圆箕愿即以圆箕盛放祭品，偿还之前许下愿望的活动。还圆箕愿缘于

[①] 此外的灯多是用杯装的桐油或茶油。

瑶人迁徙的一段经历：

> 最早我们是生活在会稽山的，是评王封给盘王的。但后来会稽山闹旱灾，没办法继续生活了，就砍了12棵树做成船离开。因为走的时候没有向盘王说明情况，所以在海上遭遇了风浪，很久也没能靠岸。这个时候12姓祖先就想到了办法，说应该求求盘王，并承诺说只要能让我们顺利抵岸，我们每生一个男丁，就会孝敬盘王他老人家。因为在海上时间太长，没有合适的祭品，就用糯米啥的来弄。[①]

在还圆箕愿中，一般需要在箕内摆放12个酒杯，代表12姓瑶人的供品，另外还会根据实际情况，加放糯米团、糍粑、肉类等。资兴茶坪村瑶人还有专门的还愿歌流传：

> 献上众位众神圣，筶头落地保人民。
> 保得人民多兴旺，荣华富贵千万年。[②]

送神回宫、收坛：还圆箕愿完成后，需按照流程，将众神一一送回，并用打卦的方式断定是否已将众神送归。如果打出阳卦，则表示已送归诸神。送神完成后，就可以将做法事剩下的钱纸等剩余物收齐烧毁，再将供台上的供品收好并打扫干净，收坛

[①] 赵光舜讲述，焦学振采录；采录时间：2017年1月10月下午；采录地点：湖南省资兴市兴华路裕后园村赵光舜家。
[②] 赵前卫、赵光田、赵砚球收集整理：《茶坪瑶山民歌》，第5页。

正式结束。

(二) 大排良愿

大排良愿是以歌舞活动为主的娱人娱神的活动,随着社会发展,其形式与内容中的娱乐因素不断增加。所谓大排良愿,可以理解为大摆宴席、通过开展歌舞表演、还原瑶人迁徙过程等内容,取悦盘王诸神的活动。

大排良愿是祭祀瑶人先祖盘王的行为,所以在活动时,通常需要讲瑶语、穿瑶衣,但现已无严格的规定,汉族等各族同胞同样可以参与到这一祭祀活动中。

这一活动程序主要有:备办圣席、剪红罗帐,请王、四男四女拜圣,龙铺小席,修愁解意等内容,最后完成送圣回宫、起马当路,大排良愿正式结束。

1. 组织筹备

大排良愿是娱乐性为主的祭祀活动,需要进行一系列的准备。首先是备办圣席,为盘王剪制红罗帐并准备圆猪供奉。关于置办酒席,不同地方在大排良愿祭祀环节中,有不同的规定,如在资兴茶坪瑶族村举办仪式时:

> 备办圣席,对庙灵师剪起莲花笑朵、龙凤花鱼、十二朵兰散花旗,造钱师、造八封托盘金纸、下有四封坐位银钱,对庙厨师备办香炉水碗、海岸太白明香、四边油菜糯糍、八双灵血酒碗游愿牲头、抬盘脚下大酒一缸、备齐团圆把盏酒。[①]

---

① 赵光舜编著:《还盘王愿(经书)》第三卷,影印本,第1章"大排良愿"第1页。

剪红罗帐是为装饰盘王神位而用，一般需由大师公亲自完成。在制作红罗帐时，师公需先认真洗净污秽，而后取出红纸剪出红罗帐备用。红罗帐的作法各不相同，但都是祭祀仪式中必不可少的道具。在这一过程中，还需要请出红罗花帐神来剪红罗花帐，为盘王布置大堂。先请神，唱《红罗挂帐歌》后献酒，并将瑶族女士的绣花帕挂在纸剪的红罗帐上，或者将绣花帕挂在神堂上表示挂红罗帐之意。茶坪瑶族村所载《红罗挂帐歌》如下：

红罗挂帐歌

杀牲了，又请红罗挂帐神，
日头出早郎来宴，马尾过街说报人，
南伏四行起眼看，小师接起再抛兵，
千般歌词且慢唱，且唱红罗出处中，
红罗出世好言语，担水埠头等旧龙。
丝线缠针娘便争，红罗纱帕蕊平平，
红罗纱帕拦门挂，五更思着又收归。
红罗纱帕白又白，白下大州染色丝，
染红归到三江口，红罗纱帕影山红。
红罗纱帕白又白，顶上头巾白又新，
丝线串针千百眼，赌娘解得奉头宽。
红罗锦，客人买卖到郎乡，
大嫂煎茶把客饮，大哥抛尺又来量。
客人到，客人担担到郎乡，
千般万钱郎不买，单买红罗挂帐神。
三百贯钱郎下广，郎今下广买红丝，

> 买得红线十二样,红罗下降众神看。
> 红罗帐,一任红罗二任丝,
> 一任红罗二任线,红罗挂帐众神看。
> 广州洞头出金水,客人担卖过街边,
> 娘不数钱郎不卖,且买红罗挂壁边。
> 红罗纱帕伏珍珠,甘蔗甜甜郎要连,
> 心中爱连口不话,口中不话肚中连。
> 东方挂起红罗帐,西方挂起细黄凉,
> 家主声声还良愿,红罗挂起到天光。①

2. 请王、四男四女拜圣

准备好酒席、为盘王挂上红罗帐并杀猪供奉后,就需要进行请瑶族所敬奉的四庙王了,并请四男女拜圣。请王时法师需穿法衣、戴法帽并摇铃请王,并请未婚青年协助完成:

> 摇铃三声摇动神名,大王改姓交过△皇管下△年△季△月△日△时,原在△证盟家主△音男女法△脚下同妻△氏者男法△家门头上,合家人口合家商量,有心有意奉还千年大排良愿,男人备办女人备办,备办得成备办得圆。圣席头上造钱童子备办四封托盘金纸四封坐位银钱,对庙为师剪起莲花芙朵、龙凤花鱼、几朵兰花散园,对庙厨师备办香炉水碗、海岸太白冥香、油麻糯糍、八双连杯酒碗、游愿牲头、

---

① 赵光舜编著:《还盘王愿(经书)》第三卷,影印本,第10章"红罗挂帐"第54—56页。

台盘脚下大酒一缸,备办得成备办得圆。香烟不请何神不请何圣,要来所请三州三庙圣王回头转面,还上一个行伞歌堂簿书良愿,回来保酬愿家主家门头上……①

拜圣词

众位圣帝、大神父母、四庙圣王,请神三遍请圣齐临,来到面前头上有香未曾相鉴有事未曾相通,且来马头三见马头三拜,一拜连州唐王圣帝……二拜连州唐王圣帝……三拜连州唐王圣帝……②

3. 龙铺小席

龙铺小席是大排良愿祭祀活动的一个组成部分,需在盘王庙或进行法事的主厅中铺开席子进行供奉。龙铺小席开始时,需打开师公带来的藤箱篾簧,拿出歌本后将新草席铺在地下,将七双新筷子、七个杯子、三碗老鼠肉、四碗青菜放于其上。这一活动中主要有请小席、办小席,请歌、唱歌吃小席。

请小席、办小席:主师需左手托席搭在左肩上,右手拿插着明烛的香炉,在神台前边踩罡步③边唱《小席歌》。唱完《小席歌》后,法师需向神台踏三步、退三步,并将草席铺在神台前,将香炉水碗、七双筷子、七个酒杯放置上面。

---

① 赵光舜编著:《还盘王愿(经书)》第三卷,影印本,第3章"请王"第13—14页。
② 赵光舜编著:《还盘王愿(经书)》第三卷,影印本,第4章"拜神圣歌"第25页。
③ 法师进行祭祀活动时一种有特殊规定的步法。

行过县门千人见,无木合船随路行,
人活娘村歌堂散,郎小得知自得行,
手拿酒盏相换侍,怕娘不愿增郎行。
天上星,打落台盘四角钉,
打落台盘四角横,四角横头四角钉,
天上星,打落台盘四角钉,
大盘无脚行千里,台盘四脚守空厅。
……①

请歌、唱歌吃小席:主事方需坐在小席旁请歌,将《盘王大歌》的前三首《黄条沙》《相逢贤》《万段》请出。然后开始唱歌,通过唱歌的方式进行祭祖活动。师公与主人、歌娘等一并入席,边饮边唱,通宵达旦。

黄条沙

一片乌云四边开,主人请客望客人,
来到官厅下,酒盏未曾开,
手把银瓶斟老酒,千斟万劝劝客饮,
饮得主人酒,眼泪落纷纷。
一片乌云四边开,郎来路远望人家,
雨落山头雪,燕子白云遮。

---

① 赵光舜编著:《还盘王愿(经书)》第三卷,影印本,第5章"龙铺小席"第32页。

......①

4. 修愁解意

"修愁解意"是大排良愿中最后几个活动的合称,主要含:修山造路架桥,请扫家使者,铺台下案,杀牲使者(杀猪)及刀耕火种五个环节。

修山造路架桥:修山造路是由打铁、买木、架桥、修路四个过程组成,意在通过表演的形式来展现瑶人迁徙他方的艰苦历程,以求珍惜当下的美好用意。在此环节中,需要配合《修山造路歌》及《架桥经》进行:

修山造路歌

改换唱,罗竹花开改换枝,
罗竹花开改换表,郎今改换了歌词。
改换唱,新铁打刀改换头,
新铁打刀改换稍,郎今改换好歌头。
桃源洞头请铁匠,铁匠挑炉顺路来,
家主声声还良愿,打刀修路请神来。
三百贯钱郎下广,郎今下广买生铁,
家主声声还良愿,打得利刀修路行。
三百贯钱郎下广,郎今下广买铁生,
买得铁砖回打铁,青石磨刀修路行。
三百斤铁打把斧,又添四百打把刀,

---

① 赵光舜编著:《还盘王愿(经书)》第三卷,影印本,第5章"龙铺小席"第35页。

出世凡人使不得，带把修山修路神。
三百斤铁打把桥，又添四百打把锹，
出世凡人使不得，带把修山修路神。
三年四年老斧木，托下江边石上磨，
三磨四磨成口摘，托下平田收早禾。
……①

架桥经

松柏松柏，东方斩上南方斩下，逢山斩过山，逢海斩过海，逢州斩过州，斩过亮亮光光光光亮亮，不通何州不通何县，通到龙城、连州、平行、福灵、福江、厨师、阳州大庙，相接四庙圣王回头转面……②

请扫家使者："招家使者"又称"扫阶使者"，即扫出各种妖魔鬼怪的神。通过请扫家使者，寄寓了瑶人希望所居之主清净、纯净、生活顺利的愿望。在进行请扫家使者这一活动时，法师需一边念唱《扫家使者歌》，一边用牙简或钱纸作扫尘出门状。

扫家使者歌

再来念，白纸写书再请神，

---

① 赵光舜编著：《还盘王愿（经书）》第三卷，影印本，第7章"修山造路"第42—44页。
② 赵光舜编著：《还盘王愿（经书）》第三卷，影印本，第7章"修山造路"第46页。

日头出早郎来宴，马尾过街扫地行。
千般歌词且慢唱，且唱扫家出处中，
扫家原来贵男女，手执刀头金袖笼。
三百贯钱买把扫，大秤称来十八斤，
壁上有尘扫下地，地下有尘扫出门。①
扫出门前种葱葱叶大，扫出平田雍禾禾大苑。
扫出门前光溜亮，光光亮亮接唐王……②

铺台下案："铺台下案"意为请铺台下案神，在这一环节中，需摆放桌椅板凳并排好神位，将贡品摆放于神台上以便敬神，需配合《铺台下案歌》进行：

铺台下案歌

再来念，白纸写书再请神，
日头出早郎来宴，马尾过街说报人。
天上星，打落台盘四个丁。
打落台盘四角横，四角横头四个丁。
天上星，打落台盘四个丁，
大船无脚行千里，台盘四脚守空厅。
天上星，无云无雨白纷纷，

---

① 从这一段唱词之后，需配合牙筒或钱纸作扫尘状。
② 赵光舜编著：《还盘王愿（经书）》第三卷，影印本，第5章"龙铺小席"第41—42页。

白云便入青云里，夜里出来守旧龙。①
铺排龙台起龙凳，铺排龙凳起龙台，
家主声声还良愿，众王下降能花开。
……②

请杀牲使者：请杀牲使者即请厨官，杀大猪用以祭祀盘王，杀小猪用以祭祀家先。在这一环节中，配有《厨官歌》：

厨官歌

再来念，白纸写书再请神，
日头出早郎来念，马尾过街说报人。
千般歌词且慢唱，且唱杀牲出处中，
当初无人入细小，世今无人会杀牲。
厨官仔，得见身黄脚也黄，
身黄都是厨官子，脚黄都是细黄凉。
……③

刀耕火种：刀耕火种意为还原当年十二姓瑶人从会稽山一路迁徙，进行的开山创业的艰苦生活的过程。在此过程中，师公需与主人手拿彩旗并立于神台前，带领所有参与刀耕火种活动的成

---

① 从此处起，在法师的示意下，需由人作铺台动作并摆放供品。
② 赵光舜编著：《还盘王愿（经书）》第三卷，影印本，第8章"铺台下案"第50—51页。
③ 赵光舜编著：《还盘王愿（经书）》第三卷，影印本，第9章"杀牲使者"第51—52页。

员集体向神台三鞠躬,以表追思先祖之意。在完成鞠躬之后,鼓乐响起,便可到事先选定的山坡上完成刀耕火种活动。在刀耕火种中,需配合《开荒种地歌》《钓鱼歌》等进行:

开荒种地歌

高山古地肥又肥,长出生苗盖过山,
姊妹努力齐心种,五谷丰登万年粮。
黄蜂为花飞上岭,燕子为泥飞下田,
秀才为钱进到县,小娘为粮来开山。
报娘扯草细心扯,横去横回扯得开,
扯开青苗多生子,结子团圆朵朵开。

钓鱼歌

坐落江头放竿钓,坐落江尾放竿钓,
鲤鱼来吃的钧钧,约条鲤鱼来供神。[①]

3. 送圣回宫、起马当路

送圣回宫、起马当路:当完成刀耕火种等活动后,即可将所请之神全部送回天界,完成送圣回宫、起马当路。在这最后的活动中,也需念唱相应的经本:

[①] 赵光舜编著:《还盘王愿(经书)》第三卷,影印本,第18章"刀耕火种"第98—99页。

送回宫经

龙城高王圣帝、连州唐王圣帝、行平十二游师、福灵五婆圣帝、福江盘王圣帝、厨师四路五旗兵马一行圣众，△年△岁△月△日证盟家主△音男女接有歌堂簿书良愿，昨日以来歌堂初起事务登临，东方请去东方请转，南方请去南方请转，西方请去西方请转，北方请去北方请转，中央五位请去中央五位请转，进落花楼饮酒，四角楼停车，勒转马头勒转马尾降赴歌堂内里。……①

速！立过△音田女，大坛香火，家主上清兵马，下坛兵将，福江盘王圣帝，五龙司命灶君，宅堂土地，宗祖家先，一行众圣，劳动回头转面，起马当路回宫归殿。……

请各神各归各殿，有宫归宫，有殿归殿，有庙归庙，有堂归堂。无堂无庙，各散十方，稽首奉送。②

五、结语

资兴茶坪瑶族村"还盘王愿"祭祀仪式内容繁多，寄托了资兴瑶人丰富的情感诉求。改革开放以来，特别是在近年来新型城镇化建设不断推进的背景下，其仪式活动中的时代烙印愈发明

---

① 赵光舜编著：《还盘王愿（经书）》第三卷，影印本，第23章"送圣回宫"第107—108页。
② 赵光舜编著：《还盘王愿（经书）》第三卷，影印本，第24章"起马当路"第109—110页。

图 2　资兴市茶坪村新盘王庙（焦学振 2017 年 1 月 8 日摄）

图 3　资兴市茶坪村新盘王庙长鼓（焦学振 2017 年 1 月 13 日摄）

显。但无论如何，还盘王愿仪式里最纯朴、最核心的内涵却始终以其顽强的生命力延续下来，传承、发展于一代又一代的瑶族同胞的文化基因之中。透过各类流传下来的瑶族民歌、经书，可以窥见农耕文明中盘王信仰或者说精神力量对于一个民族的巨大影响，这种影响既体现在瑶族千百年来的迁徙过程中，又深植于瑶族文化之上，在包括生产生活方式、情感族群认同等方面均有明显体现，这无疑是值得深思与重视的。

在当今国家非物质文化遗产保护与发展工作开展得如火如荼的背景下，包括还盘王愿祭祀仪式在内的各类节庆活动受到了前所未有的重视，这固然是极好的事情。但从另一方面来看，如何摆脱政治因素对民俗事项的决定性作用，使各类非物质文化遗产得到自有的、相对稳定的生存空间，也或许是需要认真考虑的部分。为此，各级党委政府理应成为文化工作的引领者，防止将问题简单化，仅仅将还盘王愿祭祀仪式作为一种纯艺术性活动来加以保护。除看到仪式活动中精美的艺术成分外，还应提高问题意识，对仪式中更为深层的文化内涵加以解读。也唯有如此，我们才能更好地把握包括瑶族同胞在内的各个少数民族的优秀文化内涵，构建出更为和谐、高效的非物质文化遗产保护体系。

作者简介：焦学振，男，汉族，山东济宁人。中央民族大学文学与新闻传播学院博士生，研究方向：中国民俗学史、语言人类学。

壮族蚂蚜节仪式及盘瓠型"龙王宝"神话探析

李斯颖

一、盘瓠型神话异文《龙王宝》与壮族蚂蚜[①]节

盘瓠神话屡见于汉文典籍,至今仍在瑶、畲等民族中传承,常被视为"祖源神话"或"族源历史"[②]。有意思的是,叙述壮族蚂蚜节起源的"龙王宝"[③]神话,其母题与盘瓠神话高度相似,似有玄机。龙王宝神话的梗概是这样的[④]:

---

① "蚂蚜"为汉语西南官话桂柳方言的"青蛙"之意,亦有写成"蚂拐"的,本文统一使用"蚂蚜"二字。
② 胡泰山:《从祖源神话到族源历史——以盘瓠神话为例》,中央民族大学硕士论文,2015年。
③ "龙王宝"又常被写成"龙皇宝",所引用神话原文写作"龙皇宝",在此统一为"龙王宝"。
④ 罗仁德、顾乐真:《广西天峨县壮族埋蚂蚜节礼仪》,《河池学院学报》2005年第1期。

蚂蚁神是雷神的儿子，它从天而降，来人间管理季节、保佑社稷并镇邪减妖。大年初一，一位姓李的老人在挑新水时，蚂蚁跳到他的怀里。李老人就把它带回家养在水缸里。七七四十九天后，蚂蚁变成了人，李老人给他取名为龙王宝，视为自己的儿子。龙王宝周游民间到处除害，使天下无灾无害，年年粮食丰收。有一年，番厥进攻南国，侵占蜀地，进攻到黔滇界。皇帝束手无策，发皇榜招聘能领兵退番的能人异士，许诺退敌后将许配爱女、封大将军。蚂蚁揭榜后，被封"平番元帅大将军"，领兵来到黔滇界。面对会施妖法的毛人妖怪，蚂蚁运仙气破坏了毛人的法术，"三十六天平云南，四十二天收蜀岭"。蚂蚁得胜班师回朝，被封为大将军，成为驸马。尽管蚂蚁是驸马爷，但依然披着他的"青色花皮"，皇后嫌皮难看，趁蚂蚁睡着的时候将皮丢进火坑里，蚂蚁也被烧焦。皇帝将蚂蚁的骨灰散发天下，让家家户户都要虔诚祭祀。因此，村村寨寨在农历正月初一要做蚂蚁棺祭祀蚂蚁，直到二月初二便葬蚂蚁，以此纪念蚂蚁的丰功伟绩。

与盘瓠神话用于解释"还盘王愿""跳盘王"和"盘王节"等仪式和节日起源相似，龙王宝神话是当地蚂蚁节活动得以开展的重要叙事，神话主角是仪式的祭祀对象，节日活动与神话内容相吻合。神话、信仰与仪式之间呈现出相互支撑、彼此强化的良性生态，神话与仪式似乎成了"原生性的共存体"。[①] 以笔者曾调查

---

① 彭兆荣：《人类学仪式研究评述》，《民族研究》2002年第2期。

图1 广西天峨县纳洞村壮族祭祀蚂蚂的亭子（李斯颖2012年2月1日摄）

的广西河池市天峨县纳洞村2012年蚂蚂节为例，人们在农历正月初一前制作祭祀蚂蚂的"蚂蚂亭"，并在正月初一上午寻找冬眠的蚂蚂，将找到的第一对雌雄蚂蚂用鞭炮炸死，放入小棺材，在蚂蚂亭中进行祭奠。祭品包括大驼背粽、米花、米酒等壮族过年必备的食物。本村与附近村寨的人们，会不定期到蚂蚂亭焚香、守孝，有时比赛擂鼓，有时斗歌。所唱民歌既有讲述龙王宝身世与丰功伟绩的内容，也有情歌对唱，仪式为青年男女的社交接触提供了机会。农历正月十一晚上，人们在布麽①的组织下，将放有蚂蚂尸体的蚂蚂棺用彩轿抬到本村各寨中游走，最终将蚂蚂棺葬入蚂蚂坟，仪式才结束。与"还盘王愿""盘王节"等不同，蚂蚂节并没有显示出太多道教文化的仪式植入，孝蛙、葬蛙等神秘古朴的仪式环节依然为民俗学家与人类学家所津津乐道。

---

① 布麽（Boux Mo）是壮族民间宗教——麽教的神职人员。

母题相似的龙王宝神话和盘瓠神话在不同的民族中传承，支撑起了一系列隆重的仪式节庆活动。为了简单明了，笔者将这两则神话母题及其相关仪式、信仰和传承语境等做成表格进行比较，以供分析。

表1　龙王宝神话和盘瓠神话对比表

	龙王宝神话①	盘瓠神话②
民族	壮族	瑶族
神话③内容	1. 龙王宝是雷神儿子下凡 2. 被李姓老人担水时带回收养，后蜕皮变成人，取名龙王宝 3. 番人来犯已到黔滇界，龙王宝揭皇榜替皇帝出战平番 4. 龙王宝得胜回来，当上驸马，被封为大将军 5. 皇后烧掉蚂蜥皮，龙王宝也被烧焦 6. 皇帝将龙王宝骨灰分发天下，让民众都来埋葬、祭奠	1. 平王受番王骚扰，五彩龙犬盘瓠主动请缨擒拿番王 2. 盘瓠渡海到番王处，趁机咬下番王的头 3. 盘瓠立功而归，只要公主不要金银，三公主主动要求嫁给盘瓠 4. 盘瓠被放入蒸笼蒸，第七天蒸笼被打开，故盘瓠的头部、脚跟毛发未脱落 5. 盘瓠与公主被送入会稽山七宝洞生活，育有六男六女 6. 平王颁布文书，给盘瓠子女赐姓免赋 7. 盘瓠上山打猎被山羊顶下山崖，挂在树上死去 8. 瑶族子孙剥羊皮制鼓，跳"长鼓舞"纪念盘瓠
传承形式	民间口传歌谣、布麽方块壮字手抄本、散文	《评皇券牒》手抄本、师公口传经文、散文
相关节庆仪式	蚂蜥节	跳盘王、还盘王愿、挂灯、度戒等

---

① 罗仁德、顾乐真:《广西天峨县壮族埋蚂蜥节礼仪》,《河池学院学报》2005年第1期。
② 李筱文:《盘王歌》,广东人民出版社2006年版,第10—28页。
③ 在此仅选取一则壮族龙王宝神话与一则瑶族盘瓠神话作为代表。

续表

时间	除夕至农历二月初	收割之后的冬闲吉日、节庆时日
主持人	布麼或1—2人	师公若干人
空间	蚂蚓亭、蚂蚓坟及相关公共场所	盘王庙及相关公共场所
仪式内容	为蚂蚓守孝、祭祀蚂蚓、跳蚂蚓舞、葬蚂蚓等	跳盘王、跳长鼓舞、度戒等

通过对比可看出,龙王宝神话和盘瓠神话存在着极为相似的母题,同时亦有诸多明显的差异。相似的母题主要是"由动物蜕皮(脱毛)变人""平番建功立业""与公主成亲""意外死亡"等,但同一个母题又展示着不同的民族文化特征与个性。如"由动物蜕皮(脱毛)变人"这一母题,两个主角都没有彻底完成蜕变,龙王宝是由蚂蚓主动变成人,过程简单,但历时四十九天,仍披着"青色花皮";盘瓠则要被放到蒸笼上蒸七天七夜,头部、脚跟毛发尚未褪净。"平番建功立业"的母题中,同是对抗番人,龙王宝凭法术取胜,盘瓠则靠特长咬下番王的头。龙王宝在"与公主成亲"母题中顺利娶到公主,而盘瓠神话中常增加了难题考验的情节。"意外死亡"母题中,龙王宝与"蜕下的皮"保持着必然的联系,皮焚人亡,并没有提及他的子孙后代;盘瓠神话则通过剥山羊皮来为盘瓠复仇,详细记述了盘瓠子孙被赐姓、得以免除赋税等内容。同时,龙王宝和"龙犬"盘瓠不约而同地使用了汉族中表示神异与尊贵地位的"龙"作为词头。诸多的相似表明两则神话似共同受到汉文化中某些观念与叙事的影响。

"皮"的重要性在龙王宝神话中尤为突出,在其他相似的蚂蚂虫节起源神话中也是如此。《蚂虫的故事》[①]前半段讲述田螺姑娘和孤儿的故事,后半段讲述贪好田螺姑娘美色的皇帝披上野兽的皮变成了蚂虫,故人们在蚂虫节上祭奠的蚂虫就是皇帝。流传在河池市南丹县吾隘镇那地村的神话《英雄索吉》[②]说,夜郎国那地州一带遭受蝗虫灾害,上帝赐给索吉蚂虫皮,索吉变出无数蚂虫战胜蝗虫。因索吉不愿意当驸马,皇帝令人把蚂虫衣烧掉,索吉不久也死去。那地人们便过蚂虫节纪念索吉。《游蚂虫轿的起源》[③]里蚂虫变成的小伙子披着难看的蚂虫皮,妻子趁他熟睡将皮丢入火中,小伙子也变成被烧焦的蚂虫。人们此后便装蚂虫入彩轿游走田峒村寨,以示纪念。以上四则神话中,披了皮的皇帝可以变成蚂虫,失去了皮的龙王宝、索吉等一命呜呼,本质上离不开"蛙蜕皮"这件事。与此相似,盘瓠神话亦离不开"皮"。广西龙胜红瑶流传的盘瓠神话中有蜕皮的情节,说神狗的"皮壳"被岳母烧了,它再也回不了原就死了。[④]吴晓东认为盘瓠神话"是蚕马神话中马被犬替代的结果",最初的蚕马神话是为了"解释蚕的头为什么像马头","古人借用了蚕蜕皮现象,说蚕在蜕皮的

[①] 广西科学院民族研究所、广西少数民族社会历史调查组编:《广西南丹县僮族故事歌谣资料》,内部资料,1964年5月,第11—12页。
[②] 神话标题为笔者所起,该神话详见覃金玲:《那地壮族蚂虫节研究》,广西民族大学硕士论文,2015年,第25—26页。
[③] 神话标题为笔者所起,该神话详见罗仁德:《壮族蚂虫舞》,《民族艺术》1988年第3期。
[④] 冯智明:《瑶族盘瓠神话及其崇拜流变——基于对广西红瑶的考察》,《文化遗产》2014年第1期。

图 2　广西天峨县纳洞村向宝业给蚂蚜上香（李斯颖 2012 年 2 月 3 日摄）

图 3　广西天峨县纳洞村壮族村民给蚂蚜上香（李斯颖 2012 年 2 月 3 日摄）

时候换上了马皮"。①盘瓠神话中叙述狗褪毛变人,又以剥山羊皮或"皮被烧狗身亡"而结束。故此,无论是龙王宝还是盘瓠神话,其本质都是关于动物蜕皮的故事,正如钟敬文先生所言:"鸟兽脱弃羽毛或外皮而变成为人的原始思想,或许由虫类脱蜕的事实做根据而衍绎成功的也未可知。"② 这类与脱蜕相关的神话在仪式中迸发出意想不到的生命力,如壮族蚂蚜节上龙王宝神话的立体呈现,又如瑶、畲族盘瓠始祖信仰神话在还盘王愿等仪式上的生动展示。

二、蚂蚜节起源神话母题的层垒:红水河东西岸之别

迄今为止,在红水河流域所搜集到的蚂蚜节起源神话的数量和内容是有限的,这些神话异文的内容趋同性较强。第一类异文以盘瓠型神话母题为主,如《龙王宝》《英雄索吉》等。《蚂蚜的故事》融合了田螺姑娘型的叙事,也与动物脱壳母题有关。第二类以"烫死蚂蚜需赔罪"的母题为主,如《东林郎的故事》《蚂蚜歌》和《牙游歌》等。第三类以"蚂蚜祈雨"母题为主,描述蚂蚜出于各种原因帮助人们求雨,壮民便过蚂蚜节来纪念它。第四类则把蚂蚜说成是反抗外敌入侵的壮族统领的化身,该异文流传在那湾村林丹炉屯。③

---

① 吴晓东:《蚕脱皮为牛郎织女神话之原型考》,《民族文学研究》2016年第2期。
② 钟敬文:《钟敬文民间文学论集》下册,上海文艺出版社1985年版,第64页。
③ 覃金玲:《那地壮族蚂蚜节研究》,广西民族大学硕士论文,2015年,第27页。

《东林郎的故事》[①]《蚂蚜歌》[②]《牙游歌》[③]《埋蚂蚜的故事》[④]等在红水河流域搜集到的神话都把蚂蚜节的起源说成是人用开水烫死蚂蚜后,不得不向蚂蚜赔罪的结果。这些神话一般都不涉及蚂蚜蜕皮的内容,与盘瓠型神话差异较大。如广西河池东兰县巴英屯流传的《牙游歌》[⑤]说牙游嫌蛙声吵闹,用开水烫死蚂蚜,活着的蚂蚜上天向玉帝告状,玉帝便下圣旨让人们过蚂蚜节,在"正月初一二月初",祭葬蚂蚜并为其吊孝,才能"风调雨顺收成好"。该神话内容简单,没有复杂的情节,前后因果关系清晰。

流传颇广的神话《蚂蚜歌》《东林郎的故事》等虽然情节较复杂,但其中有衔接断层,明显受到壮族麽教[⑥]文化的影响。《蚂蚜歌》[⑦]说,壮族先民在人死后要吃掉其尸体,父母也不例外。东林心地善良,在母亲死后不忍心食其肉,悲伤恸哭之余"夜拜

[①] 容小宁、廖明君:《千山万弄红水河——红水河流域民族文化艺术考察札记》,广西人民出版社2005年版,第114页。

[②] 同上书,第116页。

[③] 神话名为笔者所起,该神话详见容小宁、廖明君:《千山万弄红水河——红水河流域民族文化艺术考察札记》,广西人民出版社2005年版,第133页。

[④] 广西科学院民族研究所、广西少数民族社会历史调查组编:《广西南丹县僮族故事歌谣资料》(内部资料),1964年5月,第11—12页。

[⑤] 神话名为笔者所起,该神话详见容小宁、廖明君:《千山万弄红水河——红水河流域民族文化艺术考察札记》,广西人民出版社2005年版,第133页。

[⑥] 麽教为壮族原生型民间宗教,以布洛陀为主神,受到道儒释等宗教与文化的影响。

[⑦] 容小宁、廖明君:《千山万弄红水河——红水河流域民族文化艺术考察札记》,广西人民出版社2005年版,第116页。

母亡灵,日把母尸葬"。屋外的蚂蜴鸣叫让东林心烦不已,他就用开水把它浇死了。虽然人们不再吃人肉,但天下遭受大旱。人们询问始祖布洛陀、姆六甲后,才知道蚂蜴是天女(雷婆的女儿),它一叫才会下雨。于是,大家抬蚂蜴尸体游村,送它上天,最终感动雷婆下雨。这则神话中没说清楚"烫死蚂蜴"和"不吃人肉"之间的关系。其实,"不吃人肉"规矩的起源出自壮族麽教经文中的"葬母"神话。顾名思义,"葬母"神话经文[①]吟诵于母亲的葬礼之上,说从前人死后肉要被其他人吃掉。吝[②]看到母牛生子艰难,深感母亲生育自己不易,便在母亲死后做棺葬母。他还杀水牛分给想来吃母亲肉的人,做铜鼓驱赶饿鬼,并为母亲守孝。该经文既教育后人要孝顺母亲,又解释了丧葬习俗的来源。[③]葬母神话中清楚地解释了人不吃人肉、葬礼上杀牛以及守孝等习俗的起源,情节连贯,而《蚂蜴歌》等蚂蜴节起源神话应是借用了"不吃母亲肉"这部分的内容,连主人公的名字也与葬母神话相似。主持蚂蜴节仪式的布麽,日常也主持各类麽教仪式,熟知各类麽经神话,故很可能将其他的神话母题融入蚂蜴节神话。以天峨县纳洞村为例,主导蚂蜴节仪式活动的主要是布麽向宝业。他熟练掌握汉文及方块壮字,家中有方块壮字写成的各类麽教经文和道教汉字经文。向宝业爱唱民歌,龙王宝神话是由他编排后教给村民演唱的。他熟知蚂蜴节活动的各个环节,对每一环节的

---

① 张声震主编:《壮族麽经布洛陀影印译注》(第五、六卷),广西民族出版社2004年版。
② "葬母"故事的主角常写成"吝""童灵"等,也即"东林"。
③ 张声震主编:《壮族麽经布洛陀影印译注》(第五、六卷),广西民族出版社2004年版,第1413页。

活动事必躬亲，如搭建蚂𧊅亭、制作蚂𧊅轿以及组织蚂𧊅舞表演等等。作为村寨中的民间精英，他对于蚂𧊅节活动与神话的丰富与传承起到了超越普通民众的作用。

蚂𧊅节起源神话甚至与孔子联系在了一起，这与接受汉文化教育的民间精英阶层也有关。《埋蚂𧊅的故事》①里孔子说，因为"非贤者"坐得远听不清，池塘里的蚂𧊅又呱呱叫地吵闹，所以才有"贤"与"非贤"之分。于是，非贤者便烧开水浇死了蚂𧊅。人们可怜蚂𧊅，又为了修德修阴功，便拿蚂𧊅去埋葬，形成今日的葬蛙习俗。此神话受汉文化影响颇深，但烫死蚂𧊅需要赎罪的母题并没有变。

结合蚂𧊅节起源神话的分布及其仪式、信仰内容来看，红水河东岸与西岸的蚂𧊅节有较分明的区别。红水河东岸受壮族麽教以及汉文化的影响更大。此岸的大同、坡峨、隘洞、长乐、坡拉等乡的壮族村落传承着方块壮字的古歌本或麽经抄本，亦是盘瓠型神话的流传地，如《龙王宝》流传于天峨县纳洞村一带，《英雄索吉》流传于南丹县那地村一带。纳洞村蚂𧊅节仪式上祭祀的是龙王宝，所传承的蚂𧊅歌舞均围绕龙王宝而展开。颇有意思的是，蚂𧊅舞表演中还出现了汉族上古贤君禹王、尧王以及臭名昭著的纣王的面具②。附会上圣贤孔子的《埋蚂𧊅的故事》亦流传于红水河东岸一带。《蚂𧊅歌》等与东林郎有关的神话也主要流传在东岸。红水河西岸盛行口传《牙游歌》等神话与歌谣，信

---

① 广西科学院民族研究所、广西少数民族社会历史调查组编：《广西南丹县僮族故事歌谣资料》（内部资料），1964年5月，第11—12页。
② 罗仁德：《壮族蚂𧊅舞》，《民族艺术》1988年第3期。

仰以女性身份的蚂蚜——蛙婆为主，因此蚂蚜节又被称为"蛙婆节"。河池市天峨县邑暮乡板么村还保留着据说是明朝时期的蛙婆神像，但相关的祭祀及表演已经衰微。通过比较可以看出，红水河东岸受书写系统影响、民间精英阶层较活跃的地方，蚂蚜节起源神话内容更为丰富，传承也较为持续；在红水河西岸缺乏精英阶层组织和维系民族文化传统的地区，蚂蚜节起源神话较为古朴，叙事简洁，当地民众对蚂蚜节传统仍保存着一定记忆，例如三十二套路的蚂蚜铜鼓舞等，但传承遭遇困境。

从蚂蚜节起源神话的变异可以看到，在红水河流域活跃的民间精英人士——以布麽和掌握汉文化的读书人为主，对神话进行了一定的改造，使之在不同地域产生了差别。蚂蚜节起源神话中之所以会吸收盘瓠型神话、葬母神话，出现孔夫子、东林等人物，都离不开民间精英阶层的努力。正如杰克·古迪在探讨书写与口语记忆的关系时说："知识与记忆用口头展示的方式捆绑在一起。有了书写文本，作者可以从书上抄录，他或她可能并不'了解'这个主题。"[①] 红水河东岸的精英人士亦有可能在广泛的阅读之中，将其他的叙事带入蚂蚜节起源神话之中，并实现了此类叙事在民间大众中的口头呈现。这类被引入的叙事中，盘瓠神话是一个典型。吴晓东认为，"盘瓠神话由大量南下的中原汉人带到南疆，并得到当地少数民族的接纳"[②]。笔者猜测盘瓠型龙王宝神话亦是如此，被"移花接木"地用于解释蚂蚜节的起源，并通

---

① ［英］杰克·古迪：《神话、仪式与口述》，李源译，中国人民大学出版社2014年版，第42页。
② 吴晓东：《盘瓠神话源于中原考》，《民间文化论坛》2017年第3期。

图4 广西天峨县岜暮乡板么村壮族蛙婆庙（李斯颖2012年2月4日摄）

图5 广西天峨县岜暮乡板么村壮族蛙婆庙的蛙婆石像（李斯颖2012年2月4日摄）

过民间精英阶层的改造与传播得以兴盛。

剥离这些后来增添在蚂蚜节起源神话上的叙事，笔者认为"烫死蚂蚜需赔罪""蚂蚜祈雨"母题产生的年代较早，以女性"蛙婆"为信仰对象的历史更为悠久，甚至以女性牙游等作为主角的叙事存在的时间也更长一些。人类社会从母系氏族社会发展进入父系社会是不争的事实，至今社会中仍遗存着大量的女性生殖与女体信仰痕迹。蚂蚜节仪式及相关歌谣中多见与生殖、繁衍主题相关的展示与期盼，如跳各种具有性暗示的舞蹈；板么村蛙婆神像的下身有一处窟窿被用于埋葬蚂蚜，常被学者解读为女性生殖器官的隐喻；尚未生育的夫妇多在蚂蚜节期间拜谒蛙婆以求子。随着时代的发展，神话叙事中的蚂蚜神发展出男性形象，或性别依然模糊。如"蚂蚜祈雨"母题中描述蚂蚜为雷神的孩子，未言明性别。通过蚂蚜向雷神求雨，契合人们观察到的"蛙鸣—下雨"的自然现象规律，因果关系简单明了。此后，"东林葬母"母题的融入才形成了《东林郎的故事》等神话文本。龙王宝神话得到传播与颂扬，是对蚂蚜信仰进行演绎、拔高的结果。

三、蚂蚜节起源神话与地域文化传统

从简单的"烫死青蛙需赔罪""蚂蚜祈雨"母题到龙王宝、索吉、壮族统领以及东林郎等神话异文的出现，蚂蚜节起源神话经历了由简到繁的多样化发展，层垒痕迹明显。可以说，这变化亦是"传统的发明"的一个过程。"在传统被发明的地方，常常并不是由于旧方式已不再有效或是存在，而是因为它们有意不再被使

用或是加以调整。"① 在红水河流域，较早期的蛙婆信仰与叙事依然存在，但关于龙王宝、索吉等的叙事母题在纳洞、那地、丹炉屯等红水河东岸的村落占据了主导地位，已取代旧的"蛙婆"信仰和部分仪式内容。如纳洞村蚂𧊒节展示的主要是龙王宝的丰功伟业，香炉屯强调葬蚂𧊒仪式上的幡代表了壮族统领夫妻及其子嗣。② 民间精英阶层主导与推进的效果是明显的。

蚂𧊒节以龙王宝等为主角的新叙事或新传统之发明与实现，是历史上中央王朝汉文化"大传统"的不断渗透与南方山地"小传统"顽强延续相碰撞、融合的产物。所谓大传统，"指代表着国家与权力、由城镇的知识阶级所掌控的书写文化传统"③，在红水河蚂𧊒信仰区域，这大传统的掌控者主要是指近几百年的土司阶层以及掌握了汉文与方块壮字的壮族民间精英阶层。早在北宋时期，流传龙王宝神话的纳洞村属于地州世袭罗氏土酋的管辖范围，流传英雄索吉神话的那地村是那州世袭州长官（土酋）的治所所在地。那州、地州都是当地土酋主动向北宋请求内附、表示臣服而设立的羁縻州，在明清时合并为那地州。据说，至今当地仍有人保存着那地清朝土司罗腾皋写的蚂𧊒节祭词。那地村的新街蚂𧊒亭位于原那地土司衙署建筑群中，应与官府祭祀有关。④

---

① ［英］霍布斯鲍姆：《传统的发明》，顾杭、庞冠群译，译林出版社 2004 年版，第 10 页。
② 覃金玲：《那地壮族蚂𧊒节研究》，广西民族大学硕士论文，2015 年，第 32 页。
③ 徐良高：《中国三代时期的文化大传统与小传统——以神人像类文物所反映的长江流域早期宗教信仰传统为例》，《考古》2014 年第 9 期。
④ 覃金玲：《那地壮族蚂𧊒节研究》，广西民族大学硕士论文，2015 年，第 11、23、44 页。

在中原王朝汉文化大传统的观念输出下，世代传承的蚂蚜节仪式及其叙事风格突变，神话母题展示出了明显的"忠君""报效"思想。"东林葬母"母题侧重于强调"孝"的重要性，这也是中原汉文化大传统的核心观念之一。可以看出，羁縻州统治范围下的蚂蚜节神话叙事融入了中原王朝秉承的"忠""孝"理念，大传统对于南方山地的影响可见一斑。小传统则指"代表乡村的，由乡民通过口传等方式传承的大众文化传统"①。与蚂蚜节小传统相关的神话叙事主要指"烫死蚂蚜需赔罪""蚂蚜祈雨"等母题，这类母题与壮族传统的稻作农耕生活方式联系得更为紧密，因果关系明确，具有本土的民族思维特点与文化特征，在民众之间口耳相传，流传较广。"一个区域的文化传统一旦形成，是很难被完全放弃和割裂的，即使它在政治上不能占据主导地位，但它也会作为地方文化小传统，以各种方式被传承，并发挥着某些作用。"②此外，流传在那湾村林丹炉屯的神话将蚂蚜视为壮族统领的化身，由于他们抵抗外敌入侵，被朝廷视为反叛而被杀害。这或许有历史事实的映射，亦是地方小传统与统治王朝大传统的一种抗争，甚至可能曾是"犯了统治阶级的禁例"的"地下小传统"③，故而流传不广。蚂蚜节起源神话传承的若干形态是大传统与小传统之间博弈、交错、融合的结果。

蚂蚜节起源神话根植于壮族文化，又受到中原王朝汉文化的

---

①② 徐良高：《中国三代时期的文化大传统与小传统——以神人像类文物所反映的长江流域早期宗教信仰传统为例》，《考古》2014年第9期。

③ "地下的小传统"概念来自于费孝通先生的总结，转引自徐良高：《中国三代时期的文化大传统与小传统——以神人像类文物所反映的长江流域早期宗教信仰传统为例》，《考古》2014年第9期。

浸润，产生出盘瓠型的神话异文。新的神话异文配合蚂𧊅节仪式的展演，起到了良好的效果。蚂𧊅节在土司时期曾受到重视，对于土司确立地方权威、明确社会秩序、增强区域社会的凝聚力等有着重要作用。"如果蚂𧊅节在历史上是以土司官为主祭人，以麽公为仪式的操作者这样一种祈求农业丰收、风调雨顺、五谷丰登的祭祀仪式的话，那么每年都举行这么一种仪式，土司都会以某种能标示着权力的方式进入到族群的视界里，这是一个强化认同的方式，也是彰显自己合法性的方式。"[①] 如今的蚂𧊅节依然对村寨有着巨大的影响力，其起源神话也在文化传统中得到新的发展。以笔者调查的纳洞村蚂𧊅节为例，龙王宝的威名家喻户晓。仪式期间，人们在布麽的带领下有秩序地分工合作，完成蚂𧊅亭的修建，进行寻蛙、祭蛙及葬蛙等仪式步骤，演出龙王宝的传奇经历，敲铜鼓、唱山歌、吃五色糯米饭和彩蛋，接待村寨外的来客。村落中的个体在如此大型仪式活动中找到了集体的认同与依附感，有益于村寨的团结与内部和谐。

作者简介：李斯颖，女，壮族，广西上林人。中国社会科学院民
　　　　　族文学研究所副研究员，研究方向：壮族民间文学、
　　　　　民俗学。

---

① 覃金玲:《那地壮族蚂𧊅节研究》，广西民族大学硕士论文，2015年，第41页。

地方社会中的盘瓠祭
——基于湖南麻阳漫水村的田野调查

张青仁

盘瓠崇拜流传于我国南方多个少数民族地区。既有的盘瓠研究多将其视为族群信仰,认为流传于瑶、畲和部分苗族的盘瓠传说是族群记忆表达,盘瓠祭是族群象征的仪式性展演,进而将盘瓠信仰固化为特定区域民族的集体信仰。[①] 被建构为族群象征的盘瓠祭研究更多关注于盘瓠祭的信仰与仪式本身,忽视对承载传统的民众的关注。在这一理念下,作为族群象征的盘瓠祭成为区域民族民众的集体信仰,在区域、个体内部并没有呈现出张力性的特征。就此而言,当前学界对于盘瓠信仰的研究存在着均质化、族群化与普泛化的现象。

这一研究范式是民俗学研究"事项"范式的遗留,即关注于俗的分析,将民俗从民众的日常生活中抽离,然当下的民俗学研

[①] 参见万建中:《传说记忆与族群认同——以盘瓠传说为考察对象》,《广西民族学院学报》2004 年第 1 期;彭兆荣:《瑶汉盘瓠神话——仪式叙事中的"历史记忆"》《广西民族学院学报》2003 年第 1 期等。

究出现了整体研究的转向,强调在由"时间、空间、传承人、受众、表演情境、社会结构、文化传统"[①]构成的语境中对其进行分析,将关注重心由事象的民俗转移到信众本身,呈现出"民之俗"到"俗之民"的转换。立足于民本身,强调整体研究的视角对深化当前盘瓠信仰的研究无疑更为本土化、纵深化和立体化。另一方面,当前的宗教人类学研究也出现立足于地方社会语境,关注于信众信仰的过程而非信念教义的转换。[②] 基于这一思考,本文选择以盘瓠信仰流传的麻阳苗族自治县为田野点,在对麻阳地方社会语境分析的基础上,对当地民众的盘瓠信仰实践进行分析,并在此基础上,审视盘瓠信仰之于当地民众和地方社会的意义所在。

一、麻阳盘瓠祭概况

麻阳苗族自治县,位于湖南省西部,东连辰溪县,南临怀化市鹤城区、芷江侗族自治县,西与贵州省铜仁市交界,北与湘西自治州凤凰县、泸溪县接壤。锦江河纵贯其中,境内居住着苗、汉、土家、侗、布依、瑶、回等15个民族,其中苗族人口占79%,素有"苗疆要冲"、"湘西门户"和"武陵码头"之称。

麻阳有着浓厚的盘瓠信仰的传统,当地的盘瓠信仰以县城高

[①] 刘晓春:《从"民俗"到"语境中的民俗"——中国民俗学研究的范式转换》,《民俗研究》2009 年第 2 期。

[②] Adam Yuet Chau, *Miraculous Response: Doing Popular Religion in Contemporary China*, Stanford University Press, 2006.

村镇漫水村为核心,锦江河沿岸的高村镇、兰里镇、和平溪乡、绿溪口乡、隆家堡乡、江口墟镇、长潭乡、锦和镇、郭公坪乡、尧市乡等11个乡镇均有分布,辐射麻阳境内所有村寨。

《后汉书·南蛮列传》载:

昔高辛氏有犬戎之寇,帝患其侵暴而征伐不克,乃访募天下有能得犬戎之将吴将军头者,赐黄金千镒、邑万家,又妻以少女。时帝有畜狗,其毛五色,名曰槃瓠。下令之后,槃瓠遂衔头造阙下,群臣怪而诊之,乃吴将军首也……帝不得已乃以女配槃瓠。槃瓠得女负而走入南山,止石室中,所处险绝,人迹不至。经三年,生子一十二人,六男六女,槃瓠死后因自相夫妻……其后滋蔓,号曰蛮夷,今长沙、武陵蛮是也。①

图1 旧殿盘瓠灵位(张青仁摄)

图2 旧殿正门图腾(张青仁摄)

作为武陵蛮的组成,麻阳当地流传的"龙犬娶公主"、"龙犬

---

① 范晔:《后汉书》,岳麓书社2008年版,第1036页。

图 3 旧殿正门外椎猪槽（张青仁摄）

图 4 旧殿正门外椎猪石凳（张青仁摄）

化人形"等盘瓠传说与上述的记载并无太大差异。目前，麻阳当地的盘瓠庙及其遗址 18 处，分布于麻阳境内锦江河沿岸 11 个乡镇。高村镇漫水村的盘瓠庙历史最为悠久，保存也最为完整。漫水盘瓠庙始建于明永乐二年（公元 1404 年），最早在村四星塘。光绪十七年，漫水盘瓠庙迁现址。现庙坐北朝南，面积 102 平方米，共有两间。东面与北面是鳌头式风火砖墙。东间为正堂，堂正面内墙壁建宝台，宝台正中竖有"本祭盘瓠大王""本祭新息大王""本祭四官大王"三块石碑，宝台上空安放一对金光闪闪的龙头。宝台前有石供台，用于摆放祭品。供桌前及左右两边空地用于祭祖唱龙歌人员排队作揖。西间用于打锣击鼓和观众助热闹及用餐。殿前照面枋上有一块扇形的木刻浮雕图案，图案左正中刻有一龙头、狗耳、牛身、狗尾（上翘）、虎爪、麒麟形状的"龙犬"。"龙犬"右顾立在一块呈山洞形的岩石上，"龙犬"左上方飞舞四只蝙蝠。盘瓠庙正屋前的东面安放一个杀猪的石槽盆，盆旁立有石凳一张。

1957 年前，盘瓠庙的东西两侧各建一栋长 30 米、宽 3 米的鳌头式龙舟寮，杉木屋架，青瓦盖顶，四周雕有龙凤、蝙蝠，船头船尾安有龙头龙尾。盘瓠庙与龙舟寮，成为附近苗民逢年过节、红白喜事、为驱邪恶、求吉利等而趋之若鹜的祭拜之处。文革"破四旧"时，两栋盘瓠龙舟寮及龙舟被捣毁，10余亩活动场地被民宅占用，幸存的盘瓠庙被用作生产队仓库。1981年土地承包到户时，漫水村清理仓库，恢复了古庙。1992年农历五月，漫水群众高唱龙歌、击鼓祭祖。麻阳盘瓠祭逐渐得到恢复。

二、当代的盘瓠祭——漫水田姓宗族的仪式实践

学界对麻阳盘瓠信仰的研究常将其等同于麻阳苗族的共同信仰[1]，然而在当下，盘瓠信仰在麻阳的分布呈现出与特定宗族紧密融合的特征。对此，可以通过对盘瓠祭的仪式过程和仪式主体的分析进行论证。《根源歌》(又名《路程记》)是麻阳盘瓠祭祀时必须演唱的仪式歌，讲述的是盘瓠信仰如何传入麻阳的过程。

根源歌

且消停来慢消停，漫漫消停将歌吟。
别人划船端阳节，漫水划船有根本。
大王原居辰州府，沅陵县内有家门。
庙殿竖在木官上，赫赫威灵多显位。
沅陵已居数百载，神心一动往上行。

---

[1] 石宗仁：《怀化麻阳城步盘瓠文化遗存比较研究》，《怀化师专学报》1992年第2期；赵海洲：《麻阳县苗族盘瓠文化的特点》，《民族论坛》1990年第3期。

腾云驾雾往上走,路过新营歇凉亭。
庙湾竖起龙王殿,龚王二姓做祖神。
新营休息已过后,即刻驾云又动身。
路过麻伊又下马,麻伊停了一时发。
立即驾云又动身,袁郊就在面前存。
大王云端来观看,袁郊坪上闹沉沉。
即将云端来踩下,袁郊坪上又歇停。
袁郊建修龙王庙,张族大众喜盈盈。
三座大王来商议,离开此地又动身。
腾云驾雾往上走,眼前就是岩角坪。
即将云端来踩下,岩角坪上住了停。
岩角坪上一大族,全部都是姓文人。
岩角禅林立庙宇,龙船寮在土碗坪。
文族年年把船划,初一十一祭祖神。
文姓已祭数余载,慢慢冷淡三座神。
当初田姓土地广,生产不离土碗坪。
长池庵下有块地,每年棉花有一坪。
五黄六月去锄草,龙船寮梁一书本。
爬上寮梁将书取,折开一看是歌文。
大家开口把歌唱,你一首来我一声。
一人唱三三唱九,唱得大王喜在心。
以后文姓人稀少,要来田姓做祖神。

《根源歌》所述,盘瓠信仰中的三座大王(盘瓠大王、新息大王、四官大王)原住在辰州府的沅陵县木官上,后来溯辰水进入麻阳，先在兰里镇新营停留。兰里当地的龚、王二姓建了祖庙；此后，三座大王又继续上行，在麻伊口安了神位；再上行，张姓在绿溪口乡沉郊建"龙王殿"；此后，文姓在岩角坪建庙祭祀数百载，渐渐冷落。文姓族人龙船寮建在漫水田姓棉花地旁，田姓农人耕作休息，发现龙船寮梁顶的龙歌书，拿来传唱，感动盘瓠神，于是最终落址漫水。从《根源歌》中可以看出，盘瓠信仰传入麻阳，并非是作为一种"整体信仰"的集体传入，而是依托不同村落的宗族势力，实现在不同区域的传播。此外，传入当地宗族的盘瓠信仰并不具备持久性的特征，因为诸多原因，许多宗族的民众对盘瓠信仰逐渐冷却。最终，漫水村的田姓将盘瓠视为祖神，在村里修建了盘瓠庙，并开始供奉三座大王。

漫水村成为盘瓠祭祀依托的村落空间，而田姓宗族成为这一仪式活动的唯一主体。漫水村的盘瓠祭主要包括盘瓠祭祀和赛龙舟。围绕着赛龙舟，漫水村形成了上下两个"龙船会"组织，而这两个组织代表的是田姓宗族的两个房支，其成员均是由田姓宗族构成。盘瓠祭的负责人也均出自田姓宗族，漫水村流传下来的盘瓠祭祀负责人的传承系谱图也从侧面佐证了这一观点：

代别	姓名	性别	出生年月	文化程度	传承方式	学艺时间	居住地址	备注
一代	田庆玉	男	1807	小学	族传	不详	漫水四房宜	已故
	田庆明	男	1811	小学	族传	不详	漫水四房宜	已故
二代	田庆文	男	1839	小学	族传	不详	漫水四房宜	已故
	田继达	男	1828	文盲	族传	不详	漫水尧上宜	已故
三代	田光发	男	1863	小学	族传	1885	漫水四房宜	已故
	田光藤	男	1862	中学	族传	1885	漫水尧上宜	已故

续表

代别	姓名	性别	出生年月	文化程度	传承方式	学艺时间	居住地址	备注
四代	田达晨	男	1894	中学	族传	1906	漫水四房宜	已故
	田恩召	男	1888	中学	族传	1906	漫水四房宜	已故
五代	田云科	男	1915	小学	族传	1938	漫水尧上宜	已故
	田连桂	男	1922	小学	族传	1938	漫水四房宜	健在

除了在漫水村居住的田姓宗族外，外嫁的田姓宗族的女儿、女婿也必须在盘瓠祭举办时回到村庄，共同祭祀。当地传说，最初漫水村田姓宗族供奉起盘瓠后，田姓宗族突然集体染病，整个宗族危在旦夕。邻村的亲友纷纷避之不及，唯有田姓宗族的郎女①冒着生命危险前去探望。田姓郎女四处寻医，但无方可解。百般焦虑之中，突然有病人开口说话。病人自称是三座大王神，要求田姓宗族划龙船才能够痊愈。田家人的郎女集会弄来花船。病人上船后，最终得以恢复。此后，田家人便形成了这样的传统，即在举行盘瓠祭时，除了主持仪式的田姓宗族外，田家人的郎女也必须在祭期举办时候回到漫水，参与盘瓠祭。

三、当代盘瓠祭混合主义的仪式形态

（一）盘瓠祭的仪式过程

在漫水村，每年五月都会举办盘瓠祭，这一祭祀从五月初一开始，一直持续到五月十七结束。整个仪式过程包括开神门、私

---

① 麻阳方言，女儿、女婿的意思。

祭、公祭、参神、竞渡和回神六个部分。

开神门是整个盘瓠祭的开始。五月初一，田姓宗族主祭的"五老"四更起床，在家生旺火、饮三杯清茶后，穿起青衣长衫，头包笋壳丝帕，做好盘瓠祭的准备。五更天，鸣第一遍锣，召集百十个参加祭祀的男子。卯时，开盘瓠庙门，燃火把照亮庙堂，禁声，首司掐诀讨答（卦），众人合力就庙中石槽盆、石凳杀猪一头。鸣第二遍锣，上五供，敬36盅酒，参拜祖神数遍后，歌手成二纵队排列两边。大鼓、大锣、大号齐鸣，炮竹声中敞开大门，首司五老同唱《开神门歌》：

开神门歌

五月初一开神门，开而不开见得真。
当初不是凡间马，我是三座大王神。
只有吾王神通广，赫赫威灵多显应。
三尊灵官当庭坐，牙齿如雪白如银。
今朝打动锣和鼓，惊动沿河两岸神。
只有吾王神通广，赫赫威灵多显应。
今天神门开动了，要到各地去参神。
大王请在花船上，子孙个个上船行。
第一要到通灵溪，朝参伏波大王神。
第二要到尧里去，古竹坪上有尊神。
第三要下神潭湾，朝参田家巷内神。
第四要到袁郊坪，张族庙内去参神。
第五要到新营去，朝参龚王庙内神。
各地神灵一齐参，参神不到神相请。

子孙参神有差错，赦在高山免在坪。
今将歌言结下尾，十一请神上船行。

此后，众人接着唱《根源歌》，讲述田姓宗族祭祀盘瓠的由来。歌毕，由等候的各家各户给盘王敬酒，放鞭炮。下午五点，摆上10余桌酒宴，田家人欢聚一堂，整个请神仪式才告一段落。

五月初二到初十是当地民众即附近村民个体祭盘瓠的日子。这段时间并没有太多的祭祀规矩，信奉盘瓠的民众来到盘瓠殿，祈福还愿。捐献善款。

五月十一是村寨集中公祭日。当天早上，主祭司"五老"四更起床，家生旺火，饮三杯清茶后，穿起青衣长衫，头包笋壳丝帕。五更天后，鸣第一遍锣，召集所有参加祭祀族人。卯时，开盘瓠庙门，燃火把照亮庙堂，禁声，首司掐诀讨答（卦），男子合力就庙中石槽盆、石凳杀猪两头。接着举行拜神、游神和请神三项仪式。拜神时，先鸣第二遍锣，众人将解剖后的两头全猪摆上贡桌，上五供，敬36盅酒。参拜祖神后，歌手们分为二纵队排列两边，大鼓、大锣和大号齐鸣，炮竹声中敞开大门，首司五老同唱《敬寿歌》：

敬寿歌

大王诞生高辛时，来到漫水永乐春。
永乐二年来到此，代代相传到如今。
男女老少来庆祝，祝贺神寿万万春。
男女老少庆生日，祝贺神寿万万春。
桌上有斋又有荤，清茶清酒神甘领。

点烛装香把纸化，男女老少拜神灵。
一拜神寿万万春，保佑人民无灾星。
二拜神寿万万春，保佑生产五谷登。
三拜神寿万万春，保佑六畜无瘟病。
四拜庙堂众神灵，保佑大众无病生。
八十公公来拜寿，五脏调和血肤匀。
八十婆婆来拜寿，头发白了又转青。
中年男子来拜寿，身强力壮有精神。
中年妇女来拜寿，保佑儿孙不生病。
少年妇女来拜寿，幼男细女养成人。
读书之人来拜寿，手拿纸笔跳龙门。
小小姑娘来拜寿，读书绣花多聪明。
若有难事做不到，请神原谅众子孙。
今日拜寿一过后，家家户户事事兴。

拜神后，鼓锣号鸣，五老端着三大王牌位，手拿香把，领队前行。后面依次是4人抬盘瓠神像，8人支大号、120人划旱龙舟、24人舞龙灯、12人舞草龙灯、30面大旗、4面大鼓。整个队伍在漫水村内游神，意在请盘瓠大王游观后代子孙的村庄，乞求祖神保佑。游神完毕后，队伍回庙侧龙舟寮集合，在两只龙舟前头共同中餐，吃庖汤稀饭。

下午休息后，众人在龙舟寮前设贡桌，五老叩拜两只龙舟，掐诀请神（请龙舟下水），胜筶（阴阳卦）到手，扬头、掌艄、锣手、鼓手上船到位，200划手围扶两只龙舟两侧。五老高唱《请神歌》：

请神歌

请神三杯上马酒,子孙今日来请神。
今日请神花船上,要到水上去观景。
三座大王神通广,名扬四海多显应。
手拿酒壶把酒敬,奉劝大王把酒饮。
大王呷了三杯酒,保佑子孙事事顺。

歌毕,锣鼓喧天,众人将船抬下水,将龙头龙尾装好,蜈蚣旗插上,划手在船上坐好,五老《龙歌》又起:

龙歌

请神三杯上马酒,子孙今日来请神。
今日请神花船上,要到水上去观景。

图 5　盘瓠龙舟龙头(张青仁摄)

三座大王神通广，名扬四海多显灵。
手拿酒壶把酒敬，奉劝大王把酒饮。
一杯酒来酒又清，三座大王一同饮。
大王呷了一杯酒，保佑花船事事顺。
二杯酒来酒又红，奉劝大王把酒用。
大王呷了二杯酒，名扬四海显威风。
三杯酒来酒又甜，奉劝大王把酒干。
大王呷了三杯酒，保佑子孙都平安。
大王请在花船上，盘瓠子孙一同行。
三座大王水上游，要到各地去参神。
别人划船端阳节，漫水划船祭龙神。
子孙人人把礼行，大喊三声上船行。
今日子孙来拜请，拜请大王水上行。
大王请在龙船上，子孙一同上船行。

歌毕，鞭炮、锣鼓齐响，两只祭祀盘瓠的水龙舟（俗称"花船"）平头划向江中。此后，在锦江河中水流平坦的龙船潭里划船上下八趟后，船靠岸，全村共享晚餐会，当天晚餐最少50桌，参加人员包括外乡、外县的和本地参加活动的乡民。

五月十二至十四是参神期，为水上龙舟参拜临近神庙神灵日期。参神日期间，每天卯时，首司虔诚讨筶。早饭后，鸣炮开船，田家人携带香纸，沿河参拜临近数十里水路的庙宇庵堂及神灵。凡盘瓠曾落脚驻留或建有盘瓠庙的地方，必全体下船进庙上供敬奉，齐唱《根源歌》，缅怀祖神公德，所在村民也必杀猪设宴招待聚餐。参拜锦江支流尧里河神祇时，唱《高村八大景》：

高村八大景

且消听来慢消听，慢慢消听将歌论。
漫水龙船下江游，感谢尊亲来接神。
炮火连天接龙神，金纸银钱用火焚。
我把贵地说分明，自古贵地叫高村。
高村坐起是鱼形，四周生成八大景。
岩角浮石水烟村，神潭应月照禅林。
梅水桥屋飞檐挺，西溪托月鱼翅村。
出富出贵代代有，沿河麻阳有贤人。
尊亲坐在鱼形地，子孙代代好能人。
尊亲敬神一过后，家也发来人也兴。
船上打动锣和鼓，感谢尊亲动了身。

遇伏波庙（祀东汉伏波将军马援）或道、佛等诸神庙宇及神灵遗址，船不上岸，但须在相距参神处200米时，就紧锣密鼓，船头的8对桡子指空竖立，扬头对参拜处翻跟斗，双脚落地后，八名划手丢钱纸于河中，余人禁声，法式作完，齐喝"划！"，锣鼓齐鸣，划往下处参神。

参神途中，锦江两岸的苗民在河边码头设贡桌，摆几百个粽子粑粑和香烟、鞭炮，备两面大蜈蚣旗，按照自己需求制作求子、求财、求平安、求好年成等内容的信旗，恭立河岸迎接盘瓠龙舟，俗称"接茶"。为酬谢主家，龙舟歌手根据信人所求，选择歌词，回唱《谢茶歌》：

谢茶歌

且消听来慢消听,慢慢消听将歌论。
今日尊亲接龙神,金纸银钱用火焚。
饮酒须说酒中事,吃茶须说茶根本。
皇后娘娘身染病,吃尽仙丹药不灵。
太白金星来指引,皇王得梦不非轻。
传说山中有瑞草,救得人来敬得神。
神农陈团上山去,口试山茶果是真。
娘娘得了山茶吃,十分病患减九分。
年老之人得茶吃,五脏调和血脉匀。
做工之人得茶吃,身强力壮有精神。
读书之人得茶吃,手拿纸笔跳龙门。
幼男细女得茶吃,易养成人无灾星。
茶的根本由此起,依古流传到如今。
我神吃了尊亲茶,保佑尊亲事事兴。
船上打动锣和鼓,谢谢尊亲动了身。
我神呷了尊亲茶,保佑尊亲事事兴。
船上打动锣和鼓,谢谢尊亲动了身。

接茶人求子,要回唱《求子谢茶歌》:

求子谢茶歌

且消听来慢消听,慢慢消听将歌论。
大王下江来观景,今日尊亲接龙神。
炮火震天闹沉沉,金纸银钱用火焚。

尊亲接神为求子，大王送你龙子孙。
龙子龙孙送尊亲，长大国家栋梁臣。
一保国家和人民，二来尊亲接香灯。
尊亲儿子好人才，祖宗光荣好名声。
冒得好言来相谢，满腹经纶莫弄心。
船上打动锣和鼓，谢了尊亲水上行。

如接茶人求祛病，则回唱《病茶歌》：

病茶歌

且消听来慢消听，慢慢消听将歌论。
漫水龙船下江游，尊亲今日接龙神。
尊神接神为生病，特别今日谢龙神。
桌上摆起斋贡果，三杯清茶谢龙恩。
尊亲敬神神甘领，保佑尊亲免灾星。
保佑尊亲身健康，五脏调和血脉匀。
尊亲诚心谢龙神，保佑尊亲全家人。
保佑生产五谷登，六畜兴旺事事兴。
船上打动锣和鼓，谢谢尊亲动了身。

接茶时，岸上男女老少争相以事先准备的麻纤交换船上麻纤制成的"龙须"，传说"龙须"戴在脖子或手上，能够免灾。也有很多人抱小孩上龙船仓里洗澡，传说能够不生疮，接喝船首龙头倒下的"龙涎"，传说可治肠胃病。

农历五月十五至十六，为龙舟竞渡锦江河中龙船潭的日期。

竞渡期间，邻近每个村寨出一只龙舟，齐集龙船潭竞技。竞渡前，所有水手都须持桡参拜盘瓠庙，龙舟集体面向盘瓠庙方向鸣炮示意。两只盘瓠龙舟则游而不竞，其他龙舟也可与其相戏，但盘瓠龙舟绝对不能获胜，否则是对坐"花船"观光的盘瓠神的不敬。竞渡日，锦江两岸遍插五色蜈蚣旗，盘瓠祭祀坪蜡染幡旗林立，如潮观众云涌而致，大端午盛会达到高潮。

农历五月十七，是请盘瓠神回归神位的日子。当天也要举行抢神、扫瘟神和回神三项仪式。上午10点，两只盘瓠龙舟划到距离盘瓠庙左近接龙亭。先由首司五老将猪头、五贡及香宴在接龙亭摆好，亭子两边插蜈蚣旗八面，大锣、大鼓、大号、鞭炮齐全。五老在接龙亭掐祖师诀法式，两只龙舟在对岸用绳子连紧并齐。待双方扬头把香纸烧完，鞭炮一响后，两只船分开，齐向接龙亭奋进，接龙亭的鼓、锣、号、鞭炮齐鸣，至两船拢岸方止。五老用稻草量船，哪只船居前3寸，就预示着该船划手多发一房人。

据传，倒划盘瓠龙舟能扫除瘟病。因此，每年龙舟上岸前都要划扫瘟船。抢神仪式完毕后，两只龙舟头向上游、尾朝下游排齐，艄橹横放船尾，扬头翻倒跟头，首司手掐八卦诀，口念咒语，划手面对船尾，边划边吆喝，直到龙船碰头。众划手立船上唱《扫瘟歌》：

扫瘟歌

天瘟地瘟神赶去，天财地保送子孙。
麻衣孝服神赶去，百年长寿送子孙。
麻瘟痘子神赶去，贵子兰孙送子孙。

六畜瘟病神赶去，猪鹅鸡鸭送子孙。
蝗虫病害神赶去，五谷丰登送子孙。
天瘟赶到天堂去，地瘟赶到地府门。
一切瘟疫神赶去，风调雨顺家家兴。

第三项是请神回庙。倒划船后，两只盘瓠龙舟一拢岸，几百人即将船抬进龙舟寮。所有划手集中盘瓠庙内，祭祀的族人将准备好的香、纸一一焚烧，待大堆的纸、大把的香烧得最旺时，五老高唱《请神回庙歌》：

请神回庙歌
请神三杯上马酒，请回下马酒三巡。
今日请神庙堂内，各坐各位受香灯。
桌上有斋又有肉，清茶清酒敬神灵。
三柱宝香来拜神，大王保佑众子孙。
三杯清酒大王饮，饮过三杯掌乾坤。
大王坐在庙堂内，日管阳来夜管阴。
今日划船一过后，风调雨顺民泰平。

此后，田姓族人再次聚餐，酒足饭饱之后，整个仪式才宣告结束。

（二）混合主义的文化形式

无论是从祭祀的时间、仪式主体和仪式过程来看，麻阳盘瓠祭都深受端午节传统的影响。麻阳盘瓠祭期是农历五月初一至十七，在时间点上涵盖了汉族的端午节。另一方面，麻阳盘瓠祭起

源的传说显示着龙舟禳灾是其节日的重要主题,这也正是端午节的节日主题之一。江绍原在《端午竞渡本意考》中曾对此进行考证:

> 聘巫师亮船,举火发船,慎择头人,船人顶佩厌胜之物,临赛掷桃符兵罐,专船供给酒饭以及最后一二日之"送标"、烧纸船,皆是。我们若细看这些举动的性质,再参以竞渡意在禳灾之"俗说",则此时之动机大明,其与屈原无关也不问可知……所以我们相信竞渡实与屈原无涉,它本是古时人群用法术处理的一种公共卫生事业。①

横跨超过半个月的禳灾、龙舟竞渡习俗不仅只出现在麻阳,临近的湖北不少地方也有类似的习俗。端午节包括五月初五的"小端阳"和五月十五的"大端阳",整个端午节期的庆祝活动持续至五月十七。清湖北《武昌县志》记载:

> "端阳"悬蒲艾,食角黍,泛雄黄酒,系彩辟恶。近水居民竞龙舟。舟绘黄、红、青三色,沿岸分曹,以角胜负,或饷以酒食,胜者得之,曰"夺标"。十七日,有纸舫祈神之会,小儿女悉赴瘟司庙上枷。次日,庙神出游,舁者盛饰,去帽簪五色花,沿街拽茅船,谓之"逐疫"。俗谓初五日为"小端阳",十五日为"大端阳"。②

---

① 江绍原:《江绍原民俗学论集》,上海文艺出版社1998年版,第210—212页。
② 转引自丁世良、赵放主编:《中国地方志民俗资料汇编·第6册》,国家图书馆出版社2014年版,第382页。

与汉族地区端午节日传统不同的是，麻阳盘瓠祭祭拜的是盘瓠这一有着浓厚区域性特征的神祇。在当地，虽然没有流传盘瓠与辛女结合生子女及其后裔的传说，但是在漫水村，人们普遍却将盘瓠视为自己的祖先。在前述的仪式歌的操练环节中，在每一段歌结束前，祭祀的男人们都要拖着长长的腔调，大声地叫喊着""爷——！老祖爷！""在当地，老祖爷在当地有着"开山始祖"的寓意，称呼其为老祖爷，显然受到了盘瓠辛女神话创世生人的影响。另一方面，祖爷这一称谓明显有着宗族崇拜的意味，由田家人的龙船会、田家人的郎女构成的仪式主体也在不断凸显着盘瓠祭本身所具有的宗族属性。正是这种宗族文化的渗透下，赋予了麻阳盘瓠祭混合主义的文化特征。

混合主义本意是指来自不同传统的文化元素融合的现象。麻阳盘瓠祭的仪式实践，一方面强烈地受到了汉族端午节文化传统的影响，在节日形态、节日主体上呈现出与后者叠合的特征，同时也体现出宗族力量的强势介入，在田姓宗族的渗透下，田姓宗族成为唯一的仪式主体，而盘瓠祭也成为田姓宗族团聚的节日。当然，盘瓠这一名称以及盘瓠作为始祖神特征的确立也在一定程度上显示着麻阳盘瓠祭本身所具有的民族地域的特征。正是这种多重文化的复合，形塑了麻阳盘瓠祭多重的文化寓意。

麻阳盘瓠祭之所以呈现出混合主义的文化特征，其根源在于麻阳的地理位置。从地理空间来看，地势平坦的麻阳位于湘西苗区的最外围地带，自古以来便被称为"苗疆前哨"。县域内的锦江河更是铜仁苗族、湘西凤凰等地的苗族下洞庭的重要水路。麻阳民众以此为生，麻阳水手享誉整个洞庭，其活动范围甚至远到武汉。苗汉中介的地位与角色使得麻阳文化较大地受到了汉族文化的影响，作为民族地域崇拜的盘瓠祭也呈现出了混合主义的特征。

四、地方社会中盘瓠祭象征属性的多元叠合

作为一种地方性的文化实践，盘瓠祭的仪式过程与仪式空间是对地方社会中所有的群体开放的；另一方面，作为一种权力的文化网络，盘瓠祭又为地方社会中的多元权力主体所觊觎。内与外的双重因素使得盘瓠祭超越了单纯意义上的仪式实践，在麻阳这一地方社会中具备着多重的象征属性。

盘瓠信仰最早是沿着锦江河自下而上传入麻阳的。锦江河是麻阳人民赖以依存的母亲河，是以一种流域的形式整合麻阳地方社会的天然纽带。然而，仅靠自然纽带的维系，地方社会的认同感和整体感显然是欠缺的。就这一角度而言，以流域为依托的盘瓠信仰在起到了文化层次上整合的意义。从最为下游的吕家坪到最为上游的郭公坪，沿河分布的18座盘瓠庙以一种可见的象征形式实现着对于锦江流域的麻阳地方社会的整合，并通过每年举办的盘瓠祭，以相互参神、敬拜的方式，通过仪式性的实践进一步强化着地方社会的认同。因此，在传统社会，锦江流域的盘瓠信仰是以一种文化形式实现对地方社会的整合，是生活在锦江沿岸的民众以一种仪式实践的方式实现对地方社会的整合与区域社会认同的生成，进而实现锦江流域"人—自然—社会"一体关系的建构。

随着近代以来盘瓠信仰在锦江流域的衰微，盘瓠祭逐渐为漫水村的田姓宗族所掌握。田姓宗族通过对于盘瓠祭的操控，将原本作为流域文明象征的盘瓠祭演变为田姓宗族的仪式。田家人举

图 6　新殿盘瓠灵位(张青仁摄)

办、田家人郎女必须回村的盘瓠祭,强化的是田姓宗族的认同,表达的是田姓宗族对于漫水村的空间感觉结构。这并不意味着盘瓠祭象征属性的彻底内缩。"沿河参神"这一仪式实践显示着盘瓠信仰作为流域整合的象征属性仍然在一定程度上得到了保留,这也为盘瓠信仰在当代的区域化传播打下了基础。

建国以后,地处熟苗区的麻阳被定义为汉族县。20世纪80年代以来,麻阳民众要求恢复苗族身份的呼声日益高涨。虽然在心理层面上麻阳民众仍然保留着强烈的苗族认同,但不得不承认的是,在建国后的政治运动以及现代化的冲击下,麻阳苗族已经丧失了作为民族身份的文化标识。在这一情形下,作为区域社会标志性文化的盘瓠祭开始为地方政府所重视。原本已经演变为宗族象征的盘瓠祭在麻阳县政府的力推下成为麻阳苗族身份的标识,通过政府的宣传普及,盘瓠祭作为苗族标识的象征属性的认知得到了麻阳民众的认同，进而标志着其在事实层面上已经转化成为麻阳地方社会整合的象征，这也正是对传统社会盘瓠祭流域整合象征属性的恢复。

虽然在认同层面上接受了盘瓠祭苗族象征的属性，但在普通民众的日常生活中，盘瓠祭更是一个"过"的节日。无论是从节日时间还是节日内容上来说，盘瓠祭都表现出与端午极为相似的特征。另一方面，近年来国家对于传统节日的大力提倡更加强化了麻阳民众对于端午的认知。在这样一种背景下，原本就呈现出混合主义文化特征的盘瓠祭在民众的日常生活中更呈现出多元的色彩。

五、结语

盘瓠祭并非是整齐的族群象征。在麻阳地方社会中，盘瓠祭有着多层次的象征属性。在传统社会中，盘瓠祭是锦江流域村落整合的纽带，是以象征的形式实现对锦江流域麻阳地方社会的整合。随着盘瓠信仰的衰微，盘瓠祭内缩为田姓宗族的象征。20世纪80年代以来，在恢复苗族身份的呼声下，原本已经内缩为宗族象征的盘瓠祭在国家权力建构下重新被打造成为苗族身份的标识。对于普通民众而言，与端午节融合的盘瓠祭更是一个有着强烈混合主义色彩的节日。

盘瓠祭在麻阳地方社会多重面向形成的根源在于其作为仪式实践所具备的公共象征资源的属性，这一属性使其成为一个朝向所有的权力主体开放的场域。进而，包括国家、宗族、普通民众在内的多元主体以集体的、各自的方式，通过对于盘瓠祭的参与获得公共空间、社会权力和文化资本,由此形成了盘瓠祭在麻阳地方社会中宗族的、苗族的、国家的多元象征,进而呈现出地方社会仪式活动的多元性特征。

本文系 2015 年文化部文化艺术科学研究项目《少数民族节日的现代转型类型与典型案例研究》(15DH67)阶段性成果。

作者简介:张青仁,男,苗族,湖南麻阳人。中央民族大学世界民族学人类学研究中心副教授,研究方向:民俗学,海外民族志。

盘瓠神话的当下意义

盘瓠神话：选择性历史记忆？

陈金文

盘瓠神话最早见于东汉应劭的《风俗通义》，继应劭之后，又见于东晋郭璞的《〈山海经·海内北经〉注》《玄中记》、干宝的《晋纪》《搜神记》、南朝宋人范晔的《后汉书·南蛮列传》等。学界一般认为，盘瓠神话之记载始于《风俗通义》，详于《搜神记》，完成于《后汉书》，然后，流行于后世。

盘瓠神话既为多种历史文献所记载，又一直在瑶、苗、畲民族民众中代代传承，故而，一直很受学界关注，仅从上个世纪八十年代以来，公开发表的相关研究论文就有上百篇之多。这些研究论文或探讨盘瓠神话的史料价值，如徐华龙的《盘瓠神话的历史和文化价值》[1]、刘亚虎的《盘瓠神话的历史价值及其在武陵的源起与流传》[2]、吴晓东的《盘瓠神话：楚与卢戎的一场战

---

[1] 徐华龙：《盘瓠神话的历史和文化价值》，《民间文学论坛》1991第1期。
[2] 刘亚虎：《盘瓠神话的历史价值及其在武陵的源起与流传》，《三峡论坛》2014第6期。

争》[1]、张佳的《南蛮民族盘瓠传说史料考》[2]等；或探讨瑶、苗、畲民族民间信仰与盘瓠神话的关系，如孟慧英的《盘瓠神话与畲族的盘瓠信仰》[3]、李本高的《瑶族盘瓠崇拜内涵论》[4]、冯智明的《瑶族盘瓠神话及其崇拜流变》[5]等；或考察盘瓠神话与盘古神话之间关系，如姚宝瑄的《盘古、盘瓠神话源于昆仑神话考》[6]、彭官章的《盘古即盘瓠说质疑》[7]、高峰的《论盘古与盘瓠》[8]等；也有人探讨盘瓠神话与瑶、苗、畲民族民俗的关系，如邱国珍的《畲族的"盘瓠"形象的民俗学解读》[9]、刘绪义的《盘瓠神话与民俗的传承流变》[10]等，总之，盘瓠神话是学术界研究的一个热点，相关成果非常丰富。

本人也曾涉足盘瓠神话的研究，一度提出过"盘瓠神话与葫

---

[1] 吴晓东：《盘瓠神话：楚与卢戎的一场战争》，《民族文学研究》2000年第4期。
[2] 张佳：《南蛮民族盘瓠传说史料考》，《贵族民族研究》2016年第2期。
[3] 孟慧英：《盘瓠神话与畲族的盘瓠信仰》，《民族文学研究》1990年第2期。
[4] 李本高：《瑶族盘瓠崇拜内涵论》，《民族论坛》1993年第1期。
[5] 冯智明：《瑶族盘瓠神话及其崇拜流变》，《文化遗产》2014年第1期。
[6] 姚宝瑄：《盘古、盘瓠神话源于昆仑神话考》，《西北民族学院学报》1988年第1期。
[7] 彭官章：《盘古即盘瓠说质疑》，《广西民族研究》1988年第2期。
[8] 高峰：《论盘古与盘瓠》，《榆林学院学报》2004年第2期。
[9] 邱国珍：《畲族的"盘瓠"形象的民俗学解读》，《广西民族学院学报》2003年第6期。
[10] 刘绪义：《盘瓠神话与民俗的传承流变》，《湖南师范大学社会科学学报》2005年第2期。

芦图腾无关"的观点。① 今本人不揣浅陋，在借鉴以往学界研究成果的基础上，再就盘瓠神话的历史性问题发表一点拙见。

　　神话、传说与历史究竟是什么关系，学界虽一直有不同看法，却很少有人彻底否定它们的历史价值。顾颉刚虽然疑古，但也不否认神话在历史研究中的作用，他曾说："《山海经》是中国最古的一本地理书……书里面谈到哪个山上有什么神，祭山要用什么祭品等等，对研究古代史非常有用。在封建社会里，旧有的神话变形成为历史，人们不了解神话在原始社会里的地位，就把《山海经》看作一部荒诞无稽的书。这是绝对的错误，我们应该加以严格的纠正。"② 由此可见，顾颉刚虽然认为神话、传说与信史存在距离，但并不否定其中包含着历史的因素。徐旭生则认为："无论如何，很古时代的传说总有它历史方面的质素，核心，并不是向壁虚造的。"③ 因而，一直以来有不少学者对神话与传说做历史学研究。

　　有不少学者在研究盘瓠神话时采用了历史学的视角。刘亚虎认为："作为一则族源神话，盘瓠神话应该有历史的影子。神话里作为盘瓠'岳父'的高辛氏，按照相传为战国时赵国史书的《世本·帝系篇》所言'帝喾高辛氏'，高辛氏即帝喾，为殷商高祖。以此推论，此神话当反映了这样一个历史事实：苗蛮系统的先民（或认为即史书所称的九黎）早期在北方活动时，与殷商先

---

① 陈金文、张兰芝：《"盘瓠神话与葫芦图腾无关"论》，《钦州学院学报》2015年第10期。
② 顾颉刚：《顾颉刚民俗学论集》，上海文艺出版社1998年版，"自序"。
③ 徐旭生：《中国古史的传说时代》，文物出版社1985年版，第20页。

民有过密切的关系，包括协助作战以致立下大功，以及联姻等，由此在族源等方面也会有某些交汇点。"① 刘亚虎认为，盘瓠神话反映了殷商先民与苗蛮先民的友好历史。关于盘瓠神话的历史蕴含，徐华龙也有近似认识，他认为，盘瓠神话反映了"盘瓠作为南方民族共同信仰的神灵，去征战杀敌，并成功杀敌，得到嘉奖"。② 所谓的"嘉奖"自然是指盘瓠部族得以与高辛氏部族联姻。

总之，在相当一些盘瓠神话研究者看来，盘瓠神话反映了这样的历史：盘瓠氏最初是高辛氏部族为首的部落联盟的一员，后来在战争中立功，得以与高辛氏部族结成姻亲。在远古时期高辛氏部族与盘瓠部族的关系是密切与和谐的。

不少学人对盘瓠神话所反映的历史内容都做了解读，本人认为他们的解读基本符合盘瓠神话文本的实际，但他们对盘瓠神话反映的历史内容是否准确全面，是否揭示了历史的本质，都没有发表过意见。今本人在前述学人研究的基础上，拟就上述问题，对盘瓠神话的历史性问题再作探讨。

列维-斯特劳斯曾经指出："在过去土著的回忆中经常出现有关每一个氏族或村庄的惯用语，像是一个主旋律似的：'他们是很特别的人……他们不像其他人，……他们有自己的习俗和传统……'这些特异之处有各种各类：聚居地、经济活动、服装、

---

① 刘亚虎：《盘瓠神话的历史价值及其在武陵的源起与流传》，《三峡论坛》2014第6期，第107页。
② 徐华龙：《盘瓠神话的历史和文化价值》，《民间文学论坛》1991第1期，第76页。

食物、才能和趣味。"① 本人认为盘瓠神话正是列维-斯特劳斯所说的这种惯用语,盘瓠部族正是以盘瓠神话说明他们的"特异之处",尤其是用以解释说明他们"聚居地"的特别。

盘瓠部族在盘瓠神话中"采取溯源和说明等狭义的历史表述形式",② 解释他们聚居地、服装、习性、语言等"特异之处"。盘瓠神话讲:"高辛氏有犬戎之寇,帝患其侵暴,而征伐不克。乃访募天下,有能得犬戎之将吴将军头者,购黄金千镒,邑万家,又妻以少女。时帝有畜狗,其毛五采,名曰槃瓠。下令之后,槃瓠遂衔人头造阙下,群臣怪而诊之,乃吴将军首也。帝大喜,而计槃瓠不可妻之以女,又无封爵之道,议欲有报,而未知所宜。女闻之,以为皇帝下令,不可违信,因请行。帝不得已,乃以女配槃瓠。槃瓠得女,负而走入南山,止石室中。所处险绝,人迹不至。于是女解去衣裳,为仆鉴之结,着独力之衣。帝悲思之,遣使寻求,辄遇风雨震晦,使者不得进。经三年,生子一十二人,六男六女。槃瓠死后,因自相夫妻。织绩木皮,染以草实,好五色衣服,制裁皆有尾形。其母后归,以状白帝,于是使迎致诸子。衣裳班阑,语言侏离,好入山壑,不乐平旷。帝顺其意,赐以名山广泽。其后滋蔓,号曰蛮夷。"③ 盘瓠神话解释了瑶人服饰、语言等方面的特点,重点说明了盘瓠部族何以聚居于高山峻岭之中,人迹罕至之所。神话讲,盘瓠部族之所以聚居深山有两

---

① [法]克洛德·列维-斯特劳斯:《野性的思维》,中国人民大学出版社2006年版,第129页。

② 钟敬文:《民间文学概论》,高等教育出版社2010年版,第136页。

③ (南北朝)范晔:《后汉书》,百衲本景宋绍熙刻本,第1154—1155页。

个原因,一是,盘瓠娶高辛氏之女后,大概是自觉为世俗所不容,所以"负而走入南山",与公主一起躲入崇山峻岭;一是,高辛氏见他们"好入山壑,不乐平旷",便顺从他们的本性赐以"名山广泽"。

那么事实是否真的如此呢?神话与传说虽然有历史的因素,但是,它们对事物的解释却往往并非事实。譬如《共工与颛顼争帝》的神话讲:"昔者共工与颛顼争为帝,怒而触不周之山,天柱折,地维绝。天倾西北,故日月星辰移焉;地不满东南,故水潦尘埃归焉。"该神话将中国大地西北高、东南低,水向东流,归因于共工"怒而触不周之山"。① 又如民间传说常以屈原故事解释端午节的来历,以介子推故事解释寒食节来历。凡此种种,这些神话或传说虽然都反映了一定的历史内容,但基本上都没有说出事物起源的真相。譬如解释端午节来历的传说,对于屈原忠而被逐,怀石投汨罗江而死的叙述,是符合历史实际的,但以其解释端午节的起源则是想象与虚构。同样,盘瓠部族对他们聚居于荒山大泽之中原因的解释说明也距离历史真相甚远。

古之百越之地,在当时是毒蛇猛兽出没之所,瘴气弥漫之地。汉代贾谊被贬长沙,便以为"长沙卑湿","寿不得长"。② 直到唐代,今之湖南一带仍是贬谪放逐官员的地方,柳宗元曾有"永州多谪吏"(《送南涪州量移澧州》)之慨。就此来讲,瑶族先民聚居区的自然环境是相当恶劣的,他们之所以聚居于此地,显然是无奈之举,而不会是源自所谓高辛氏的嘉奖。那么,历史真

---

① (汉)刘安:《淮南鸿烈解》,四部丛刊景钞北宋本,第27页。
② (汉)班固:《汉书》,清乾隆武英殿刻本,第727页。

相究系如何呢？

不少学者认为瑶族祖先最早生活于黄河流域，然后不断南移。费孝通在《盘村瑶族〈序言〉》中曾说："盘瑶可能是从中原南移进入南岭山脉，然后又有部分更向西南移动，甚至移出国界……"① 何英德认为："瑶族在远古时代并非住在长江流域，最早的居住地应该是在黄河流域，中原腹心地带，他们是随着时间的推移不断往东南方、南方迁徙，最后又由两个方向一起汇合于武溪蛮，而后又大规模往云贵、两广逐渐扩散，形成了今天大分散、小聚居的局面。"② 蔡邺认为："瑶族的前身是蛮人，在未迁到古荆州（江汉地区）之前是三苗集团（亦称苗蛮集团）成员，该集团在唐尧时期居住在黄河流域中游地方及伊、洛两水"。总之，瑶族先民最早生活于北方黄河流域，后来才迁居百越，基本上是学界的共识。

那么，是什么原因，导致瑶族先民一步步南迁呢？有不少学人都对此做过探究。陈斌指出："瑶族是否真如某些史书所载'好恋险阻'而'不乐平旷'？答案曰否。从文化学的角度看，各文化群体对领土的争夺，最终往往是落后的文化群体被先进的文化群体从占据的地域中逐走，以后不得不去占据第二、第三乃至第四选择的地理空间……从先秦到元、明、清这一漫长的历史时期中，瑶、汉之间一次次的战争，从某种程度上讲，也就是相互争夺领土的矛盾激化的结果，但一次次的失败，迫使瑶族一步一步

---

① 胡起望、范宏贵：《盘村瑶族》，民族出版社1983年版，"序言"。
② 何英德：《瑶族渊源中原考》，《南方文物》1995年第2期，第111页。

地走进了深山。"① 陈斌认为瑶族之所以一次次迁徙,最终聚居于深山,源于与其他部族争夺生存空间的失利。蔡郁则指出:"瑶族的发展史,几乎可以说是一部战争史,他们所经历的各个战争时期,战争对手都是比自己不知强大多少倍的统治者,……在残酷的战争中和弱势状态下,没有被同化,顽强地保存住民族的特性,并逐步一次又一次地恢复和发展自己,屹立于中华民族之林数千年。"② 蔡郁则认为瑶族历史就是战争史,他们在战争中一直处于弱势状态。本人认为以上学者的论述揭示了盘瓠部族聚居于山林杳无人迹之处的根本原因,盘瓠部族之所以聚居于所谓的"名山广泽",③ 并不是来自高辛氏的恩赏,也不是因为他们"好入山壑,不乐平旷",④ 而是在部族斗争失利情况下的无奈选择。就此而言,盘瓠神话所叙内容并没有反映历史的本质。

虽然如此,本人认为,盘瓠神话中还是含有信史的元素。史载:"天下有不顺者,黄帝从而征之",⑤ "(黄帝)五十二战而天下大服"⑥。由此可见远古时期部落战争的频繁。又有文献载:"当禹之时,天下万国,而至于汤而三千余国。"⑦ 由此又可见部落间兼并的情形。但是,我们认为,在远古时期,各部落(族)之间

---

① 陈斌:《盘瑶千家峒传说新议》,《云南师范大学学报》1996年第3期,第3页。
② 蔡郁:《瑶族源流探索》,《民族论坛》1997年第1期,第65页。
③ 同上。
④ (南北朝)范晔:《后汉书》,百衲本景宋绍熙刻本,第1155页。
⑤ (汉)司马迁:《史记》,清乾隆武英殿刻本,第3页。
⑥ (晋)皇甫谧、(清)宋翔凤:《帝王世纪》,清光绪贵筑杨氏刻训纂堂丛书本,第5页。
⑦ (秦)吕不韦、(汉)高诱:《吕氏春秋》,四部丛刊景明刊本,第164页。

也不仅仅是相互进攻或兼并,不同的部落(族)间也会有暂时的结盟和联合。周取代殷商的过程中就联合了其他许多部落,还因此而与其他部落结成姻亲关系,周与属于炎帝后裔的姜尚所在部落就是如此;再如,春秋或战国时期,各诸侯国之间,除了战争之外,也会通过歃血为盟或联姻之类手段形成一时的统一战线;其次,自汉之后历代王朝与周边少数民族的关系就不仅仅是相互间的征伐,也会采取"和亲"之类政策,结成临时盟友,就此,我们可以推断,盘瓠神话中所反映的盘瓠部族与高辛氏部族结盟及结成姻亲关系的内容应该不虚。蔡郚指出:"该集团(指苗蛮集团)在唐尧时期居住在黄河流域中游地方及伊、洛两水,参加中原炎黄集团的大联盟,这已是史界共识。"[1] 蔡郚所说的这一"史界共识"正与盘瓠神话所反映的历史内容相契合。但是,我们认为盘瓠部族与高辛氏部族的蜜月期不会太久,这只是两个部族关系史上的小插曲,两个部族间的战争与斗争才是双方关系的主流。因而,盘瓠神话对盘瓠与高辛氏两个部族关系史的反映虽有一定的历史依据,却不是对两部族主流关系的反映,没有揭示历史的本质。

综上所述,本人认为,在远古时期盘瓠部族与高辛氏部族存在着既联合又斗争的关系,联合只是小插曲,而斗争则是长期而持久的,是两个部族关系的主流。盘瓠神话仅仅反映了两个部族间的联合,因而,本人认为盘瓠神话虽然有历史的元素,对历史的反映却不够全面与准确,没能揭示历史的本质。

盘瓠神话初创之时,盘瓠部族应该还没有忘记本部族与高辛

---

[1] 蔡郚:《瑶族源流探索》,《民族论坛》1997年第1期,第56页。

氏部族长期与激烈争斗的历史,然而,在盘瓠神话中为什么却仅仅反映了两部族间温情的一面,而看不到刀光剑影呢?本人认为,这是因为盘瓠部族在通过口头传统传述本民族历史的时候,有意做了选择。盘瓠神话中的历史内容是一种选择性的历史记忆。

钟进文在《"创伤经历"与幻想记忆——藏边社会民间叙事研究》一文中讲,他在藏边做田野考察期间发现了一种矛盾现象。就历史事实来讲,明末清初保安族人居住在青海同仁一带,这里逐步成为保安人、回民、藏人、汉人等各族人民杂居的地方。后来,由于各民族宗教信仰、风俗习惯不同,特别是在农业灌溉时各不同民族之间因为抢夺水资源而发生激烈冲突,又加之统治者别有用心地挑拨,这里发生了大规模的民族械斗,保安人被迫迁徙到甘肃积石山一带。然而,在保安人的民间传说中反映的历史内容却大相径庭。在这些传说中,保安人的迁徙,不再是因为民族冲突中的失利,而是因为保安人不满于原聚居地的自然环境,主动地寻觅"水草丰美"之地。对各民族关系的记忆也变得充满温情,"几个民族的人喝着一条河里流淌的水,吃的是一块田里长出来的粮食,大家和睦相处,就像一家子一样过日子"。一些传说称,劫后余生的三个小伙分别娶回、蒙、藏姑娘为妻,繁衍子孙,成为保安人的祖先。又有传说讲,保安族、东乡族和土族的祖先是"团结和睦,齐心合力"的三邻舍。针对这种民间传说与历史事实不符的现象,钟进文将民间传说称为"幻想记忆",他认为:"'幻想记忆'的价值是不断生成的'弟兄祖先'故事作为一种本土历史,其叙事内容也许不是历史事实,但是作为毗邻而居的族群从本质而言希望和睦相处。在保安族民间故事中植入

'兄弟祖先'的叙事内容,其目的是将族群的'空间资源'关系与'血缘'关系相结合,由此消除彼此'空间资源'的紧张关系。"①钟进文认为,保安族的民间传说反映的是一种虚假的历史记忆(幻想记忆),而之所以如此,是因为保安人希望通过在民间故事中植入"兄弟祖先"的叙事内容,缓解族群间为了争夺"空间资源"而导致的关系紧张。

本人不同意钟进文把保安族民间传说中保存的历史称为"幻想记忆"。历史上保安人曾长期在青海同仁一带与回民、藏人、蒙人、汉人等各族人民杂居,虽然最后是因为民族矛盾激化而不得不远走他乡,但期间也肯定有一些民族友好的插曲,譬如,保安人与其他民族的人成为好邻居,结成好兄弟、好姐妹,或者相互间通婚。这种现象或许不是当时民族关系的主流,但从情理上讲是应该发生过的,因此,本人以为把保安族民间传说中保存的历史称为"幻想记忆"是不准确的,如果将其称为"选择性历史记忆"似乎更为妥帖。

总体上看,钟进文在《"创伤经历"与幻想记忆——藏边社会民间叙事研究》一文中所论,有助于我们理解盘瓠神话与瑶族历史的关系。本人认为,流传于瑶族先民口头上的盘瓠神话对历史的反映即是钟进文所说的"幻想记忆",也即本人所称的"选择性历史记忆"。瑶族先民在神话中回避了他们躲入深山密林中的真实原因,对盘瓠部族与高辛氏部族间激烈而持久的冲突与矛盾避而不谈,反而突出讲述两部族间结盟、联姻的插曲性事件,他们

---

① 钟进文:《"创伤经历"与幻想记——藏边社会民间叙事研究》,《西南民族大学学报》2005年第11期,第5页。

对历史的反映显然是有选择的,至于他们为什么作了这种选择,本人以为也正如钟进文所说,他们是希望通过在民间故事中植入团结和谐的叙事内容,缓解族群间为了争夺"空间资源"而导致的关系紧张。作为弱势族群通过这种方式向其他部族示好,表达民族间团结友好的愿望,无疑是一种正确的策略,反映了盘瓠部族民众的生存智慧。

  总之,我们认为,盘瓠神话虽然有历史的元素,但对历史的反映却不够全面与准确,神话中回避了他们迁徙到崇山峻岭之中的真实原因,对盘瓠部族与高辛部族间持久、激烈的矛盾斗争避而不谈,反而突出反映两部族间结盟、交好的插曲性事件,显然,盘瓠神话对历史的反映是有选择的。这种选择,表现了盘瓠部族缓解族群间紧张关系的愿望,是弱势族群在民族斗争中求生存的一种策略,体现了他们的生存智慧。

作者简介:陈金文,男,汉族,山东鱼台人。广西民族大学文学院教授,研究方向:民族民间文学。

基督教影响下海南苗族"拜盘皇教"的创立

高泽强(昂·德威·宏韬) 林日举

苗族是海南世居民族之一,在海南少数民族人口中排在黎族之后,位居第二。据 2010 年第六次全国人口普查资料,海南苗族人口有 74482 人,占全省总人口的 0.86%。[①] 作为世居的海南苗族,主要聚居在海南岛中南部少数民族地区,即原海南黎族苗族自治州所辖的区域:琼中、保亭黎族苗族自治县,陵水、白沙、乐东、昌江黎族自治县,以及五指山市、三亚市和东方市;一部分则散居在万宁、琼海、儋州、屯昌等市县的民族乡镇,以及海口、澄迈、临高、定安等市县境内。其中,琼中黎族苗族自治县的苗族人口分布相对集中,约占海南苗族总人口的 18.62% 左右。[②]

海南苗族是一个有着悠久历史的南方少数民族,自称为

---

① 《海南省 2010 年第六次人口普查主要数据公报》之《海南省少数民族人口情况简析》,海南省统计局,2011 年 5 月 10 日。
② 琼中黎族苗族自治县苗族人口 13872 人。

"Kiem^{33} mug"("金门")①，与瑶族中的蓝靛瑶（或称为山子瑶）自称相同，按该民族的语义解释，即"山里人"的意思②。除此，海南汉族人和黎族人对苗族也有自己的称呼名称，如在清代，汉族称苗族为"苗黎"③，中华人民共和国成立后有些汉族群众出于尊重避开"苗"字，改用"山民"、"山村"来称呼苗族。黎族称苗族为"mo:i^{53} mi:u^{55}"，意思是"汉苗"或"客苗"④，中华人民共和国成立后部分黎族群众仍称苗族为"mi:u^{55}"，部分黎族群众则与汉族一样统称为"苗"。

一、拜盘皇教的创建

1630年耶稣会在定安仙沟设传教点，标志着基督教进入海南岛，而它真正传入海南苗族社会则到了民国初期的1914年。

原因是这样：这一年，三十一岁的苗族头人陈日光上山狩猎，不幸被山熊扒伤脸部，伤口经久医治不愈。后经汉商苏世仁介绍，于1915年（民国四年）到嘉积美国基督教会创建的福音医院求医，有幸得到免费治疗，基督教会的美国传教士抓住这个机会，向陈日光宣传"上帝福音"，于是陈日光慢慢接受了基督教

---

① 《海南黎族苗族自治州概况》编写组：《海南黎族苗族自治州概况》，广东人民出版社1986年版，第48页。
② 海南省民族宗教事务厅主编：《海南苗族》，海南出版社1997年版，第41页。
③ 《海南省白沙黎族自治县地方志》编纂委员会：《白沙县志》，南海出版公司1992年版，第324页。
④ （清）《崖州志》卷十三《黎防志·黎情》，郭沫若点校版，广东人民出版社1983年版，第247页。

洗礼，成为海南苗族社会中第一个基督教徒。与此同时，美国基督教会借机向苗族地区进行宣教活动，并配合施予一些诸如为群众免费治病、建立福音学校等苗族群众看得见的既得利益。在陈日光的大力协助下，相当于今琼中黎族苗族自治县南茂地区的新村、路平、加山、公头湾、树根缩、水竹、石聘、来槐、崩土、田东、青蛙田、田尾，中平地区的白水岭、八角、加擦肚、高朗、永草平、高田、官凯、霖田、水路田、公管坡、夹社、长流水，加略地区的加略、水塘、中平仔、田狗坡、岸口、冬瓜寮等30个苗族村寨的苗族群众纷纷加入了基督教，使得美国基督教会成功地在苗族传统社会中打开缺口，并形成了美国基督教会向海南少数民族地区传播基督教的中心地带。在此后来的十年，基督教文化迅速向五指山腹地地区扩展。

外国基督教向海南五指山中心地区的不断扩展，给海南民间道教的存在造成了很大威胁，民间道教组织开始反对基督教的传播。长期在五指山中心地区行道的汉族道公王世番第一个公开站出来反对基督教的渗透。他以行商为名，往来于苗族各村寨，以嘲讽的口气传播这样的观点：耶稣基督是洋人的上帝，人家吃的是面包，苗族同胞吃大米俗饭升不了天堂。

为了反驳这种观点，陈日光在南茂福音堂聚集苗族教徒举行了七天七夜的诵经祈祷活动，大家不吃不喝，祈盼自己的灵魂升上天堂。可是事与愿违，参加祈祷活动的苗族基督教徒的灵魂非但上不了天堂，许多苗族教徒因饥饿疲劳昏倒，回家又无米下锅，一时间造成人病畜亡。王世番乘机挑拨，向苗族群众兜售"保命"灵符，基督教在苗族社会中的威信下降，大失信徒。

经过这次挫折，以陈日光为代表的基督教徒信仰上帝的初衷与信念受到一次巨大的震撼。陈日光看到拜上帝多年，天天"反复念经、求祷，并没有因之解脱苗胞面临的任何实际苦难，对上帝的信仰发生动摇"①。在反复斟酌中，陈日光身上本来并未泯灭的民族意识和民族感情被唤醒了，他清楚地意识到苗族人民本来就有自己的"上帝"——"盘皇泰翁祖"，何必去信仰洋人的上帝呢？于是他毅然公开抛弃一度信仰的基督教，模仿着基督教、道教、佛教等人为宗教，将苗族民间原来崇拜的祖先神盘古皇升华为超自然超人间的元神，将苗族民间原有拜盘皇的传统升华为人为的宗教。

1922年（民国十一年），陈日光在信仰基督教七年后公开叛教，带领百户苗胞从南茂地区迁到人迹罕到的吊罗山区，辟建新的居住地——太平峒牙仿苗村，然后在这里正式创立新教派——"拜盘皇教"或"盘皇上帝教"。陈日光创立新教派的主要措施如下：

第一，立盘皇上帝。将苗、瑶、畲族原来共同崇拜的祖先神盘古皇升华为天地间的最高神祇，并将苗族原来对盘皇尊称"盘皇泰翁祖"改为"盘皇上帝"；

第二，创作拜盘皇教经义。具体做法是以苗族民间原有传说故事为原型，以歌谣体的形式及表现手法阐述其宗教教义；

第三，建立起宗教组织形式。陈日光本人自称为"大平皇"，将其妻子称为"观音娘娘"，同时按李、邓、蒋、盘、陈5姓，

---

① 陈桂英：《从拜上帝到积极参加现实革命斗争——追忆父亲陈日光》，载中国人民政治协商会议海南省通什市委员会文史资料委员会主编：《通什文史》第二辑，1991年8月。

设东、西、南、北、中 5 位宰相及令师 1 人,把苗族同胞称为"五指山神仙"或"五姓真君";

第四,确定宗教礼仪和宗教修行活动方式。宗教礼仪包括献祭、行膜拜礼、击乐诵经、跳灵舞等,主要的宗教活动定为每月两次,即农历初一、十五这两天称为"圣日",届时集众拜盘古皇,为群众画符开药、驱魔治病;

第五,在村寨中建造一座木质结构的"盘皇上帝圣殿"。拜盘皇教创教后,每当农历初一、十五日来临,陈日光按时带领众信徒举行拜盘皇的宗教信仰活动。

原居住吊罗山区的苗族同胞很早就信奉远古的祖先神盘古皇,他们视盘古皇为超自然超人间的灵魂不灭的神祇。但自基督教传入苗族地区后,他们一度也信仰基督教,基督教的礼拜取代了当地苗胞这种原始宗教的祭祀活动。当头人陈日光来到并开创崇拜盘皇的新教派后,他们也纷纷抛弃基督教,加入到陈日光的新教派中来,成为这一新教的信徒。据当时的统计,拜盘皇教信徒一时达 2000 余人。

自此,琼中苗族村寨的基督教组织,公开分裂为两个不同的派别,即崇拜"耶稣基督上帝"的正统基督教派和陈日光创建的拜盘皇教新教派。这在琼中黎族苗族自治县地方志办公室编纂的《琼中县志》第十九编第四章《宗教》第一节《拜"盘皇"》中都有载:上安、吊罗山一带苗族信奉"盘皇",视"盘皇"为超自然超人间的灵魂不灭神祇,经常举行祭祀。民国五年(1916 年),被基督教取代。民国十一年(1922 年)基督教徒陈日光,叛离基督教,到吊罗山牙仿村建"盘皇圣殿",参照基督教教规教义,改"盘皇泰翁祖"为"盘皇上帝",编写盘皇经谣和舞蹈,自称"太平皇",其妻称"观音娘娘",并按李、邓、蒋、盘、陈5姓设东、西、南、北、中5位宰相及令师1人。称苗民为五指山神仙,规定每月农历初一、十五为活动日。是日,"太平皇"端坐"圣殿","宰相"、"娘娘"分立两旁,接受苗民膜拜。然后,击乐、跳灵舞。时有信徒2000余人。本世纪三十至五十年代盛行。1958年禁止活动。1980年恢复活动。但范围小,人数少,仅有新安村部分苗民参加。

二、拜盘皇教活动场地和宗教活动

陈日光在吊罗山创立拜盘皇教后,就建起了拜盘皇教的活动场所"盘皇上帝圣殿",圣殿正门悬挂着"国泰民安"的匾额,殿内两旁悬挂"天公地母,遵生送死"的条幅,殿台上悬挂"忠公平"三个大字。

1950年海南解放后,人民政府派出工作人员发动苗族人民从吊罗山走下来定居。于是他们在吊罗山脚下的太平新安村新居建起了圣堂,1958年宗教活动被政府禁止,圣堂废弃。1980年,随着宗教信仰活动的恢复,这里又建起圣堂,不过名称已改为"仙配堂"。这是一所与居民住户连在一起的三进间的简陋砖瓦房,据新安村苗族盘皇上帝教的信徒们讲,这原来是生产队的文化室,生产队解散后,信徒们为了开展宗教活动,先借用,后来就用3000元买了下来,作为盘皇上帝教的圣堂。

圣堂里供奉的神灵共有七尊,正面三张神案即"中央五指台",分别供奉着盘皇上帝(居正中)、太平皇(居左侧)和观音娘娘(居右侧),左(东)、右(西)两侧分别是扶桑台、丙丁台和庚辛台、壬癸台，供奉着东、南、西、北四方神，用红色油漆书写的"盘皇翁泰祖"的大牌子就悬挂在正面墙壁的正中央。这种设置，很显然在供奉盘皇上帝的神案上同样也供奉着太平皇陈日光和他的妻子观音娘娘及五族祖先神。立于中央的盘皇翁泰祖——盘皇上帝是最高的神祇，它统管着天地，而东、南、西、北四方神灵分别代表着盘皇上帝掌管着人间的平安、灾祸、病患、财富。圣堂内装置电灯，放置着举行宗教活动时必用的锣、鼓、钹和唢呐。从整体上观，仙配堂的房屋构造虽然简陋，摆设及所拥有的设备简单，但充满着庄严神秘的气氛。

每年圣堂里都要重新布置一番。我们于 2009 年 7 月 30 日去调查时第一次看到的布局是："盘皇翁泰祖"的大牌子下面是红底白书的佛字，佛字的左边和下面是观音娘娘像，一副大对联贴在左右，联语是"求财得财财成山，求子得子子成龙"。除此，在佛字的左右有一副小对联："求神求斌除患难，孝相拜佛得安康"。右侧（即东面）神案上设立着"东成"、"南和"小牌子，左侧（西面）神案上立着"西就"、"北合"的小牌子。在堂内的四周墙壁上，张贴着用红纸书写的歌谣式经文。在盘皇翁泰祖神案的左侧是《花子诗》和《歌唱观音娘娘》，右侧是《新年诗》和《元祖诗》；东、南方神案墙上张贴的是《清茶诗》，西、北方神案的墙上张贴着《歌唱陈日光遗嘱》，对着大门的西墙上张贴的是《盘皇诗》《陈日光遗嘱》《每月十五圆》和一个大"忍"字及"肝胆相照，患难与共"。当我们于 2012 年 8 月 3 日再次来到这里时，看到圣堂里的布置又发生了变化，即"盘皇翁泰祖"大牌子下镶嵌着对联的"佛"字牌子没有了，左、右神案上不再立"东成""南和""西就""北合"的小牌子了，张贴在墙壁上的歌谣体经文换上了《节日诗》《盘皇诗歌》《观音娘娘诗》《海南苗族三月三诗》。

自从陈日光创教开始,"盘皇圣殿"就成为该教的活动场所,也成为信仰该教的苗族人民的精神家园。直至如今,其宗教活动包括每个月的初一和十五日的拜祖活动、其他节日活动、信教的男女青年的结婚典礼、信教苗族群众的求子求平安等。

敬拜"盘皇上帝"仪式。该仪式在每月的初一、十五日举行,这是拜盘皇教最为隆重的宗教活动。在这一仪式上的宗教礼仪包括献祭、行跪拜礼、击乐诵经、跳灵舞等。陈日光在世时,人们除了要祭拜盘皇神外,还要集体跪拜"大平皇"陈日光和陈日光的妻子"观音娘娘"。那时"大平皇"端坐"圣殿"中,"宰相"、"娘娘"分立两旁,接受苗民的膜拜。在祭拜仪式上,信徒们击乐、诵经、跳灵舞,唱"圣殿灵歌"。顶礼膜拜结束后,陈日光为信众画符开药,驱魔治病。自那时候起,每当初一、十五日来临,信众都齐聚于圣殿神堂中举行敬拜盘皇上帝的活动。如今这种宗教活动,村民在习惯上称之为"拜祖",参加祭拜活动者都是自愿前来的。举行活动时,在各个神案上焚香并供奉着酒、肉、饼干、苹果、清茶等各类祭品。

活动中以"盘皇泰翁祖"为崇拜主神,同时也祭拜佛和观音娘娘及五方诸神,祈求愿望仍然是以村寨平安、家人健康、人丁兴旺、祛除灾祸为目的,个别祭拜者也有"求财"、"求子"的愿望。人们认为只要虔诚地祭拜,定能有所收获,来年必将顺顺利利,无病无灾,生产丰收。

每当举行敬拜活动时,参加的人们都要整装,女性一律穿着本民族的节日盛装,并以六人为一排在圣堂里排成横队,整体在神案面前肃立,最前面是由女性组成的歌舞队,歌舞队的第一排中一人拿着鼓,第二排中一人拿着钹,一人拿着锣,主祭人站在第一排,指挥着整个仪式活动。

整个敬拜仪式分为五个步骤:一是祭拜盘皇上帝和天地、太平皇及观音娘娘;二是由主祭人带领全体吟诵《盘皇歌》《观音娘娘诗》,歌舞队跳娱神舞;三是求神保佑村寨平安,人畜康宁,生产丰收;四是向盘皇上帝、太平皇、观音娘娘及五方大神敬献香、花、茶;五是祭拜天地和五族祖先。每一个步骤的祭拜活动始终都有音乐伴奏,热闹非凡。从现在活动的过程来考察,敬拜的形式和内容与陈日光那时代相比,已发生了变化,即已演变为纯粹的敬祖拜神祈求平安的活动了。

节日的敬奉。除了每月的敬拜活动之外,每值春节、三月三等民间的传统节日,信教的苗族群众都要置办酒、肉、干饭、饼干、苹果置放在神案上供奉祭拜盘皇上帝和观音娘娘及五方诸神。

青年男女结婚典礼。每值当地信仰拜盘皇教的家庭中有青年男女结婚,都要到仙配堂里来举行结婚典礼。举行典礼时,五姓长老端坐在堂上证婚,并主持男女新人拜堂。新人拜过主神盘皇上帝、观音娘娘后,就意味着一对新人将得到盘皇上帝、观音娘娘的保佑,将来生活美满幸福,多子多福。

平日祭拜。除了每月的初一、十五日的大型活动之外,新安苗村的男女老幼都习惯每天晚上前往仙配堂,祭拜盘皇上帝,祈福消灾。若果有人发财或生育添丁,就置办苹果、饼干前来祭拜盘皇上帝。

凡是圣堂的开支和活动的经费,都是出自于信徒们的捐献。虽然每人所捐献的款项并不多,但都代表着自己心中的那一份虔诚。正是由于那份虔诚,使得这一苗族民间宗教在吊罗山脚下一直传承至今。

三、拜盘皇教信仰——民族情结和民族文化的回归

拜盘皇教的创立，使海南苗族社会民间信仰出现了多元化，民间道教、基督教、拜盘皇教并存。在这三教信仰中，每一种信仰都拥有自己众多的信徒，而民间道教和基督教二教则从来都是水火不相容的，只有拜盘皇教才能体现出二教的和谐和包容，这就使拜盘皇教信仰既具有自己的特色，又拥有民间道教和基督教的一些基本形式和内容。

第一，拜盘皇教虽然是在基督教信仰的影响下产生的一种民间宗教，但与基督教已完全不同。其外在形式上是借用了基督教的"上帝"这一宗教概念，但信仰实质还是以祖先崇拜、苗族民间道教信仰为基础，兼收佛教因素和个人崇拜因素融合而成的，表现出明显的多元信仰特色。如敬的远古祖先神盘皇，盘皇是超自然超人间的至上神，把苗族五大姓盘李邓蒋陈之祖先[①]、苗族民间道教中的神仙、佛教中的佛和观音娘娘共同组成了拜盘皇教的神谱，形成了相对独立于正统宗教之外的一个宗教体系。这种宗教系统虽然比起正统的人为宗教来要相对粗俗些，甚至荒诞、怪异，不符合封建统治秩序的要求，但从一般的宗教定义来衡量，它完全具备了一般宗教的基本属性和特征。

第二，拜盘皇教是一神教与多神教紧密结合的产物，是外

[①] 海南苗族五大姓应是盘、李、邓、蒋、赵，但陈日光创盘皇上帝教时，按李、邓、蒋、盘、陈设东、西、南、北、中五位宰相一位令师，其中没有赵姓。

来宗教在苗族社会中本土化与民族化的体现。自远古苗族人就兴行自然崇拜、祖先崇拜和盘皇崇拜，同时苗族较早地信奉道教，这些民间信仰长期牢固扎根于海南苗族民间，其所构成的民族文化体系是开放的、包容的。作为世界性宗教的基督教传入苗族山区之后，由于社会现实的原因，久而久之基督教不得不跟苗族的民族文化相结合，经过苗族人民的改造，实现了本土化和本民族化。拜盘皇教就是这样在特有文化土壤上、特定的历史条件中，由苗族民间宗教信仰与基督教融合而产生。在拜盘皇教中，既保留着基督教的许多因素，又融进了苗族民间信仰、道教及巫术的成分。

第三，拜盘皇教的创立，反映了苗族人民兼收并蓄、善于学习的精神。苗族在海南岛生活几百年，他们早已与海南岛的自然环境，海南岛的社会人文和谐共处，与黎族、汉族共同建设海南岛，其文化特点是兼容并蓄的，所以不论哪种文化进入苗族社会，哪怕是西方传入的基督教，经过他们改造后，就可以成为"为我所用"的东西。每年农历的初一、十五和民族传统节日以及生育、结婚、丧葬等等，信教群众都会自觉来到仙配堂举行祭拜盘皇上帝仪式，虔诚地敬奉盘皇上帝，以得到盘皇上帝的保佑，确保村寨平安和五姓男女安康。

海南苗族拜盘皇教创立之时，正是中国沦为半殖民地半封建社会的后期和民国初期。那时的各族人民受尽帝国主义列强的侵略欺凌和封建阶级社会的剥削压迫，海南苗族人民处在水深火热之中，备受煎熬。在现实对比下，在亲身体验中，苗族首领陈日光意识到了洋人的宗教、洋人的上帝并不能拯救正在苦难中煎熬的苗族人民，于是他的民族情怀、民族意识唤醒他回归民族信仰，认识到只有本民族的神——盘古皇才是苗族人民心中崇拜的上帝。为此，他毅然下决心抛弃曾经一度崇拜的基督教，创立以崇拜苗族祖先神盘古皇为主的民间宗教——拜盘皇教。正是在这样的历史背景下，陈日光创立的拜盘皇教，真正地反映了苗族人民民族信仰和民族意识的觉醒，反映了民族情结、民族文化的回归。

作者简介：高泽强，男，黎族，海南乐东人。海南热带海洋学院副研究员，研究方向：海南民族历史文化研究。

林日举，男，汉族，海南东方人。海南热带海洋学院人文社会科学学院教授，研究方向：海南历史与文化研究。

附：陈日光创立拜盘皇教时创作的歌谣式经文三首

盘皇诗

当初盘皇开天地，开成日月分阴阳。创造平天盖平地，平山平水养平民。创定五方四地处，五方四地得平安。创造五族六十姓，男妇成双结婚姻。创造一年春四季，风和雨顺国泰安。国泰民安耕田地，五谷丰登养人民。①

盘皇元祖造天地，造了五指正中天；五指正是金兰殿，神仙等待创阴阳；创定平天盖平地，平山平水养平民；创定五方四地处，五方总是神仙城；创定上元春四季，风和日顺国泰安；国泰民安耕田地，五谷丰登养人民。②

盘皇歌

春到花开在平地，牡丹花开在平洋；盘皇造天也造地，俩才且唱论盘皇。当初盘皇何样养，何样结成盘皇身；当初盘皇乌云养，云丝结成盘皇身。十月十五何样月，何时降生盘皇身；十月十五团圆月，午时降生盘皇身。盘皇出世在何殿，何处平地造京城；盘皇出世佛祖殿，紫微平地造京城。盘皇起屋几双树，几双桷子几双桁；盘皇起屋九双树，九双桷子九双桁。盘皇起屋何样

---

① 这一首《盘皇诗》是 2009 年张贴在圣堂里。
② 这首歌功颂德谣式经文抄写在破旧的小学生作业本上，内容与上一首基本相同。

盖，何样盖过满屋演；盘皇起屋鹅毛盖，鹅毛盖过满屋演。盘皇门前雕何样，朝朝抽面看何飞；盘皇门前雕龙凤，朝朝抽面看凤飞。盘皇门前种何树，风吹何样乱纷纷；盘皇门前种旗树，风吹旗尾乱纷纷。盘皇睡床何样装，何样装床五尺长；盘皇睡床龙骨装，龙骨装床五尺长。盘皇婚娶何家女，何皇托到作媒人；盘皇婚娶仙家女，平皇托到作媒人。盘皇何时出伞向，太利向东是向西；寅卯二时出伞向，太利向东六合全。盘皇过界何人引，头戴红红何样花；盘皇过界平皇引，头戴红红缨帽花。盘皇行嫁何时月，何时匹配得成双；盘皇行嫁甲寅月，乾时匹配得成双。凤凰鸳鸯齐到了，凤凰成双万年春；养男养女如北斗，聪明伶俐中状元。盘皇行嫁鸣几笛，几个扛夫行路长；盘皇行嫁鸣九笛，八个扛夫行路长。几斗珍珠托礼义，几扭羊角托上台；三斗珍珠托礼义，三扭羊角托上台。盘皇行嫁聘几礼，几十铜钱几十银；盘皇行嫁聘好礼，二十铜钱二十银。何人托献婚姻酒，何人世上得成双；平皇托献婚姻酒，盘皇世上得成双。盘皇一世几个女，便招几姓是何郎；盘皇一世五个女，便招五姓是何郎。第一个女嫁何姓，第二个女嫁何郎；第一个女嫁邓姓，第二个女嫁蒋郎。第三个女嫁何姓，第四个女嫁何郎；第三个女嫁赵姓，第四个女嫁李郎。第五个女嫁何姓，招郎上舍几姓人；第五个女嫁黄姓，招郎上舍五姓人。第一个女养几岁，第二个女养几春；第一个女养百岁，第二个女二百春。第三个女养几岁，第四个女养几春；第三个女三百岁，第四个女四百春。第五个女养几岁，世上男女养何人；第五个女五百岁，世上男女养父母。何人开天同辟地，造天造地几枝柱；盘皇开天同辟地，造天造地五枝柱。东方便是何柱立，南方便是立何柱；东方便是石柱立，南方便是立铜柱。西方便是立何柱，北方便是立何柱；西方便是银柱立，北方便是立金柱。中央便是立何柱，四边何样立何方；中央便是天柱立，四边四方立齐全。盘皇寿阳几百岁，恩添零头几十春；盘皇寿阳五百岁，恩添零头六十春。盘皇出圣在何殿，几时满世在南山；盘皇出圣佛祖殿，午时满世在南山。葬在南山何草地，几百泥砖起上围；葬在南山青草地，五百泥砖起上围。盘皇坟前座何向，太利向东几十全；盘皇坟前座东向，太利向东六十全。盘皇坟前几条水，几条水流几重湾；盘皇坟前九条水，九条水流九重湾。盘皇满世变几化，几变几化变成龙；盘皇满世变九化，十变九化变成龙。头毛变成何样草，头骨变成何样山；头毛变成黄茅草，头骨变成大百山。红血变化何江水，肝肠变化何样藤；红血变化红江水，肝肠变化山里藤。手脚变化山何样，身皮变化何样尘；手脚变化山竹木，身皮变化地泥尘。盘皇何样传天下，何人在后得传吟；盘皇造书传天下，子孙在后得传吟。拾刀上山何样府，水淹平阳住何人；拾刀上山盘皇府，水淹平阳住客人。

论盘皇

当初几皇同过海，何处岭头分散枝；当初五皇同过海，佛祖岭头分散枝；何处岭头分散路，五皇分路在何方；佛祖岭头分散路，五皇分路在阳州；何皇满了何皇管，何皇管落几百年；李皇满了盘皇管，盘皇管落五百年；当初何皇初坐殿，国泰民安何样良；当初平皇初坐殿，国泰民安四处良；何人入山造竹木，何人管得岗禾根；明皇入山造竹木，李皇管得岗禾根；何皇管天心不好，行过何方意贪心；宗皇管天心不好，行过花木意贪心；

何皇造市才买卖，何人造称俩平分；平皇造市才买卖，龙麒造称俩平分。

……

盘皇定朝来救世，男女安宁同感神；神仙天堂救我罪，清洁如同井水清；天堂门路不可难，永生不死在天堂中；忠人万年长生命，享福不比如水流；天下忠子神照顾，贸在世界作后人；世界地球神改换，改旧换新出生来；苦人如同干田地，多望天地降水来；天水降到干田地，五谷丰登多感神；今天上朝多为录，知祖升天福回元；五族男女同来受，原祖庚新时上成；众军男女齐归殿，天父作福为忠儿；天军同天来到地，扶助忠儿生命长；元祖定新天地到，新女新武归新朝；新朝回元中天殿，新男新女配新朝；日月光明阴阳照，光照阴阳新朝儿；新男新女临到殿，每月圣日拜神仙；神仙天堂降福禄，男女安宁万天春；男女安宁感谢祖，万古世上在朝中；新甲降到新太岁，新生以生以忠儿；新生国临万万岁，新仔同临配新朝；男女来到中天殿，每月清日来贺神；男女感谢神恩典，万古流传知神恩；光照满朝天地处，五仔光灯为乐长；众军圣神重降世，复活传论在宝堂。

……

东天花园新天地，男女齐传归东天；南天花园南天地，南天南龙在南方；西天花园西天地，四圣皇娘在西方；北天花园北天地，花园北天敬祖皇；中天花园中天地，四省人民归中天；天下人民归祖殿，解旧换新见太平。

……

盘皇元祖造天地，造了五指正中天；五指正是金兰殿，神仙等待创阴阳；创定平天盖平地，平山平水养平民；创定五方四地处,五方总是神仙城;创定上元春四季,风和日顺国泰安;国泰民安耕田地,五谷丰登养人民。

……

盘皇造天也造地,创成日月与星辰;造成四方四地处,四处江水养人民;似我米粮人民食,照顾天上地下人;现今定日回救世,文救五族男女儿;我们感谢元神祖,如今子儿见新朝;五族男女回立朝,立期新堂齐拜神;观音降临来救世,来到宝堂救子儿;天军从天来到地,兄弟姐妹欢喜心;伍族朝香来拜祖,拜相男女在宝堂;天地来日神照顾,中立的人生命长。

正月男女寿万岁,二月天下太平春;三月出成仁官位,四月四帅行何皇;五族五名五枝树,六月国州地面安;七月出成仙闺女,八月八相兴学神;九月九天仙闺女,十月十皇传兰皇;十一稻今收回了,十二种花满地全;男女老幼欢喜心,多感神仙欢乐长;男女感谢神恩典,万古财上在朝中;盘皇定思来救苦,召我为仔归真神;归到真神受恩典,男女安宁同感神;今日正是团圆月,手把琼香献祖皇;恭贺你皇真天主,复活转论在宝堂;光照满朝天地处,神仙帮助忠子儿;我们来到神位堂,同心敬拜太翁神;好人万年长生命,享福无比如水流;吟诗实有好听声,同心赞美平主皇;每月双喜来拜祖,进到万世得安宁;五族子孙来拜神,同行天路拜真神;同行天路受皇福,受你神恩福禄长;我们喜唱文敬贺,进到新天盘古皇;盘皇居在阴阳处,你听子孙新文言;我们居在地面上,如何供人不相同;同天同地同水土,也同日月分阴阳;五族子孙来拜祖,我人名份在何方;我人无州也无现,也不管山管水人;天父赏仔来作主,从天降落救世民;苦人如同干田地,多感天地降水来;五族真君来拜祖,东西南北归拜神。

天父保朝主根见，我民正在你皇城；主当常常扶助我，四团现出你英雄；仇退恶人你当治，别了恶人归地门；快快乐须发命令，退了旧天旧救民；求祖发灾落天地，恶人受报我得见；每月圣日锣鼓响，神子登报在宝堂；第一锣声赞美祖，第二锣声退旧人；天下忠子主照顾，留在世间作后人；你立新朝到万代，永永远远你忠儿；敬拜盘皇泰翁祖，忠子得受太平朝。

过山瑶史诗《盘王大歌》研究述评

胡铁强　何雅如　李生柱

　　瑶族是中国多民族大家庭中最典型的山地民族之一。在瑶族这个多元一体的民族共同体中，俗称"过山瑶"的各个支系都曾广泛流传着关于始祖英雄盘王的史诗———《盘王大歌》。《盘王大歌》是瑶族文化的集大成者，其内容涉及瑶族先民的自然观、人类起源学说、瑶族的婚恋、创业及迁徙史等，涵盖了哲学、文学、史学、民族学、宗教学等学科门类，堪称瑶族人民的"百科全书"，更是中国瑶族民族文化身份认同的"关键符号"。[①]尤其值得一提的是，迁徙到了海外各国的瑶族勉方言支系，也世代保有祭祀盘王的习俗，对于盘王的历史记忆成为连接海内外瑶族人群、维系世界瑶族认同的文化纽带。[②]因此，对盘王歌的研究长期以来都是瑶学研究的重题。迄今为止，对《盘王大歌》的研究

[①] 纳日碧力戈：《从山地民族符号到中国关键符号：中国关键符号体系建构的人类学辨析》，引自纳日碧力戈、龙宇晓：《中国山地民族研究集刊》（2013年卷），社会科学文献出版社2014年版。

[②] 张录文、龙宇晓：《三十年来国内学术界海外瑶族研究回顾与展望》，《民族论坛》2015年第2期。

已有较多成果，但尚未有人做过述评性的梳理，这不利于我们对相关研究发展态势的全面把握。本文拟对国内学术界关于《盘王大歌》的研究史进行初步的梳理归纳，以期将这一研究引向纵深。

一、研究成果的共时类型分析

《盘王大歌》的研究成果主要包括期刊论文、学位论文和学术专著三大类别。其中，期刊论文是最主要的成果形式。自20世纪初以来，与《盘王大歌》相关的研究文章不下百篇。在早期的瑶学研究中，钟敬文等老一辈的民俗学专家发表了一系列关于盘古神话、盘瓠传说的文章，主要探寻瑶族族源及图腾的相关问题。但直接以瑶族史诗《盘王大歌》为题的研究文章主要是在20世纪80年代以后出现的。论文发表的主阵地是《广西民间文学丛刊》《中央民族学院学报》《民族论坛》《广西民族学院学报》《湖南科技学院学报》等刊物。比较具有代表性的主要包括李文柱《谈〈盘王歌〉的产生、形成和发展》[1]，刘保元《瑶族古典歌谣集成〈盘王歌〉管探》[2]，黄钰《瑶族〈盘王歌〉初评》[3]，刘保元、杨仁里《瑶族〈盘王歌〉的最早抄本》等文。[4] 这些文章较早对《盘

---

[1] 李文柱:《谈〈盘王歌〉的产生、形成和发展》,《广西民间文学丛刊》1982年第5期。

[2] 刘保元:《瑶族古典歌谣集成〈盘王歌〉管探》,《中央民族学院学报》1983年第3期。

[3] 黄钰:《瑶族〈盘王歌〉初评》,《中央民族学院学报》1987年第6期。

[4] 刘保元、杨仁里:《瑶族〈盘王歌〉的最早抄本》,《中央民族学院学报》1989年第6期。

王大歌》的一些基本问题（如性质、流传范围、版本、价值等）进行了研究和探讨，也体现了地方田野调查成果获得相关省级和国家级学术阵地支持与认可的程度。之后的研究成果主要集中在广西和湖南两省（区）的刊物上。就湖南来说，《民族论坛》先后发表了黎琳的《〈盘王大歌〉简介》[①]、赵登厚的《从〈盘王歌〉看瑶族歌谣的特色》[②]、蔡村的《瑶族葫芦传人与盘瓠开族神话浅析》[③]等文章；《零陵师范高等专科学校学报》发表了潘雁飞的《一个民族智慧而坚忍的心路历程——瑶族〈盘王歌〉的一种文化诠读方式》[④]、易先根的《"调盘王"与〈盘王歌〉的楚巫文化内核》；[⑤]《湖南科技学院学报》发表了黄华丽的《瑶族还盘王愿仪式歌娘角色的传承现状》[⑥]、潘雁飞的《瑶族史诗中所表现之瑶人迁徙的文化意识》[⑦]及《史诗观念的演绎与史诗的雅化问题》等等，[⑧]显示出湖南学界对本地瑶族文化的热情关注。总体来看，湖南还是瑶族

[①] 黎琳：《〈盘王大歌〉简介》，《民族论坛》1986年第4期。
[②] 赵登厚：《从〈盘王歌〉看瑶族歌谣的特色》，《民族论坛》1990年第4期。
[③] 蔡村：《瑶族葫芦传人与盘瓠开族神话浅析》，《民族论坛》1992年第1期。
[④] 潘雁飞：《一个民族智慧而坚忍的心路历程——瑶族〈盘王歌〉的一种文化诠读方式》，《零陵师范高等专科学校学报》2000年第2期。
[⑤] 易先根：《"调盘王"与〈盘王歌〉的楚巫文化内核》，《零陵师范高等专科学校学报》2002年第1期。
[⑥] 黄华丽：《瑶族还盘王愿仪式歌娘角色的传承现状》，《湖南科技学院学报》2007年第12期。
[⑦] 潘雁飞：《瑶族史诗中所表现之瑶人迁徙的文化意识》，《湖南科技学院学报》2008年第11期。
[⑧] 潘雁飞：《史诗观念的演绎与史诗的雅化问题》，《湖南科技学院学报》2009年第11期。

史诗研究的主阵地；其他省份的学术刊物如《民族艺术》《云岭歌声》《音乐创作》等也发表了一些相关文章，不过相对零散。最值得注意的是姚瑶的《广西恭城观音乡水滨村"还盘王愿"仪式调查报告》一文，①从仪式音乐的角度对一个瑶族社区的史诗操演实践作了田野民族志的描述；而陶长江的《文化生态视角下的非物质文化遗产保护性旅游开发研究——以广西瑶族盘王大歌为例》一文，颇有开拓性地论述了瑶族史诗在旅游开发中的保护利用问题。②

除了期刊论文这一类型的成果以外，一批年轻的学者将过山瑶史诗研究作为论文选题，完成了一系列关于《盘王大歌》的具有较高学术价值的学位论文。其中最具代表性的有：广西民族学院李艺的硕士学位论文《多元聚合与同质叠加——布洛陀神话与盘瓠神话传承形态和功能演变之比较》③，湖南科技大学陈敬胜的硕士学位论文《历史记忆与族群认同——瑶族史诗〈盘王大歌〉的文化学解读》④，中南民族大学王朝林的硕士学位论文《瑶族〈盘王大歌〉与民间信仰》⑤，河南大学周红的硕士学位论文《江

---

① 姚瑶：《广西恭城观音乡水滨村"还盘王愿"仪式调查报告》，《音乐大观》2013年第21期。
② 陶长江：《文化生态视角下的非物质文化遗产保护性旅游开发研究——以广西瑶族盘王大歌为例》，《广西民族研究》2013年第4期。
③ 李艺：《多元聚合与同质叠加——布洛陀神话与盘瓠神话传承形态和功能演变之比较》，广西民族学院硕士论文，2004年。
④ 陈敬胜：《历史记忆与族群认同——瑶族史诗〈盘王大歌〉的文化学解读》，湖南科技大学硕士论文，2010年。
⑤ 王朝林：《瑶族〈盘王大歌〉与民间信仰》，中南民族大学硕士论文，2010年。

华瑶族〈盘王大歌〉的艺术特征研究》[1]，中央音乐学院吴宁华的博士学位论文《瑶族史诗〈盘王歌〉的音乐民族志研究——以广西贺州、田林两地个案为例》[2]，中南民族大学盛磊的硕士学位论文《瑶族〈盘王大歌〉中的文化传统研究——以湖南"赵庚妹版"手抄本为例》[3]等等。相比期刊论文，学位论文容量更大，给作者发挥的空间更广阔。以上研究成果主要集中在三个方面的主题上：其一，以比较的方式梳理瑶族史诗中神话的功能演变，或着重对《盘王大歌》中的母题神话进行文化解读；其二，分析瑶族史诗中的文化传统与宗教信仰；其三，对《盘王大哥》开展音乐民族志研究。这些研究体现了年轻一代对民族文化的兴趣与关注，相信在未来还会有更多学位论文涌现出来，推动瑶族史诗《盘王大歌》的研究走向纵深。

令人遗憾的是，瑶族史诗研究方面公开发表的论文虽然相对较多，但研究性的学术专著却很少，这方面的主要代表作仅有李筱文所著的《盘王歌》[4]，黄海、邢淑芳所著《〈盘王大歌〉——瑶族图腾信仰与祭祀经典研究》。[5]前者的研究较为系统，不仅深刻阐述了"盘王"的由来，更对《盘王歌》的"起源""形成""内

---

[1] 周红：《江华瑶族〈盘王大歌〉的艺术特征研究》，河南大学硕士论文，2011年。
[2] 吴宁华：《瑶族史诗〈盘王歌〉的音乐民族志研究——以广西贺州、田林两地个案为例》，中央音乐学院博士论文，2012年。
[3] 盛磊：《瑶族〈盘王大歌〉中的文化传统研究——以湖南"赵庚妹版"手抄本为例》，中南民族大学硕士论文，2013年。
[4] 李筱文：《盘王歌》，广东人民出版社2006年版。
[5] 黄海、邢淑芳：《〈盘王大歌〉——瑶族图腾信仰与祭祀经典研究》，贵州人民出版社2006年版。

容""传播形式""社会影响"等诸多内容进行了全面的总结；后者则从宗教信仰的视角，分析了《盘王大歌》的深刻内涵及其对瑶族社会的积极影响。

图1　江华县瑶族图腾园龙犬图腾（胡铁强2014年8月摄）

二、研究发展的历时断代分析

从历时发展的维度看，对过山瑶史诗《盘王大歌》的研究，大体可以分为三个阶段，它们反映了这方面研究发展的知识谱系演化趋势。

（一）过山瑶史诗研究的开创阶段：20世纪20年代到80年代

现代学术意义上的瑶学研究始于20世纪20年代后期，学者们以人类学、民族学、民俗学的科学方法，通过对瑶族的现状调查，取得了一批经典的研究成果。其中最重要的代表作有：钟敬文《西南民族起源的神话——盘瓠神话读后》[①]、余永梁《西南民族起源的神话——盘瓠》[②]、马长寿《苗瑶之起源神话》[③]、陈志良《盘瓠神话与图腾崇拜》[④]、岑家梧《盘瓠传说与瑶族的图腾崇拜》[⑤]。这些研究在理论范式上主要受到社会进化学派神话学、图腾理论的影响。尽管不是直接专门针对《盘王大歌》，但对瑶族的创世史诗和族源做了有益的探索，也为后来的研究奠定了良好的学术基础。

(二)过山瑶史诗研究的整理分析阶段：20世纪80年代至2007年

这一阶段，《盘王大歌》的整理出版带来了相关学术研究的高潮。20世纪80年代初，国家民委提出要系统地收集和保存少数民族文化遗产，湖南、广东、广西的学者陆续展开对《盘王大歌》的收集整理工作。郑德宏先生根据湖南江华县的手抄本整理注释并出版了《盘王大歌》。[⑥] 1990年，广东的盘才万、房先清等人以乳源县道光二十年手抄本及咸丰十一年手抄本为底本，结合

---

① 钟敬文：《西南民族起源的神话——盘瓠神话读后》，《中山大学语言历史研究所周刊》1928年第3期。
② 余永梁：《西南民族起源的神话——盘瓠》，《中山大学语言历史研究所周刊》1928年第3期，第35—36页。
③ 马长寿：《苗瑶之起源神话》，中山文化教育馆《民族学研究集刊》1930年第2期，第35—36页。
④ 陈志良：《盘瓠神话与图腾崇拜》，《说文月刊》(2卷)，1930年第4期。
⑤ 岑家梧：《盘瓠传说与瑶畲的图腾崇拜》，《责善》(半月刊)第2卷，1941年。
⑥ 郑德宏：《盘王大歌》，岳麓书社1988年版。

在粤北山区瑶族村寨的调查，整理出版了《盘王歌》。[①]1993年，盘承乾、莫纪灵收集整理了《盘王大歌》。[②]2002年，广西民族古籍整理出版规划办公室编印了张声震主编的《还盘王愿》，该书记录了还盘王愿的整个过程，可谓一部宏伟的著作。该书分为"许盘王愿""还盘王愿""宗支薄"三大部分。在"还盘王愿"中"盘王宴席"里，记录了广西瑶族地区流传的《盘王大歌》。这些出版物集中对《盘王大歌》的唱词进行了收集和整理，从语言学的角度对唱词中的一些字、词、句子也作了一定的分析，为学界研究《盘王大歌》提供了坚实的资料基础。[③]

在《盘王大歌》搜集整理出版后，学界涌现出一些分析性的研究成果。归纳起来，研究内容主要集中在以下几个方面：

第一，《盘王大歌》基本问题研究。李文柱、刘保元、赵登厚等人较早对《盘王大歌》的产生和流传作了介绍，对其内容、特点及价值作了论述。黄钰对《盘王歌》的内容进行了总结，并指出其具有三个特点：以自由欢乐的气氛来乐神；突出描写爱情；反映民族文化交流的内容。[④]他还通过分析当时的历史条件推断《盘王歌》产生于唐代。李筱文的《盘王歌》非常详尽地论述了《盘王歌》起源、形成、内容、传播及影响，是较早关于盘瑶史诗研究的专著。第二，从文化学和宗教信仰的角度来解读《盘王大歌》。冯春金在仔细分析过山瑶民间广泛流传的《盘王歌书》

[①] 盘才万、房先清：《盘王歌》，广东人民出版社1990年版。
[②] 盘承乾、莫纪灵：《盘王大歌》，天津古籍出版社1993年版。
[③] 张声震主编：《还盘王愿》，广西民族古籍整理出版规划办公室编印2002年版。
[④] 黄钰：《瑶族〈盘王歌〉初评》，中央民族学院学报1987年第6期。

的内容之后,指出它对了解瑶族史前社会的状况和民族文化的交流有着很高的参考意义,认为《盘王歌》不仅是一部宏大的民间文学作品,而且是瑶族文化瑰宝,也是中华民族文化宝库中的一份珍贵财富;因而不仅具有文学价值,而且具有重要的民族学研究价值。[①] 潘雁飞对比分析了人类远古神话,认为瑶汉出自同源,在历史发展中慢慢形成独有的民族特色。之后,他又将瑶族史诗《盘王大歌》与《诗经》这部周族史诗进行比较,发现它们在文本上有相通性,即在语言模式、语义模式、句法模式、韵律模式和口头诗学体系等层面具有类似性。作者通过研读比较后获得了以下启示:首先,就文学史而言可以看到活态化的史诗,也可以看到经过上层贵族加工雅化后的史诗;其次就民俗学方面来说反映了祭祀仪式;再次,在人类发展、民族演绎定型的过程中,实际上始终伴随文化相互交融的情景。易先根则认为,《盘王歌》娱神娱人的情调体现了浓郁的楚地巫风特色,是一种原始的宗教信仰。黄海、邢淑芳所著《〈盘王大歌〉——瑶族图腾信仰与祭祀经典研究》一书,深入细致地分析了《盘王大歌》的宗教学特色,并对其文化生境、遗训箴言、思维样式、普化特质和所反映的德行观等进行了多角度、全方位、深入具体的发掘和展示,通过周密的论证展现了瑶族宗教文化的丰富内涵。[②]

第三,从仪式音乐的角度分析《盘王大歌》。这方面研究的

[①] 冯春金:《试析〈盘王歌书〉的民族学价值》,《广西右江民族师专学报》1998年第1期。

[②] 黄海、邢淑芳:《〈盘王大歌〉——瑶族图腾信仰与祭祀经典研究》,贵州人民出版社2006年版。

主要以黄华丽为代表。黄华丽《湘南瑶族〈盘王大歌〉仪式及音乐——以礼曲"七任曲"为例》是一篇很有学术深度的文章,作者围绕着"还盘王愿"中的主要歌唱形式《盘王大歌》的仪式及内容,展开了实地调查和探究,分析了其中最具特色的"七任曲"之音乐特征和表现特色,探寻了"还盘王愿"的传承与变化的轨迹。论文明确提出,在传统文化遭遇现代文明的大融合过程中,要树立抢救传统民族文化、弘扬民族精神的理念,从而在民族信仰中去营造一个和谐的社会。[①] 黄华丽还先后发表了《瑶族还盘王愿仪式中歌娘角色及音声特点》[②]《瑶族还盘王愿仪式歌娘角色的传承现状》[③] 等文,将《盘王大歌》的研究拓展到了社会性别的层面。这两篇文章分析了歌娘角色及其音声特点,并从歌娘在仪式音乐演唱中的音声关系、音乐风格及音乐行为色彩的分析中,探寻瑶族盘王大歌仪式中歌娘女性角色在仪式中的构成、社会作用,以及瑶族宗教仪式中歌娘角色在历史长河中的传承与演变关系,进一步深化了我们对《盘王大歌》的理解与认知。

(三)过山瑶史诗研究的创新拓展阶段:2007年至今

2007年《瑶族通史》出版,对许多瑶族文化的问题进行了归纳和总结,一些关键问题有了较为权威的定论,给学者们的评判性研究提供了一定的参照体系,从而为学者们对《盘王大歌》进

---

① 黄华丽:《湘南瑶族〈盘王大歌〉仪式及音乐——以礼曲"七任曲"为例》,《中国音乐》2006年第1期。
② 黄华丽:《瑶族还盘王愿仪式中歌娘角色及音声特点》,《音乐创作》2006年第3期。
③ 黄华丽:《瑶族还盘王愿仪式歌娘角色的传承现状》,《湖南科技学院学报》2007年第12期。

行多角度的解读提供了更为开阔的视野。这一时期有关过山瑶史诗研究的主要成果集中于族群认同、宗教信仰、传播版本、音乐学等方面。

这一时期从族群认同和宗教信仰的视角研究瑶族史诗的代表性学者有陈敬胜和王朝林等人。陈敬胜从族群认同的角度分析了《盘王大歌》记忆的瑶族文化母题,认为"盘古神话""盘瓠传说""渡海传说"和"千家峒传说"等是艺术的真实、本质的真实而非现实的真实,它们是瑶族文化的象征性符号,隐喻了多种文化意义生成的可能性,因而也就具有了进行文化阐释的潜质。这些神话传说作为瑶族的精神纽带,一方面把散居在世界各地的瑶族支系连接起来,组成一个"普遍的瑶族世界",另一方面又把"我族"与主流民族及民族—国家的利益认同在一起。[①]王朝林对《盘王大歌》所体现的民间信仰内容进行了梳理,认为《盘王大歌》中所体现的民间信仰的特点主要包括直接的功利性、由单一性到多元性、巫道有机融合和浓郁的娱乐色彩等四个方面。

对《盘王大歌》海内外传播版本及其文化学意义的研究是这一阶段最大的学术亮点。这方面的研究者以何红一和盛磊为代表。何红一是我国学术界最早对美国国会图书馆馆藏的瑶族文献进行整理研究的学者,先后发表了《美国国会图书馆馆藏瑶族手抄文献新发现及其价值》[②]《美国瑶族文献与世界瑶族迁徙地之关

---

① 陈敬胜:《历史记忆与族群认同——瑶族史诗〈盘王大歌〉的文化学解读》,湖南科技大学硕士论文,2010年。

② 何红一:《美国国会图书馆馆藏瑶族手抄文献新发现及其价值》,《中南民族大学学报》2009年第3期。

系》①《美国国会图书馆馆藏瑶族写本俗字的研究价值》②《美国国会图书馆瑶族文献的整理与分类研究》③《美国国会图书馆馆藏瑶族手抄文献的资源特征与组织整理》④等重要文章，对瑶族文献遗产的海外传承情况作了论述。而其学生盛磊则更具体地专门探讨了《盘王大歌》的海外传播问题，他发表的《中外〈盘王大歌〉版本的比较——以湖南版和美国版为例》一文，比较了湖南版和美国版的《盘王大歌》，探索《盘王大歌》的版本特色及其潜在的内涵、价值。⑤其硕士学位论文《瑶族〈盘王大歌〉中的文化传统研究——以湖南"赵庚妹版"手抄本为例》，以《盘王大歌》"手抄本"为切入点，加入田野调查的相关资料，运用理论和实践相结合的方法，从文化传统的角度对《盘王大歌》手抄本的内容、版本、传承情况进行深入的文化剖析，探索了瑶族文化的独特性和各民族多元文化之间的内在联系。⑥

这一时期从音乐学视角对瑶族史诗进行的研究，主要以周

---

① 何红一：《美国瑶族文献与世界瑶族迁徙地之关系》，《中南民族大学学报》2011年第5期。
② 何红一：《美国国会图书馆馆藏瑶族写本俗字的研究价值》，《广西民族大学学报》2012年第6期。
③ 何红一：《美国国会图书馆瑶族文献的整理与分类研究》，《广西民族研究》2013年第4期。
④ 何红一：《美国国会图书馆馆藏瑶族手抄文献的资源特征与组织整理》，《图书馆学研究》2013年第24期。
⑤ 盛磊：《中外〈盘王大歌〉版本的比较——以湖南版和美国版为例》，《大众文艺》2012年第6期。
⑥ 盛磊：《瑶族〈盘王大歌〉中的文化传统研究——以湖南"赵庚妹版"手抄本为例》，中南民族大学硕士论文，2013年。

红、吴宁华、赵书峰等人的成果为代表。周红的硕士学位论文《江华瑶族〈盘王大歌〉的艺术特征研究》分别从歌谣艺术、曲牌特征、衬词特色以及演唱风格对江华瑶族《盘王大歌》的艺术特征进行了分析。[①] 吴宁华的博士学位论文《史诗〈盘王歌〉的音乐民族志研究——以广西贺州、田林两地个案为例》，基于自己在广西贺州市八步区联东、黄洞等地的细致而充分的田野调查，与广西田林县利周乡"还盘王愿"仪式及其《盘王歌》进行了对比观照，将音乐与文化进行了有机的结合和阐释，揭示了瑶族史诗《盘王歌》真实、活态的歌唱传统。[②] 赵书峰发表的《湘、粤瑶族"七任曲"音乐本体之比较——以湖南蓝山、广东连阳瑶族为个案》[③]《瑶族"还家愿"仪式及其音乐的互文性研究——以湖南蓝山县汇源瑶族乡湘蓝村大团沉组"还家愿"仪式音乐为例》[④] 等文，以湖南蓝山、广东连阳两地瑶族"还盘王愿"仪式为例，对《盘王歌》的音乐形态特征进行比较分析，认为湘粤两地瑶族虽处于相同的地理环境和文化圈之内，但是在音乐风格与本体特征方面，个性显然大于共性，反映了瑶族文化多元一体的特点。通过对瑶族"还家愿"仪式音乐文本的结构进行"互文性"理论研

---

① 周红:《江华瑶族〈盘王大歌〉的艺术特征研究》，河南大学硕士论文，2011年。
② 吴宁华:《瑶族史诗〈盘王歌〉的音乐民族志研究——以广西贺州、田林两地个案为例》，中央音乐学院博士论文，2012年。
③ 赵书峰:《湘、粤瑶族"七任曲"音乐本体之比较——以湖南蓝山、广东连阳瑶族为个案》，《歌海》2013年第1期。
④ 赵书峰:《瑶族"还家愿"仪式及其音乐的互文性研究——以湖南蓝山县汇源瑶族乡湘蓝村大团沉组"还家愿"仪式音乐为例》，《中国音乐》2010年第4期。

究，赵书峰发现，瑶族的仪式音乐是由一系列复合型（如道教音乐、《盘王大歌》等）的仪式音乐文本构成，这些多源的音乐文本在纵横两轴的时空维度中，逐步形成"现象文本"和"生产性文本"，以及与之相对应的"可读性文本"和"可写性文本"，体现了瑶族史诗《盘王大歌》在仪式操演实践中的复杂性。①

三、存在的问题与愿景展望

《盘王大歌》是瑶族传统文化的典型形态，是优秀的非物质文化遗产，是千百年来瑶族生存智慧的总结，也是现存的"活态文化"。纵观《盘王大歌》的研究史，可以发现一条较为清晰的脉络：即从早期的盘瓠神话的探究，注重汉文史籍相关记载的考证，到具体文本的整理，进而对文本进行多角度的研究。迄今为止的研究包括了图腾宗教考察、民俗历史解析、族群记忆回溯、神话传说考证、哲学美学思辨等内容，涉及神话学、宗教学、艺术学、文学、考古学、人类学等多个学科领域。这些研究为《盘王大歌》的传承乃至整个瑶族文化的弘扬作出了杰出贡献。当然，以往的研究也明显地存在局限。

首先，以往和目前的研究内容的相似性或主题重复程度较高，研究方法较为单一。早期的研究都集中于盘古神话和盘瓠传说，至今大部分研究成果依然侧重于神话学、宗教学的研究。此外，一些成果仅流于对《盘王大歌》的简单介绍，这类工作存在

---

① 梁宏章：《概念与走向——2013年"南岭民族走廊"学术研讨会综述》，《民族论坛》2013年第12期。

图 2 江华县迁建盘王殿落成大典祭盘王文石碑（胡铁强 2014 年 8 月摄）

图 3 江华县盘王殿（胡铁强 2014 年 8 月摄）

较多的重复；而对于一些重要的本体问题的研究的长期处于空白状态，比如《盘王大歌》的流变过程、传承人或传承机制的深度描述、不同支系或区域操演过程的细描、话语结构分析、名物符号的考辨，等等。

其次，专门研究《盘王大歌》的专著很少，研究内容零散化，缺乏系统性。研究者分散独立，相互之间缺乏必要的协作。这一问题实际上已引起学者们的重视。2013年10月，在西南民族大学召开的南岭民族走廊学术研讨会上，与会者就提出了关于加强瑶学研究的跨区域合作等问题。周大鸣教授认为，很多地方的民族研究视野狭窄，立足于所属的行政区域和学术领域各自为战，研究的重点往往也是区域内的单一民族，这样的研究视角是有局限性的。他呼吁打破以往的研究定式，打破行政区划限制，甚至打破单一族群、民族的研究，各学科积极互动，共同推进，共享成果。《盘王大歌》是中国瑶族重要的文化遗产，具有自身的文化体系特性，对它的研究若能吸收上述理念和方法，若能加强不同区域、不同学科之间的协作，必将规避学科分割和地域分割而造成内容零散碎片化的弊端，使研究更具有系统性，将研究进一步引入纵深发展的局面。

此外，目前不少研究还缺少从中华各民族共同体"和而不同"、互融共生的高度来看问题的大视野。纵观《盘王大歌》的研究历史，有的学者摆脱了单一的族群视野，将瑶族史诗与汉、苗、畲族进行文化比较，为瑶学研究的拓展作出了榜样。正如纳日碧力戈教授所指出的，中国是一个多民族的超级共同体，各民族共同体"和而不同"、交融发展的民族生态格局贯穿了中国的整个历史过程，发展至今，已成为国家建设的常态。① 因此，我们研究瑶族史诗，不能只是就《盘王大歌》而谈《盘王大歌》，如能从中华各民族共同体"和而不同"、互融共生的高度来看问题，探讨它的生成和演化机制及价值，必将更有学术价值和现实意义。杨义先生倡导文学地理学研究，提出重绘中国文学地图等方法论问题，意图改变过去的文学研究基本上侧重时间维度，对空间维度重视不够的问题。按我们的理解，他重绘中国文学地图的目的，就是要强化文学研究的空间维度，将文化的区域多样性纳入考察的视野，用大文学观考察中国这个多民族超级共同体形成的经验过程在文学上是如何体现出来的。在他看来，"盘古神话最初是南方少数民族将族源神话提升为开辟神话，再反馈到汉族文献中；汉族文献剥除了族源部分，丰富了开辟部分，并且与中原的阴阳化生思想相融合，最终成为中华各民族共同认可的创世神话"②。这种视野和方法论对于我们重新认识《盘王大歌》一些区域版本中存在的盘古—盘瓠混溶的现象以及其他的神话传说内涵，从更高的层次考察瑶族《盘王大歌》的生成发展脉络及其与汉族等民族神话史诗之间的互动或交融关系，有着重大的启示作用。

总之，以往的研究过多地拘囿于史料的辨伪存真，辩证意识与整体意识还相对薄弱，研究成果还相对零散，处于局部性和静态性的研究阶段。依笔者浅见，应对《盘王大歌》进行动态、开

---

① 纳日碧力戈：《中国各民族的政治认同：一个超级共同体的建设》，《广西民族大学学报》2010年第4期。
② 杨义：《中华民族文化发展与西南少数民族》，《民族文学研究》2012年第1期。

图4 盘王神像（胡铁强2014年8月摄）

放的研究，既从历时的维度又从共时的维度，系统地探寻其生成和流变机制、挖掘其文化内涵、剖析其价值和意义。在注重文本形态的《盘王大歌》研究的同时，更应该关注"活态"的《盘王大歌》，从瑶族人民生存性智慧、"活态文化"的层面探索其价值功能不断变迁的本质与规律。

本文系国家社科基金重点项目"我国各民族关键符号及其对民族关系的影响研究"（13AZD057）子课题"苗瑶民族关键符号及其对民族关系的影响研究"的阶段性成果；教育部人文社科青年项目"瑶族文书'过山榜'的社会文化学研究"（13YJC850003）的阶段性成果；贵州省高校人文社科重点研究基地中国山地民族研究中心基地建设项目暨贵州师范学院民族学重点学科建设项目

"世界苗瑶研究文献史"的阶段性成果。

作者简介:胡铁强,男,汉族,湖南宁乡人。湖南科技大学人文学院副教授,研究方向:民族学、瑶族文化。

何雅如,女,汉族,湖南汝城人。湖南科技大学硕士研究生,研究方向:文学人类学。

李生柱,男,汉族,山东梁山人。湖南科技大学副教授,研究方向:瑶族宗教乡民艺术与村落文化。

关于畲族盘瓠神话现实意义的意见

蓝万清

一、我与盘瓠神话

1980年我进入大学后一直对自己的民族身份产生疑问和兴趣,从此对畲族保持关注和关心,尤其对于畲族问题研究持有民族立场态度,从畲族人角度看待问题,但更多体现是主体文化反哺的结果,即阅读有关畲族文字材料体现自己的民族特性。所阅读的文献资料多是书面的,与我现在的生活并没有什么关联,并没有发现与盘瓠神话有关的历史印迹。

近半个世纪后情况发生变化。去年我在现实生活中找到了自己今生民族身份的"前世",2016年9月9日晚上回老家福建省连江县丹阳镇后湾畲族村,在旗杆厝厅堂,与大哥、二哥(叔伯堂兄)聊天,说到盘瓠传说,大哥说到广东畲族地区参加活动,那地方的山客人[①]展现狗头人身像,有的浙江畲族回家路上一路骂回去,他的意思是有许多人不满意狗头人身像的这种说法。在

---

① 山客人:畲族人的一种称呼。

我与二哥对话中，大哥听出盘瓠传说的合情性和正当性说"如果后代很强就不怕别人怎么说了"，他用很朴素的语言，对畲族在盘瓠传说问题上自卑心理做了说明，由于太不自信、过于认同他人文化，放弃了自己的传说，所以才出现自己不承认，也不允许别人承认的怪事，而承认盘瓠传说的民间畲族群众是不说话的多数，他们并没有表达意见的机会和权利，只是世世代代先人流传下来的祖先传说仍然存在，所以才有大哥所介绍的，二叔公、三叔公称我们祖公是狗头王，并完整讲述了盘瓠传说。此后我在村里的微信群里发了个消息：今晚有一个重大发现，大哥说，二叔公、三叔公称我们祖公是狗头王，并讲述了祖先传说。我所读的文献内容与二叔公的说法相印证说明了后湾蓝氏确实是狗头王后代，历史得以延续，民族有了繁衍，文化因之传承。

二、保持文化基因是重建畲族文化的前提

解放初期开展的中国民族识别工作，当下经常被人用根基性和工具性两种方式进行剖析，畲族识别也不例外。当代族群文化不管认同的方法、方式如何，从工具理性出发还是从根基上考虑，都得从畲族文化现实出发，重构畲族文化也需要从现实基础开始，保存什么，应该如何保存，是要充分考虑的，明智选择基于智慧思考，考验畲族人的能力、智慧和勇气。

在网络上有这么一个帖子："一位人类学者说，畲族以前信仰狗图腾，后来外面人都说狗不好，他们也开始不承认狗图腾，改说凤凰。但是这件事看你怎么想，集体记忆是建构出来的，这个建构过程是一直持续的，只要他们的文明还在。于是就没法

一概而论说到底这样的文化变迁是好还是不好。因为畲族人现在都会说他们的'古老传说'里说的就是凤凰……"① 发帖者说,这是民族文化受现代影响发生改变的例子,好像凤凰已经代替盘瓠图腾了,学者关注畲族图腾是什么的,更多是关注民族图腾的变迁,这样的文化相对主义和宽容态度,应该得到众人肯定和支持,但无助于问题的解决。

自己的路自己走,畲族的事只能山客人自己选择,外人不可能太多介入的,问题摆在畲族面前,山客人怎么办?由于历史和现实的原因,文化霸权、知识无知、行政干预、科学至上、经济功利、心灵漠视等等缘由,各民族文化不断受到破坏,严重威胁了世界文化多样性。每个民族都有保护民族文化优良传统的义务和责任,畲族也不例外。

有人认为有的民族有一些文化传统是不值得保存的。如罗伯特·爱哲顿在《危险的社会》(*Sick Societies*)给出了一套关于"不适应"的普世的文化标准:1.因为信仰或机制不合适、有害,导致人口或文化无法生存。2.成员中的高度不满。表现为冷漠的态度,被其他族群吸纳或者完全消失的意愿,或拒绝需要做的事情。3.成员的身心健康受损,以至无法满足个人所需,或不能进行社会、文化实践。这些原因或许在畲族文化中有所体现,表现为民族信仰(祖先传说)不合适成员生存现实,有的成员的情绪高度不满,表现为冷漠的态度,让身心健康受到受损,集中体现为文化虚无,文化不自信态度,心理的极度自卑产生的文化自虐倾向,或许也是目前畲族文化传承和发展中应关注的问题。

---

① 果壳网,http://www.guokr.com/question/465758/

有人说保持文化多样性不应该作为守旧、拒绝变迁的挡箭牌。畲族文化如何变迁，或称保留什么、舍弃什么值得考虑，那保持畲族盘瓠文化是否专成为守旧、拒绝发展的挡箭牌，以凤凰代替盘瓠就是先进、进步和发展的，这样的与时俱进有什么意义，满足什么样心理状态和文化需求，当然所有文化永远都处于变迁之中，没有不变的文化正如没有不死的人，但是有不灭的文化因子，保留自己的文化基因，就是保持自己民族之本，否则完全趋同，丧失自己民族根本，只能使自己同化于他人。应该相信畲族文化本身存在旺盛生命力和适应力，在文化的变迁中，仍然保留自己的民族之本，文化之根。

盘瓠传说已经从信仰意义下跌至文化和传说层面了，无法对此做出什么评价和论说，但几乎所有人都知道其对于山客人而言的其价值和意义，凤凰文化对于畲族文化意义显然次于盘瓠文化，这是不言而喻的，试图以凤凰文化取代盘瓠文化的做法，既无学理依据，也无社会基础。

畲族只能从传统文化中寻求自己文化基因，在这文化基因中生发出自己独特的文化内涵和心理认同。与周边其他民族、民系相比照，只有盘瓠传说和山客话两种因子是独有的，因此在重建畲族文化过程中要十分关注这两种文化因子保存和发展、传承和光大，否则怎么建设，花再多的钱，采取何种新方式，建设新形象，都不会在文化建设中留下什么痕迹。

三、南方民族共同申报世界文化遗产

盘瓠传说是畲族与苗瑶等南方民族共同的文化遗产，畲族

祖先传说更独特、更典型、更具有全民性，在最早记载盘瓠传说《山海经》注释最初文本中，所说盘瓠所生的三子应该就是畲族的三大姓氏，而许多其他民族的则是后来传播的结果。畲族盘瓠传说所体现的正统和一贯性是其他民族无法比拟的，畲族盘瓠传说具有无可怀疑的纯正性。

盘瓠传说在畲族文化在占据了核心地位，表现于畲族文学艺术、山歌对歌、民间传说、祖图文物、祭祀音乐、风俗民情等等，与畲族文化有关的一切大都打上了盘瓠传说的印迹，已经沉淀为畲族的文化心理主线，起到其他文化不可代替的作用，盘瓠传说在畲族中的意义是其他文化类型不可比拟的，可以说没有盘瓠传说就没有畲族文化和畲族，不管对于盘瓠传说肯定也罢，否认也罢，都体现盘瓠传说与畲族的密不可分的关系，她对于畲族历史和发展仍然起着其他文化因子不可替代的作用，弘扬盘瓠精神，宣传畲族文化，增加山客自信，仍是当代畲族人的必须面对和考虑的问题。

划清畲族文化与他族文化的界限，确立畲族文化在中华民族文化中的地位和处境，确定畲族文化在人类文化史上的重要意义，是当代山客人的义不容辞的责任和义务，只有剔除对盘瓠传说非山客文化的影响，回归畲族文化的本源，寻找畲族文化之根，才能找到畲族传统文化的意义和价值。畲族之所以成为畲族，山客之所以成为山客，都是源于世代相传独一无二伟大传统的盘瓠传说，畲族人要以自己是盘瓠的后人为自豪，以自己的图腾为骄傲，以自己独特的文化象征符号为自得，以自己是东南仍然存在的土著民族而扬眉吐气，当代山客负有承前启后、发扬光大盘瓠精神的使命，要以独立的形象立足于世。

有人说："盘瓠是畲族家族传说中无法避免又相当讳忌的象征符号。"[①] 随着畲族政治地位的提高，经济状态的改善，生产生活水平的改变，这种状态正逐渐改变，自尊、自强、自信、自觉的山客人越来越多，而畲族知识分子的觉醒，使盘瓠传说以畲族为主体申报世界文化遗产成为可能。当代山客人有能力、有智慧、有勇气来维护自己的祖先传说的尊严，对于自己的文化困惑从理性上进行思考和探索，对于自己的文化困境从实践上进行化解，经过剖析民族关系理清文化思路，确立了畲族自我民族意识，划分畲族与外族文化的界线，认识自我文化边界，以深刻的族源认同来审视自己的民族文化，尤其珍视盘瓠传说对于畲族整体意义，通过行走于基层、走进民间、走入人心、走向世界，可以说，目前畲族人已经能够直接面对和勇于承认盘瓠传说，山客人以畲族盘瓠传说申报世界文化遗产的时候已经到来。

四、传承畲族盘瓠神话的现代意义

从内外两方考虑如何传承盘瓠传说，向外就是要宣示盘瓠子孙的存在，申报世遗。向内就是要各地重修祖图，增强凝聚力，重修祖图是构建畲族文化的重要形式。

2016年在北京召开的"纪念畲族确认60周年座谈会"上，对于盘瓠崇拜，曾经参加畲族民族识别工作的施联朱与陈凤贤先生都是同样的回答，那个时候不是问题，也没有人质疑。这些问题都发生在之后。而陈凤贤先生后来没研究畲族，所以她对现状

---

① 蓝炯熹：《畲民家族文化》，福建人民出版社2002年版，第20页。

不了解，她说不会有人对这个说不好的，矢口否认任何这方面存在质疑。中央民族大学施联朱教授明确说过：没有盘瓠传说就不会将山客人定名为畲族。显然这是后人，山客人尤其是有的畲族文化人或是汉化畲族人（在福安称歧视山客自家人为山客鬼）在六十年来才制造出来的文化现象。

施联朱教授曾写道：畲民在服饰、文化、风俗习惯、宗教信仰等方面都有自己的民族特点，"认定畲民既不是汉族，也不是'瑶族的一支'，而是一个单一的少数民族"。因为"畲民自称为'小姓人'，称汉人为'大姓人'，畲汉之间的民族界限一清二楚"，但现在畲汉之间的民族界限已经不是那么一目了然了，其表现之一就是否认盘瓠传说。

当代中国正处于社会剧烈转型时期，这是网络普及的时代，畲族社会文化面临着重新建构的时代，山客人无法准确给我们定位，个人族籍身份越来越不确定，我们是谁？我们从哪里来？将向哪里去？这些问题又次出现，畲族认同危机再次成为公众共同的话题，要想解决我们去哪里、我们是谁这样的问题，只能返回原点寻找，要到我们从哪里来的地方去寻找答案，才能不失去自己的文化之根、民族之本，如果寻找不到我们文化的归属之处，只能让自己族魂无安宁之所，个人心灵无所归依，这是山客人的忧心之思，也是当下畲族人不得不面临的问题。

对此，山客人各抒己见，表达自己立场、看法和意见，不管他们的意见如何，但山客人，所有山里的人都是来源于山区、农村、乡野和基层，那么来自民间公认的民族共同意识是什么？是我们的祖先传说。所有畲人都认同自己的祖先传说，表现物质形态是所有村落都有自己的祖图，即祖公图，目前最早祖图是保存在遂昌县档案馆明崇祯年间的祖图，在闽东浙南地区保持比较多的祖图多是清中前期，或许与当时茶叶等经济作物种植兴盛有关，清康乾盛世畲族修祖图是那个时代的特征之一。当中华民族步入新的民族复兴时代，修祖图成为山客人重温民族历史传统重建民族历史的新形式、新契机，亦是这一代山客人思想表达的新方式。

2004年《畲族网》刚创办时，网站雷站长说到要集中印制祖图，承认祖图就是承认自己的民族身世，在文化上彼此认同，这样的文化建设才有真正的群众基础。2012年在丽水学院召开学术研讨会期间，苍南政协原主席雷先生谈到要重新印制祖图，关于畲族祖先传说的争论，仍然意见纷呈，无法达成一致看法。这些争论有发自内心的成分，也有个人意气，乃至个人目的，所以关键不在讨论什么，而在于我们要做点什么事，才是最有意义的事，不管采用什么版本的祖图，只要在民间做了就有意义，仿佛民间修族谱那样，体现民间群众的活力和文化的内在力量，所说所论所思都是围绕畲族祖图开展的，因为那是畲族的旗帜，文化的象征，民族的代表。

浙江省衢州一畲族村花钱绘制了祖图，用人工手绘祖图体现祖先传说神圣性和独特性，盛世修祖图时代已经到来。重修祖图可以让不同群体从不同角度和利益表达自己的愿意，畲族人只有虚怀若谷，才能相互了解，彼此尊重，通过祖图共同文化因子，强化民族认同感，减少分歧，形成合力。在不断调适之中，才能寻找心灵的安顿之处，除却心理困惑，解决情感焦虑，化解文化危机感，增强民族自信心和自豪感，达到重构文化均衡和谐状态。通过各地重修祖图，促进民族内部的认同，民族文化精神凝固于祖图之中,发扬光大独特文化,增强民族团结和向心力,形成强大民族精神凝聚力,进而为中华民族的共同繁荣做出更大的贡献。

作者简介:蓝万清,男,畲族,福建连江人。福建省政协教科文卫体委员会调研员,研究方向:畲族问题。

沅水流域盘瓠神话的现代重构

明跃玲

作为一种神话传说,盘瓠神话不仅在历代的古籍中记载丰富,而且在我国南方苗、瑶、畲等民族中口耳相传,并保存着众多的文化遗迹和文化表征。对于盘瓠神话的研究,二十世纪初有钟敬文、岑家梧、凌纯声对神话本体的研究开始,以及日本的松村武雄、大林太良先生对环太平洋犬图腾神话的研究,二十世纪后期学者们由对盘瓠神话的源流等历时性研究,转向盘瓠神话的功能、交流性的讲述与展演及其深层思维结构等共时性研究。

近年学者们发现了盘瓠神话研究的广阔空间,认为:"盘瓠神话区别于一般民族神话,它是以活态的方式在民众中流传生存,它的发展演变不断体现在母题元素的整合中,它的功能影响是全方位的。"[①] 其文化内涵中具有一定的美学特质,从精神隐喻的视角看,盘瓠神话也是一种神话隐喻思维。神话不仅仅是"神圣的叙事",人类还通过神话叙事了解和把握"历史的真实",因

---

① 陈敬胜:《历史记忆与族群认同:瑶族史诗〈盘王大歌〉的文化学解读》,《湖南科技大学学位论文》,2010年。

此研究者还把盘瓠神话当作历史记忆，吴晓东认为盘瓠神话是基于真实的历史事件，描述了楚国与南蛮卢戎的一场战争。"①台湾"中央研究院"的王明珂研究员在他的《中国民族与民族史》一文中认为盘瓠神话是华夏民族对南方边郡蛮夷的模式化的历史记忆，以此解释中原没有向南方蛮夷征粮纳税的原因。"②

本文将以沅水流域的盘瓠神话在当代族群的资源竞争中，特别是在非遗保护的今天，作为一种选择性的历史记忆，通过民族精英与政府力量的重新阐述与建构，被选择、创造和保存下来的个案，以探讨作为远古文明的神话，已不再具有纯洁与本真的意义，在文化变迁情景中开始接近历史或现实生活，从而在后世中代代相传，成为族群凝聚与延续的主要因素。

一、叙事文本的重构

对于盘瓠神话的重构，主要聚集在盘瓠身份中，在历代汉族典籍《风俗通义》《后汉书·南蛮西南夷列传》《搜神记》的记载中盘瓠是犬，一只有灵性的神犬，信仰盘瓠的民族是犬种。对此沅水流域的本土文人及地方官员认为盘瓠神话的"犬种"说是大汉民族强加在南方民族身上的污名，但不知从何处找到摆脱污名的途径，只是一味地回避、淡化或抗议。从宋朝的文人罗泌到明代进士李栋、侯加地，清代文人顾奎涌、刘绍濂以及民国时来沅水流域传教的传教士陈心传都署文考辩，认为盘瓠神话的犬种说是

---

① 吴晓东：《盘瓠神话：楚与卢戎的一场战争》，《民族文学研究》2000 年第 4 期。
② 王明珂：《中国民族与民族史》，《复旦学报》2016 年第 5 期。

大汉民族对苗瑶民族的鄙视,纯属污说,是强加在五溪蛮身上的"污名"。这些文章都在清乾隆年间的《泸溪县志》及《辰州府志》中留有记载。

近代的许多学者根据史料与考古材料多次论证盘瓠身份。北京师范大学的潜明兹教授在《中国古代神话与传说》中提到盘瓠神话及盘瓠的归属。她从《后汉书》与《搜神记》的记载中推测:盘瓠是王宫老妇的耳虫变的,那位无名老妇,能在宫中住,又有御医看病,实际上是高辛王的妻。从而得出盘瓠与高辛氏是同一氏族,并有血缘关系,只是娶了辛女之后逃到了南方,生儿育女,才成为南方少数民族的祖先。南方少数民族因为皇室后裔可以终身免赋税,便认同盘瓠为祖先。

对于盘瓠为什么与犬图腾有联系,盘瓠与高辛氏有怎样的血缘关系。黑龙江省社科院的研究员王黎明潜心研究犬图腾族22年,以大量的史料为依据对盘瓠的身份做了具体阐述,作者以殷墟甲骨文、《史记》、《汉书》等大量史证材料证明盘瓠不是犬,实是高辛帝时期的御犬官。为了给一个因立战功而得封的御犬官统治的部落有凝聚力,必须神化其部落首领,因为盘瓠御犬官的身份,就将御犬官与犬联系上了,时间长了人们忘记盘瓠御犬官的身份,只记得他与犬的联系。"[①]中国社会科学院的吴晓东研究员在《盘瓠神话:楚与卢戎的一场战争》论证盘瓠是以犬图腾为标志的部落的部落首领,是人不是犬。

盘瓠神话的主要母题是"犬生人",这里的犬不知什么时候开始背负着骂名,使得盘瓠神话在流传的过程中一直是"污名"

---

① 王黎明:《犬图腾族的源流与变迁》,黑龙江人民出版社2012年版,第5页。

缠身，信仰盘瓠的族群"欲说还休"。在沅水流域的泸溪县白沙镇黄狗坨村流传的盘瓠神话中是这样讲述盘瓠的：

帝女岩的传说 ①

自从盘瓠劈开了天地以后，有了天地万物，有了人类。当时最大的部落是黄帝、炎帝与蚩尤，黄帝与蚩尤各不相让，蚩尤很利害，会各种妖术，能呼风唤雨、喷火、飞沙走石，还能喊来好多野兽帮忙与黄帝作对，打得黄帝落落大败，逃至西南。不久黄帝贴出一道告示，召集天下英雄与贤德之人，只要谁能取得蚩尤的妖头，就将自己的女儿——辛女公主许配给他。告示贴出了将近半月，无人前来揭榜，眼看追兵又到，黄帝无奈，只有唉声叹气。这时一个黄门官凑近黄帝身边，说是有一后生前来揭榜。这一后生家不是别人，正是黄狗精盘瓠。一天，盘瓠正在峒中养神打座，黄帝的叹气声冲天而来，冲进了盘瓠仙峒。盘瓠走出峒外一看，啊！怪不得有怨气冲进峒中，想不到天底下发生了争夺之战，死了不少人，可惜呀可惜，我再不出世，那还了得。不久一股清风冲到黄帝帐外，盘瓠乘风飘来，变成了一年青后生，他揭了榜文往帐里冲。黄门官抓住他，要他在门外等候见黄帝。一道圣旨传出，黄门官把盘瓠带到黄帝帐门下，黄帝一看，来人堂堂正正，一表人才。正要问他姓谁名谁，突然那后生不见了，只见帐下有黄狗一条。黄帝不禁大惊，呆

---

① 讲述人：泸溪县白沙镇红土溪村黄狗坨组村民向家发。地点：县城农行门口。明跃玲记录整理，2010年。

了一会,怎么刚才是一美男子,现在却是一条大黄狗精呢?

　　当天的三更半夜,盘瓠变成一道清风,到了蚩尤的帐内。看见蚩尤正在睡觉,就一口将蚩尤的头咬掉,神不知鬼不觉地又跑到黄帝的帐内。黄帝正在睡觉。他轻轻走到黄帝的床边,掀起一股小小的妖风,把黄帝惊醒。黄帝撩眼一看,黄狗口里咬着血淋淋的人头,正是蚩尤之头。黄帝大喜,马上命令所有的兵将打鼓生帐,乘其不备,一气扫平蚩尤兵营。蚩尤的兵将正在睡梦中,不知不觉都成了俘虏。

……

　　盘瓠神话其"污名"之一是盘瓠的"犬种"出身。在泸溪县黄狗坨村流传的这则盘瓠神话的异文中,盘瓠是介于犬神(黄狗精)与人(后生)之间的神灵,白天是犬,晚上是人,开天辟地,生儿育女,是创造人类的始祖。辛女也由高辛氏的公主提升为黄帝的女儿,把盘瓠与中华民族的始祖黄帝联系起来的这种说法,刚好与研究犬图腾族的黑龙江省社科院王黎明的观点相吻合。

　　盘瓠神话的第二个"污名"是逆子杀父。2011年笔者带学生赴泸溪县调查时,遇上了泸溪县文联副主席姚传山先生,他多年来致力于盘瓠文化研究,早在上世纪80年代初,就曾萌生过创作一套"盘瓠与辛女"连环画的念头。2008年9月在陪同副县长走访民间艺人时,就有了把盘瓠与辛女的神话故事与踏虎凿花这两种非物质文化遗产结合,创造出故事、绘画、雕刻三位一体的立体三宝图的想法。2009年由姚传山编绘图案,踏虎凿花传承人邓兴隆、邓启刚父子俩凿刻,侯自佳编写故事的绘画版《盘瓠与辛女》在湖南文艺出版社出版,讲述了盘瓠神话的又一异文:

盘瓠与辛女

远古的时候，蛮荒之地的沅水中游西岸耸立着一座高高的岩山（盘瓠山），岩山脚下有一个岩峒（盘瓠峒），峒里居住着从天上腾云驾雾而下凡的神犬——盘瓠。那时，华夏中原大地高辛帝营屡遭敌寇犬戎国吴将军的屠戮。因此，高辛帝贴出告示，广召骁勇之士；有取得吴将军头颅者，封万户侯，赐万两金、万亩田，配公主为妻。

盘瓠闻知后，从岩峒（盘瓠峒）里拱了出来，摇身一变，成了一个膀大腰粗又非常魁梧的青年人，立即奔赴京城应召。高辛帝对他凝视一阵后，曰："你若真有本事取得吴寇头颅，帝王照'告示'奖赏，绝不食言。"

五天后，盘瓠拎着一个血淋淋的人头献给高辛帝，高辛帝大吃一惊，召来众臣辨认，果真是敌寇吴将军头颅。高辛帝特地为杀敌功臣盘瓠举行庆功会，进行重赏，可是盘瓠却说："高官厚禄我都不要，我只要携带公主辛女回故园。"高辛帝思量良久终于遂了盘瓠的愿。于是，盘瓠与辛女回到了沅水中游西岩故园，刀耕火种，繁衍生息……[①]

在这本绘画本的叙事文本中，盘瓠不是被几个儿子误杀，是被犬戎国吴将军后裔复仇所杀。盘瓠神话经过地方精英的重构，摆脱了"逆子杀父"的"污名"。

沅水流域盘瓠神话的叙事文本中，除了口传文本、绘画文本还有民间讲唱文学。泸溪县白沙镇侯家村有一座辛女庵，是沅

---

① 姚传山绘编：《盘瓠与辛女》，湖南美术出版社2009年版，第10页。

水两岸祭祀盘瓠与辛女的庙宇。农历初一、十五香客们在赴辛女庵赶庙会的路上会唱一些歌,当地人称为佛歌。侯家村的向婆婆说,辛女庵的菩萨很灵,来烧香的香客到处都有,他们唱的佛歌是讲盘瓠辛女的故事。也有人说她们乱唱,盘瓠辛女的故事不是那样的。她说,我想若唱① 就若唱,莫硬要和你们唱的相同:

盘瓠辛女高山坐

不唱东来不唱西,单唱前朝朝廷事。
盘瓠辛女高山坐,子孙代代永传言。
盘瓠坐在盘瓠峒,辛女坐在岩头上,
辛女落河洗衣裳,衣裳晒在桥头上。
洗完衣裳无事情,坐在桥头来乘凉。
盘瓠那天取衣裳,衣裳晒在岩头上。
人间自古几千年,自古哪见女嫁郎。
盘瓠辛女永传奇,帝女下嫁是英雄。

在侯家村的佛歌中,盘瓠辛女既是沅水边谈情说爱的阿哥阿妹,又是出生高贵的帝女与功臣,他们的爱情故事在沅水流域代代相传。

在沅水流域的各种叙事文本中,盘瓠神话作为一种选择性的历史记忆,在现代社会的文化空间中得到了转换和重组。迫于生存的压力,沅水流域如果仅仅尊奉"蚩尤"为始祖,只会给朝廷以"讨伐叛乱"的堂皇理由。在历代的各种叙事文本中,盘瓠应

---

① 若唱:方言。若,怎样。

召征讨犬戎，有功于朝廷，下嫁与他的辛女是帝喾高辛氏之女，辛女这种"高贵身份"使朝廷失去了随意侵凌的借口，这样"盘瓠"及盘瓠后裔成为南方苗瑶畲民族的始祖，也是沅水流域安居乐业的"护身符"。

二、实物形态的重构

神话是一个民族综合性的文化遗产，它所演述的方式主要有口头的、仪式的及实物的等形态，仅仅只是口头叙事的形态很难激发神话的复兴，"如果我们只停留于文本化的接受和解读之中，神话的内在精神会丧失，神话的传承也会大受影响"[①]。这就需要我们以开阔的视野多元的形式去重新阐释、重新发掘神话的形态与当代性的发展空间，探讨民间精英与官方政策之间在对话、协商与较量中利用神话或神话力量建构合法性的不同策略。

辰沅流域的盘瓠神话不仅流传着许多口传异文，还保留一系列相关的传统村落。从泸溪县城白沙沿公路往沅水流域上游走就有流狗滩、辛女岩、白龙岩、辛女桥、辛女溪、辛女祠、仡佬坪、盘瓠庙、引狗冲、打狗冲、黄狗坨等村落，这些传统村落展示了盘瓠神话活态的文化空间。在民间精英的建构中，因为盘瓠神话的污名说，很多村落的名称已有了改变，如流狗滩改成刘家滩，仡佬坪改成甲腊坪，引狗冲改成银井冲。

村落名称变化最大的要数侯家村，他们村的名称已经改了三次。最初的名称吼狗村源于盘瓠神话故事，后来也许因为村里姓

[①] 万建中：《神话的现代理解与叙述》，《北京师范大学学报》2009年第1期。

侯的人多改为侯家村,最近几年又由民族精英提议改为辛女村,并在 2011 年由著名文学家叶辛题名"辛女村"。如今你来到侯家村,还可以看到在村委会门口立有叶辛题写的"辛女村"几个字的石碑。然而村民们还是习惯于称侯家村,因为周边已经有了个辛女溪村。

从村名的变化可看出,他们把含有"狗"的村落名称更改了,留下与辛女有关的名称,如辛女溪、辛女岩、辛女庵。

在近 20 多年民间文化复兴的浪潮中,民间精英与政府力量是盘瓠神话多重建构的主要力量。1995 年因为五强溪电站的修建,沅水流域的泸溪县城区基本被淹没,新县城迁往白沙村。白沙村是盘瓠神话的密集区,有辛女岩、辛女溪、辛女桥、辛女村、辛女庵、盘瓠庙等盘瓠神话遗迹,随着新县城的修建,这里建构了更多的以盘瓠神话为文化元素的实物形态。

泸溪县最早以盘瓠神话为商标的商业行为是盘瓠酒业有限公司的成立,1995 年随着老县城的淹没,县酒厂搬到了新城白沙,酒厂的几个职工注册了盘瓠酒商标,并请湘西名人黄永玉题词。盘瓠酒的问世,奠定了沅水流域盘瓠神话现代建构的基础,然后是 2005 年被命名为辛女大酒店的县政府招待所的建立,标志着县城国家权力在场的盘瓠神话建构的主要基调。随后盘瓠公园、盘瓠广场、盘瓠花园、辛女山泉、小辛女酒家等的盘瓠神话的文化元素应运而生。

2011 年 5 月县政府投资修建了辛女公主号游轮,供游客欣赏沅水流域盘瓠神话的自然景观。2012 年县政府投资 2700 万修建的辛女广场是政府力量建构盘瓠文化的又一力作,辛女广场位于沅水河畔,这个由包茂高速公路进入泸溪县城的标志性建筑,

图1 辛女大酒店（明跃玲2007年摄于湖南省泸溪县县城）

成为盘瓠故里的引景空间。

2016年8月11日由湖南广电、泸溪民宗文旅局等联合出品，以踏虎凿花绘画本《盘瓠与辛女》为蓝本制作的26集大型三维动漫剧《盘瓠与辛女传奇》，在央视、湖南卫视等主流媒体播出。这是国内首部记录国家级非物质文化遗产的动漫剧，讲述了传说中的苗、畲、瑶等民族始祖盘瓠与华夏人文始祖高辛帝的女儿辛女公主相亲相恋的故事。

民间精英与政府等各方力量利用神话或者神话元素，以建构文化的合法性，通过这些选择性建构，使盘瓠神话这个虚拟的空间和想象的共同体成为整合族群凝聚力的动力。特别是在保护传统文化、重视民族旅游的今天，由于民间精英和政府的推动，盘瓠神话渗入了更多的主流文化元素，神话在当代社会的传承中其神圣性渐趋淡化，已演变为一种精神、一种符号，并以实物的形态衍生出新的社会记忆，阐释了当代人群的资源共享与竞争关系，以达到与相关族群认同与区分的目的。

三、祭祀仪式的重构

神话叙事主要停留于文本和口传的陈述特性；而仪式叙事则以一种形式主义和相对稳定的结构体现于既定的程序中。神话与仪式的密切联系源于现代神话学史上的"神话—仪典学派"，认为神话有赖于仪式得以传承、强化和神圣化，仪式需要神话的证明，双方都处在不断的变迁和重建中，它们之间是在复杂的动态变迁过程中的动态互动。"就此而言，仪式作为象征性的行为与活动，不仅是表达性的，而且是建构性的。"① 这里神话已成为仪式化的叙事。

沅水流域盘瓠神话仪式的重构包括盘瓠公祭仪式与跳香仪式的重构。

在近年民间文化复兴的浪潮中，许多地方的神话祭祀仪式是通过将所敬奉的大神历史化为"始祖"的做法，来谋求政治的合法性。沅水流域祭祀盘瓠的公祭仪式可从首届全国盘瓠神话研讨会的召开开始，1990年全国盘瓠神话研讨会在泸溪县召开，会议期间与会人员来到辛女岩的辛女祠祭祀盘瓠辛女，当时称为"纪念南方人祖盘辛典礼"，此后盘瓠公祭仪式是在盘瓠庙进行。2008年、2009年的农历九月二十八，泸溪县甲腊坪村举办两次盘瓠公祭。2009年的盘瓠公祭规模很大，沅陵、溆浦、辰溪等

---

① 郭于华主编：《仪式与社会变迁》，社会科学文献出版社2000年版，第4页。

周边信仰盘瓠的村民都来了,还有州委办驻红土溪村工作队领导、白沙镇及县委统战部、旅游局、文化局、宗教局、县文联、县电视台等党政人员及新闻媒体参加。村口有隆重的拦门酒仪式,几个穿着民族服装的村姑端起拦门酒唱着山歌迎客。两边是由甲腊坪、黄狗坨、侯家村等代表团、县民营企业代表团及社会各界代表团组成的仪仗队在村口迎接嘉宾。盘瓠公祭由泸溪县文化局领导主持,县人民政府办主任担任主祭人。神职人员手持铜铃、司刀,走着罡步,吟唱《拜神辞》请神以后,上午十点八分主祭人宣布泸溪县甲腊坪村盘瓠公祭大典开始,鸣炮击鼓三通,鸣金三叠,奏乐,主祭人以及甲腊坪村向氏家族的代表依次向盘瓠祖先敬献花篮,然后主祭念诵《盘瓠公祭祭文》:

> 伟哉高辛,照耀洪荒。
> 盘瓠肇始,璀璨苗蛮。
> 远迎辛女,护我仙岩。
> 夫妻和睦,子孙繁衍。
> 日出而作,日落而网。
> ……

公祭大典以后是村民的自娱自乐,有舞狮子灯、蚌壳灯、花灯以及抬黑龙、扎故事、打腰鼓等表演活动,还有县辰河高腔剧团的高腔戏,以及村民的赛歌会。甲腊坪村的盘瓠公祭仪式中,族群成员通过选择性记忆把盘瓠身份建构成高辛氏的驸马,娶妻生子后与辛女"夫妻和睦,子孙繁衍,日出而作,日落而网",过着男耕女织的农耕生活。

图 2　盘瓠公祭（明跃玲 2011 年摄于湖南省泸溪县白沙镇甲腊坪村）

整个祭祀仪式热烈而庄严，一个民间的祭祀活动建构成有"国家在场"的类似于黄帝祭仪的仪式。这次由民间村落组织的盘瓠公祭在谋求和建构仪式合法性的过程中，充满了多种力量的互动和共谋，他们利用古典神话或者神话要素的解构和重构，在盘瓠与"始祖"的关联性中，民间信仰转化为民族—国家的象征符号，以此谋求仪式的政治合法性。

沅水流域的盘瓠神话，不仅有许多叙事文本，还有一定的文化空间和祭祀仪式。他们祭祀盘瓠除了在盘瓠庙、辛女祠进行祭祀以外，还有特定的祭祀仪式：跳香。沅水流域祭祀盘瓠的跳香仪式已有几百年历史，据《辰州府志·风俗卷十四》载："十月朔日剪纸为衣，具酒肴奠于祖茔……是月望日农家祀五谷神，曰降香……"这里的"降香"，就是祭祀盘瓠的跳香仪式。

在泸溪县梁家潭乡的芭蕉坪、布条坪、鸡子潭等村，几乎寨寨都有跳香殿，每到农历九、十月，各寨都开始请老司跳香。

2012年我们去梁家潭乡亮排坡村调查时，跳香老司杨××主持的跳香仪式已没有祖传中的发童子、转枯饼绝技，为了展示自己的功夫，他把以往的发童子改成了发仙娘。首先是四个仙娘并排坐在一起（四位仙娘是跳香殿的四个头人），由老司站在她们后面发功。老司端着一碗圣水，手蘸圣水洒在她们身后，口中念咒语，仙娘喝下老司作法的法水，马上接收到了神功，就有了感应。仙娘开始是双脚抖动，浑身发抖，而后发出"唉——唉"的呻吟，表示接收到了老司的神功，其中一个仙娘喊道：

> 我是七仙，我是七仙，
> 等我下凡尘。
> 玉皇高兴下凡尘，

图3 发仙娘（明跃玲2012年摄于湖南省泸溪县梁家潭乡亮牌坡村）

快快走啊快快行。
玉皇玉皇快开口,
开口讲话显神能。

然后和另一仙娘一问一答:

(问)今年亮排坡来跳香,
请下玉皇为什么。
(答)今年跳香请玉皇,
五谷丰登求平安。
(问)请了玉皇为什么。
(答)早有金来夜有银。
(问)玉皇大殿何时修?
(答)玉皇大殿修了八年。

中间的仙娘一直引导另一仙娘搭话,那个仙娘也许是胆小怕事,不敢在公众场合说话,只是发抖(我们怀疑是吓得发抖)不敢答言,面对问话基本上都是仙娘代为回答。中间的仙娘一直想启发她说话,逼着追说:

(问)玉皇上你心了,你快说。
现在玉皇缺什么?

旁边仙娘又没回答,中间仙娘一再启发:

> 你是玉皇,你是头人,
> 玉皇大殿要你承头,你快讲。

还是没有回答,中间仙娘只得自问自答:

> (答)玉皇缺钱米。
> (问)现在玉皇大殿漏雨,若办?
> (答)给玉皇大殿穿衣,补漏。

最后的问答变成了自言自语:

> 全村老少都来跳香,
> 玉皇保护大家人人清洁平安。
> 今年跳香,明年年成好,
> 做哪里,好哪里。

仙娘自问自答以后,老司上场,给四位仙娘退车。

在祭祀盘瓠的跳香仪式中,发仙娘实际就是由仙娘出面以宗教的名义向香客化缘,用来维修跳香殿。随着多元文化的互动与交融,盘瓠神话祭祀仪式的传统功能正在发生改变,在现代化境遇下的人们,对神话的祭祀仪式都会根据生活的需求功利地、策略地做出有利于他们利益、适合他们进行资源操控的理解和解释。

在共同利益诉求下,宗教仪式的实践正被逐步地非神圣化,原本的文化符号在新的实践中得到了转换和重组,神职人员利用仪式实现了自身利益的合法性,原来以族群成员的凝聚功能为核心的神圣性特征逐渐向世俗性、功利性的功能演变。通过"族群记忆"的历史性选择，祭祀盘瓠的跳香仪式成了沅水流域独特的仪式叙事，盘瓠神话这种"族群的历史记忆"被成功地转化为生活中的配置性资源加以应用。

四、结语

多年以来学者们在阐释神话的意义时，大多把目光投向遥远的古代，注重神话在原初意义与原初仪式基础上的本真性与纯洁性，而忽视了神话在当下社会文化中的变迁和重建现象。沅水流域盘瓠神话以叙事文本、实物形态、祭祀仪式等文化表征进行现代重构的个案，阐明了在文化的变迁中特别是非遗保护的今天，神话不再是洪荒年代的"文化遗留物"，而是处于多种力量的互动和共谋的建构过程中的活态叙事。

这样盘瓠神话的传承主体已不限于底边阶层的自发讲述者，政府、文化人和周边市民阶层都参与了传承活动，在传统讲述背景急速变迁的情况下，多重社会力量的自觉推动使古老的盘瓠神话再现生机，附着叙事文本、实物形态、祭祀仪式等物质载体的盘瓠神话跨越不同的时代被重新建构，从而力图使信仰盘瓠神话的族群继续保持较为清晰的边界。

作者简介：明跃玲，女，土家族，湖南花垣人。吉首大学师范学院教授，研究方向：民族学、西南民族文化。

盘瓠传说与畲族契约思想

施 强

远古先民在探索宇宙万物的生成时,因为生产力与科学技术的低下,许多在他们看来无法理解的自然现象和社会现象,只能依靠自身的想象来加以填充和解释,由此就产生了神话。而民族的起源、祖先类的创世神话与传说,在其逐步形成与流传过程中,必然会记录这个民族的历史印迹,也能从神话故事情节所蕴含的文化元素展示民族的历史发展,侧面反映这个民族的生活轨迹,再现其民族对于世界、社会、人生等方面的观念与认知,从而显现重要的民族文化价值与精神实质。在历史叙述中,盘瓠传说是畲族自我意识的基石,是民族内部联系的纽带。因为畲族有了盘瓠传说,才能唤醒畲族最本真的民族意识。这种民族心理和民族意识,是经过几千年群体记忆的文化积累,深刻影响其民族的整体心理与行为。如果使用契约理论分析,畲族的群体历史记忆同样受到契约思想的影响。

一、盘瓠传说的历史渊源

要了解畲族历史集体文化记忆,首先要了解畲族文化的核心内容。要想了解畲族的历史和文化,都不可避免地要接触到盘瓠传说。盘瓠传说收录在诸多的历史文献资料与文学中,如《风俗演义》《搜神记》《后汉书·南蛮列传》等。盘瓠传说之所以历久不衰,是因为它不仅仅是作为历史记载或文学内容记述而保留,更是因其作为畲、瑶、苗等民族文化的一个核心组成部分而延续至今的。可以说,盘瓠传说不仅普遍体现在民族民间文献资料中,更是已嵌入到畲、瑶、苗等族群历史记忆里,融入到各民族的精神与文化中。

盘瓠是畲族的象征符号,在现有畲族主要文化表现形式中,如高皇歌、族谱、祖图及开山公据等有文字记载的畲族主要民间文献资料,都离不开盘瓠传说。在各种畲族民间文献资料中,对盘瓠的称谓较多,有称之为"忠勇王"的,有称之为"龙麒"的、"盘护"的,还有称之为"高皇"、"龙期"等的。"忠勇王"的称谓被绝大多数畲族所接受,另外较多的称谓是"龙期",可能是畲话中麒与期同音,故有此写法。在福建皖南地区畲民有称"盘瓠"为"龙猛",而粤东畲民有称"盘瓠"为"盘大护"、"盘古大王"、"护王"等。

学术界普遍认为,盘瓠传说的形成是一个历史漫长发展过程,盘瓠传说雏形首推《山海经》卷十二《海内北经》中记载的

"有人曰大行伯，把戈。其东有犬封国"[①]，这是汉字典籍中有关"犬"长得象的人的最早记述。经晋代训诂学家郭璞注释《山海经》，由东汉应劭著历史地理学的《风俗演义》对"盘瓠传说"进行演义，又经晋人干宝的《搜神记》对神化"盘瓠传说"记载，再由范晔《后汉书·南蛮传》中以史记方式记载"盘瓠传说"，把带有时代烙印的"盘瓠传说"推上社会评论的焦点，使之更加神秘。在晋人干宝看来，"盘瓠传说"流传分布的地域相当广泛，"今即梁汉、巴蜀、武陵、长沙、庐江郡夷是也"[②]。也就是说，信奉盘瓠传说的民族遍布大半个南中国。"盘瓠传说"在空间上之所以能占据这么广大的区域，正是因为它突破了氏族阶段狭隘的血缘关系限制的结果。

在盘瓠传说中首要人物就是高辛氏，高辛氏又称帝喾氏，是中国远古五帝之一，也是古代东方殷民族所奉祀的上帝。袁珂认为："高辛帝喾，在甲骨文中，它的形象是鸟头人身。"[③] 随着传说的演变，高辛氏已是神的化身，其代表不仅是部落的首领，他的言语已经代表着神的旨意。客观上高辛氏被奉盘瓠部落族群所吸收，进而形成流传至今的盘瓠传说的核心人物与基本内容。后经世人及族群内部的不断演义，盘瓠成为畲族及苗族、瑶族、黎族等少数民族共同的始祖，把龙麒（号盘瓠，勅忠勇王）看作民族历史上的一位英雄，一位神灵。在畲族看来，盘瓠是集图腾、祖先、英雄、神灵等不同形象于一身，其作用和性质却已发生了

---

① 袁珂校注:《山海经校注》,上海古籍出版社1980年版,第307页。
② （晋）干宝撰,汪绍楹校注:《搜神记》卷14,中华书局1979年版,第168页。
③ 袁珂:《中国古代神话》,中华书局1981年版,第14页。

变化，因而带有宗教色彩的盘瓠崇拜就自然形成，使之成为祖宗崇拜而固化。这种古老的宗教形式能够在畲族中保存，在其发展过程中都必然蕴含着一些原始而古老的形式或观念。正如恩格斯所说："宗教一旦形成，总要包含某些传统的材料，因为在一切意识形态领域内，传统都是一种巨大的保守力量。"[①] 而盘瓠传说在苗族、瑶族、黎族等少数民族中广泛流传，正是由于盘瓠传说中蕴含着丰富的精神实质，深刻影响其思想与行为，诸如信实、守信与约定等合符人类共性发展的关系契约性，这种关系契约性影响其民族的发展历程，也必定影响其民族的处事原则与族群交往。

二、盘瓠传说的契约思想

"契约"希伯来文是"berith"，其本初含义包括神的誓约、神与人立约和在神的见证下的人与人的契约，表现的是一种誓约与约定，一种对自己的约束而表现出公义。这种公义便是西方传统文化的根基，也促成了西方商业文明的发展。因此，契约也指应许、承诺、保证"的意思，相对应的英文词是"covenant"。而"covenant"源于拉丁语，是指协议、协定等含义。从现代性理解契约精神含义，契约是一种自由、平等、守信的精神。而"契约"一词，在中国的《魏书·鹿悆传》中就有记载："契约既固，未旬，综果降。"[②] 唐白居易《与执恭诏》："欲求契约，固合

[①]《马克思恩格斯选集》第 4 卷，人民文学出版社 1995 年版，第 253 页。
[②]（北齐）魏收著：《魏书》，中华书局 1997 年版，第 599 页。

允从。"[1] 按照《现代汉语词典》的解释，契约是指"依照法律订立的正式的证明、出卖、抵押、租赁等关系的文书"。[2] 美国律师学会于1932年在《合同法重述》中对契约概述为：契约是"一个诺言或一系列诺言，法律对违反这种诺言给予救济，或者在某种情况下，认为履行这种诺言乃是一种义务"。

如果从现代法理上理解，契约是指个人可以通过自由订立协定而为自己创设权利义务和社会地位的一种社会协议形式。如果从社会关系理解，契约是关系契约，即社会关系是"关系契约"得以发生的情景，这种关系契约是一种嵌入性，是与其社会背景联系在一起的。执行关系契约依赖于自我履约机制，关系契约中包含着很强的人格化因素，很大因素是基于血缘关系之间的一种治家格言、家训、家礼等。

盘瓠传说主要描述人物对象是高辛帝、盘瓠、番王、三公主与三男一女等人物，在这则畲民家族成员中口耳相传的悠久故事里，高辛帝不仅是代表中国古老民族的五帝之一，而且在一定程度上是代表神的旨意的。在传说故事中对盘瓠的出生成长的描述是为其正式成为英雄式人物作出铺垫，而作为英雄式人物出场的盘瓠给世人留下第一印象是"御揭"，这大胆的举动立刻引起人们高度重视。高辛帝为了征服番王作乱，在这御榜中提出："有能得戎吴将军首者，赠金千斤，封邑万户，又赐以少女。"[3] 正是

---

[1] （唐）白居易著：《白居易全集》，中华书局1979年版，第1183页。
[2] 中国社会科学院语言研究所词典编辑室：《现代现汉词典》第6版，商务印书馆2012年版，第1029页。
[3] （晋）干宝撰，汪绍楹校注：《搜神记》卷14，中华书局1979年版，第168页。

这种承诺体现了家族性契约精神。

任何思维都需要一个角度与一个起点，哪怕这个起点只是一个神话。对畲民来说，把不同一般的盘瓠出世作为其传说故事的逻辑起点，而把"御揭"的契约性文化信息单元作为"盘瓠传说"关键点加以描述，这证实了"创世神话从来不向人们提供生命起源的实际信息。……在神话意义上，一度发生之事就是永久发生之事。一个事件需要从它的时间性里被解释出来，并在当代史的诠释中获得新的生命，否则它就不过是一个独一无二、不可重复的偶然事件，或者是无法真实触及到人类生活的历史事件"。正是这种契约性英雄式人物就成为对抗无序的一种方式，也正是"御揭"使神化的高辛帝与出生不平凡的人间凡人——盘瓠联系起来，也是由于原真皇榜这原始的契约，让盘瓠形象从人向神的转变。正是神的誓约与约定，使后来的相关族群与民族长期遵守人类最本真信实，作为民族或者族群历史记忆与民族性格加以内化与发扬。

如果更具体还原盘瓠传说故事情节，"盘瓠传说"则由"盘瓠出世、揭榜征番、兑诺娶妻、移居凤凰山、打猎殉身、率族迁徙"等情节组成，而各个环节中又有多个情节单元组成，盘瓠出世包含"皇后耳痛—延医调治—取出茧卵—盘盛瓠盖—化身龙麒（"龙麒"在粤、赣、闽南等地的神话记载中名为"龙犬"）——赐名盘瓠"等情节单元；揭榜征番包含"犬戎作乱、边患危机、高辛张榜、盘瓠揭榜、化龙过海、侍戎三载、戎王饮醉、弑戎还朝、封忠勇王"等情节单元，兑诺娶妻包含"群臣悔婚、公主诺婚、帝君赐婚、金钟变身、结亲三公主"等情节单元；移居凤凰山包含"高辛赐宝、移居凤凰山、生子四人、高辛赐姓、娶亲繁衍"等情节单元,打猎殉身包含"上山打猎、山羊触死、尸悬于树、族人寻找、安葬凤凰山"等情节单元,族群迁徙包含"土著压迫、族群分迁"等情节单元。盘瓠传说故事环节及故事情节设计是通过畲族的集体记忆而被传承的,在现有畲族民间文献资料中,同时在畲族族谱、祖图与高皇歌中得以体现,也同时在做阳或者做阴等宗教活动中被传唱。这种民族历史记忆是有意识安排的,在畲族文化中根深蒂固。当然历史记忆既体现集体性,又体现个体性,但大多的历史记忆是通过权威个人的个人记忆进行传播与传承,畲族的历史记忆具有高度的稳定性,并不像常态中的历史记忆,具有很强的可变性。历史记忆在一般情况下是历史主体根据不同的历史情境对某些历史资源做出的不同诠释,它具有相当的可变性、选择性。也许各个时期记载"盘瓠传说"的情节单元有些变化,但无论如何,其根本性母体情节元素是不变的,则"盘瓠传说"不管在何种重大的历史事件或出现重大的生存危机时,都具有超常的稳定性,并且某些历史资源会不断地甚至是重复的被历史记忆所唤起,以几乎相同的方式被重新诠释以适应不同历史情境的需要。畲族历史记忆超常的稳定在于对事件的承诺上,表明其对事物发生与发展的态度与心态。这种态度与其说是畲族的一种历史记忆,更不如说是与生俱来的气质,只要在历史关键时刻,无论事物缘于何种目的,都会被唤醒。当然,社会的进步,不管是哪个民族,对民族的历史性事件,根据自身发展需要,采取选择性遗忘也是正常的,但不管是唤醒一部分历史记忆也好,还是压抑与遗忘一部分历史记忆也好,历史民族文化知识、民族思想与信仰世界里,总是在不断地唤醒与遗忘的历史博弈中得到发展与升华,使其民族性更得到彰显。

"群臣悔婚、公主诺婚、帝君赐婚"是盘瓠传说第二个契约思想的集中体现。学者吴海东在其文章《从蚕马神话到盘瓠神话的演变》中,从"蚕马神话"与"盘瓠神话"二神话故事的情节不同入手,分析二则神话故事先与后问题,其文章认为:"盘瓠神话"的故事情节是"盘瓠出世—承诺婚事—立功[盘瓠取得敌国将军首级]—悔婚—盘瓠与公主结合",而"蚕马神话"的故事情节同样是一个情节,只是次序不同,其情节是:"承诺婚事—立功[马载父归]—悔婚—马皮卷女飞走—女子化为蚕虫[马与女子结合]"①事实上,盘瓠传说与蚕马神话二则神话故事在《搜神记》分别叫《盘瓠子孙》与《马皮蚕女》,从表象看来,这二则神话传说故事的历史背景皆为战争,故事主角马或盘瓠需要到敌方去完成一项难以完成的任务,作为换取婚姻的条件,但其结局是不一样的,一则以喜剧形式结束,演变成人类,繁衍生息,另一则是以悲剧形式演变成"蚕"。究其原因根本不同在于其对婚事"誓约与约定"的态度。蚕女因为以葬送诚信和公平的原则作为前提,以破坏规则和契约的准则作为自豪,其后果就是"马皮蹶然而起,卷女以行"结果是至使"女及马皮,尽化为蚕,而绩于树上"而成"人间"悲剧。而《搜神记》卷进十四中同时记载的《盘瓠子孙》中三公主则是另外一种态度,这种态度体现一种信实思想,一种与与生俱来的契约精神,其对群臣悔婚的之意,即启王说:"大王既以我许天下矣。盘瓠衔首而来,为国除害,此天命使然,岂狗之智力哉。王者重言,伯者重信,不可以女子微

---

① 吴晓东:《从蚕马神话到盘瓠神话的演变》,《黔南民族师范学院学报》2016第1期。

躯，而负明约于天下，国之祸也。"① 正所谓"王者重言，伯者重信"，更不能以"女子微躯，而负明约于天下"，说明一个明君，要以诚信治理天下，不能失约而负天下，只要信守诺言，百姓才能相信你，服从你。一个失去信用的人，必定会失去一切，包括人的生命，在这里干宝《搜神记》卷进十四中《马皮蚕女》的传说故事里，只因蚕女违背了"尔能为我迎得父还，吾将嫁汝"的诺言，并将有功之马"伏弩射杀之，暴皮于庭"，才导致"卷女以行"，以致"后经数日，得于大树枝间，女及马皮，尽化为蚕"②，正是这种对誓约与约定信仰与遵守。其结果是几经变迁与发展，"盘瓠传说"在畲族中广泛记载与流传，"盘瓠与公主结合"繁衍人类，马与女子结合，女化为蚕虫，为人类结丝。

因此，一个民族或者一个族群的存在，必有其存在的历史原因及其特有的心理与文化，在学术界公认盘瓠传说是畲族共有的文化基础，一个畲民族宗教信仰及其文化表达和直接形态。存在和发展，不能不依赖于一定的社会组织。

三、盘瓠传说契约精神的历史意义

经过畲族内在文化的传承与传播，经过历史发展之演义，畲族文化受盘瓠传说契约性（契约精神）的影响，已经内化为一种行为准则与道德精神，则表现在集体性责任与道德规范在畲族发展的历史上，通过要求信守承诺以达到应有利益与诉求，这在一

---

① （晋）干宝撰，汪绍楹校注：《搜神记》卷14，中华书局1979年版，第168页。
② 同上书，第172页。

定程度上体现公平与正义，体现一个民族共有的心理特征。这就是我们通常所说的盟约精神，一个文明社会，不仅要求用道德约束人的行为，要求每个公民有诚实和敬虔之心，更需要有制度与律法约束人的行为，使每个人守信、诚实、承诺。

正因为盘瓠传说蕴含着守信、诚实、承诺契约思想，而信实是契约所追求的永恒价值目标，而古老的关系契约的本质，是体现在看不见皇榜内容上的承诺，而不是体现在"看得见律法"上。在一个宗教、道德和律法难以区分的年代里，信仰、道德、法律也是不能非常清楚地区分的，因为不能把"完整的人"的观念割裂开，说他在信仰的时候就与道德和法律无关，在遵从道德的时候就与信仰和法律无关，在谨守法律的时候就与信仰和道德无关。这三者无疑是个一体三面的东西，它们都是在表述"完整的人"的观念。因此，注重立约、习惯、守约，和畲民契约传统是分不开的。这些契约纪事虽然不是一个整体连贯的故事，但是，这些纪事纵横交错构成了一个完整的畲族诚信、守信纪事网。纵向一层一层的纪事传递着契约的效力，横向的纪事则推进着畲族先民契约精神的内化。可以说，契约思想通过内化为契约精神与制约力，渗透到实际生产与生活，体现在人际交往中，体现在群体事件反映中。这种群体历史记忆有时体现在与血缘之外的实实在在的社会关系中，促使民族的发展与变迁。畲族具有很高研究价值的《开山公据》文献资料，更是体现了这一契约思想与契约性。

畲族最重要的文书是准予开山、豁免田赋差徭的"御赐"执照，称为"开山公据"或"抚徭券牒"。畲族《开山公据》文献资料至迟在宋代业已存在。宋刘克庄的《漳州谕畲》即有"畲民不悦，畲田不税，其来久矣"[1]的记载。畲族"开山公据"中的历史记忆主要是指畲族通过被"御赐"的"开山公据"等形式的记录而实现对其历史事件的记忆。作为一种集体记忆，历史记忆有其传承性、延续性和选择性。《开山公据》内容主要有两项：一是关于其祖先的盘瓠立功的传说，一是楚平王赐予盘瓠子孙的免差徭的优待。对畲族影响至深的关键文字有："楚平王奉承运出敕，大隋五年五月十五日，给会稽山七贤洞《抚徭券牒》，付盘瓠子孙七祖，随代传流，勿令违失。……陛下敕赐'御书铁书'与盘瓠子孙，都记三姓氏畲民，居会稽山七贤洞，永免差役，不纳粮税，永为乐也。"[2]内容还提到《敕赐开山公据》下发吏部、户部、礼部、兵部、刑部、工部的尚书。《重建盘瓠祠谱》之《敕赐开山公据》，况且不论《开山公据》存在的真实性，但从畲族文献普遍记叙了此据，足见其对畲族生产生活的影响。《开山公据》的存在，也是畲民在长期与周边环境不断重复博弈的结果，其目的就是根据文献中包含的契约性，即"准予开山、豁免田赋差徭"的"御赐"执照，影响他人选择的，特别是希望当地政府据此公据履行约定的免赋意愿。而"准予开山、豁免田赋差徭"的"御赐"执照诉求的历史记忆，在当时社会环境中争取到官府对其地位的认可，在一定程度上为畲族提供了发展空间，并使其民族权益得到一定程度的保护。在畲族迁徙居住地的文献资料中都可找

---

[1] （宋）刘克庄：《后村先生大全集》卷九三，四川大学出版社2008年版，第2401页。
[2] 《中国少数民族社会历史调查资料丛刊》福建省编辑组：《畲族社会历史调查》，福建人民出版社1986年版，第254—255页。

到地方政府遵照此约定的例子。如清康熙四十一年(1702),福宁知州董鸿勋立石勒碑,永禁各都、保滥派畲民差徭。乾隆二年(1737)朝廷颁旨绘画畲民图册进览,仍准畲民不编丁甲,免派差徭。霞浦县到乾隆五年(1740)才实行"编图录籍"、"编甲完粮"。① 乾隆《潮州府志》载:"距(潮)州七十里曰斜峒,僚人(即畲民)聚耕,不输赋税。"② 同治《景宁县志》亦云:"畲民……处(州)之松、遂、云、龙诸邑,皆有其人,……佃耕以活。……另编保甲,遇差徭县尉票致之,贫不能存,则亡徙以去。"③ 赣东北"不役不税"的时间更长,同治《贵溪县志》记载:"江浒山无籍民,蓝、雷、盘、钟四姓,……不入版图,无丁赋差役,赁田耕种而纳其租于田之主。"④ 乾隆《龙溪县志》载:"穷山之内有蓝雷之族焉,不知其所始,姓蓝、雷,无土著,随山迁徙,而种谷三年,土瘠辄弃之,去则种竹偿之,无征税,无服役"的记载⑤,光绪《海阳县志》记载:"海阳县凤凰山诸处畲,遁入山谷中,不供徭赋。"⑥

受契约思想的影响,畲族守约、信实思想得到历史性弘扬与发展,以至明清时期,畲民迁徙到福建、浙江各地时,畲民的契约思想已根深蒂固。从现存大量畲族契约中可以证明畲民对契约遵守,这也展现出了畲民的道德生活状态,契约伦理在畲民的

---

① 郁田:《霞浦县畲族志》,福建人民出版社1993年版,第2页。
② (清)周硕勋:《潮州府志》卷33,《宦绩》,乾隆二十年刊本。
③ (清)周杰:《景宁县志》卷6,《武备·兵制和保长》,同治十一年刊本。
④ (清)黄联钰:《贵溪县志》卷14,《杂类轶事》,同治十年刊本。
⑤ (清)黄惠:《龙溪县志》卷10,《风俗·杂志》,清乾隆二十七年修。
⑥ (清)吴道容:《海阳县志》卷46,《杂录》,光绪二十四年刊本。

道德生活中有着举足轻重的作用。在明清时期，契约就法律而言可以分为两类。其一为"白契"，是指畲民自己私下订立的契约，这种契约"是民间私人土地房产买卖的契约文书，按约定俗成之格式写明土地买卖的一应要素，须经立契人（卖方）、书契人（代笔人）、中见人（中人）——画押后生效"，此类契约文书没有受到政府的保护；另一类是"红契"，即是到官府纳过契税，盖过官府印章的契约，这样的契约受到政府的保护，具有法律效应。畲民为了自身的利益受到尊重与保护，即使是隔朝隔代也要将"白契"送到当地政府官府盖印纳税。

【基金项目】 本文为国家社会科学基金一般项目"畲族民间文献的历史人类学研究"（项目编号：15BMZ026）阶段性成果。

作者简介：施强，男，汉族，浙江缙云人。浙江丽水学院图书馆馆长，研究方向：民俗学与人类学。

盘瓠与南方少数民族族源神话

汪保忠

盘瓠神话流传于中国南方苗、瑶、畲、黎诸民族中。既有吴越、荆楚南方文化的浪漫瑰丽色彩，也有神犬图腾原始信仰的印记。由于有了共同的民族始祖，盘瓠作为民族群体的标志和徽章，是南方少数民族的向心力与凝聚力之源，保持了民族群体的相对稳定。今天，南方、苗、瑶、畲大部分承认自己属于盘瓠的后代体现出一种悠久的历史文化记忆。

一、盘瓠神话的最早文献记载

晋人干宝所著志怪小说《搜神记》，内容博杂，有神话、有仙话，也有鬼话。有作者自己的亲身见闻，也有远古神话与传说的辑录。神话里面林林总总，不乏记载民族源头的少数民族神话，民族始祖，在蛮荒之域，开枝散叶，繁衍子孙，筚路蓝缕，以启山林。那是怎样的瑰丽神话？我们看卷十四《狗祖盘瓠》：

高辛氏有老妇人，居于王宫，得耳疾历时。医为挑治，出顶虫，大如茧。妇人去后，置以瓠篱，覆之以盘，俄尔顶虫乃化为犬，其文五色。因名盘瓠，遂畜之。时戎吴强盛，数侵边境，遣将征讨，不能擒胜。乃募天下有能得戎吴将军首者，赠金千斤，封邑万户，又赐以少女。后盘瓠衔得一头，将造王阙。王诊视之，即是戎吴。为之奈何？群臣皆曰："盘瓠是畜，不可官秩，又不可妻。虽有功，无施也。"少女闻之，启王曰："大王既以我许天下矣。盘瓠衔首而来，为国除害，此天命使然，岂狗之智力哉。王者重言，伯者重信，不可以女子微躯，而负明约于天下，国之祸也。"王惧而从之。令少女从盘瓠，盘瓠将女上南山，草木茂盛，无人行迹。于是女解去衣裳，为仆竖之结，着独力之衣，随盘瓠升山，入谷，止于石室之中。王悲思之，遣往视觅，天辄风雨，岭震云晦，往者莫至。盖经三年，产六男六女。盘瓠死后，自相配偶，因为夫妇。织绩木皮，染以草实。好五色衣服，裁制皆有尾形，后母归，以语王，王遣使迎诸男女，天不复雨。衣服褊褋，言语侏僂，饮食蹲踞，好山恶都。王顺其意，赐以名山广泽，号曰蛮夷。蛮夷者，外痴内黠，安土重旧，以其受异气于天命，故待以不常之律。田作贾贩，无关繻、符传、租税之赋，有邑君长皆赐印绶。冠用獭皮，取其游食于水。今即梁、汉、巴、蜀、武陵、长沙、庐江郡夷是也。用糁杂鱼肉，叩槽而号，以祭盘瓠，其俗至今。故世称："赤髀，横裙，盘瓠子孙。"

这就是流传至今的盘瓠神话。据文献说，早在干宝《搜神记》问世170年之前，东汉应劭《风俗通义》就有与上文大致类似的记载，但是今天流传下来的《风俗通义》却并无盘瓠神话。后来范晔《后汉书·南蛮西南夷列传》辑录了以上"盘瓠神话"原文，只增添了一句："今长沙武陵蛮是也"，其他都是原文照抄，也许是受"述而不作"的中国文化传统所影响吧，只要能够转述，基本就是原文元典。但是我们注意到一个问题，神犬盘瓠是一个族体的图腾，作为神犬，取名盘瓠（大葫芦），犬与葫芦似乎风马牛不相及，然则如此命名，有何寓意呢？

应劭最早记载这则神话时，他自己对盘瓠神话的发源地湖南武陵一带是非常熟悉的，祖父、父亲都曾经是武陵太守。沅湘山水之间几乎是葫芦的世界。依山而居的民族喜爱葫芦，用葫芦本身为食材原料烹制菜肴，成熟晾干用以贮酒、舀水，等等，不一而足，民风民俗如此，至今依然。《搜神记》前面所加的这两段解释性神话，本来应劭著作以及后来的范晔《后汉书》是没有的。干宝出生地为河南新蔡，历史上也隶属楚国，后来又定居南方。葫芦并不鲜见。所以从这一点来看，《搜神记》记载的盘瓠神话是具有深厚的民间文化基础的，神话作为民间文学历来就存在于民间丰沃的土壤上。

二、盘瓠神话的辗转流传与相关研究

近百年来，神话学界对盘瓠神话有许多研究。一般认为"如茧"之"顶虫"化为神犬，与早期巫术密切相关，是一种图腾仪式转变。假借神灵默许，葫芦经过变虫、覆盘、化犬等巫术仪式之后，最终转化成神犬。盘瓠氏族顺利完成了由葫芦图腾转化为神犬图腾的嬗变。神犬成为盘瓠氏族的合法图腾。盘瓠氏族取得了崇拜新图腾的神圣权利。《搜神记》记载的"盘瓠神话"不过是这种巫术祭礼的口头程式而已。

降至民国初年,刘锡番《岭表纪蛮》辑录有广西瑶族的盘瓠神话:

> 狗王,惟狗瑶祀之,每值正朔,家人负狗环行炉灶三匝,然后举家男女向狗膜拜,是日就餐,必扣槽蹲地而食,以为尽礼。其祀狗之原因,诸说不一。或谓瑶之始祖,生未旬日,而父母俱亡。其家畜猎犬二,一雌一雄,驯警善伺人意,主人珍爱之。至是,儿饥则雌犬乳儿,兽来则雄犬逐兽,儿有鞠育,竟得生长。娶妻生子,支裔日繁,后人不忘狗德,因而奉祀不替。
>
> 或又谓瑶之始祖,畜一犬甚猛鸷。一日临战,于阵上为某大酋所执,将杀之,刃举而犬猛啮酋,酋出不意,竟死。瑶其德狗,封之为王,以所爱婢妻之。其后子孙昌大,遂成一族。
>
> 其又一说,则与范晔《后汉书》所云相类似,惟谓"太子长成之后,与狗父出猎,狗父老惫,坠崖而亡,子负犬还,犬时口流鲜血,沿子肩部下交于胸,子哀之,自后缝衣,即象其形,另缀红线两条,以为纪念"。①

民国学者刘锡番《岭表纪蛮》一书,田野调查与文献考据俱为精审,用力甚勤。笔者查阅文献时,看到的书籍可能为我国社

---

① 刘锡番:《岭表纪蛮》(第一册),商务印书馆中华民国二十三年初版,第81—82页。

会学先辈吴文藻所赠,题有"吴文藻,一九三四,九,二九"字样。在该书第3页,还辑录有《古今图书集成》1410卷部分内容,大致内容也颇相近:

> 南越王有犬名盘瓠,王被擒,其母传令有能脱王归者,当以王女妻之。盘瓠闻言欣然往,窃负而逃,遂妻以女。盘瓠纳诸石谷,与之交媾,生子数人:曰獞、曰猺、曰獠、曰狼、曰狑、曰狪,各成一族,自为部落,不相往来。故猺人多姓槃,嫌犬名不雅,改为盘。且冒称盘古之裔,其实非也。①

动物养育人间英雄或帝王,在中西民族起源上所在多有。在罗马狼神话中。罗马的民族始祖埃涅阿斯,历尽艰辛,艰难建国,虽为女神维纳斯之子,也得益于狼的抚育。这在欧洲第一部文人史诗《埃涅阿斯记》中有令人神往的描述。除此之外,刘锡番《苗荒小纪》第八章还有如下文献:

> 瑶之始祖,父犬而母人,或曰,女为高辛氏公主,生四子。及长,挈犬出猎。犬老惫不能工作。子怒,推之河,死焉。及归,其母问犬,子以告。母大恸,以实语子。子亟赴河,负犬尸还。犬时口流鲜血,沿子胸部而下。子哀之,自后缝衣,必纫红线两条,交叉于胸,所以为纪念也。

---

① 刘锡番:《岭表纪蛮》(第一册),商务印书馆,中华民国二十三年初版,第3页。

同一神话，亦见于樊绰《蛮书》卷10所引王通明《广异记》。文字大同小异，不赘述。

1940年，岑家梧《盘瓠传说与瑶畲的图腾制度》一文，收录有Lajonquiére的田野调查。中国皇帝盘皇与高王交战，盘王败北，盘王招募天下武士，许诺征服高王者，即配以公主。盘瓠咬死高王辄遂所愿，娶公主生六男六女，是为瑶人初祖，且奉盘皇旨意免除徭役。

唐段成式《酉阳杂俎》前集卷四也有民族地区盘瓠神话的只言片语，可窥民风之一斑：

> 峡中俗，夷风不改。武宁蛮好着芒心接离，名曰学绥。尝以稻记年月，葬时以竿向天，谓之刺北斗。相传盘瓠初死，置于树，以竿刺其下，其后化为象。①

此外，同一神话传说在不同民族间异文甚多。岑家梧作过比较②：

文献出处 出处盘瓠传说	王名	狗名	狗妻	戎酋	狗的功绩	狗娶妻情形	狗的后代
搜神记	高辛氏	盘瓠	少公主	戎吴	衔得戎吴首	盘瓠将女上南山	生六男六女，自相夫妻

---

① （唐）段成式撰，曹中孚校点：《酉阳杂俎》，上海古籍出版社2012年版，第27页。
② 马昌仪：《中国神话学百年文论选》（上册），陕西师范大学出版社2013年版，第281页。

续表

文献出处出处盘瓠传说	王名	狗名	狗妻	戎酋	狗的功绩	狗娶妻情形	狗的后代
后汉书	高辛氏	盘瓠	少公主	吴将军	衔得吴将军首	盘瓠负女上南山	生六男六女,自相夫妻
广异记	高辛氏	盘瓠	公主	吴将军	啮得吴将军头		生七人分为七姓
连山瑶人	盘古	盘瓠	公主	番王	衔得番王头	公主骑盘瓠入山	生瑶族十万人
两广板瑶	某国王	狗头	公主		平外患	公主偕狗头入山	生子女各七人,自相为婚
大瑶山板瑶	评王盘护	龙犬	三宫女	紫王	咬得紫王首级	入宫与宫女结婚后送入稽山居住	生四男四女,分为八姓
修仁山子瑶	天王	狗	大公主	妖王	咬死妖王	结婚后到深山峡谷居住	传为瑶族
都安瑶人	北京皇帝	蓝狗公	公主七娘	潘喜韦赵	杀死潘喜韦赵		生二子
安南瑶人	评王	盘护或盘瓠	公主	高王	咬高王首级	公主偕狗入会稽山	生男女各六人
浙江畲族	高辛王	名龙期号盘瓠	公主	犬戎将军	衔犬戎将军首	狗变成人身,狗头然后与公主结婚	生三男一女

三、盘瓠神话与神犬图腾

苗、瑶、畲等南方少数民族的民族起源,涉及远古时期的血缘婚制度。特别是人与犬婚配,是美女与野兽的民族神话版。

《搜神记》说六男六女在盘瓠死后,"自相配偶,因为夫妇。"兄妹婚配,是典型的血缘内婚制。感觉怪诞,似乎不具备现实的人伦基础。但也正是这一点,显示了盘瓠神话的独特文化价值。盘瓠是苗、瑶、畲族创世之祖,文化英雄的色彩是南方少数民族的共同历史记忆,族内婚姻,族群认同,蕴含着番国政治的文化印记。苗、瑶、畲诸族没有固定的生存领地,依山而住,与安土重迁的汉民族相反,翻山越岭,住无定所。而民族神话维系着该民族的向心力和凝聚力。

盘者,大也。盘瓠,望文生义就是"大葫芦"。说明这个神话起源于葫芦崇拜。同时,盘瓠神话里面犬图腾是主体,葫芦图腾次之。有学者分析,犬图腾氏族,实际可能是迁徙而来的强大氏族,文化上融合了当地的葫芦图腾,富有策略的文化融合避免了异族文化的入侵带来的文化冲击乃至情感冲突。

犬图腾具有世界性的民族文化意义。台湾中央研究院院士凌纯生经过大量研究后认为,中国、东北亚、东南亚、环太平洋地区、南北美洲甚至古老的印度都有犬图腾崇拜。流传世界各地的神犬图腾神话应该有统一的文化渊源,"其源地不在古代中国即在东亚"[1]。前苏联学者M.O.柯斯文论述了犬与人息息相关的世界性,不仅我们亚洲,欧洲、澳洲也如此。"最初出现于阿齐尔时期的初驯服的狗,成为尔后人在行走时忠实的同伴和助手。从澳大利亚人和他们的被驯服的狼狗算起,很多部落和部族之间,狗帮助人行猎。狗还在原始人日常生活中的其他方面起着一些

---

[1] 凌纯声:《中国边疆民族与环太平洋文化》,(台北)联经事业公司1979年版,第690页。

相当重要的作用,如守卫人的驻地,预先警告危险,有时代人运输。"[1] 考古发现确认了犬与人类很早即已结缘这一事实,"属于公元前一万二千年的伊拉克帕勒高拉洞遗址,发现狗是当时唯一被驯养的家畜"[2]。由于习见习闻,产生盘瓠神话就不觉奇怪了。世界各地多有犬的神话,或把犬作为民族部落图腾的。如爪哇的卡郎土著,托列斯海峡西部图图与赛培西岛的居民,新几内岛东部的美拉尼细亚人、萨摩亚人,日本北海岛与库页岛的虾夷、治湾及琉球的太幺族,澳洲中部的阿伦他族,中非东部的巴干达人,中非维多利亚的班索加人,西非黄金海岸的芳梯人,北美的摩基卡人及美诺米尼人和奥基白瓦人,秘鲁中部的凡卡族,等等。[3]

中国多个民族地区很早就出现犬图腾崇拜。犬戎就是中国远古时期最早出现的以犬为图腾的氏族。《山海经·海内北经》:"犬封国曰犬戎国,状如犬。"《山海经·大荒北经》:"有犬戎国。有神,人面兽身,名曰犬戎。"《说文》:"狄,北狄也。本狗种。"远古时代,汉族人自大自雄,边疆少数民族被称为"四夷",即"南蛮""北狄""东夷""西戎"。犬图腾崇拜遍及"四夷"。边疆地区的神犬图腾,都与犬戎密切相关。盘瓠神话中的犬图腾崇拜,从文化信息放送者的角度分析,应该源于犬戎部落的犬图腾崇拜。犬戎氏族是华夏文化圈中犬图腾崇拜的文化之根。

---

[1] [苏]M.O.柯斯文《原始文化史纲》,张锡彤译,人民出版社1955年版,第71页。

[2] 林耀华:《原始文化史》,中华书局1984年版,第234页。

[3] 龙海清:《从系统论看盘瓠神话及其他——兼论一般图腾神话的起源问题》,见巫瑞书、林河、龙海清:《巫风雨神话》,湖南文艺出版社1988年版,第66页。

盘瓠神话中，神犬图腾与人间女子婚配生子形成民族的始祖，确认了图腾动物神犬为氏族的男性祖先。考诸文献，此神话广泛流传于中国南方许多民族之间。自东汉应劭记载至今，已近两千年。可能口传神话产生的时代更早。神话反映了几千年前，氏族明确的图腾意识。汉族（当时居于正统，南方的楚国）与蛮族之战，虽然汉族取胜，但是神话中也突出了南方民族的骁勇善战的特点。

四、盘瓠神话与民族文化建构

民间传说使盘瓠神话具有幻想之美。泸溪、麻阳苗族有盘瓠神像，盘瓠碑，瑶、畲民族有"评皇券牒"、"过山榜"、狗头杖、龙犬图，都是民间艺术活动的孑遗。同一民族共同的信仰，维系着民族的精神血脉。"明哲之士，必洞达世界之大势，权衡较量，去其偏颇，得其神明，施之国中，翕合无间。外之既不后于世界之思潮，内之仍弗失固有之血脉，取今复古，别立新宗，人生意义，致之深邃，则国人之自觉至，个性张，沙聚之邦，由是转为人国。"[①] 以此审视盘瓠神话，民族特色与文化传承自是融于其中。"武山，高可万仞，山半有盘瓠石窟，中有一石，狗形，云是盘瓠之遗像。"[②] "古代神话，以今昔礼俗之殊，已莫明其本旨。蛮荒民族，传说同一怪诞，而与其现时之信仰制度相和合，

---

① 鲁迅：《文化偏至论》，见《鲁迅全集》第一卷，人民文学出版社1981年版，第56页。
②《太平御览》四九引《武陵记》。

不特不以为异，且奉为典章。由是可知古代神话，正亦古代信仰制度之片影，于文化研究至有价值，非如世人所谓无稽之谈，出于造作者也。"① 历代作家、神话与史诗的传承人借鉴神话典故的故事情节、题材和意象，重新了建构神话及其神话隐喻：神话意义的能指与所指。阐释自己的神话观念，以及对神话题材的独特理解，开启民智，以新民智，从而达到改造国民性的社会使命。一百年前，作为中国神话学继往开来的大师，与黄遵宪、夏曾佑并驾齐驱的"诗界三杰"的蒋观云说："一国之神话与一国之历史，皆于人心上有莫大之影响。""神话、历史者，能造成一国之人才。然神话、历史之所由成，即其一国人天才所发展之处。其神话、历史不足以增长人之兴味，鼓动人之志气，则其国人天才之短可知也。""盖人心者，不能无一物以鼓荡之。鼓荡之有力者，恃乎文学，而历史与神话（以近世言之，可易为小说），其重要性首端矣。""故欲改进其一国之人心者，必先改进其能教导一国人心之书始。"② 作为诗界革命的旗帜之一，提倡神话，敢为风气之先，用语也颇具梁启超"新民体"的特点。论述的虽然是一国之神话，但也同样适用于少数民族神话。梁启超本人也说过："文化是人类思想的结晶，思想的发表，最初靠语言，次靠神话，又次才靠文字。"③ 盘瓠神话，靠口头传承、文字记载、民间祭祀，使南方少数民族的文化精神生生不息。

---

① 周作人：《欧洲文学史》，东方出版社 2007 年版，第 5 页。
② 蒋观云：《神话历史养成之人物》，《新民丛报·谈丛》，1903 年第 36 号。
③ 梁启超：《神话史、宗教史及其他》，见马昌仪：《中国神话学百年文论选》（上册），陕西师范大学出版社 2013 年版，第 47 页。

神话故事寓示了一种原发性、神圣性的民族情感与精神信仰。随着社会文明的进步，神话的故事模式、神人谱系关系会发生某些外在的变化。但在岁月之流的砥砺之下，神话意识渐渐上升成为一种民族向心力，成为人们认识古老世界，思考世世代代人生历程的永不磨灭的历史记忆，默默相传，永无穷尽。湘西苗族至今在盘瓠庙祭祀，也祭祀盘瓠洞，还有"椎牛""吃猪"以及系列盘王节活动，祈求保佑子孙后代繁荣昌盛。在民族禁忌上，不吃狗肉，有的地方家里狗死去，还要举行葬礼。越南北部的大板瑶，不仅自己严禁吃狗肉或触及狗肉，甚至也不得看他人吃狗肉。

21世纪今天的中国是众语喧哗的时代，多元文化背景下，人民试图解构历史、重新建构话语体系。人们试图从远古神话的精神家园中汲取现代文明所匮乏的精神力量。通过交汇、融通、升华，思考人类家园的生存与发展、民族精神与民族灵魂的复苏与觉醒。民族精神借助神话的滋润，酝酿着时代的变革。"当一个时代能够为神话的再现提供充分的空间和时间，那么，无疑便孕育了强烈的民族意识和进取动机。一定程度上，通过神话资源的转化，人类文化的总体精神与诗性智慧得以传承和理解，人类的本质意义得到维护与强调。"①

盘瓠神话记录着一个民族的光辉历史，其传播的目的是为了纪念民族的共同始祖。芬兰学者劳里·航柯阐释史诗的文化功能时认为，史诗是表达文化的认同，是民族文化自我定位的标识。这种论述也适用于盘瓠神话的研究。维吉尔的文人史诗《埃涅阿

---

① 万建中：《神话的现代理解与叙述》，《北京师范大学学报》2009年第1期。

斯记》就是追叙罗马祖先的伟大，并附上神迹，被认为是维纳斯的后代，作为神人之子，受上天庇护。民族与国家的情感认同需要建构神圣的历史，神话顺应这种宏达叙事的要求，建构了民族国家的宏伟历史。

　　古老的神话，作为原始艺术混生状态的混融一体，不仅孕育着原始的宗教和原初的哲学观念，而且孕育着艺术的，特别是口头艺术的胚胎，以及民族血脉深处的文化元素。2006年6月，盘瓠祭祀作为典型民族性、地域性的原生态民俗活动，入选湖南省第一批非物质文化遗产名录。湖南省麻阳等处有盘瓠神庙，"武陵蛮七月二十五日祭祀盘瓠，种族四集于庙，扶老携幼环宿其旁，凡五日，祀牛，酒酥，椎酒欢饮即止"。传之久远的神话积淀着远古的文化信息和文化编码，具有许多精神层面的内在因素。盘瓠神话在苗族、瑶族、畲族之间盛传，有犬祖图腾的印记，汉族文人如应劭、干宝等辑录盘瓠神话融入了汉文化的内容，即是民族融合的例证。

作者简介：汪保忠，男，汉族，河南信阳人。平顶山学院文学院
　　　　副教授，研究方向：民俗学、民族神话。

民间权威与盘瓠神话的流动
——以讲述人侯自佳为中心的民族志研究

杨泽经

"民俗的传承与变迁从来都是与具体的人群、个人连接在一起，又与时代社会背景紧密联系。"① 传承，是神话得以延续的根本途径。美国学者琳达·黛格（Linda Dégh）认为，"传统是一个很大的理念，传统的保存和延续必须依靠个人，如果忽略个人，传统只是一个空谈。个人在传统的保持、延续、变更中所起到的作用值得研究"② 。民间权威作为一类特殊个体，在文化传统传承过程中起的作用尤为值得关注。

"乡土的传统可以在新时期特定的情况下，被民间加以创造，或恢复原来的意义，使之扮演新的角色。"③ 民间权威拥有话语权，热心家乡文化，常常居于要位。随着语境变化，他们往往能

---

① 刘铁梁：《感受生活的民俗学》，《民俗研究》2011年第2期，第21—27页。
② 转引自杨利慧、张霞等：《现代口承神话的民族志研究——以四个汉族社区为例》，陕西师范大学出版社2011年版，第37页。
③ 王铭铭：《村落视野中的文化与权力——闽台三村无论》，生活·读书·新知三联书店1998年版，第76页。

自觉反省地方文化传统之于当下社会发展和民众接受的适宜性，并紧跟国家政策和时代大势，对其进行必要的策略性调整。

盘瓠神话是泸溪重要的民间文化传统，是沅水中游的象征性文化。泸溪民间权威对当地盘瓠神话传统的存续和演进作用巨大。侯自佳、章大爷、姚局长等就是杰出代表。他们大多曾经或正任职于泸溪县文化部门，又对家乡盘瓠神话满怀热情，有一定的研究和独特的观点，对于如何将神话与旅游结合也颇有洞见。

笔者选取一个典型个例，即以侯自佳的个人生活史为切入点，聚焦其神话实践，讲述其个人故事。以期以点带面，阐述变迁语境下，民间权威是如何形塑盘瓠神话传统的。

一、侯自佳的个人生活史

侯自佳做过乡村教师，当过地方官员，几十年来投身文学创作，是远近闻名的沅水文痴。年过古稀，他见证了泸溪好几十年的变迁，也从未停止关于盘瓠神话的实践。

1942年，侯自佳出生于侯家村。那时，湘西正经历日寇的轰炸。为了避乱，村人紧急疏散，有的外撤投靠亲朋，有的后撤躲入深山洞穴。侯自佳便诞生于山峒中。出世三天，父母抱着侯自佳爬上辛女岩①顶，在辛女祠内叩首祭拜辛女，焚香烧纸，祈求安康。

那时，村里老人经常在田间地头、山坡草坪、千年古柏下和辛女庙会等场合讲盘瓠神话，侯自佳常是听众。整个村庄的上上

---

① 本文的辛女岩、辛女庵、盘瓠庙、辛女溪等均为辛女村一带的盘瓠文化事象。

图1 笔者在泸溪本土文化学者侯自佳家中交流讨论问题
(邓秀兰2015年7月21日摄)

下下都洋溢着浓郁的神话讲述气氛。

> 当我还在摇篮里时,祖母对我日复一日地讲述祖祖辈辈流传下来的盘瓠神话。尽管老人家知道我什么都听不懂,还是每天都重复着。母亲也一样。在我三四岁时,晚上在桐油灯下,她将我抱在她的怀里,常绘声绘色地给我讲述这个流传千古的神话。在我五、六岁时,我常常光着屁股,跟去屋后山上干农活的父母玩耍,父亲每次总是要指着一个大大的岩洞对我说,那就是盘瓠峒,峒内蹲着石像就是神犬盘瓠,再进去就是盘瓠携高辛公主返乡居住的石屋和床。峒内好宽,堆满辛女带来的各种金银宝石。对面山顶上站着的石像就是辛女,辛女身后那栋屋就是辛女祠,山脚下的屋就是盘

图2　沅水边伫立的辛女岩（杨泽经2015年4月16日摄）

瓠庙，溪上的桥就是辛女桥，河对面那些像箱子样的石壁就是辛女带金银宝石用的箱子，像马头样的岩石就是当年给辛女驮东西的马。①

侯自佳的祖父侯贤兴、祖母覃环秀、父亲侯祥众、母亲李晚桂常给年幼的他讲神话，使他获得了来自家庭的盘瓠文化启蒙。李晚桂从未读书，但记忆力强，从小常听老一辈的多种讲述，自我消化吸收，对于盘瓠神话的诸多细节，能倒背如流。她总会将盘瓠神话这一所知不多的知识讲给儿子听。"在读高小、初中时，母亲也曾给我多次温习过那个美丽的神话故事。在我的心灵里播

---

① 侯自佳：《陈年旧事》，中国戏剧出版社2009年版，第2—3页。

种下了美好的理想的种子。"① 母亲的讲述对于侯自佳的成长起着关键作用。父亲曾是一名纤夫、水手和船工，穿行于险滩重重的沅水。漂流往返的途中，父亲常带上侯自佳，亲切地告诉他那些山、村、桥、溪、峒等的名字。年幼的他，对世间万物总充满好奇心。不管儿子问啥，父亲有答必应。父亲习惯以生动的方式，手足并用给他讲故事。从很小开始，盘瓠神话便印刻在他心中。

1952年，土地改革开始。辛女庵的功能发生了变化。"土改工作队进驻我们侯家村之后，第一桩大事是消灭封建迷信，将辛女庵里的女菩萨②推下神台，几斧头劈开，当作柴火烧了。"③ 在场的侯自佳至今能想起辛女像被烧的场景。村人纵然内心不舍，依然积极响应国家号召。建国之初，"庙产兴学"④是庙宇空间功能的显著转变。此后几十年，村庙被作为封建、迷信和落后的标识，公开、集体的祭祀仪式被禁止，民俗信仰生活也从公共文化空间中退隐。村庙中原来供奉的神像被批量处理，庙堂由神圣空间转化为具有实用性教育场所。侯自佳在辛女庵念小学。虽然庵堂里辛女等神灵的塑像已被毁，但每当坐在里面上课，侯自佳还是充满敬畏，仿佛能深深地感知辛女娘娘的灵气在上空飘扬。

每当放学回家后，侯自佳便会习惯性地和村里其他伙伴结群去放牛。几年时间里，辛女溪、盘瓠山、打狗冲、擢狗坨等地

---

① 讲述人：侯自佳；访谈人：杨泽经；访谈时间：2015年7月19日；访谈地点：泸溪四大家大院侯自佳家。
② 即辛女木偶像。
③ 侯自佳：《陈年旧事》，中国戏剧出版社2009年版，第10页。
④ 岳永逸：《教育、文化与福利：从庙产兴学到兴老》，《民俗研究》2015年第4期，第124—133页。

方，都曾留有他们欢快的身影。砍柴歇息的老人每当遇见他们，总会停下来讲盘瓠神话，特别是那些地名的来历。对于放牛娃而言，听老一辈的讲神话，是知识的汲取，也是美好的享受；是智慧的启迪，也是灵魂的洗涤。神话中蕴含的忠、孝、义和善恶、美丑等思想都深深地镶嵌入他们的脑海中，成为影响他们一生的滋养。老一辈的侯家村人，则以讲神话的质朴方式，用心地教导后代，期许他们健康成长。

侯自佳的求学之路并不平坦，甚至因"政治历史问题"而未能上心仪大学。1965 年，在完成吉首民族师范的学业后，他相继在车站完小、白沙完小、高大坪中学教书。作为教师，他积极向孩子们讲授乡土知识，讲述盘瓠神话，承续文化根脉。

文化大革命期间，侯自佳受过磨难、戴过罪名，他辛勤耕耘、恪守本分，心怀真善、坚守良知公道。他做过不少宣传工作，后来罪名得以平反。他于 1979 年加入湖南省作协。1980 年，他被抽调至泸溪县文化馆任文学专干。从那时起，侯自佳一边负责县里的文化工作，一边以更多精力投入到乡土文学的创作中。

1984 年，文化部、国家民委和中国民间文艺家协会正式启动中国民间文学三套集成工程。泸溪文化馆积极响应，成立三套集成工作领导小组，侯自佳为成员之一，负责搜集、整理和主编县域内现存的民间故事、神话、传说等。成长于浓厚的民间文化氛围中，侯自佳意识到，社会在快速发展，若不能及时将散落于乡间田野的传统知识采编起来，随着老一辈的陆续故去，它们亦将快速湮没于历史的黄泥中，这甚至会导致族群文化基因的丧失。鉴于此，他带领一批文化干事，跋山涉水，不分昼夜，寻访故事家和民间歌手数百位。过程之艰辛，至今历历在目。期间，

盘瓠神话的当下意义

图3 盘瓠神话中心地辛女村辛女庵庙会(杨泽经2015年7月22日摄)

图4 辛女广场上伫立的辛女像(杨泽经2017年6月28日摄)

侯自佳采编了大量盘瓠神话。

> 我对盘瓠神话尤为关注。这则神话,我是从小就听起长大的。盘瓠和辛女早已化为老乡们的信仰,象征着整个泸溪的文化精神。在搜集时,发现这些村寨里能够完整讲述盘瓠辛女神话的人已经不多,会讲的大多还是记忆力好的老人。①

1986年底,泸溪县卷本三套集成(故事、歌谣、谚语)在湖南省率先出版。这项工作,使侯自佳更清晰地认识到民族文化的深厚价值,并有意识地着手研究盘瓠神话。1987年,侯自佳继续在县文化部门工作,并担任县政协副主席。此后几年,他投入精力筹备首届全国盘瓠文化学术讨论会。随后,侯自佳任秘书长,统筹会务安排。他深知,此次会议若能如期举办,则能在对外宣传泸溪盘瓠文化的同时,反过来进一步确立盘瓠文化作为泸溪标志性文化的地位,意义十分深远。此后,侯自佳将工作重心投入到会议的准备中。重修废毁的辛女祠是其中一项重要工程。

> 据传,唐代时,辛女岩顶上立了一座辛女祠,雕有辛女木偶立于祠内神坛。宋代时重建,元代毁之,明代修建,清代被毁。清朝前期,登高来祠里求神拜佛的人尚且络绎不绝,后来因为乾嘉年间苗民起义反清首领吴八月率人马驻扎

---

① 讲述人:侯自佳;访谈人:杨泽经;访谈时间:2015年4月22日;访谈地点:泸溪县旅游局会议室。

在这山顶上,清军围剿他把辛女祠毁掉了。①

1990年10月,经过侯自佳、村民等各方力量的努力,辛女祠的修复完成。随后,盘瓠研讨会在泸溪顺利召开。来自全国各地的学者,从盘瓠溯源、盘瓠与盘古辩、图腾理论等角度,以民俗学、民族学、宗教学等学科方法对盘瓠和辛女的神话信仰进行了多方位的论证和阐释。会议将泸溪定位为中国盘瓠文化的重要发祥地。

侯自佳的一生都在进行盘瓠神话实践。他不仅研究盘瓠,将神话融入个人文学创作中,还身体力行,从多渠道向外推介盘瓠神话。他拥有高度的本土文化自觉,为盘瓠文化成为泸溪标志性文化作出了很大贡献。

二、盘瓠神话的改编与重构

1990年以后,乡村民俗旅游热逐渐兴起,社会语境又发生了新的变化。在遗产旅游新语境下,如何以更为妥当的方式、更为恰切的内容向外界和本族呈现盘瓠神话?如何较好地规避争议、不至于触及民族根源问题?这是侯自佳一直思考的问题。一些年轻人明晰自己的盘瓠后裔身份后,开始对盘瓠神话中盘瓠为犬、人犬婚配、子杀盘瓠等叙事元素颇为抵抗,心理上难以接受。

侯自佳敏锐地意识到:应对社会发展的新语境,必须对原有

---

① 讲述人:侯自佳;访谈人:杨泽经;访谈时间:2015年8月3日;访谈地点:泸溪县四大家大院侯自佳家。

的盘瓠神话进行创编。为此,在既有神话材料的基础上,他稳中求变,对可能引起争议的神话叙事元素进行集中改编,使之符合大众的审美需要和民族感情的接受,一步步创作出不断完善且颇具影响的神话写本。在创编过程中,侯自佳对神话进行了解构与重构[1]。2002年、2009年,侯自佳相继撰写了两个神话写本,同中有异。篇幅所限,笔者经归纳整理后,以叙事要素的形式列出。

2002 年版

盘瓠降世:在沅水中游西岸,盘瓠峒里有一只神犬盘瓠。听说高辛招募兵勇,他摇身一变,成为一个英俊的后生。

犬戎作乱:犬戎国吴将军太厉害,高辛屡战不胜。高辛招勇许诺。群臣惧怕,无人应召。

盘瓠献功:三天后,一只色彩斑斓的狗含一人头伏于殿上。

高辛赖婚:人怎能与狗婚配,高辛拒嫁女。见父王赖婚,辛女便劝父王言必信,并声明即使是狗也嫁。狗驮着辛女离开。

盘瓠还乡:盘瓠驮着辛女,来到沅水中游西岸的绝峰上。盘瓠和辛女在一起时,是一个英俊的后生,偶尔出洞,则是狗。他俩生下四个儿子。

四子问母:四兄弟长大后,多次问母亲为什么没有见过父亲。辛女每次以他们父亲在外公那里做官回答。四兄弟被蒙在鼓里,一直把盘瓠当成猎狗。一天,辛女不忍,跟四子

---

[1] 杨利慧:《仪式的合法性与神话的解构和重构》,《北京师范大学学报》2005 年第 6 期,第 63—70 页。

说：这狗，是你们的生父。

子弑盘瓠：四兄弟商量，决定把盘瓠打死，免得日后遭人笑话。他们把盘瓠引到辛女溪的一条山沟里，一齐动手，打杀盘瓠。

辛女责子：辛女闻知四兄弟打死了盘瓠，悲痛欲绝。叫天塌下、地涨起、龙发水、虎吞食他们四兄弟。

误杀盘瓠：四兄弟挖开坟一看，躺在坟墓里的是一个人形，并非狗。才知误杀了父亲。但他们坚持打杀的是狗，不肯认错。

辛女化岩：辛女思念丈夫，泪干气绝，化作岩石。[1]

侯自佳对盘瓠神话的解构和重构，体现为对其中一些叙事元素的选取、替换，是一个谋求该神话在当下适应新形势变化且为苗民更容易接受的探索过程，也是一个寻求其之于当下生存的合法性的过程。此神话写本，依然包含盘瓠始生、犬戎作战、盘瓠献功、辛女酬德、远赴沅水、生儿育女、说明真相、子杀盘瓠、辛女寻尸等叙事元素，在具体表述上，则有不少差异。开篇，与既往视盘瓠为民犬、帝犬不同，侯自佳将盘瓠阐释为身居沅水中游西岸一处山峒里的神犬，自泸溪土生土长，听闻高辛危难，摇身一变成了完整人形，领旨抗敌。此处，盘瓠来源显著变化。神犬，不仅显示出盘瓠的神力，突出其身份的尊贵，且淡化了其作为狗的色彩。盘瓠作为神话中辛女的伴侣，其身份尊贵与否、源

---

[1] 侯自佳、龚仁俊、侯自鹏：《辛女和盘瓠的神话传说》，见姚本奎主编：《沅水盘瓠文化游览》，中国文史出版社2002年版，第11—13页。

于何方，直接关系到盘瓠后裔的荣耀。因而，这里的修改可谓正本清源，颇为关键，也是修缮最为着力的环节。

此写本对神话的其他叙事元素也进行了细节增删、内容修饰，但改编幅度不大。盘瓠打退吴将军后，又以色彩斑斓的狗回殿，变回狗形，导致了高辛拒婚，后将辛女驮至沅水，相亲相爱。盘瓠居洞为人，外出为狗，一直在狗和人这两种形象间转换，斑斓腰围是其能正常形体转换的中介。这些表述，在既往的神话中均是常见的叙事元素。盘瓠和辛女的孩子们长大后，一直盘问父亲是谁，辛女无奈将真相告知，愤怒而羞愧的四兄弟为日后避免遭人笑话，残忍地打杀了盘瓠，抛尸于辛女溪。此处，子杀盘瓠的不孝行为并没有被刻意略去，也得到了保留。值得注意的是辛女惩处四兄弟叙事元素的添设。得知盘瓠被四兄弟杀害后，辛女试图惩处他们的不孝行为，引出四兄弟托天、按地、擒龙、伏虎的名号。四兄弟听从母亲建议开坟，方知误杀了父亲。误杀的表述在一定程度上淡化了四兄弟弑父行为的不孝程度。最后以辛女化而为岩作结。

综合来看，侯自佳于2002年创编的盘瓠神话，对神话中原有的要素的确有一些调整，但调整幅度并不是很大，已能体现其重构神话的意识。特别有意识地对其中较容易引起争议的盘瓠来源进行了重写，盘瓠由居于本地山峒里的神犬化身而来。这一看似不大的调整，背后体现的是对苗民族感情的尊重，是对新语境下乡村民俗旅游发展趋势的顺应，走出了关键一步。

与2002年的写本相比，侯自佳2009年的写本变化十分明显。

2009年版

盘瓠降世：盘瓠峒里居住着从天上腾云驾雾而下凡的神犬——盘瓠。

犬戎作乱：华夏中原大地高辛营屡遭敌寇犬戎国吴将军的屠戮，高辛招勇许诺。

盘瓠献功：盘瓠摇身一变成了一个膀大腰粗而又非常魁梧的青年人。他即奔赴京城。盘瓠拎着一个血淋淋的人头献给高辛。

重返故园：他们回到了南蛮故园，在湘西沅水中游西岸刀耕火种，繁衍生息。三年后，他们生下六男六女。

返京探亲：盘瓠和辛女带着儿女们去遥远的中原大地的京城拜谒外公外婆。……高辛给他们打发了几箱金银珠宝，绫罗绸缎，天文地理书籍及稻棉种籽、犁耙、织机等物品，并赠一只木船，一匹骏马。

文明生活：摒弃刀耕火种的原始生产方式，采用了中原先进的农耕生产方式，开垦天地，种植水稻、棉花。

犬戎复仇：犬戎国吴将军后裔的复仇者闯进了屋门将酣睡的盘瓠几绳子绑走，挥起犀利的屠刀，将其斩首。

子报父仇：儿女们得知父亲遭残杀后，怒不可遏，誓要为父亲报仇雪恨。

辛女寻尸：辛女将搁置在悬岩坎的那只木船放下河里，她荡来荡去，寻找丈夫的尸体。看见夫君的尸体流过这里没有？①

---

① 侯自佳：《沅水探源》，中国文联出版社2007年版，第29—33页。

2012年，侯自佳出版《沅水探源》一书，将此写本全文收入。与2002年的写本相较，2009年的写本显得更为丰实。就神话叙事元素而言，2009年的写本依次可归纳为：盘瓠降世、犬戎作战、盘瓠献功、重返故园、生儿育女、返京探亲、文明生活、犬戎复仇、辛女寻尸等。一方面，之前写本中的若干叙事元素基本保留，体现了神话叙事的稳定性；另一方面，新的写本内容更为精细，又添设了返京探亲、犬戎复仇等新内容。可以说，2009年的写本，是侯自佳在旅游广告词的语境下，对盘瓠神话更为深化、彻底的解构和重构的结果。新写本中，不仅盘瓠的来源和身份得以升华，原有神话中不符合伦理纲常的情节，如四兄弟弑父等，被犬戎复仇等大幅替换，面貌全新。

在2009年的写本中，盘瓠依然为始生于沅水中游西岸山峒中的神犬，拥有变身成人的神力，且生于本地，这相较于史籍中的帝犬、民犬，身份无疑更为高贵。故事背景则定位在华夏中原大地，距离湘西千里之遥。面对外患，高辛许诺条件为封万户侯、赐万两金、赐万亩田、配闺女为妻，仅为奖赏细节上的变化。国难面前，居处泸溪岩峒中的盘瓠摇身一变，立刻化为膀大、腰粗、魁梧的青年人，从南蛮之地奔赴京城，其勇猛善战、刚毅强壮的形象再次得到提升，盘瓠为犬的污名得以最大化地稀释。盘瓠变成人形后，并未变回狗的模样，而始终保持高大的英雄形象。因此，当听到盘瓠想娶辛女为妻时，高辛并没有百般刁难。盘瓠形象定格为人、英雄，功勋卓著。这一调整，符合民众对神话中文化英雄的想象，也能规避因族源纠纷而引起的许多争议。

辛女随夫嫁至沅水，刀耕火种，生儿育女，过着世外桃源般的生活。新写本将盘瓠、辛女和儿女们的生活细节点缀得生动、细腻，充满了生活情趣，更接近常人的理解。外公高辛因思念女儿、外孙，盘瓠和辛女领着孩子回娘家探亲，他们在京城愉快生活的场景得以细描。临走时，高辛还给了他们金银珠宝、绫罗绸缎、天文地理书籍、稻棉种籽、犁耙、织机等象征先进文明的器物，以改善他们在南方的生活。外公、外婆等本是人世间的亲属称谓，此处用于表述盘瓠和辛女的子女与高辛之间的伦常关系，神话世俗化特征更为明显。

其后，侯自佳细描了他们回到故园后春、夏、秋、冬四季时光，一家人相互扶持，喜乐和善，盘瓠即仁父，辛女即慈母，充满诗意而温情的生活意味。此时，神话情节发生急转，吴将军后裔燃起复仇火焰，并悬赏刺杀盘瓠者。盘瓠终死于复仇者屠刀之下，身首异处，被抛尸于河潭。儿女们得知父亲被杀后，愤慨至极，追杀暴徒。显然，与之前的写本相较，盘瓠的死因发生了根本性调整——不再由儿女弑杀，而为敌人后裔侵害，儿女则成为替父报仇、敢于担当的正面角色。这样，神话中儿女不孝的叙事元素也得到置换。盘瓠死后，痛哭流涕的辛女从河潭开始，荡着船、冒着风浪滑行，依次经过辛女滩、狮子岩、石壁仙舟、马嘴岩、鹰嘴岩等，最终找到，尔后自己化为辛女岩。可以说，2009年的写本，进一步扩展了盘瓠神话与泸溪山水的关联性，神话的在地化和历史化倾向也更加明显。

三、神话流动的桥梁

侯自佳的一生几乎都与盘瓠神话和信仰相联。无论是幼年的生活轨迹，早年的成长经历，当教师或文化工作者，还是文学创作，盘瓠神话始终是他生命中必要的组成部分。在不同的社会、文化语境下，侯自佳的神话实践并不相同，但有一点是共通的——他致力于以一种适时、适当的方式，传承和弘扬家乡古老的盘瓠文化。当神话遗产化后，侯自佳又顺应新形势，逐渐创编了既符合旅游发展、又符合苗族同胞期待的盘瓠神话写本。在他的大力阐扬下，其写本的影响效应迅速在泸溪县波及开来。

盘瓠神话，早期见于史籍，且以乡民的口头讲述为主要传承和传播方式。在泸溪，神话的流传地域为侯家村、甲腊坪村等村落，神话的受众为聚居在沅水中游一带的苗民，神话传统也多为村落文化传统的一部分，其流动性并不强。然而，几十年来，侯自佳致力于将盘瓠神话的影响向周边、向不同族群乃至向全国扩大，将神话与泸溪更多的山山水水对接起来，撰写更符合当下社会语境要求的神话文本，将盘瓠神话导向盘瓠文化，使其成为县城乃至泸溪的一张标志性的文化名片。侯自佳等民间权威的神话实践，促成了神话传统的流动。

在泸溪，提及盘瓠研究，侯自佳往往被描述为"第一人"、"公认的权威"，这源于他多年来在盘瓠神话领域的积累、深耕和实践。如今，年过古稀的他早已退休，但他的神话写本影响依然巨大，被许多本地人奉为权威。县旅游部门的导游词、许多出版著述等，多参考了他的最新写本。在神话遗产旅游方面，侯自佳等民间权威的实践是承上启下的。在持续创编神话写本的过程中，侯自佳始终坚持一个前提，即盘瓠非犬。

> 盘瓠不是狗，是人，这是首先要明确的一点。说盘瓠是狗，是侮辱少数民族。盘瓠是神仙、神犬，后来变成了人。

盘瓠神话的当下意义

图 5　盘瓠辛女神话已融入红土溪村农家乐（杨泽经 2017 年 5 月 21 日摄）

泸溪现在花大决心、大力气搞旅游，县里要统一一个说法，当时这个问题研究了很久，盘瓠神话对外的版本，后来由我执笔写的。后来通过省里一些盘瓠研究专家的审阅，他们认可后，说法就统一了。现在讲盘瓠，是天上下凡了一条神犬，就这个讲法，其他讲法，我们不接受。①

正是坚守盘瓠身份的底线，侯自佳创作出 2009 年的写本，在那之后，其写本依然在动态演进中。侯自佳等民间权威，是促成神话传统流动的枢纽和桥梁。

---

① 讲述人：侯自佳；访谈人：杨泽经；访谈时间：2015 年 7 月 26 日；访谈地点：泸溪县四大家大院侯自佳家。

四、结论

随着遗产旅游的兴起，盘瓠神话正悄然发生着显著的变化。与神话在村落日常生活语境中相较而言，盘瓠神话的形式、功能、指向等都变化明显。简而言之，神话经历着一个流动的过程。本文认为，遗产旅游对盘瓠神话有多方面影响。第一，盘瓠神话遗产化，成为泸溪标志性文化。第二，盘瓠神话的表述统一化。在盘瓠来源等争议叙事上对外统一口径，顺应遗产旅游。第三，盘瓠神话是泸溪发展旅游可资利用的文化资本。盘瓠神话的内涵与外延不断扩大，已衍化为盘瓠文化。此外，侯家村等沅水中游盘瓠神话流播的中心区域景区化，促成了被改编后神话向村落的回流。村落神话传统多元并存、更为丰富，共同建构新的村落文化空间。

通过泸溪的个案，笔者认为：侯自佳等本地民间权威起着关键作用。在不同语境中，促使神话流动的因素是多方面的。其中，拥有学术和政治话语权力的民间权威作用显著。如果没有他们，神话可能只会在原生村落自生自灭，难以走向更大的舞台。民间权威往往能审时度势、应时而变，引领地方标志性文化的创生与革新。侯自佳等泸溪民间权威将盘瓠文化打造为县域内标志性文化。其神话实践，集中表现为对盘瓠神话的创编，使之更适应遗产旅游语境，是承前启后的。

侯自佳等人对于盘瓠神话的改编、整合等实践，是顺应遗产旅游这一新语境下形象宣传、民族心理、大众接受等的结果。侯自佳的盘瓠神话写本对盘瓠来源、子弑盘瓠等几处本易引起争议的叙事元素进行了大幅调整,以规避争议,并影响了官方导游词等统一版本的拟定。从这个意义上,侯自佳等民间权威充当了泸溪盘瓠神话在两种相对不同语境中流动的桥梁。

作者简介:杨泽经,男,汉族,江西赣县人。深圳明德实验学校课程处老师,研究方向:民俗学、民间文学校本课程化,民俗教育。

盘王·盘瓠辨析

赵家旺

瑶族始祖盘王即盘瓠,这似乎成了定论。古代文人著书编志,凡论及瑶族始祖,皆沿袭盘瓠传说,把盘瓠等同于盘王,取代盘王。近现代学者著文论瑶,也在盘护、盘王之后加个括号(瓠),表述为"盘护(瓠)"、"盘王(瓠)",以示对盘瓠即盘王的认同。近年较为详细阅读了湖南郑德宏、李本高译释的《盘王大歌》和广西黄钰辑注的《评皇券牒集编》,与南宋范晔《后汉书·南蛮列传》相对照,才意识到把盘瓠传说取代盘王传说,以盘瓠取代盘王,是对瑶族祖先崇拜的误读、误解和误传。

一、瑶族盘王传说无盘瓠

瑶族传承盘王传说的主要形式是《盘王大歌》和《评皇券牒》。但两书原抄本没有"盘瓠"二字,印刷本有是编辑出版时加上去的。查阅瑶族祭拜始祖盘王的盛典"奏铛"、《还盘王愿》师公使用的经书里的道白、喃词、祷告、疏表、榜文、关牒、状牌、咒语、神符、唱词,找不到"盘瓠"二字。请神到坛的天神地祇，家神外鬼，有名号的就有将近四百位，唯独没有"盘瓠"的神名。《瓯江杂志》卷二十三"粤有瑶种，古长沙、黔中、五溪之蛮，生齿繁衍，播于粤东、西，多姓盘，自云盘瓠之后。"《浮山志》卷二"瑶本盘瓠种，自言狗王后。"瑶族民间各种传抄本找不到"盘瓠"二字。在日常交往中，如有人称他们为"盘瓠种"、"狗王后"，他们得到的待遇轻则怒目而视、重者则拳脚相加，何来的"自云""自言"？所谓的"自云""自言"是著者为圆盘瓠说杜撰出来的说法。

《盘王大歌》唱本中"流源歌""盘王登殿瑶人出世"两大唱段歌词大意如下：

评王一统江山，天下太平。高王争位夺地，搅得天下纷乱。评王令贴出红榜，招募天下贤能斩除高王平乱。有功者赏金银珠宝，许宫女为妻。红榜贴了三年，传遍九州。慑于高王势大，无人敢揭榜。天下大乱的消息传到天庭，玉帝派太白星下凡查看实情。太白先化为人形调查战乱原因，继而化成犬进入评王殿内。外出随评王游山打猎，殿内寸步不离，甚得评王宠爱，赐姓盘名护，群臣称之为龙犬盘护。一天早上，盘护揭了红榜，守榜差人大吃一惊，认出是龙犬盘护，大声说，你真是雷公胆，胆大包天，乱扯红榜犯了王法是要砍头的。盘护不予理会，口含红榜进殿向评王拜了三拜。评王觉得奇怪，自言自语盘护为何会揭红榜。盘护突然以人声说道，他要去斩高王的头，带回来献给评王。评王说，你如果能除害为国立功，天下江山分你一半，许配二女儿花英与你为妻并赐千金万银。盘护当即出殿，踏云驾雾而去。盘护来到高王前，拜了三拜，伏地摇尾叫了三声。高王大吃一惊，认出是评王龙犬盘护，心有疑问，龙犬怎么会跑到他这里来。后来暗自思忖，转惊为喜，认为这是好兆头，评王气数已尽，龙犬都跑到他这里来了，他必能得天下。他不但没有将盘护赶走，反而搭台唱戏敬天神，大摆酒席庆贺。此后，盘护日随高王闲游花园，夜里守在床前。由于高王寝宫戒备森严，护卫人员到处走动，一直过了四十九天还没机会下手，心里非常着急。终于有一天夜里，高王在花园摆酒席，看歌舞，喝得酩酊大醉被送回寝宫，夜深人散，盘护见时机已到，立即仙身转人形，抽下高王七星八宝剑，剑光一闪，高王身首分离。盘护拖起高王头，立即回程，腾云驾雾，太阳刚出来，就把血淋淋的高王头放在评王殿门前。评王闻讯，立即招呼文武官员来看，认清确是高王头不假，非常高兴。评王大摆酒席，百官庆贺，当席赐盘护金印一颗，万千金银珠宝，并令择吉日为盘护花英完婚。评王为盘护花英举行了隆重的婚礼，赐婿名盘太宁。婚礼结束，太宁花英被众官拥送出殿门。刚到殿外，龙犬仙身立即转为人形，被官员、力夫、鼓乐队，抬着嫁妆浩浩荡荡送到白云王百峒，立下瑶人根基。婚后数年，生下六男六女，男讨亲，女招婿，各自成家，分守评王的江山，评王赐瑶姓盘、沈、包、黄、李、邓、赵、胡、雷、唐、冯、周十二姓，盘姓为始祖姓。盘太宁喜欢游山打猎，"游山打猎有奇能"。九十八岁那年，一天在天台山打山羊，正在拉弓搭箭瞄准山羊时，不料脚下石头松动，滑落山崖，挂在半山崖树上，动不了身。盘太宁当夜未归，子孙第二天四处寻找，找到时太宁王主已命归九泉。众子孙闻讯,从四面八方聚集而来,披麻戴孝,为盘太宁王举行了三天三夜的葬礼,盘太宁去世后被评王赐封为瑶人始祖盘王。众子孙商定今后三年五岁,举行酬恩会,不忘祖先恩情。①

现在的瑶族祭祀盘王的群体祭典,是起始与盘太宁葬礼并由此演变而来。

瑶族盘王传说,另一种传承方式是《评皇券牒》,瑶人称过山榜。《过山榜》描述的龙犬,姓盘名护,出自灵性之人,身长三尺,毛色斑黄,威武莫比,有猛虎之威,智超群臣,有浩天之谋,能随遇变身,能踏云走雾,行走如飞,日行千里。能言人语,有人性之灵,有兴邦之志,会感恩报德。所记盘护为国立功、被评王招为女婿、生儿育女、赐十二姓、去世后被封为瑶人始祖盘王,故事情节与《大歌》基本一致,稍有不同的是,盘王立下瑶人根基,《大歌》说在白云王百峒,《券牒》言在会稽山。十二姓,《券牒》有郑、蒋两姓,无《大歌》中的包、唐两姓。

《大歌》和《券牒》对盘王的称呼,有龙犬盘护、盘太宁、太宁王主、盘太宁王、盘龙王犬盘护、盘太龙护、盘龙盘护、圣王、盘王大帝、盘王圣帝等多种称呼。但没有"盘瓠"的称呼。这就明明白白告诉我们,盘王生前虽然经一度化为龙犬盘护,但他是天神下凡智力超群威武勇猛的能人,不是什么"盘瓠王""狗头王"。盘王后裔,是王瑶子孙,不是什么"盘瓠之后""狗王之

---

① 郑德宏、李本高译释:《盘王大歌》下集,岳麓出版社1988年版,第53—62页、第97—116页。

后"。盘王生前教会子孙种苎麻、造织机、织麻布、缝衣服、绣罗花、做芦笙、做唢呐、造犁耙、耕山种田，使子孙后代能够安居乐业。去世后，多次显灵，护佑子孙平安渡过危难。《大歌》"十二姓瑶人游天下"唱段曰：十二姓瑶人各立寨，安居乐业敬祖人。后人要记当初事，供奉盘王代代传，始祖根源莫抛落，添香换水万万年。

二、盘瓠穿凿附会为盘护

盘瓠传说，最早见之史籍，是东汉应劭书《风俗通》。东晋郭璞《山海经·海内北经》《玄中记》，同是东晋人的干宝《晋记》《搜神记》都有记载。《搜神记》被后人视为盘瓠传说的定型之作。南宋范晔，对盘瓠传说加以整理增删，编入正史《后汉书·南蛮列传》，被后世奉为集大成之作，广为引用。《风俗通》失传，郭璞书、干宝书反而被看淡。

《后汉书·南蛮列传》卷十六：

> 昔高辛帝氏有犬戎之寇，帝患其侵暴，而征伐不克。乃访募天下，有能得犬戎之将吴将军之头者，购黄金千镒，邑万家，又妻以少女。时帝有畜狗，其毛五彩，名曰槃瓠[①]。下令之后，槃瓠遂衔人头造阙下，群臣怪而诊之，乃吴将军首也。帝大喜，而计槃瓠不可妻之以女，又无封爵之道，议

[①] "瓠"字有小注：《魏略》曰：'高辛帝有老妇，居王室，得耳疾，挑之，得物，大如茧，妇人盛瓠中，复之以叶，俄倾化为犬，因名盘瓠'"。

欲有报而未知所宜。女闻之，以为帝皇下令，不可违信，因请行。帝不得已，乃以女配槃瓠。槃瓠得女，负而走入南山，止石室中。所处险绝，人迹不至。于是女解去衣裳，为仆鉴之结，著独力之衣。帝悲思之，遣使寻求，辄遇风雨震晦，使者不得进。经三年，生子一十二人，六男六女。槃瓠死后，因自相夫妻。织绩木皮，染以草实，好五色衣服，制裁皆有尾形。其母后归，以状白帝，于是使迎至诸子衣裳斑斓，语言侏离，好入山壑，不乐平旷。帝顺其意，赐以名山广泽，其后滋蔓，号曰蛮夷。外痴内黠，安土重旧，以先父有功，母帝之女，田作贾贩，无关梁符传、租税之赋。有邑君长，皆赐印绶，冠用獭皮。名渠帅曰精夫，相呼为"姎徒"，今长沙武陵蛮是也。①

盘瓠传说，始于应劭书，定型于《搜神记》，完成于《后汉书·南蛮列传》载入正史。此后著者论瑶，皆以范晔书为史证，将盘瓠穿凿为瑶族始祖盘王，称为"盘瓠王""狗头王"，称盘王子孙为"盘瓠之种""狗王之后""莫傜，狗种也"，这些牵强附会之称，充溢史籍，如《知录》《夷俗考》《文献通考》《岭南杂记》《广韵·肴韵》《桂海虞衡志·志蛮》《阮通志》《曲江县志》《长乐县志》《海丰县志》，不胜枚举。

---

① 黄朝中、刘耀荃主编，李默校补：《广东瑶族历史资料》上册，广西民族出版社1984年版，第4页。

三、龙犬盘护与帝犬盘瓠有天壤之别

盘王虽然生前曾经一度化身为龙犬盘护,但与帝犬盘瓠有天壤之别。

其一,来历不同。龙犬盘护是上界天神太白金星下凡化身,出自仙人。太白金星是民间传说的重要神仙,起源于人类对星辰的崇拜,星座为西方太白(金星),古人说的太白星、亮星、启明星、长庚星指的都是金星。被崇敬为神祇,上古时期的太白金星的形象是英勇善战的战神。到了唐代,太白金星的传说被说成与唐代大诗人李白有关。传说金星在天上犯了错误,被贬到凡间,托生于李家。李白的母亲梦见太白金星入怀而有孕,故生下孩子后取名李白,字太白。李的出生就富有传奇色彩,长大后容貌飘逸,一身仙气,诗作浪漫,想象力丰富,气势恢宏,被后世称为"诗仙"。到了明代,太白金星演变成一位和蔼可亲的老神仙,慈眉善目的和事佬,在天宫的职位是西方巡使,类似吏部尚书。瑶族盘王传说化身为盘护的太白金星,与唐代李白无关,也不是明代的和事佬,而是上古时期威武勇猛的战神形像。由此可见,瑶族盘王传说形成的年代久远。龙犬盘护,是源于上古时期的星辰崇拜,并非源于犬图腾崇拜。帝犬盘瓠是高辛氏宫内老妇人耳疾挑出的异物异化而成的畜犬,所以有"狗头王""犬首人身"之说。帝犬盘瓠的来历还有另外一种说法,《邑旧志》说"高辛氏出猎,获大血卵,归复以盆,数日化为犬。乃长,异状惊人,命名'盘瓠'"。

其二,事主不同。龙犬盘护的主人是评王,盘瓠的家主是高

辛帝。评王、高王是你死我活的死对头。盘护斩高王头，为评王平乱立功，盘瓠取吴将军头为高王除戎寇之暴。盘护、盘瓠各有其主、各事其主。

其三，评王招盘护为郎婿，婚礼办得热烈隆重，被浩浩荡荡送亲队伍鼓乐喧天、热热闹闹送到白云王百峒安居，立下瑶人根基。直到现在的盘王祭典，娱乐盘王的重头戏就是再现盘王与花英成婚的吉庆场面。由祭师用圣卦"点女"，三卦点定一位长得出众的未婚瑶女，戴花英帽，装扮成花英，由祭师带领，表演喝交杯酒，向亲友行拜礼，青年男女歌舞相伴，是典型的瑶族婚礼表演。接着摆横连大席，又叫长桌宴，再现盘王大婚的婚宴。长桌上用大碗装菜，大碗装酒（自酿的糯米甜酒），众人入席，喝酒、吃肉、唱歌，尽情谈笑，欢声笑语经久不息，极力营造王瑶子孙后代与始祖盘王人神同庆同乐的气氛。

高王以女配盘瓠，虽然盘瓠咬杀戎寇之将有功，但认为"不可妻之以女，又无封爵之道"，想悔先前的承诺。经宫女劝说，才不得已为之，根本无婚礼可言。盘瓠得高王女，独自负入南山石室，荒凉险绝，人迹不至，凄凄惨惨，冷冷落落。

其四，子女婚配不同。盘太宁与花英婚后数年，生六男六女，男娶外人之女为妻，以传其后，女招外人之子为夫，以继其宗，是血缘外婚。《过山榜》记载评王赐十二姓，盘姓为始祖姓，六男姓名依次为盘启龙、沈贤成、黄文敬、李思安、邓连安、周文旺；六女招郎入赘的婿姓依次为赵才昌、胡进盛、冯敬忠、雷元祥、蒋朝旺。瑶族女招郎的婚俗延续至今。盘瓠"妻帝之女，三年生六男六女，盘瓠死后，自相夫妻"是兄弟姊妹血缘内婚。三年生六男六女且自相夫妻，荒诞也！

其五，王瑶子孙，刀耕火种为生，久居一山，人众山穷，难以为继，评王准令分枝散叶，迁徙外出，另择山场营生。迁徙途中，逢人不作揖，见官不下跪，过渡不用银钱。另择山场居耕，种地不纳税，耕田不纳粮，免除差役。盘瓠死后，高王怜惜其子女"先父有功，母帝之女，田作贾贩，无吴梁符租税之赋"。仅此而已。

盘王和盘瓠，两者不可同日而语，将盘瓠替代盘王，是误读、误解和误传。

四、盘瓠穿凿为盘王的主要原因

文化交流的阻隔是主要原因。山高地远，山外人不知山内事，不知山里瑶人有世代相传、自成体系的盘王传说。道听途说听闻瑶人有龙犬盘护的传说，就误认为是他们熟知的盘瓠。也有古人认为"护"与"瓠"近音，"盘护"也就是"盘瓠"，如南宋文学家刘克庄就认为：护与瓠为一音之转，"盘护孙"即盘瓠子孙之谓也①。这就把瑶人称为王瑶子孙的盘王子孙后代，误认为是盘瓠之后，把猜测当真实。瑶族先民山居游耕，"入山唯恐山不深，入林唯恐林不密"，居住深山远离市井的瑶族先民，因文化差异，不知有《搜神记》，不知有《后汉书·南蛮列传》，不知道山外人把他们尊崇的盘王换成盘瓠。

《盘王大歌》歌词有36段、24段、12段之分，按照法事仪式的程序唱不同的唱段，用不同的曲调，盘王歌曲调有黄条沙、

---

① 刘克庄：《漳州谕畲》，见《后村先生大全集》，卷九三。

相逢贤曲、万段曲、荷叶杯曲、南花子曲、飞江南曲、梅花大碗曲、亚六曲。盘王歌由男女歌师在祭坛唱,歌师是人神交流的使者,与祭师同等待遇,不是会唱瑶歌就有资格担任。《大歌》是神歌,只能在盘王祭坛内唱,不能像平时唱瑶歌那样,可以随时随地任由歌唱者即兴而唱。所以,即使是瑶人,不是歌师,也不一定能唱。外人更是听不懂,不知其所以然。

再说《过山榜》,瑶族内部可以互相传抄,但不能给外人看,这是俗成约定的惯例。祖传下来的抄本,由家中老人保管,传承人都很虔诚很自觉地严格遵守,所以外人无缘看到。《过山榜》虽然用汉字抄写,但其中夹杂许多自造字,即使是瑶人,未经师传,也解读其音,难解其意。

《评皇券牒集编》汇集的过山榜有一百多篇,记载的年号最早的为东汉初平年(190年),可见瑶族盘王传说早在一千多年前就已经存在。直到1934年杨成志先生在广西龙胜白水源村作田野调查时,才在黄维秀、黄维满兄弟家看到他们家祖传下来的过山榜,第一次突破了惯例,成为看到盘王传说原始记录的第一学者。经黄家同意,他把藏本带走,然后按原件一字不漏、一字未改重抄一份,于1937年7月托人送回黄家,将原件留下,现存北京中央民族大学。所以,瑶族祖传下来的盘王传说,原始记录一直未被收集、整理及译成汉文载入史籍。在古籍和地方志上,龙犬盘护、盘太宁、盘王没有片言只语,无证可查。充溢的是源于盘瓠传说派生出来的种种说法。

瑶族祭典始祖仪式,历来对外封闭,严禁外人到场。1951年,民族工作队在湖南临武桃源坪瑶族村调查,瑶族老人介绍,他们举行的还盘王愿,在野外较平坦的地方,以草搭厂进行,只能瑶人参加，不准汉人观看，不准讲汉话，违反规矩，以辣椒粉灌鼻孔。在广东、广西瑶区的调查报告，也有类似的记录。不准汉人观看的禁例已经解除，但直到现在，依然禁止在祭典现场讲汉话。祭坛外设有告示牌，放一张小桌，摆三碗辣椒水。告示牌上写着"醮坛内严禁讲汉话，违者罚喝辣椒水三碗"。

文化交流的阻隔，是以盘瓠传说取代盘王传说的主要原因。

其次是受瑶畲同源说的影响。畲族始祖故事情节与盘瓠传说如出一辙。盘瓠与宫女婚后二十年（一说十八年）生三男一女，高辛帝赐盘、蓝、雷、钟四姓。瑶姓中也有盘、雷两姓，但与畲同姓不同名。瑶姓盘启龙、雷元祥；畲姓盘自能、雷臣佑。畲族《招兵》大典祭拜的《祖图太公像》有犬首人服的画像。史志将瑶族始祖、畲族始祖统归为盘瓠。如《天下郡国利病书·福建》："瑶人，山中自称狗王后，备画供像，犬首人身，岁时祝祭"，《山志会编》引罗浮书："瑶本盘瓠种，自言狗王后，家有画像，犬首人服，岁时祝祭甚谨"。但瑶族过山榜记载的是"评王敕赐龙犬盘护为始祖盘王，六男六女为王瑶子孙，授犬形气，生时有灵性之人，死后有神仙之德。准令男女敬奉先祖，描成人貌之容，画出神仙之像，广受王瑶子孙之祭"，并非犬首人身。

盘瓠传说虽然被范晔编入正史《后汉书》被视为论瑶史证而广为传播引用，但历代也有不少史家持怀疑否定的态度。影响最大、最具代表性的是唐史学家杜佑，在他的巨著《通典》第187卷，对《后汉书·南蛮列传》的评价是"皆怪诞不经"。他的意思很明白：通篇怪异荒诞，离奇古怪，不合情理。

《乾州厅志》（乾隆四年本）收宋人罗泌《路史·发挥二》其中的《论盘瓠之妄》认为"应劭书遂以高辛帝之犬名盘瓠，妻帝之女,乃生六男六女,自相夫妻,是为南蛮",是应劭以狗为形象杜撰出来的,源于对夏侯氏《伯益经》的曲解。《伯益经》云:卞明生白犬是为蛮人始祖。卞明,皇帝之曾孙也,白犬者,乃其之子名,盖若后世之乌彪、犬子、豹奴、虎钝之者,非狗犬也。应劭以白犬(人名)杜撰成犬名盘瓠,见于《风俗通》,郭璞、张华、干宝、李延寿、梁载言、乐史等人,各自著书,添枝加叶流传于世,久而久之假传变为真实。

五、"时节祭盘瓠"是对瑶族逢年过节祭祀家祖的误解

"时节祭盘瓠"成了古籍史志的常用语,用以表述瑶族祭祀始祖盘王的行为。实际上,从古到今,从瑶族先民到子孙后代,时节不用祭拜民族始祖盘王,只祭拜本姓家祖和地方社神。

瑶族村寨祭盘王,是大型群体活动,源于盘太宁葬礼,从初始的三、五年一次的酬恩会演变为"奏铛""还盘王愿",成为集祭祀始祖、酬神、祈福消灾、人畜兴旺、五谷丰登、招财进宝、人欢神乐为一体的群体祭典。从选定吉年吉月吉日启动,到请祭师(主祭师、招兵师、祭兵师、赏兵师、造钱师、五谷师)、男女歌师、吹笛师、唢呐师、鼓锣师、长鼓客,筹集费用物质,组织歌舞鼓乐队,后勤服务,选定场地,搭建寮棚,布设祭坛,制作供品,要花大量的时间和人力物力,根本不是时节所能作为。

逢年过节,瑶家祭拜的是本村寨的地方社神。瑶人每迁徙到一个地方居耕,都有建立公众土地庙。名为庙实际是用石块砌成的祭坛,以大石头为主神位,用石块砌成长方形的祭台,摆放香

炉、供品。每月初一、十五祭拜时，各家各户都会有人去上香供茶；嫁娶、做寿、小孩满月都要先祭拜土地神，然后才回家祭拜本姓祖先。祭土地神不是众往集中祭拜，而是各家各户分别派人前往祭拜。神坛祭拜的神祇主要有本方土主、峒社庙王、土公龙神、五谷大王、禾花姐妹、养财土地、养畜姑婆、管岭地官、管水地官、飞山打猎大王、收耗童子赶耗童郎。非年节，每逢围山打猎、久旱求雨、疫病驱瘟，要众往祭拜土地神。如果把土地神视为盘王庙，把祭祀地方神视为祭"盘瓠"，那是大错特错。瑶族公认的盘王庙是伏江庙盘王圣帝。瑶家祭拜本姓家祖，在祖宗神台摆上供品，点燃香烛，然后由家族中最年长的老人按家先单念祖先法名，敬酒，全家老幼行拜礼，烧纸钱，放鞭炮，再敬酒（将酒泼地）。祖先法名，在他生前经挂灯度戒取得，去世后才能使用，列入家先单。

把瑶家过节敬狗的风俗，用盘瓠说解读为祭盘瓠，是"盘瓠之后，蹲地而食，狗性未改"，同样是误读。

每年六月初六过尝新节，吃节日盛餐前，由家中长者装半碗新米饭，把餐桌上摆的各样菜都夹一点，放在地上让家狗先吃，自己也端一碗新米饭蹲在地上，面向狗，吃一口饭，喝一杯酒。然后站起来，家人从老到幼顺序对着狗，不用蹲地，吃一口饭，才正式入席。尝新节，用节日饭菜先敬狗的风俗，不仅仅是因为在瑶山，狗能随主人游山打猎，捕获猎物，能看家护主，可以防贼，防野兽猛禽入侵，受到瑶人的宠爱，更重要的是狗对瑶人的种有所收、生有所养有恩。在瑶族先民游耕游猎为生的年代，狗是瑶家得力的助手。瑶族民间传说，古时候瑶山有一位聪明漂亮的姑娘盘姑，她家养了一条很有灵性的大黄狗。盘姑听说平地人吃的白米饭比自己吃的番薯芋头好吃多了，想去讨一些种子回来自己也种上，但要翻山过河，路途遥远，自己一人不敢出山。稻子收获季节，她灵机一动，何不让大黄狗出山去弄些种子回来。她唤来黄狗把她的意思跟狗说，大黄狗似乎听懂了她的意思，叫了三声，飞奔下山。到了平地人那里，趁人不备跑进晒谷坪，滚了几滚，粘了黄灿灿的谷粒，飞跑回山里，抖身摇尾，谷粒掉落地上，盘姑将谷粒捡起，如获至宝，小心存放在罐子里，第二年春天，她把谷种播在山地上，在她的精心培育下，生长结穗成熟，这就是山外平地的水稻传到瑶山变成旱稻，瑶人称山禾、岭禾的由来。盘姑第一次煮好新米饭，因为大黄狗有功先喂大黄狗吃，然后自己才吃。以后，旱稻在瑶山传开，家家都吃上了新米饭。过尝新节，大家都仿照盘姑的做法，先敬狗，家人才开吃。瑶族这种很特别的节日风俗，意在不忘瑶女盘姑和她的大黄狗给瑶人带来的恩惠，这与盘瓠一点关系都没有。瑶族禁吃狗肉的风俗习惯，也是同样的道理。但是瑶家敬狗、宠狗、忌吃狗肉的遗俗，被误解附会为盘瓠犬图腾的转型。

神话传说毕竟不是史实记录，有荒诞怪异，不足为奇。但对瑶族祖先崇拜这样严肃的话题和独特的传统文化解读，还是正本清源，遵循瑶族普遍认同的原意进行解读为好。《盘王大歌》和《评皇券牒》传抄本，是瑶族始祖从太白金星化身龙犬盘护到盘太宁，再到盘王来龙去脉的原始记录。舍去《大歌》《券牒》为主臬，解读瑶族始祖崇拜及其衍生的传统文化，沿袭范晔书，以盘瓠说进行解读，很难避免偏颇。

随着各民族文化的交流频繁，相互学习，相互了解加深，盘瓠说从热衷到被逐渐淡化，负面影响逐渐消除。

本文所说的盘王,不是指我们通常所说的开天辟地、制造万物的盘古皇。

作者简介:赵家旺,男,瑶族,广东连南人。广东技术师范学院原副院长兼民族研究所所长,研究方向:民族宗教信仰与传统文化。